本书获二○二二年贵州省出版传媒事业发展专项资金资助

大道黔行

DA DAO QIAN XING

彭芳蓉　著

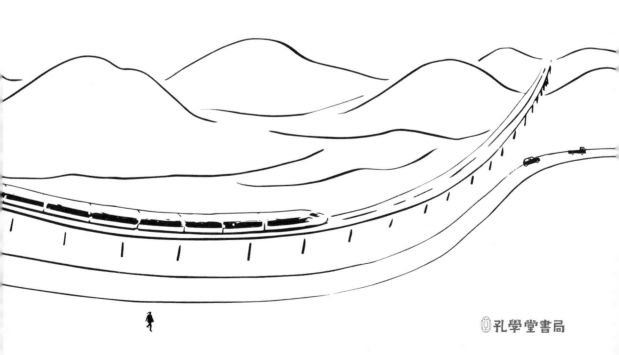

孔學堂書局

本书获 2022 年贵州省出版传媒事业发展专项资金资助

图书在版编目（CIP）数据

大道黔行 / 彭芳蓉著 . — 贵阳：孔学堂书局，
2024.4

（新时代黔行丛书 / 李缨主编）

ISBN 978-7-80770-410-2

Ⅰ . ①大… Ⅱ . ①彭… Ⅲ . ①纪实文学—中国—当代

Ⅳ . ① I25

中国国家版本馆 CIP 数据核字 (2023) 第 224871 号

新时代黔行丛书　　李缨　主编

大道黔行　彭芳蓉　著
DA DAO QIAN XING

责任编辑：张基强　陈　倩

封面设计：张　莹

出版发行：孔学堂书局

地　　址：贵阳市乌当区大坡路 26 号

印　　制：贵阳精彩数字印刷有限公司

开　　本：787mm×1092mm　1/16

字　　数：320 千字

印　　张：19

版　　次：2024 年 4 月第 1 版

印　　次：2024 年 4 月第 1 次

书　　号：ISBN 978-7-80770-410-2

定　　价：48.00 元

序

继《新黔边行》《新黔中行》之后，《大道黔行》也即将付梓，"新时代黔行丛书"的策划一步步从理想变成现实，画上了圆满的句号。

2020年，我们启动《新黔边行》，彭芳蓉沿着35年前刘庆鹰和蒙应富两位老师行走黔边的足迹，书写和记录新时代黔边的新貌。《新黔边行》引起广泛的社会关注，产生了较大影响，这对我们是极大的鼓舞。于是，又启动《新黔中行》，以一个个触动人心的小故事讲述贵州在巩固拓展脱贫攻坚成果同乡村振兴有效衔接过程中的经验与探索。

在《新黔中行》收官之后，我们意犹未尽，决定再写一部，以贵州的交通巨变为主题，名之《大道黔行》，从而与前两部一起构成"新时代黔行丛书"。

贵州是全国唯一没有平原支撑的省份。"八山一水一分田""天无三日晴，地无三尺平，人无三分银"等描述贵州贫困面貌的俗语中，山高路远总是关键词，可见，在曾经千百年来的绝对贫困中，交通不便是其重要根源之一。

贵州蝶变，交通革命是前提。2015年12月，贵州提前实现"县县通高速"目标，成为西部第一个、全国第九个县县通高速的省份，贵州的变革和腾飞自此进入快车道。"村村通""组组通"打通了遍布于贵州群山中各村寨之间的"毛细血管"；贵广高铁正式通车标志着贵州进入"高铁时代"；乌江"黄金水道"全线复航标志着贵州水运复兴指日可待；贵阳轨道交通一号线正式通车标志着贵阳市立体交通建设更上一层楼……无论在脱贫攻坚中，还是在乡村振兴时，交通建设总是百姓交口称赞的"大好事""大喜事"。

与《新黔边行》和《新黔中行》不同，《大道黔行》不再以县（区、市）

为站点行走，而是分乡村公路、高速公路、城市交通、水路运输、高铁建设等不同类型展开。又因交通建设贯穿着历史与未来，展示的是更为深刻、久远的历史变化，其中，不仅有投身建设的"人"，也有关于建设的"事"，所以，我们将主题分为"历史印记""时代车轮""乡间大道""百业之始""沿途风景"和"航行万里"等篇章，希望以此更为全面地展示贵州交通建设的故事。

想要看看贵州不可思议的交通建设背后那些人与事，相信在《大道黔行》中能找到令你满意的故事，欢迎读者与《大道黔行》一起踏上贵州交通巨变之旅！

李缨

2024 年 3 月

目录

历史印记

从黔路漫漫到天堑通途   2

列车穿过时代   6

消失的溜索   9

胶片上的足迹   15

弯道上的守路人   19

八洛往事   23

谷陇有个村名叫火车站   27

从"两天进城"到"一天回国"   34

时代车轮

在铁轨上"起飞"   40

搭乘开往欧洲的班列出山   45

一条高速铁路线的诞生   50

定格贵阳环线铁路   54

挺进地下喀斯特   60

乌蒙女儿   64

杨凤的 5 公里 69

打通一个地方的毛细血管 73

公交穿行于苗乡侗寨 77

乡间大道

一直走到月亮升起处 83

乡邮路上 90

去匏瓜 96

回村修车去 102

女支书 12 年打开乡村路 107

大路通往轿顶山 109

以路命名的村庄 113

村镇交响曲 118

青年回乡路 122

村寨间的纽带 126

悬崖上抠出一条路 132

打开山门的 G326 140

百业之始

网红路背后的茶山 146

茶香之路越走越宽 151

当酱香与浓香融合 155

酒香不再怕巷子深 159

路通百业兴 163

出入乡村的电商快车 166

八步茶香飘千里 171

12 万公里的终点落在北纬 27° 176

从脚车村走上"双高速" 182

18 小时，水城村蔬菜端上广东餐桌 187

万亩果场引力 191

再访大木村 194

沿途风景

联通温泉与溶洞的纽带 199

飞跃万峰林 203

被高速激活的山乡 208

在山间打通一条"清凉线" 213

从运煤大道到最后 700 米 217

浮出水面 220

娄山关下 225

梵净山的彩色线 228

住在仙人街 232

跳舞回反排 238

上山下山 242

航行万里

水上运来一座桥 248

空中"飞"过一条船 253

跌宕的乌江 257

川流不息 261

北盘江大桥与小马哥 269

再见清水江 277

见证新世界纪录诞生 280

从坝陵河大桥起飞 285

后记 289

历史印记

从黔路漫漫到天堑通途

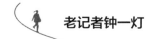

老记者钟一灯

认识钟一灯老师是从他的文字开始。2019 年 1 月，钟一灯老师的散文《千里赣南一日还》发表在《贵州日报》"娄山关"版，文中由一次驱车回赣南老家参加民间庆典活动，引出了一段 1968 年与妻子搭火车回乡探望父母的久远回忆。钟一灯老师关于在贵阳与赣南之间往返的那段描写，字里行间都透露着"艰难"二字。后来，我见到钟老师时，他告诉我，文章发表后，有朋友问他是不是在写小说，他大笑着回答，绝无半点虚构。

见到钟一灯老师是 2022 年的初春，我们约定好上午 9 点半在贵州日报社见面，我想请他谈谈他所体验过的贵州交通。老人已经退休多年，84 岁的他尽管腿脚不太方便，但精神矍铄，说起话来声如洪钟，语速很快。或许是因为一直在报社工作，又先后担任过记者站站长、部门副主任等职务，他至今仍保留着职业敏感，没有天南海北地闲侃，而是直奔主题，说起那些曾经走过的崎岖黔路，犹如翻开他记忆里的一本大书，不仅精准到具体年份，就连当时的场景、细节也清晰地记录着。

要说对贵州交通变化感受最深的职业，除了交通工程的建设者，常年奔走在黔地山乡的记者应该最有发言权。

1964 年，钟一灯从江西大学（今南昌大学前身）毕业。那时的大学生热血满腔，学成之后工作分配时都踊跃地申请到偏远艰苦的地区工作，钟一灯也不例外。有人被分配到新疆，有人去了黑龙江，而他则与贵州结下缘分。

在今天，江西到贵州，全程高速公路约 1100 公里，开车最快只需 11 个小时。但在 30 多年前，钟一灯要从中国的东南部长途跋涉至中国的西南部，则需要乘火车经广西绕道、转乘，颠簸好几天才能抵达贵阳。初出茅庐的钟一灯第一次离家如此遥远，他与同样被分配到贵州、云南的同学结伴而行。绿皮火车在铁轨上缓慢摇晃，车厢里挤满了去往西南的人。钟一灯等几位囊中羞涩的大学生，坐在硬邦邦的座位上，对未来满怀憧憬。看着窗外白昼与黑夜交替，高山越来越多，车内的湿气似乎也越来越重，当铁轨穿过一个个山洞，火车被起伏错落的青山包裹之时，钟一灯便知道，贵州到了。

挥别了还要继续往西去云南的同学，钟一灯下了火车。到报社报到之后不久，工作很快就进入正轨，他领到了职业生涯中的第一个重任——去黔东南苗族侗族自治州驻站。

1965 年的贵州，虽然各县（区、市）均已通了公路，但大多仅限于县城，到乡镇和村寨的路依旧难行，黔东南更是如此。黔东南苗族侗族自治州是贵州世居少数民族最多的地方，这里的地势西高东低，沟壑纵横，崎岖险峻，想要深入到农村展开采访，那必将面对坎坷的路途。

在黔东南州府凯里安顿好后，报社开始号召青年记者深入基层，去到一线村寨寻找鲜活的新闻线索，钟一灯也很快接到任务，去往当时黎平县茅贡镇下辖的器寨村（现已与坝寨乡合并，辖于坝寨乡）采访。

这是一趟难以想象的旅途。年轻的钟一灯将行李和被褥分别打包，挂在扁担两头，挑着担子到凯里汽车站乘坐去往黎平的班车。好不容易将沉重行李推上车顶，钟一灯钻进拥挤的车厢找地方坐下，待吱嘎作响的汽车开始在公路上行驶时，像罐头一样的车厢里空气也被搅动起来，人们身上的体味混合着浓重的汽油味，一个劲儿地往钟一灯的鼻子里钻，加上晃动的汽车不时上下颠簸，更让这位年轻小伙子吃不消。原本能在下午五六点抵达黎平县，然而，车行至雷山县突然抛锚，等待修车又是一番折腾，待汽车缓缓在黎平县的汽车站停下时已是夜里掌灯时分，钟一灯已经不知吐过多少回。他腹中空空如也，面色铁青，一时间又找不到县里的招待所，只好在汽车站附近找了个旅馆凑合一晚。

第二天，在县里待了一天，了解了采访情况后，第三天，钟一灯再次挑起行李登上让他胃里翻江倒海的汽车，在坑坑洼洼的土路上向茅贡镇驶去……到了器寨村，总算能找地方安顿下来。接待他住宿的是村里一户从江西搬来的人家，在离家千里之外的偏僻村庄能见到老乡，这让钟一灯暂时忘掉了一路颠簸的痛苦。采访实际上只用了两天，当完成这项任务后，钟一灯又得一路折腾回到凯里驻地。而此后在黔东南驻站的日子中，类似把大部分时间花在赶路上的采访还有不少。

或许，当时的钟一灯并不会想象得到，坐汽车外出采访在某些地方也会成为一种奢望。

在黔东南苗族侗族自治州工作了一段时间，他的工作发生调动。一次，他和一位当时已有60多岁的南下干部去黔东南调研，计划从贵阳坐火车到麻江县，再从麻江乘班车到凯里。计划似乎滴水不漏，然而，到了麻江县时已近下午6点，班车早已停止发车。行程紧张的二人决定，在当地找一辆顺风车搭着他们去往目的地。最终，他们找到一辆运煤的车。驾驶室已无空位，两位穿着体面的人只能钻进车后的大棚子里。钟一灯吃力地将那位干部拉上堆满煤块的车厢，包裹车厢的防水布四处都有缝隙，一路上都有凉风灌进来，把煤灰吹得四处飞扬。等到了凯里市，俩人从大棚子里钻出来，早已浑身沾满煤灰，连鼻孔里都是黑的。钟一灯有些同情这位已过耳顺之年的老干部，不过，他也没想到，自己后来被调往六盘水驻站后，乘坐煤车出行几乎成了常态。

工作多年，钟一灯去过贵州很多地方，但那些关于天堑难越、郊野难行的记忆，大多都停留在20世纪70年代。他从贵阳去兴义时，途中经过关岭，必须先下山渡水，再翻过一座山，流经此地的北盘江迂回曲折波涛滚滚，却成了这条路上最大的阻碍。他在六盘水驻站时，除了水城县（今水城区）域内有像样的柏油路，大多数都是尘土漫天的土路，站在这座山上能与对面山上的人打招呼，可开车过去却得花费好几个小时……颠簸的采访体验构成了钟一灯近10年的驻站记者生涯，直到后来回到贵阳，那种对交通出行产生的担忧才逐渐平息。

不仅在贵州境内出行难，出贵州也不是一件容易的事。20多岁时就已在贵州安家的钟一灯，并非不想念千里之外的赣南老家，可一想到回一趟家需要跋山涉水，辗转多回，便觉心中烦躁，头脑发昏。正如他在短文《千里赣南一日还》中所述，在湘黔铁路尚未建成的 1968 年，他和妻子回老家需搭乘昆明到上海的火车，绕道广西至江西向西站转汽车，回贵阳时又要从江西乘汽车到广东韶关，再坐火车北上到湖南衡阳，然后转乘上海到昆明的快客到贵阳。几番辗转已让人疲惫，而当时的交通运力偏偏吃紧，火车车厢挤得像一个个沙丁鱼罐头，他不仅在检票时被人踩掉了皮鞋，还经历了差点被挤下车去的惊险时刻。有了这次经历，回家这件事于钟一灯而言更是难以实现，以至于长达四五年才做足心理准备回一趟赣南。

转眼到了 20 世纪 90 年代，钟一灯已临近退休。在他退休的前一年，他与年轻同事去了一次玉屏，途中经过凯里，在当地住了一晚。这一次与当年完全不同，他不用再挤上绿皮火车一路摇摇晃晃到麻江，也不会再陷入班车停运而不得不搭运煤车去往凯里的窘境，他和同事舒服地坐在单位安排的汽车里，在柏油公路上一路飞驰，尽管那时高速公路尚未修通，但路况已比当年好了很多。住在凯里的那个夜晚，看着华灯初上的城市，相较于 30 年前，这里的变化已是翻天覆地，回想起当年在此驻站，钟一灯不禁感慨良多。

退休后的钟一灯极少出远门，但他也未错过贵州交通巨变的关键时刻。2015 年，贵州第一条高铁线路贵广高铁开通不到一年，钟一灯就乘着这趟动车踏上回乡之路。后来，他也在侄孙的陪同下，驱车奔驰在高速公路上，只用了一天时间便抵达家乡赣南。

在位于云南省宣威市普立乡与贵州省六盘水市水城区都格镇之间的北盘江第一桥修建完成不久后，钟一灯的儿子就专门驾车带着父亲去体验了一回。汽车行驶在大桥上，几分钟便能抵达对面的山，年迈的钟一灯望着窗外飞速掠过的景象，曾经崎岖险峻的山路，如今竟神奇地被一座座大桥连接，被一个个隧道打通，宽敞的高速让过去令他难耐的颠簸消失了，他让儿子开慢一点，再慢一点，他想好好看看这高桥之上的贵州风景。

列车穿过时代

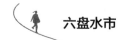

从三线建设时期到今天，六盘水的故事都要从那一条条延伸至四方的铁轨说起。因此，我六盘水之行的目的非常明确，就是为了寻找这里的铁路故事而来。

乘坐高铁从贵阳出发，1个多小时就能抵达目的地。接下来的时间，我听一位年过八旬的老人讲述了他与铁路之间的故事，仿佛展开了一幅跌宕起伏、令人惊叹的历史画卷。

老人戴明盛是四川人，虽然已有80岁高龄，却口齿清晰，逻辑缜密，提起50多年前的经历，连一些微小的细节都能清楚记得。坐在戴明盛家窗边，他把一杯清茶推到我面前，将我带回到1966年的6月16日。

10节车厢串成一条长龙，喘着粗气从重庆出发，缓缓驶入高山林立的贵州山区，沿途经过大大小小不知多少个车站，每到一个站都会吐出一拨年轻人。22岁的戴明盛坐在卧铺，心中满是兴奋和忐忑，每到一个站点他总会望一望窗外，其他人的目的地都到了，那他的目的地会是什么样子呢？

不知过了多久，领队开始点名，戴明盛知道，自己终于到站了。

这是一个大站，站名是六枝。下车的那一瞬间，戴明盛的心凉了半截，恨不得调头就走。这里简直就是荒山野岭，周边荒无人烟，只有空荡荡的站房和延伸至远方的冰凉铁轨，不用深入体验也知道，这地方连生活都成问题。不过，想要逃离的想法只是一闪而过，戴明盛想起三线建设的热切号召，他终于还是留了下来。

没有宿舍、没有洗澡的地方，食堂也只是从车站中划分出的一块区域，就连那个站房都是"干打垒"（即用石头和石棉瓦堆砌而成）的临时石板房，这与当时的重庆大都市比起来简直是天壤之别。条件极其艰苦，工作任务也十分紧迫，上级要求当年7月1日就要通车，而此时只剩下不足半个月的时间，戴明盛等20多位年轻人已顾不上太多，在候车室打好地铺，便开始了热火朝天的建设。

车站是由成都铁路工程局建设的，而戴明盛这一批工人属管理局的人员，他在其中负责车辆调度工作。六枝站建成之初，周边没有任何可以采购物品和食物的地方，物资供应车一个月来一次，每次见到那辆载满食物和日用品的火车停靠在站前，人们便蜂拥而上，肥皂、米、面、酱油……满载而归后又能维持一个月。站房里的生活枯燥无味，仅有同事的一台收音机可以解闷，每到夜晚，年轻人就围在这台小小的收音机旁，等待孤独的电波在夜空中传来外界的新闻和音乐。

7月1日通车后，每天只有一趟从昆明到贵阳的客车，以每小时20公里的速度缓慢爬行，从六枝到贵阳都需要一个通宵才能抵达。六枝是矿区，但在三线建设之前并无工业，所有建筑材料只能从外界运输而来。通车一两年后，六枝站的人群终于渐渐多了起来，火车皮装满建筑材料和投身三线建设的人们在此停靠，这个曾经荒凉的地方终于有了生气，周边的农民将蔬菜带到车站周围售卖，站里的工人也得以改善了伙食。

在六枝站工作了几年，戴明盛被调往野马寨。那是一个货运站，7条铁轨排列成行，大批煤炭从这里发出，被运往全国各地。到了1975年，戴明盛又前往水城西站工作。水城的环境甚至比六枝更多了几分艰苦。水城地势更高，一年四季气温较低，蔬菜、粮食生长缓慢，当地人常年的主要食物都是烧洋芋。那时，很多地方尚未通电，戴明盛作为制动员只能每晚摸黑调车作业，安全问题全靠防护人员在信号灯前做引导手势，每天跳上跳下不知多少回，累得晚上只想躺在床上一动不动。

直到1989年，六盘水站建成后，戴明盛才强烈地感受到改革开放带来的变化。那时，已有许多农村人开始去往外地打工，来贵州做买卖的人也逐渐多了起来，而六盘水站是一个大站，不仅威宁、赫章等周边县的人们都会从这里出发，有时，连云南的乘客也会在这里乘车。米、面、粮、油等食品不再是稀缺品，肉类、香烟等物品也一车车地运进六盘水，还有大批煤炭每天向外运输。

2004年，戴明盛退休，从小跟着他在铁路边奔跑的儿子戴礼玲，如今也进入铁路系统工作，后来成为六盘水站的站长。

戴明盛将自己的青春和整个职业生涯都奉献于铁路建设，在20世纪60年代至80年代中，他见证了六盘水铁路从无到有。在这段时期过后，贵州铁路建设的推进速度逐渐放缓，但仍有一部分铁路建设者在这片土地上来了又去，将足迹留在贵州交通历史上，直到2008年，贵州首条高速铁路——贵广高铁开始动工建设，时代才缓缓翻开了新的一页。

早在2006年，贵州至广州的高速铁路就已在酝酿中。在贵州首条高速铁路——贵广高铁即将进入尾声的2013年，一条连接安顺西和六盘水的高速铁路也正式立项。这条高速铁路是组成贵州省快速城际铁路网的一部分，被命名为安六高速铁路。2014年年底，贵广高铁正式通车，安六高速铁路也即将进入动工阶段。

就如戴明盛当年从重庆来到六盘水一样，又一批铁路建设者在此聚集。在这万物高速运转的时代，组建一个高速铁路的运营单位，必然要选拔一批经验丰富的铁路建设者作为"拓荒人"。历经5年多艰苦卓绝的建设，2020年7月8日，六盘水终于迎来了安六铁路正式通车运营。六盘水的人们喜气洋洋、载歌载舞，庆祝这一历史性的时刻，张开双手拥抱高铁时代的到来。

安六高铁开通之后，戴礼玲特意带着父亲戴明盛体验了一次新时代的速度。在宽敞明亮的候车厅刷身份证通过自助检票机走向站台，戴明盛难掩内心的激动，坐在疾驰的列车上，窗外林立的高楼、丰收的农田、繁茂的山林飞速向后奔去，这画面仿佛穿过50多年光阴，与他初入六枝时漫长的等待和荒凉的景象重叠。

消失的溜索

威宁彝族回族苗族自治县

　　那座横跨牛栏江的钢架桥边上有两个石墩，我和张永才老人一人坐一边。他说，要想听他讲这桥的故事，就必须坐在桥边才能找到感觉。

　　张永才把那柄包了浆的拐杖斜靠在栏杆旁，双腿分开，一只手撑住大桥的栏杆，喉咙里发出几声浑浊的轻叹，缓缓地把身体放在石墩上。他已年过八旬，能把他请来实属不易，所以，他的提议我必须从命，顶着上午10点的阳光在他对面坐了下来。

　　太阳高挂在东方，高原阳光的紫外线格外猛烈。"住在高原的人们不怕晒。"这是带我来玉龙镇的朋友说的，他说这话的时候还指了指自己的脸颊上已不太明显的"高原红"，他说这是高原人的标志。强烈的阳光劈头盖脸打在我的脸上，白色的光线像针尖一样刺入双眼，我把手搭在眉头上，尽可能地遮挡光线，可即便如此，仍无法看清张永才的脸，更不知道他脸上是否还有明显的"高原红"，或是常年日晒沉积的黑色素已将皮肤染出均匀的颜色，只能依稀分辨出一个戴着黑色冬帽、披着黑色夹克的剪影。

　　"8股篾子拧成一根篾索，一共有48'排'，两头拴在两岸的大石头上，篾索上套一个大圈，过河的时候用绳子捆在腰间，一条腿跨进圈里，双手抓紧，由对岸的人拉过去。"当我正抹掉因强光刺激而流出的眼泪时，张永才已经摆好阵势，操着浓重的方言描述起那条从他出生前就已存在的溜索了。我向对岸望去，避开阳光直射，视野又恢复了清晰。

　　眼前早已没有那条张永才口中的溜索，取而代之的是这座钢架桥。被桥连接的两岸，山势和房屋看起来没什么不同，但从行政区划的角度来看，跨过这座桥就算是出省了。这里是云贵两省的边界，贵州省威宁自治县的玉龙镇和云南省曲靖市会泽县马路乡就隔着这条牛栏江。

张永才所描述的那条溜索，就是过去许多年里两岸居民过河的唯一通道。桥下的河水缓缓流淌，看起来已不再是过去新闻报道或文学作品中描述的那条愤怒奔腾、会"吃人"的牛栏江了，附近的水电站建起之后，牛栏江的水位抬高，脾气也被驯服。牛栏江在变，江上的通行方式也在变。拉起溜索之前，两岸的百姓也用过渡船，不过那是很久以前的事了，张永才甚至还未出生，关于渡船的历史他也只是听说，据上一辈人讲，就是因为牛栏江水势太猛翻了船、死过人，这里的人们便不再敢摆渡过江，转而从空中"飞"过去。

太阳越攀越高，我的眼睛还是没法睁开，终于，忍不住提议，换一个地方继续聊。在村里一户人家的客厅中，我终于看清了张永才的样貌。如我所想的一样，他肤色黝黑，额头上布满沟壑，眼里像是蒙了一层薄薄的白雾，尽管，外表与他实际年龄一致，但这丝毫没有影响他的讲述。在沙发上坐定，张永才又兴致勃勃地开启了回忆，这一次，逻辑清晰，故事也更精彩了。

张永才并不知道这条江上具体是哪一年开始用溜索的，他出生的时候人们就已经在靠这条索道过江了。张永才也不记得自己是几岁时开始敢跨坐在那大圈里，用手紧紧攀着上方溜到对岸的，或许在母亲怀抱里时，甚至在母亲肚子里时就已经做过这样的冒险了。他只记得孩提时代，常年生活在江边又十分熟悉水性的自己，因为贪玩，偶尔会在滑到溜索中央时，深吸一口气，憋住，然后撒开手，让自己的身体自由落体坠入江中，在翻腾的江水里深深地扎个猛子再浮出水面，然后欢快地游到对岸。

"那时的小孩多半如此。"张永才说起儿时的极限挑战眉飞色舞，连脸上的皱纹都舒展开了，仿佛回到童年。他们并不在乎浑身湿透像一只落汤鸡，高原上的太阳一会儿就能把身上晒得干燥又温暖，那种快乐只有小孩才敢拥有，他们对牛栏江的凶险一无所知，即便被家长警告多次仍无所畏惧。

牛栏江是会"吃人"的。"水性不好的、畏高的、力气小的，这几类人溜到中间就开始慌了，有时候手上发软，有时候脑壳一昏，就直直地掉下去，人就被冲走了，没了。"张永才说起这些惨剧时，语调急转直下，喉咙里发出细微的叹息。正因如此，每个鼓起勇气把自己挂上溜索的人，实际上面对的都是一场生死赌局，不仅要靠自己意志坚定，还要靠周边几个村的村民协力合作，才能最大限度保证溜索的安全。

"那篾索每年都要更换，村里的人轮流制作，我也做过一回。"说起制作篾索的经历，张永才又仿佛回到了年轻时的状态。

此前他提到，一条完整的溜索由48"排"8股粗的篾索拼接而成，他所说的"排"，其实就是一段3米多长的篾索，48"排"总长有100多米。要制作这条100多米长的溜索，需用到上千公斤竹子，先将竹子劈成细细的篾条，再将8根篾条拧成一股绳，48根拧在一起就成了。整个制作过程需要耗费极大的精力和时间，张永才记得，那次他做了足足一个月才完成。

制作溜索并非村民们为过河付出的唯一劳动，在技术尚不发达的时候，想要顺利滑到对岸，还需有人在岸边拉动绳索。从这溜索上划过江面的不仅有人，还有各种各样的货物。有时，人们要背着猪一起过河，有时，要带着去乡场上买卖的货物，就连出产于牛棚镇白碗窑的那些易碎的瓶瓶罐罐也必须经历这惊险的一"溜"。这便对拉索人的技术提出了更高要求，他们的劳动也会有相应的回报，过河人往往会支付一定现金，以感谢拉索人保障了他们的生命和财产的安全。

想要拉动这数千公斤的溜索并非易事，张永才也体验过。通常，两岸有十几个人值守，先将过河的人固定在圈子里，一边缓缓放开拉绳，另一边使出吃奶的力气拉动，那过河的人和货物方可顺利"溜"过去。特别是遇上运送陶瓷的，便要派出一位捆绑技巧高超的人来为人们固定。

溜索之所以成为这江面上唯一的交通工具，很大程度上是由当地的地理条件和经济条件决定的。被牛栏江划分出清晰界线的贵州与云南边界地带，百年前就有村落一团团散居在山崖之间。与这连成片的奇峻山川，以及昼夜奔腾的江水相比，曾经的茅草房显得那么渺小，用山坡上野生的茅草堆砌的屋顶枯黄且杂乱，用泥巴"冲"的墙壁干结成粗糙的黑褐色，几乎与山川融为一体。过去许多年间，当地人就住在这样的房子中，整日面对着瘠薄的土地，想方设法种出最好的东西。

玉龙镇的土地上盛产凉薯和红薯。凉薯在当地又被称为白薯，根块像土豆，只是更扁一些，两头有茎，看起来像个纺锤。如今，我们在市面上所见到的凉薯用一只手就能抓住，撕掉外皮一口气就能吃光，但张永才当年种出来的凉薯，那得用两只手抱起来。

"一个红薯有三四公斤重，一个白薯有八九公斤重。那白薯有时候还需要切开来卖，口感好得很！"他张开手臂围成一个大圈，仿佛正抱起一个巨大的凉薯一般，比画出的大小让我瞪大了眼睛。

"这么大的白薯，能卖出多少钱？"我认为一定能卖个好价钱。

"一公斤一毛钱吧？那是六几年的时候了，村里就靠这个分红哩。"张永才晃晃脑袋，皱起眉头回忆了一下，十分惋惜地叹了口气，说："不管（值）钱，但是我们还得运到对面，或是背到牛棚、迤那的集市上去卖，那白薯好得很呐……"

在场的人们突然陷入短暂的沉默，仿佛看到那个背着几十上百公斤凉薯的人，正从这巍峨的山间向外走去。牛棚和迤那是与玉龙相邻的两个乡镇，在一条线上。即使在今天，迤那和玉龙之间的路程也有近 30 公里，而在几十年前，张永才和当地的村民就只能循着那条已经被人踩得十分紧实的土路一步步走过去。正因如此，喜悦的丰收往往意味着艰辛跋涉的开始，他必须算好时间，清晨 5 点天还没亮就得出门，没有手电筒，只能摸黑在山间前行，直到太阳从东边升起，照得他通体舒畅，脚步也跟着加快，这 4 个多小时的漫长跋涉才算接近尾声。

有时，他也会去对面的村庄售卖凉薯。20 世纪 60 年代时，那边有一个公社可以收购农产品，公社取消后，那里便自然形成了一个小集市。前去售卖凉薯的人们，必须将凉薯先运过去，自己再绑好绳子滑过江面。

靠着种凉薯、卖凉薯，张永才娶了媳妇，生了 4 个儿子和两个女儿。几个儿子和他性格一样，天不怕地不怕，依旧喜欢在那凶险的牛栏江水里扑腾，喜欢在溜索上溜到一半让自己自由落体坠入水里。后来，儿女陆续成家，其中一个儿媳妇还是对面村庄的姑娘。结婚那天，姑娘精心打扮一番，在对岸把自己绑在溜索上，连同嫁妆一起，在拉索人的粗喘声和人们的欢呼声里"飞"了过来。

日子依旧紧巴巴的，张永才只能更加卖力地种出更多更大的凉薯。"不得不（吃）苦嘛，不（吃）苦连盐巴都吃不上。"他咂吧着嘴，仿佛在回味。这苦日子直到 2000 年左右才开始出现改变的迹象。那几年里，周遭的一切都在变。村里的人越来越少，张永才的儿子们也陆续外出打工，不愿仅靠苦守凉薯勉强维持温饱；地里的凉薯换了品种，小到一只手就能握起，价格倒是有所提升；牛栏江的水势不似过去那般凶猛，全流域陆续建起水电站，水库蓄水驯服了这头"蛮牛"的脾气。

大约在 2007 年，那条溜索的废弃正式宣告了一段历史的终结。对岸的云南居民在江面上架起一座铁索桥，人在桥上行走形成的震动让整个桥面晃得像一个大秋千，桥的两边仅拉起两根铁索做围栏，稀稀拉拉犹如老人的牙齿，过桥的人稍不注意仍会从铁索间坠入江中。此时的张永才已 60 多岁，当年在溜索上来去自如，如今也很快掌握了过这铁索桥的技巧。这技巧说来也简单，只有一个字：跑。"一踩上去它就晃，晃得越凶我就跑得越快，你快点到对岸就不会出事了嘛。"他提起这段经历时，笑得像个小孩般得意。

铁索桥在江面上存在了 10 年左右，随着水电站的修建，江水水位被抬高，这桥也被淹没在水里了。这 10 年，又是玉龙镇变化更大的 10 年。2011 年，当地的危房改造和茅草房改造政策同步实施，那些用野生茅草盖起的房屋被一一推掉，取而代之的是砖瓦房或钢筋水泥房。到了 2017 年，镇上和村里都开始修路了，挖掘机从张永才家门口驶过，"啃"出了一条宽敞的大道，也在他家门口留下一个堡坎。张永才的儿子打工回乡，担心年迈的父亲出门摔下坎去，便买来空心砖，另寻一处给他盖了新的房屋。

和公路一起来的，还有一座桥。陪伴了张永才大半辈子的溜索，在牛栏江沿岸还有许多条，2017 年前后，这些靠溜索过河的故事陆续被贵州和云南等地的媒体报道，这种犹如极限运动一般的过河方式让人们惊叹又紧张，也让许多人开始关注当地人的生活。随着交通的快速建设，威宁县委和县交通部门启动了"溜索改桥"项目，玉龙镇的这条溜索虽早已不在，但过河仍旧是一大难题，于是，一座钢架桥便在云贵两岸建了起来。

那时，张永才年近80岁，听说此处要修桥，他兴奋得几乎要跳起来。几乎每一天，他都像一个尽职的监工一样来到施工现场。他看见人们用粗大的钢筋深深地插进岸边的土地里，又用几股结实的钢绳并在一起，分四组捆绑、焊接，一直拉到对岸，结实的钢条均匀排开，死死焊在那钢绳上，最后，铺上有"Y"字形纹理的钢板，两侧再固定上密集的围栏……

张永才欣赏人们架桥的同时，嘴巴也没闲着。他爱和工人们聊天，不厌其烦地询问这造桥的技术是如何学成的，毕竟，这太让他感到惊讶了。

"这桥不会晃吧？我们这种七老八十的走在上面晕不晕？"

"你们在哪里学来的技术？怎么能把这桥造得这么结实？"

"你晓得不？以前我们是用溜索过河，8股篾子拧成一股绳，要足足48'排'才能造成一条溜索……"

张永才不厌其烦地聊那些故事，工人们不厌其烦地听着，一两个月过去，关于溜索的故事讲完了，这座钢架桥也建成了。张永才试着踩上那厚实的钢板，还轻轻跳了两下，"嘿，还真的不会晃哩。"他心满意足。

正聊得起劲，张永才的老年机突然传来整点报时："北京时间12点整。"他并未受这震耳欲聋的报时声影响，眼睛仍望向我，嘴也没停下，只是腾出一只手来摸向兜里关掉了声音。他还有话没有说完。

"现在那些东西都没有了。溜索没有了，茅草房也没有了。我以前还给村里提议，再用泥巴'冲'一栋茅草房作为纪念，不然，以后的年轻人都不知道怎么'冲'茅草房了。"他脸上的皱纹都聚在了一起，眯成了一条缝的眼睛有亮晶晶的微光。

他还想着那条溜索，向包括我在内的年轻人问道："要是那溜索还在，你们敢不敢过？"

"肯定不敢过！有桥有路，谁还会过溜索呢？"见我们脸上露出惧怕的神色，他自问自答道，随即又像个恶作剧得逞的小孩一样大笑起来。

胶片上的足迹

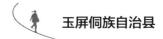

玉屏侗族自治县

2007 年前后，虽已退休但仍被邀请出任玉屏自治县关心下一代工作委员会主任的丁先清，一次在去田坪镇塘河村开展工作的途中，路过了马家屯村。他特意请司机停下车来，独自站在半山腰的公路上俯瞰山坳里的村庄。那片熟悉的山坳里，连成片的崭新小楼堪称乡野别墅，其间仍有几栋年代久远的木屋，虽然早已破败不堪，但屋主仍舍不得拆掉这祖上留下的老宅。这些老屋和新宅让丁先清思绪万千，他努力回忆 40 年前来到这里时的情景。那时的村民们满眼期待地望着他，喜悦之情仿佛过年一般。那时的他，是村里难得一见的电影放映员，脚步丈量到哪里，电影放映机就在哪里转动起来。

我见到丁先清时，他已是一位 80 岁高龄的老人。尽管满头银发，步履蹒跚，但回忆往事时，老人的思路仍像一辆行驶在高速路上的汽车，不仅没有走岔路，还开得飞快。

"大概在 1965 年……"丁先清一开口就将日历往前翻了近 60 年。那时，他还是一个朝气蓬勃的小伙子，进入铜仁地区的宣传部门工作后，被分配到邻近的玉屏自治县，成了一名乡村电影放映员。20 世纪 60 年代，电影尚属一种新潮的艺术，在不少人心目中被归类为"奢侈品"，居于深山之中的贵州农村百姓，更是一年到头都难得一睹这光影魔术的魅力。正因如此，电影放映员所到之处总是欢呼一片。

不过对于丁先清这样的电影放映员来说，再高的优待也难以抵消这份艰辛工作带来的疲惫。在农村放电影的那几年，丁先清一出门就是大半个月，扁担里挑着放映机、发电机、汽油、电影胶片，以及几件换洗的衣服，便与同事结伴从玉屏县城出发。除了不得不回城里换新的胶片，或购买发电机所需的汽油，他们都吃住在山中。

那时，丁先清负责整个玉屏县域内各生产大队（20世纪80年代撤生产大队设村委会）的电影放映工作，无论走到哪里，几乎都是崎岖的山路；到了公社也大多是羊肠小道，连自行车也无法通行。无论远近，电影放映员们都只能步行前往，一天走十几二十公里是家常便饭。铁家溪、大湾，还有后来被划归万山管辖的高楼坪，只要一提起这些地名，丁先清就会感觉双脚像灌了铅一样沉重。这些地方不是与湖南接壤，就是处在与铜仁的交界上，不仅路途遥远，山坡更是陡峭，山路都是靠无数人踩出来的，路上没有防滑的石子，全是稀软的黄泥，走在路上亦步亦趋，生怕摔上一跤惹来更大的麻烦。

尽管山路难行，他们却从不敢懈怠，生产大队的人们对电影放映队的到来早就翘首以盼了。一行三人，如去西天取经般经历九九八十一难总算抵达目的地，在农户家里囫囵吃过晚饭，便马不停蹄地将电影大幕拉开。村里的孩子们，匆匆吃过晚饭便抄起小凳子冲出家门跟在放映员身后，他们圆睁着眼睛紧紧盯着这些"魔术师"的一举一动，看着他们支起幕布，看着他们拉动发电机，看着发电机的电流让放映机转动起来。有时，为了以表重视，或借此机会宣传当下政策号召，公社领导还会在电影开始前拿着大喇叭发表一番讲话，或是请丁先清等人播放提前录好的宣传录音，完成这些仪式之后，在混杂着泥土味和汽油味的夜色中，那道变幻出千万种精彩的光束终于照亮了每一张兴奋的脸庞。

播放一次电影收取30元钱，用于交电影胶片的租金，这在20世纪60年代的物价水平中已属奢侈，自然也只有生产大队才能负担得起。不过，在大山中这几年"吃千家饭，睡百家床"的日子里，丁先清还有过一次为生产队播放电影的经历，这让他印象尤为深刻。他记得那天夜里，电影放映结束之后，一位生产小队队长拨开人群挤到他面前，试探着提出："能不能请您去我们小队上放一次？队上的人们都没看过电影。"望着对方恳切的眼神，丁先清欣然应允，并答应费用减半。第二天吃过早午饭，他便又与同伴走了近10公里的羊肠小道，来到那个生产小队播放了一场。

1968 年，丁先清结束了 3 年的电影放映员生活，进入县革委会工作，在当时政治部下的宣传组工作。此后的几十年里，他在不少部门工作过，也曾在负责交通管理的部门工作过，一步步走上领导岗位。

无论在哪个岗位工作，丁先清都得到基层一线。20 世纪 70 年代，他被安排到朱家场公社（现为朱家场镇）的鱼塘大队（现为鱼塘村）驻队工作。朱家场距离县城约 20 公里，最让人头疼的是一处名为竹林坡的地方，山路极为险峻，过去当电影放映员时，丁先清就去过那里。接到任务后，丁先清做好心理建设，将被褥、衣物打包，挑起扁担便向山中走去，虽已过去近 10 年，那段路却仿佛凝固在时间里一样，并没有什么变化。

虽然玉屏农村的交通几十年如一日地让人寸步难行，但因其位于湘黔两省交界东出西进的隘口，无论是从历史的角度还是从整个铜仁地区的角度来看，这里自古就是一个进出贵州的交通要道，入黔沿途早已有馆驿、餐馆等供旅客休整。此外，历时 37 年，于 1972 年建成通车的湘黔铁路也在玉屏设有车站，是当时铜仁地区唯一一个通铁路的地方。丁先清在 20 世纪 70 年代去德江出差时，也在鲜明的对比中充分感受到玉屏的交通便利。

那时，他因公去德江县潮砥区（现为潮砥镇）出差。吃过早餐后，丁先清一行人每人带上一块烙饼从德江县委出发，开启了他们的漫漫征途。一步一个脚印地向潮砥进发，直至中午，到了山间一处泉水边，丁先清一行终于能停下来歇一口气，就着泉水把那块干巴巴的烙饼囫囵吞进肚中，洗把脸又再次上路，直至夕阳西斜，足足走了 35 公里才抵达目的地。一路上可谓荒无人烟，这让丁先清不禁怀念起玉屏下辖的田坪镇路边那些热情好客的餐馆和驿站。

用脚步丈量土地的日子一直持续到 20 世纪 80 年代。1984 年，玉屏自治县成立，当地掀起了第二次公路建设的热潮，许多乡镇终于逐渐通了公路，通往贵阳的省道也逐渐建成。随着县里经济条件开始改善，单位配备了车辆，丁先清作为县领导，去贵阳出差也不必挤那需摇晃七八个小时的绿皮火车，改为乘坐小汽车驶向省城了。

时间一晃而过，2003 年，丁先清退休。他并没有真正停下来，县关心下一代工作委员会邀请他担任主任一职，于是便有了本文开头的那一幕。不过，那次震撼心灵的见证只是一个开端，后来的 10 多年里，他在曾经再熟悉不过的土地上一次又一次地刷新认识。

大约在 2017 年，县里组织退休老干部考察脱贫攻坚中的交通建设成果，考察地点有铁家溪村和大湾村——都是曾经让丁先清望而生畏的地方。丁先清默默在心里算了算账：铁家溪村和大湾村的地理位置不仅偏远，山路还十分崎岖，当年步行进村播放电影时把他折腾得苦不堪言，而全村总共不过几百户人，其中还有大部分人外出打工或直接搬离村庄，如果不是因为脱贫攻坚的"村村通""组组通"政策，想要花大价钱修一条通村的路，恐怕是地方财政难以负担的。想到这些，他已得出一种推论：如果这两个处在湘黔两省交界处的遥远村落都能修通公路，那其他地方的交通建设成果也没有什么可质疑的了。带着这些复杂的心绪，丁先清去往铁家溪村和大湾村，汽车行驶在深山密林间，在柏油公路上平稳无阻，丁先清的心里已经有了答案。

有时候，年过八旬的丁先清感觉时代书页的翻动速度变得越来越快，才过了短短几年，又出现了不少他未曾见过的东西。去年冬天，他去朱家场镇的兴隆村游玩，到了夜晚，一位熟识的村民提出开车送他回家。坐在那辆"高级"轿车里，村民一边问丁先清"冷不冷"，一边按下汽车里的几个按钮，丁先清还没来得及客气，就已感觉到座位传来阵阵暖意。这热气烘得他惊讶万分，大笑着感叹道："我活了 80 多岁，这算是第一次开洋荤了！"

坐在温暖的车厢里，丁先清望向窗外无尽的黑夜。山间村落的点点灯火在窗外掠过，仿佛黑色电影胶片上若隐若现的影像一般，又似乎与那 50 多年前印在黄泥路上的杂乱足迹重合起来。玉屏的大山和丁先清当年初来时一样，仍旧峰峦高耸，但这山间却早已玉带缠绕，用脚步和时间丈量山路的情景，最终都只留存在了历史的胶片上。

弯道上的守路人

晴隆县

　　"一道、两道、三道……"

　　"路边的这辆车是抗战时期留下的。"

　　"五道、六道……"

　　"这里保留了当年的'美军墙'。"

　　乘着景区的摆渡车走过一个又一个弯道，我想尝试着自己数完这著名的二十四道拐。但很快发现根本没办法静下心来数完，在景区讲解员罗廷英的提示下，沿途留下的历史痕迹总在吸引我的注意。

　　当我爬上观景台，想拍下二十四道拐的全貌时，阴雨天气带来的浓重雾气将整个山坳填满。我正打算放弃，县委宣传部的朋友拉着我说："再等等，上次我等了一会儿雾就散了。"我对这未知结果的守望将信将疑，却忽然起了一阵风，浓雾被徐徐拨开，那条蜿蜒的公路逐渐露出清晰的面貌。

　　在来晴隆之前，县委宣传部的朋友就告诉我，想要了解晴隆的交通和这条盘踞在晴隆山脉与磨盘山之间的凶险公路，那就必须与两个人好好聊一聊。一位是晴隆县交通局高级工程师伍典信，在近 40 年的时间里，参与并见证了晴隆交通的变迁。另一位是晴隆县摄影家协会主席陈亚林，他将自己的毕生精力都投在了挖掘二十四道拐的历史之中。

　　"以前我们中营、长流这边的孩子读书很厉害的，但去学校要走两三个小时，能走哭起来。"在县交通局老旧的办公室里，伍典信把电脑屏幕转向我，右手挪动鼠标，在屏幕显示的地图上画出两条弯曲的线。"那时候，晴隆就只有两条路，一条是盘江桥到普安的 50 公里沥青路，这是 320 国道的其中一段，二十四道拐就是中间的一段。另一条，则是一条泥结碎石路面的省道，全长 45 公里。"那是 1987 年，伍典信从贵州省交通学校毕业后被分配回乡，进入晴隆养护工区工作，负责管理这两条加起来不足 100 公里的道路。

年逾五旬的伍典信摸摸光亮的头顶，露出一丝苦笑，道："以前我们修路的时候造孽得很，头发大概就是受那时候的影响，早就掉光了。"

20 世纪 80 年代的晴隆县，就连县城里也没有一条宽敞、干净的路。刚入职的伍典信在县城里没有房子居住，单位也没有宿舍，刚参加工作就被安排去修建那条通往花贡镇的路，那是打通晴隆北部地区的第一条公路。修路必然是一件十天半月都不能着家的苦差，伍典信在路上时只能住在临时搭起的工棚，或是租住在路边的农户家。每次进山之前，他除了带上足够的粮食之外，还必须买一大袋洗衣粉，那可不仅仅是用来洗衣服的。那时，修路完全靠人工，锄头、撮箕、手推车、炸药，几乎就是当时工人的全部工具，飞扬起的灰尘、泥沙钻进人们的衣服纤维之间，也将人们的头发凝结在一起，从工地里走出来的"泥人"们，单靠肥皂和洗发水是无法清洗干净的。伍典信几乎每天都用洗衣粉洗头，久而久之，备受摧残的毛囊索性罢工，不再长出头发了。

1987 年不仅是伍典信风餐露宿、为修路奔波的开端，也是陈亚林与二十四道拐结缘的起点。

在当时，全县仅有这两条像样的公路，所以，陈亚林对二十四道拐不可能不熟悉。儿时读书时，他就常常步行在这条路上，1981 年参加工作后，他也常常与三五好友将这条公路作为徒步旅行的景点，不知走过了多少遍。不过，路边刻满历史痕迹的墙面并未吸引到他的注意，从这条路上通过的人也从未数清过到底有多少个急弯，他们的精神都聚集在脚下坑洼不平的路面上。直到 1987 年，在县文化馆工作并从成人中专毕业后的陈亚林，参加了全国第二次文物普查，才恍然意识到这条儿时常走的国道竟然藏着如此震撼人心的历史。

换作现在，对于熟悉中国抗战历史的人而言，这条盘山公路绝不陌生。

它不仅是 320 国道的其中一段，更是世界著名的"史迪威公路"的形象标识。这条路早在 1928 年就开始勘测修建，但受时局影响，直到 1935 年才正式大规模动工，历时一年终得以通车。这条路之所以不平凡，是因为它地形易守难攻，在抗战时期承担起了运输物资的重任，因此被誉为"抗战运输的生命线"。

但在 20 世纪 80 年代，这段路的历史还被埋藏在砂石之下，滚滚车轮从路面上飞驰而过，却没人知道它深沉的秘密。伍典信在二十四道拐上反复勘查路面破损情况时，陈亚林也在重新打量着这条不平凡的公路。在全国第二次文物普查中，这条公路被列为县级文物保护单位，但在申报省级文物保护单位的过程中，随着历史的面纱被徐徐揭开，陈亚林心中已经暗暗产生了将二十四道拐申报国家级重点文物保护单位的想法。

刚被列入县级文物保护单位，就想争取省级、国家级重点文物保护单位，这个想法在当时看来像是痴人说梦。尽管遭到众多质疑甚至嘲笑，陈亚林却不为所动，只把头埋进了故纸堆中，寻找关于这条公路的蛛丝马迹。许多年间，他独自收集、整理、撰写，完成了 14 个卷宗、10 多万字的《晴隆二十四道拐申报国家级重点文物保护单位的报告书》及若干附件，期间也遇到了几位至关重要的人物。

2002 年 4 月 5 日，陈亚林一直准确地记得这个日子。那天，他习惯性地买了一份《贵州都市报》，一边向单位走去一边翻开报纸阅读，一个标题吸引了他的注意——《云南史学家破译贵州"24 拐"》。标题中提到的云南史学家是戈叔亚，此文详细记述了他寻找二十四道拐，并印证这条公路就在贵州的经历。戈叔亚的寻找与发现给了陈亚林十足的信心，从那之后，他越发加紧了对这条公路的研究，不仅频繁参与到多个与第二次世界大战历史有关的学术研讨会，并与研究抗战史的学者牟之先合作撰写了论文《史迪威公路"二十四道拐"初议》，还先后在《贵州日报》上发表了《"24 道拐"之被发现》《"24 道拐"十年看巨变》等多篇文章，也与女大学生邓茜合著了《历史的弯道——24 道拐》由解放军出版社出版……

在陈亚林不舍昼夜地埋头于挖掘埋藏在这条公路背后的历史时，伍典信则同样不舍昼夜地奔波于晴隆的崇山峻岭之间。从 20 世纪 90 年代到 2010 年左右，长达 20 年的时间里，伍典信的足迹延伸到晴隆大多数人迹罕至的角落，有时他在大山的肚子里，带着工人一起砸穿隧道；有时又在晴隆与六枝交界的长流乡花叶岩，坐在钢筋铁笼里"从天而降"，悬在空中给"一线天"两岸的崖壁上凿出炮眼。随着"通达工程"的实施，以及此后"通畅工程"的开展，伍典信终于见到晴隆县域地图上纵横交错的线条逐渐多了起来。

早在 1954 年前后，贵州省交通厅出于战备及交通安全等各方面原因的考虑，已组织人员在保留二十四道拐的基础上，对 320 国道进行改造，在山间另建了一条更为平坦的公路。2006 年，在贵州省、黔西南州、晴隆县等各级部门的重视之下，陈亚林多年的努力终见成果，二十四道拐被列为国家级重点文物保护单位，而这条公路的意义也开始发生变化。

自从被列为国家级重点文物保护单位后，这条地形特殊的公路越发热闹起来。汽车爬坡赛、重走抗战路、越野赛事等活动让这条路昼夜不休。随之而来的，便是马不停蹄地建设景区。2012 年后，已是晴隆县农村公路管理局局长的伍典信，又将精力投入到景区公路的建设当中。一条路通往晴隆山顶的观景台，一条路通往山下的史迪威小镇，加上脱贫攻坚期间的通村路、通组路等项目，二十四道拐公路周边的"毛细血管"一点点被打通。到了 2018 年，出于对文物保护的考虑，二十四道拐这条公路终于卸下承载交通运输的压力，得以修复的同时，也不再允许机动车通行。

回溯往昔，伍典信和陈亚林都有一段精彩纷呈的 35 年，尽管他们各自经历不同，却有着什么极为相似的地方。在讲述往事时，伍典信提起过一位工程师，尽管他们未曾谋面，但伍典信十分希望能将这位工程师记录在本文中。1954 年，这位姓肖的工程师率队建设 320 国道的改道项目。在只能靠人力挖凿的年代，这支队伍干得热火朝天，但这位肖姓工程师在建设时发生意外摔断了手臂。后来，这位肖姓工程师在去世前特意嘱咐女儿，一定要将他安葬在那条路旁。直至今日，那条路经多次改造已经变成双向车道的柏油路，甚至在与二十四道拐公路交界处还装上了红绿灯，而在路旁的树林间一个并不起眼的地方，仍有一块无字碑静静地守望。

八洛往事

都柳江

在贵州交通史上，从江县是一个非常特别的地方。这里曾因落后的陆路交通而给人留下极度贫穷的印象，却也因过去优越的地理位置和水运条件，而一度成为贵州入海的重要港口。此前，我在从江采访时就听当地交通管理部门的人们频繁提及曾经辉煌一时的八洛码头，与内陆堪称恶劣的交通条件相比，这个码头所在的村庄简直是另一个完全不同的世界。这引起了我的强烈兴趣，因此，决定要解开那段尘封的往事。

有趣的是，我并没有再度前往从江县去寻找八洛的故事，而是来到了六盘水。因为，从江的朋友告诉我，如今的八洛码头早已废弃，只有一条铺向码头的石板路和一块县政府立下的县级文物保护石碑在见证那段历史，想要听完整的故事，还得找到一位老人。

大约上午10点，我走出六盘水高铁站，直奔钟山区法院附近，我和这位老人约定在此见面。

老人名叫梁全康，我们此前从未谋面，但当他向我走来时，我还是一眼就能认出他来。白色鸭舌帽，身形健硕，走路带风，摆动时略微弯曲的手臂上就差挂一个相机了——常年摄影的人似乎从走路的姿态上也能看出些细微差别。他热情地和我打了招呼，提议到附近的公园晒晒太阳。坐在公园的石凳上，梁全康讲起了他所见过的八洛。

梁全康的父亲是广东人，战乱时期流落到柳州。在当地打长工时遇到一位从贵州下江县（1941年与永从县合并为从江县）放排到柳州的人，两人一见如故，聊得十分投机，对方便将梁全康的父亲带到永从谋生，后来才有了梁全康。从这个角度来看，梁全康的命运正是从都柳江开启的，后来，他在摄影上的诸多成就也与这里的山山水水有着极为密切的联系。

梁全康当过知青，在县农机厂、法院都工作过，后来，在人大法工委当主任，后又调到县委统战部直至退休。不仅工作经历丰富，梁全康还有一项爱好——摄影。在他的镜头之下，从江过去几十年间建起的大小桥梁，以及通乡公路等刻入历史的重大瞬间，都被一一记录。而他印象最为深刻的，则是曾经鼎盛一时的八洛码头。

梁全康出生时，从江县已成立。从江县位于黔东南自治州东南部，与广西相连。发源于独山、三都一带的都柳江将贵州三都、榕江、从江和广西的柳州等地相互连接，从清代起就已形成一条繁华的水运线路。据史料记载，1928年，贵州第一辆汽车就是从柳州用船经过从江、榕江到三都运到贵州境内的，到达三都之后，再无水路可走，也没有公路通行，只能将汽车拆卸，经大量民工搬运到贵阳再重新组装。这也作为这条航道历史上最著名的事件一直被人相传至今。

都柳江航道在从江县境内的码头设在八洛村，这是位于从江县贯洞镇东南部的小村庄，地处黔桂两地交界的都柳江岸上。由于地理位置特殊，八洛村自古以来就在都柳江航运中扮演着重要的角色，成为贵州与广西等地的经济贸易中心，甚至有"先有八洛巷，后有从江街"的说法。经年累月的贸易往来中，有外来客商将家安在了八洛村，逐渐将这个村庄变成了一个"移民村"。在从江县有个有趣的现象，当地大多数人都不太能听懂八洛村人的口音，将其称为"猫拐话"。"猫拐"是从江方言中对青蛙的称呼，而八洛人说话既不像粤语、又不像广西口音，更不像贵州话，听起来像"青蛙叫"一样，便以此得名。虽然，这玩笑一般的别名听起来有几分戏谑，但也足以说明八洛村的移民现象已有较长一段历史，在不断融合之中连口音都自成一派了。

在航运兴旺时期，八洛村被从江人称为"小香港"，可见其繁华程度。在梁全康的记忆中，20世纪六七十年代，盛产木材的榕江、从江等地，每天都有大量贩卖木材的商人从当地放木排随江而下，运至柳州，再分散到各地。木材作为当时重要的经济来源，在这条汹涌的江水上仿佛形成一条条流动的黄金，场面十分壮观。而八洛码头的场面更是盛大，无数船只在码头靠岸或离港，来来往往间，贵州山货与两广地区先进物资形成交换，港口从天刚亮就开始沸腾，直到夜幕降临才渐渐平静下来。

这样的盛况也吸引了许多外界的年轻人。梁全康在参加工作后听人说起，20世纪60年代，全国各地有许多大学生来支援贵州，其中有不少学生选择来从江，就是因为见到八洛码头的繁盛景象，且与柳州通航十分方便，便认定这里是一个条件优越的地方。其中，有4名大学生进入从江县农机厂工作，来报到后才发现，这条航道到达三都后就再也无水路可行，而从江县内又没有公路，顿时欲哭无泪，感觉自己像被困在一个孤岛上似的。到了20世纪70年代末，梁全康已进入县人民法院工作，而这批大学生为了"逃离从江"纷纷努力参加研究生考试，最后一个留在从江的大学生，最终通过选择当时最冷门的、全国只招2名的土壤研究专业，也毫不犹豫地离开了。

从江是全省最后一个通公路的县，直到1965年才正式通车。在全国大多数地方陆路交通都已相对便利的年代，仅在水路运输上如火如荼的从江县毫无优势可言。正是因为陆路交通闭塞，1988年考上大学去贵阳读书的梁全康才会对其他地区的同学充满羡慕。那时，从江的公路只通黎平，需从黎平转道榕江才能去其他地方，三个县之间形成了一个大大的三角形。梁全康从从江去贵阳，则必须乘汽车先绕道黎平的茅贡镇住一晚，第二天才能再乘车经榕江到凯里，然后上贵阳。或者，也有第二个方案，既乘船到柳州，在柳州乘绿皮火车慢慢驶去贵阳。这种方案未知因素更多，他就曾因为遇上大雨，在柳州停了3天，最终，和积累了3天的旅客一起挤在火车皮里抵达贵阳，到站时，几乎所有乘客都熬出了红眼病。

关于八洛码头和公路的记忆，有一部分被留在梁全康的胶片里。

1982年，他拥有了一台胶片机，开始学习摄影。那时，一卷黑白胶卷12元、彩色的26元，冲洗一卷要花费26元，这意味着按一下快门就要花掉5角钱，而梁全康每月工资只有21.5元，但他拍照却从不吝啬快门，见到什么稀奇古怪或是有趣的场景，总会不由自主地举起相机。那时，梁全康在法院工作，时常会和公安干警去基层办案，无论走到哪里，他永远都背着一台相机，随时随地记录见到的新鲜事。

过去几十年间，他去拍摄八洛码头至少五六次，而八洛的繁盛景象也在他的镜头之下渐渐流逝。从江县陆路交通虽然发展缓慢，但也在不断推进，陆续完成了几个"里程碑"式的建设工程，结束了依靠摆渡通过国道的历史，也实现了乡乡通公路，最终，赶上全省村村通公路的步伐，将硬化路延伸到每个村寨。而随着各地公路和水电站陆续修建，码头的货运、客运船只也在逐年减少，梁全康见证着曾经百舸争流的八洛码头逐渐冷清，最终，只余下见证历史的县级文物保护单位石碑、码头上那株古老的榕树，以及通往码头的石板路。

曾经辉煌的八洛村也归于平静，一片传统木屋紧凑地立于岸边，与对面的广西壮族自治区柳州市富禄乡的浪泡村隔江相望。村里的人们纷纷上岸，回归土地，开始经营百香果等产业，在新的时代中寻找新的出路。

一个时代的消逝必然伴随着另一个时代的兴起，如今的从江县虽然暂时告别了航运的巅峰，但迎来了四通八达的高速时代、高铁时代。

梁全康向我分享了一个小故事。一次，他和摄友、从江县优达交通运输发展有限公司负责人张成武一起吃饭，菜刚端上桌没多久，张成武接了个电话就要匆匆离开："县长都亲自给我打电话了，叫我赶紧调度车辆去高铁站，已经有两辆动车都下空了。"梁全康听得一头雾水，也来不及多问，就看着张成武一溜烟跑走了。

几天后再见，梁全康向张成武打听，只见对方疲惫又透露着兴奋说道："你是没见到，那高铁站像被人群铺满了一样，乌泱泱的一片，看得我头皮发麻。"原来，那天的从江迎来了游客高峰，乘坐贵广高铁的乘客几乎都在从江下了车，一时间难以疏散，便紧急调度公交车前往。

这件小事让梁全康感到震撼，"高铁时代真的来了，对于客运而言，确实方便了很多。"他感叹道。

2023 年 5 月，梁全康在从江县举办了一场个人摄影展，从他过去 40 年积累的历史照片中挑选出 100 张进行展出。那些泛黄的、蒙着一层历史滤镜的老照片中，有不少是从江县大大小小的码头，定格了都柳江上曾经的辉煌。

但是，八洛码头曾经的辉煌真的就只能成为历史吗？或许并非如此。2022 年，贵州省人民政府出台《关于支持黔东南自治州"黎从榕"打造对接融入粤港澳大湾区"桥头堡"的实施意见》，提出要加强与大湾区互联互通，打通水运通道，特别提到支持天柱港区、锦屏港区、榕江港区和从江港区等地方区域港口建设。在地理位置上占据独特优势的八洛码头，或将迎来另一个春天。

谷陇有个村名叫火车站

黄平县

一道白色矮墙将站台与外界隔开，墙上开了一道门，用铁索紧紧锁住。上午临近 11 点，火车站站长杨秀辉一边从裤兜里掏出钥匙，一边走过来。铁门打开，在门外等待多时的乘客涌入，在站台上继续等待。

这是一个三等站，看起来有些年头了，周遭的一切显得很"复古"。车站的候车厅已经停用，大门被封死，贴满马赛克瓷砖的外墙依旧干净，屋子顶上"黄平"两个大字金光熠熠。一些人坐在候车厅前的台阶上，百无聊赖地看着站台外的铁轨发呆。三条平行的铁轨上铺满石子，静静地向左右两边延伸开去，将两头远处的山脉连接。站台对面有一块牌子，牌子上也写着"黄平"两个大字，大字下方有一个双箭头，右边指着"施秉"，左边指着"宝老山"。

　　发车时间已经过了，火车还没有来，绿皮火车晚点算是常事，人们大多早已习惯。站台不大，客运车只有两班，分别是从玉屏到贵阳的5639次和从贵阳到玉屏的5640次列车，乘客和车次都不多，也因此省去了大型车站中提醒人们车次的语音广播，就连电子显示屏都没有，几位心急的乘客显得有些焦躁，趴在栏杆上向箭头所指的"施秉"方向张望。时间一分一秒流逝，沉浸在手机游戏和短视频里的乘客开始频繁地抬头望向同一个方向，依旧没有人说话，大家都在静静等待那从远处传来的隆隆声。

　　大概过了十多分钟，杨秀辉手里的大喇叭发出"呲哇"的噪声，他拨弄了一下音量，开始招呼人们排队。人群一阵骚动，一些年轻的乘客提起行李箱，穿着苗族便服的年迈妇女背起装满蔬菜的竹篓，几位轻装上阵的小伙子把背包挂在肩头……散开的人群很快变成一条弯曲的线，脑袋都扭向"施秉"的方向。远处的青山间有几束黄光摇曳着由远及近，墨绿色的密林里慢慢探出一个深绿色的车头，接着是长长的车身，如一条绿色的巨龙喘着粗气缓缓游进车站。不过3分钟而已，绿色巨龙又发出沉重的喘息，行动迟缓地向"宝老山"方向游去。

　　火车带着站台上的那些人去往下一站，也带走了我的新鲜劲和兴奋感，不免让人有些怅然。

　　这个车站是个独特的存在。它既没有因为黄平县修通高速、建起机场而被荒废，也没有随着铁路的一次次提速而升级，而是几十年如一日地守在这里，每天只有两次短暂的、人声鼎沸的时刻，其余大部分时间都安静得几乎与周围的山林融为一体。

这个车站所在的地方也是一个独特的存在。车站坐落在一个村里，似乎从铁路开通的那天起，这个小村庄的一切都与火车产生了紧密的联系，就连村子的名字都改了，如今这里叫"火车站村"，简单直白，甚至精确定位了村子所在的位置。

车站里只剩下我和雷美花。再次确认短时间内不会有另一趟车经过后，雷美花提议，去她家坐坐。她家是一座独栋小屋，就在火车站旁，步行用不了 5 分钟。雷美花进屋翻找出一本厚厚的相册，找来矮凳坐下，把相册摊放在膝盖上。"你要的故事都在这里。"她指了指那些泛黄的照片，笑容明媚。

相册里收藏了雷美花一家不同时期的照片，其中当然少不了以铁轨为背景的留影。雷美花快速地翻阅着相册，直到翻出一张合影时才停下，说："这就是我奶奶。"

这是一张年代久远的合影，照片里的女人约莫 50 岁，包着蓝色的头巾，坐在矮凳上，怀里抱着一个小孩，两个人笑得十分灿烂。"我从小就和奶奶最亲，从来都没有离开过她，她是个很有趣的人。"雷美花的眼睛没有从照片上挪开，脸上流露出幸福的神色。不用问也知道，照片里的小孩就是雷美花，穿着小女孩最喜欢的粉红色衣服，与之相比，我眼前这位大三女学生已经出落得更加漂亮，皮肤白皙，大眼睛笑起来弯成一对月牙儿。

雷美花关于火车的记忆大多都与她奶奶有关，或者说，在她的人生记忆中，奶奶是当仁不让的主角之一。

"我就像奶奶的小尾巴，她去哪里我就一定要跟着去哪里。"雷美花是标准的"00 后"，她出生后，父母就外出打工了，留下她和奶奶在这火车站边上的小屋里生活。

雷美花的奶奶名叫龙阿表，她是看着这个车站建起来的。

20 世纪 70 年代之前，这里还叫作枫香村。虽然，这个名字听起来有几分诗意，实际上却没有什么辨识度，在贵州铜仁、六盘水、遵义等地都有枫香村，就连黄平县的重安镇也有。1970 年，始建于 1937 年的湘黔铁路再次复工，线路经过黄平，根据山势和地理条件，黄平的第一个站点选定在谷陇镇的枫香村（1974 年又在宝老山和岩英村分别增设了站点）。当时，贵州各地组织了大量民兵和百姓参与到湘黔铁路的修建当中，黄平也不例外，在那个靠工分分配吃穿的年代，参与修建铁路能挣到不错的收入。短短两年时间，这个车站建成，湘黔铁路也通车了，枫香村的人们在欣喜之余，索性也将村子的名字改了，火车站村由此诞生，成为谷陇镇的一个独特标志。

那时的谷陇镇并不富裕，除了镇上有像样的木房之外，周边村庄几乎都是茅草房，在脱贫攻坚开展之前，谷陇镇是全省 20 个极贫乡镇之一，而火车站村也曾是一个深度贫困村。20 世纪 70 年代，贵州大多数地方的交通尚不发达，尤其是公路建设十分滞后，对于生活在山村中的人们而言，除了种植之外，很难有其他填饱肚子的选择。相比之下，火车站村因为有铁路穿境而过，年轻力壮的人们便多了一条走出山村的路，许多人都出去打工了。据说，这条线路曾经增开过旅游专列，但随着交通的发展、外出打工的人变多等各种原因，最终只留下 5639 次 /5640 次列车，每天在轨道上往返。

自打雷美花有记忆起，铁路就已是生活的一部分。小时候，她对奶奶的依恋几乎刻进了骨子里。在相册中有一张照片，大概是雷美花还在牙牙学语时邻居奶奶帮她拍的。照片里的小孩光着脑袋，唯独额前有一撮头发，她赤脚站在门外的水泥地上，正捧着一瓶酸奶啜饮，眼神里全是期盼。雷美花说，这大概是小时候和奶奶分开最久的一次，那天，奶奶坐着火车去凯里卖菜，直到下午接近饭点都没回来，她一个人站在家门口可怜巴巴地张望，说什么也不肯进屋，邻居奶奶见这场景有趣，在安慰之余还给她拍了一张照片。

更多时候，雷美花会跟着奶奶到处跑，能坐火车的机会更不会放过。龙阿表几乎每天都会坐火车，特别是菜地丰收的时候。那时，这个站点的名字还叫谷陇站，往贵阳方向的 5639 次列车到站时间在 9 点前。龙阿表每天都会起个大早，收拾好要带去凯里集市上销售的蔬菜，给自己和孙女做一顿早餐，然后再买票上车。车上的一个多小时是雷美花最期待的旅程，车厢里的人们操着相似的口音拉家常，欢乐笑声一直持续到大家互相告别时。不过，雷美花更期待见到的是那位推着小餐车的阿姨，"啤酒饮料矿泉水，花生瓜子八宝粥"的叫卖声动听得像一支歌一样。雷美花并非每天都能解馋，尽管，她深受奶奶宠爱，可无奈老人常常囊中羞涩，多数时间只能望梅止渴。

有一次，雷美花被馋得不行了，那小推车上竟出现了她最爱的果冻，日光照着那晶莹的包装，色彩饱满的果汁勾起了她的馋虫，让她忍不住想象那满口香甜的滋味。小小的雷美花受不了了，缠着奶奶买果冻吃，龙阿表看了看满满一篓子菜，摸了摸瘪瘪的荷包，温柔地劝道："菜还没卖呢，等我们去卖完菜回来再买好不好？"雷美花不依不饶，奶奶望向那位售货员，眼神里似乎有几分抱歉，又带着几分询问。售货员是个善解人意的姑娘，爽快地说，可以先给孩子解解馋，等卖了菜回来再把钱给她。雷美花的眼神亮了起来，就和那亮晶晶的果冻一样水汪汪的，她感激地接过果冻，迫不及待地撕开包装品尝起来，那趟行程也一直刻在了她的记忆里。

通常，雷美花和奶奶的目的地都是凯里，她们在那里卖菜、走亲戚。卖完菜后，奶奶经常会在火车站附近的一家小店里给雷美花买一碗米粉，香喷喷的辣油混着堆成小山一样的肉末，拌入筋道的米粉中，这是雷美花童年最爱的美食。吃上一碗米粉，就标志着这趟旅程有不错的收入，也标志着一天的辛苦终于结束，雷美花和奶奶再次踏上火车时，脚步便和那空空的竹篓一样轻盈了。

日子在一趟又一趟的火车上摇晃着过去，转眼到了雷美花读小学的年纪，家里需要更多的钱，但卖菜能挣到的却越来越少，尚且身强体健的龙阿表索性带着雷美花踏上了南下的火车，到广东打工去了。祖孙俩来到雷美花父母打工的城市，离不开奶奶的雷美花依旧和奶奶住在一起，在工厂附近找了一所小学就读。不过，小学里的老师和同学日常都说广东方言，雷美花听不懂，学起来也吃力，只能在父母工作的地方附近重新找一所学校读书，可她仍旧要和奶奶住在一起，哪怕每天要乘校车往返。

这段南下打工的日子并没有持续多久，龙阿表又带着雷美花回到火车站村了。村庄依旧没有太大改变，龙阿表又回到背着竹篓、乘着火车去凯里卖菜的生活，而雷美花则继续读书，高中时，便离开村庄，去往县城就读。

这是她第一次长时间地与奶奶分开，也是她第一次有意识地发现，原来远离铁轨的生活是如此安静。小时候也离开铁轨边生活过，但有奶奶的陪伴，她并不会在意身边的变化。如今，奶奶留在村里，那个每次有车隆隆经过就会跟着轻轻摇晃的家也留在了村里，身边一切都变得陌生，雷美花不适应。她常常和奶奶打电话，听奶奶说熟悉的苗语，也偶尔会听到熟悉的火车呼啸而过的声音，这些声音能让她感到不那么寂寞。

后来，雷美花走得更远了，她考上了省城的大学。报到那天，是父母送她去的，在火车上摇晃了3个多小时，母亲和她聊了许多，都是些家常话，如今已不记得了。她只记得沿途的风景随着火车前行摇曳变幻，山峰逐渐变矮，房子却在长高，车上的人却越来越少，许多乘客的目的地都在凯里，乘火车来贵阳的人并不算多。

雷美花小时候也去过贵阳，那是她为数不多的、不是为了陪奶奶卖菜而乘坐火车的经历。当时，她的叔叔正在贵阳读大学，奶奶挑了个天气好的日子带着她乘火车去贵阳的动物园玩了一趟。那次出行也深深刻在了雷美花的记忆中，或许因为这是一趟旅行，奶奶和她的心情都无比轻松愉悦。如今，十多年过去，雷美花也没有想到，这趟列车会成为自己的"求学列车"。

大学是一个新的世界，从天南地北汇聚于此的年轻人很快彼此熟悉，谈及自己家乡时，雷美花总会收到许多好奇或惊讶的眼神。

"我家在火车站村。"

"火车站村？还有这种村名？开玩笑吧？"

雷美花逐渐习惯了类似的提问，并会顺势打开话题，向人们聊起自己在火车上度过童年的独特经历。她依旧常常给奶奶打电话，不过，电话里不再传来火车驶过的隆隆声了，因为龙阿表大部分时间都住在凯里，帮小儿子带孩子去了。

尽管，黄平早在2013年就建成机场并成功通航，通往黄平县的高速公路也一条接着一条地开通，但雷美花每个假期回家还是会选择乘坐这趟慢悠悠的火车。不仅是因为票价便宜，更是因为那些从凯里站上车的老乡。每次，火车停靠在凯里站时，雷美花就多了几分期待，涌上车来的乘客中，有不少操着和龙阿表一样的乡音，大声聊着家常，偶尔分享一下当天卖菜的收益。雷美花总会听着听着就忍不住加入其中，说着同样的苗语，和老乡们热热闹闹地聊到目的地。

那位曾经让雷美花"赊账"吃上果冻的售货员依然在车上推着小餐车叫卖。雷美花长大了，但"啤酒饮料矿泉水，花生瓜子八宝粥"仍如美妙的音乐一样十几年未变。一次，雷美花鼓起勇气笑着和这位售货员打了个招呼，当然，这位售货员早已不记得她就是那当年吵闹着要吃果冻的小女孩，只是挂上职业性的微笑，问雷美花需要什么。气氛有一丝尴尬，雷美花只得重提往事，或许是因为这样的事并不少见，售货员仍一时间无法从几十年的职业生涯回忆中找到这个小女孩的身影，直到雷美花提到奶奶的名字，售货员才恍然大悟般想起那段微小的往事。相比起雷美花，这位售货员显然对奶奶龙阿表更熟悉。每天坐火车去卖菜的人有不少，但像龙阿表这样喜欢聊天，又热情幽默的奶奶却不多见，以至于某年春节，电视台在这趟列车上拍摄春运新闻时，列车员也会专门找来龙阿表出镜发表一番感言。

在零零散散的叙述里，雷美花手里的相册翻到了最后一页，她恍然间意识到，自己长大后竟再也没有与奶奶合照过，语气里带有几分懊恼。她抬起头来，喃喃道，前不久，她去凯里时专门去找了那家米粉店，可是发现已经关门了，或许老板已经不再经营，儿时的味道最终只能留在记忆里；开学之前，她还会再去一趟凯里，和奶奶住几天，这是读大学以来每个假期都不会变的规律；奶奶现在忙着带小孩，早已不再背着一大篓子蔬菜去赶集了，可爷爷却又闲不下来，每天还会重复同样的忙碌，似乎闲下来就浑身不舒服，也因此常被奶奶唠叨……

湘黔铁路开通之后，一首名为《铁路修到苗家寨》的歌曲也开始流行起来，后来，出生于黄平县的知名歌手阿幼朵曾来到这里拍摄音乐录影带，小小的雷美花还在其中当过群众演员。如今，这首歌仍在被传唱，5639 次 /5640 次两趟列车仍旧每天运行,有时会晚点几分钟,但人们并不因此抱怨。沿途许多村寨的人们还是会和当年的龙阿表一样,花上几块钱的车费,背着蔬菜去赶集。有时,车上来了"大客户",村民们还没下车,菜就被全部"承包"了,这趟列车上还因此特别设立了农产品信息交流板,方便村民们找到更好的销路。随着这些小小的故事被传播,这两班列车受到的关注也越来越多,有网络电影专门聚焦过车上的故事,也有不少媒体关注过,沿途村民的日常生活一次次被当作新鲜事在媒体和网络上传播开去。音乐录影带中的小女孩已经长大,火车站村所在的谷陇镇也早因工业园区的建设一改穷貌,不再是曾经那个全省20个极贫乡镇之一的地方。时光涌动,变化不可阻挡,但不变的也仍在坚守。

与雷美花告别的第二天,她就在微信上发来了几张照片,是她和奶奶龙阿表的合影。照片中,长大成人的小女孩不再被奶奶抱在怀里,而是与依旧笑容灿烂的老人合围出一个大大的心形。这比她预计去凯里看望奶奶的日子提早了近一个月,我猜,或许是这次偶然的往事重温,让她更想念奶奶了吧。

从"两天进城"到"一天回国"

三穗县

三穗县的县域面积仅有1035平方公里,在黔东南自治州的16个县中排名倒数。不过,面积大小并没有影响三穗县的交通枢纽地位,这里的高铁站和客运站大概是黔东南所有下辖县中最忙碌的"旱码头",无论是返乡还是出省，周边县的人们都能在这里找到最便捷的解决方案。

我从开始写《新黔边行》起就来过三穗许多次，大多数时候都是在这里中转到其他县，几乎很少过夜，但这次不同，我就是为了三穗县而来，在来之前我已有预感，能在这里找到一个非常精彩的故事。

在县交通运输局办公室见到邹荣明后，他帮我印证了这一预感。

"我是一名中学退休教师，退休至今已有 10 个年头，从我们所经历的那么多年来看，可以说是见证了三穗县交通发展的整个变化。这里，我想给你谈的是两个经历、三次飞跃、两个变化和三个期待。"邹荣明的开场足以可见他是有备而来，我已没有提问的必要，便请他尽情地展开自己的故事。

"第一次经历是 1975 年，我从三穗去贵阳。当时，我们是坐着一辆解放牌货车去的。车子走 310 省道经镇远到黄平又过施秉，一路向省城开去，全程都是弯弯绕绕的盘山公路，中途好几次停下来给车加水，第一天开到黄平的重安江就歇息了。一直开了足足两天，我们才到贵阳。"

"第二次经历是 2016 年，我和老同学相约去俄罗斯旅游。回程的时候，我们从俄罗斯坐飞机到北京，然后转机到贵阳，接着又在贵阳坐高铁直达三穗，全程只用了 1 天时间。"

三两句话介绍完这两次经历，邹荣明特意停顿了半分钟，像一名教师给学生留出思考的时间一样，期待地看着我，似乎在等一个感叹或结论。随后，他自己总结道："从国外回三穗只用一天，而几十年前，去贵阳就要折腾两天，你看这变化是不是翻天覆地？"

正如他所说，这两次经历的鲜明对比已充分展示出三穗的交通巨变。当然，他还有更详细的故事可说。

邹荣明是三穗县长吉镇人，1976 年参加工作，在长吉镇的中学当民办教师。工作第二年恢复高考，邹荣明担心大学落榜，便索性报了中专，由于有当老师的经历，且成绩比较好，因此顺利读上当时非常热门的师范学校。直到 1985 年，邹荣明参加了成人高考，学历提升，工作也越来越顺利。

1987 年，邹荣明正在读书时，三穗县的变化悄然到来。

三穗县历来都是黔东南乃至整个贵州省的重要交通枢纽，据《三穗交通志》记载，从20世纪80年代起，三穗县县城车辆吞吐量在贵州省所有县域中常年保持第一。320国道和310省道直穿三穗县大部分乡镇，仅有与湖南省相接的雪洞镇、与剑河县岑松镇相交的良上镇等较为偏远的乡镇交通发展相对滞后。良上镇是三穗县最后一个通公路的乡镇，1991年，邹荣明在老家长吉建一幢砖木结构的新房，木材需从良上镇运。装满木材的货车气喘吁吁地在山间移动，每遇到一个大坡就不得不停下，邹荣明和工人下车去将木材卸下，等车爬过陡坡，再一点点把木材装回去，如此反复，运到长吉时已是深夜11点。这段经历让邹荣明对良上的偏远落后感受颇深，直到2009年，那里才真正建成一条通向山外的柏油公路。

　　而三穗县的大多数乡镇还是沾了国道和省道的光，虽然大部分路段都是泥结碎石路面，凹凸不平、颠簸崎岖是常态，但至少能让车辆通行。到了1987年，一条柏油马路从长吉通往三穗县城，成为三穗县城中的第一条柏油马路。此后，320国道和310省道的其他路段也分批建设，借"乡乡通油路"政策的东风，柏油路像生机勃勃的血管一样向各乡镇延伸开去，带去了城镇建设的新活力，就连雪洞和良上这两个乡镇也未落下。

　　这是邹荣明此前所说的"3次飞跃"中的前两次。通第一条柏油路时他尚年轻，成人高考通过后仍留在长吉镇教书，对外界的感知并不算特别敏锐，直到1994年调到三穗中学工作，他才最直观地感受到三穗日新月异的改变。

　　1997年10月8日，对整个三穗县乃至黔东南来说都意义非凡。这一天，三穗县举办了一个极为盛大的庆祝活动，庆祝的原因则是一条路的开通。

　　过去很长一段时间，320国道一直从三穗县城中贯穿而过，随着时代发展，来往车辆越来越多，县城内道路又越来越窄，极大限制了三穗县的发展。当时的县委、县政府领导班子下定决心改变现状，决定将320国道改道，拉通县城内的灵山大道用于车辆通行，空出来的土地则用于城镇开发。这个决定意味着三穗县将会发生一场翻天覆地的改变，从1993年开始施工起，人们就满怀期待盼着竣工的那天，而这一天终于在1997年10月8日到来了。

这一天早上，三穗县下着瓢泼大雨，却并未浇灭人们庆祝的热情。这场被简称为"108活动"的通车庆典邀请到省里和州里的领导出席，县里各单位组织了庆祝方队，30多岁的邹荣明也是教师方队中的一员，为了这场庆祝，他们已经提前练习了一个多月。在大雨中，每位方队队员都无一例外被淋成了"落汤鸡"，但人们仍旧热情高涨。大雨停歇后，文艺演出拉开帷幕，以灵山大道建设为蓝本的演出将这条非凡道路背后的故事娓娓道来。

之所以举办如此隆重的庆祝活动，在邹荣明看来，是因为灵山大道的建成标志着三穗县正式迎来了城镇化建设浪潮。正如他所见，此后数年中，随着2006年沪昆高速、三施高速等相继通车，以及三穗县城的整体规划不断推进，这个面积不大的县城已逐步建成西、南、北3个高速公路出口，29个红绿灯，19个十字路口，以及文笔、武笔两个乡镇建制的街道办事处……这样的城镇面貌和发展速度，在当时的贵州并不多见。

2014年12月26日，贵州首条高速铁路——贵广高铁全线通车运营，贵州正式进入高铁时代，而作为黔东南地区交通要道的三穗，当然也是第一批加入贵州高铁行列的县。贵广高铁开通的这一天，贵州境内各个站点都贡献出精彩的庆祝节目，三穗县也不例外。在歌舞欢腾的现场，还有一份刊物十分引人注目，刊物名称为《三穗故事》，主编则是我们这个故事的讲述者——邹荣明。

此时的邹荣明已退休两年，有大把时间做自己感兴趣的事情。《三穗故事》由县文体广电旅游局主办，内容主要为三穗当地的风土人情以及本土作者的作品，贵州首列高铁通车是全省的大事，也是三穗的大事，必然会为此出一本特刊。因此，当人们忙着彩排庆祝仪式的节目时，邹荣明正伏案编辑刊物，用他擅长的方式纪念这一贵州交通史上的重大事件。

贵广高铁开通后，邹荣明身边的朋友都去"尝鲜"了，或去贵阳玩了一趟，或去铜仁遛了一圈，也有人直接坐到广州，感受3小时出省的速度。邹荣明却忙得没有时间去体验高铁，他除了编撰《三穗故事》之外，还有许多其他工作。

"交通发展为三穗带来至少两个巨大的变化，一是人们的生活水平显著提高，二是三穗的城镇变化非常明显。"说起三穗县的交通故事，邹荣明从20世纪80年代讲到现在，从城镇公路建设说到高铁开通，就像一本"行走的交通志"一般。

　　"你怎么会这么了解三穗的交通？连多少盏红绿灯你都知道？"我好奇道。

　　"因为三穗的《交通志》后半部分就是我修的。"邹荣明揭开谜底，大笑起来。

时代车轮

在铁轨上"起飞"

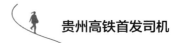 **贵州高铁首发司机**

"航空客机速度只要超过每小时 300 公里就可以起飞，如果忽略重量的问题，给高铁插上翅膀，我是不是也能飞起来？"罗俊的笑容不像刚开始那么局促，腼腆的表情也逐渐消失，他开起了玩笑。很明显，这位年轻的高铁司机在这场以回忆往昔为主题的聊天中，已经彻底放松下来了。而坐在他身旁的王昌利显然更富有经验，这里所指的经验涵盖了许多方面，例如，火车驾驶的经验、处理紧急情况的经验，以及接受采访的经验。

我与王昌利、罗俊的见面约在贵阳北站边上的贵阳机务段动车运用车间。这地方可不太好找，相比起占地总面积有 20 多万平方米的贵阳北站，这个位于一条小道旁的车间，其所占的面积简直可以忽略不计。不过，机务段动车运用车间所占空间的面积与其重要性之间并不能画等号，这里是高铁司机的"大本营"，也是解决高铁运行中各类隐患和问题的"中央处理器"。

王昌利和罗俊事先已知道我的来访，他们穿着笔挺的制服，佩戴党徽，看起来精神十足。"当初报考高铁司机的时候，也是要经过严格筛选的，对年龄和经验都有要求，当然，形象也很重要。"这倒不是王昌利和罗俊在自夸。王昌利虽然年近五十，且早已转到负责安全和培训的岗位，但一丝不苟、沉稳淡定的气质并未改变。而身材挺拔的罗俊则正值壮盛之年，虽然不到 40 岁，但已有近 20 年的工龄。他们俩都是贵州最早的一批动车司机。2014 年，王昌利驾驶贵州第一列动车组穿越苗乡侗寨进入贵阳北站，迎来欢呼阵阵；2019 年，罗俊成为成贵高铁宜宾至贵阳段首发司机，抵达终点后，瞬间被媒体包围。

王昌利和罗俊都和铁路有着极深的缘分，前者是"铁二代"，后者是"铁三代"，说起那些在铁路上的童年记忆和青春时光，两位年龄相差近10岁的人找到了不少共鸣。

罗俊的记忆中，仿佛总有一条铁轨在无限延伸，从童年贯穿到现在。他的童年时光都留在了南宫山。南宫山位于遵义市红花岗区南部，从区位上来看，这里是城乡接合部，从功能上来看，这里是铁路家属居住的地方，罗俊就出生在这里。他的姥爷是新中国第一代火车司机，曾经开过蒸汽机车——人类史上最早出现的火车。因支援三线建设，姥爷来到贵州，被安顿在遵义南宫山，成了一名教授火车驾驶技术的老师。从那之后，罗家子孙后代的人生几乎都如一辆辆火车般，行驶在同样的轨道上。

父母均在铁路系统工作，舅舅也是火车司机，罗俊从小就没离开过铁路。住在铁路边的宿舍区里，每天伴随着高亢的火车汽笛声、车轮碾压铁轨发出的隆隆声入睡、醒来、吃饭、玩耍。罗俊至今仍记得他小时候摸索出的规律，坐在家里看电视时，永远有一只耳朵是朝向窗外的，一旦听见隐约有汽笛声飘来，或是感受到地板微微震动，便一跃而起把电视调到最大声，待火车缓缓开过，铁轨恢复平静，再把电视调回正常状态。这是属于铁路家属的独特经验，当然，作为铁路人的后代，幼小的罗俊还掌握了不少"特权"。在管理尚处于松散阶段的年代，半大的他便能在空荡荡的铁轨间穿梭，跟着长辈爬进驾驶室玩耍。那些巨大而冰冷的机械、被摸得发亮的手柄，都散发着一股金属的苦涩气味，这气味和汽笛声、铁轨声，以及忽大忽小的电视声，充斥了罗俊的整个童年，也早早地暗示了他未来的人生。

罗俊喜欢火车，那如金属长龙般的庞然大物从眼前驶过时，他的心里总会暗暗发出惊呼，如果能成为驾驭这条"龙"的人，那恐怕是天底下最酷的事了。在长达十年的浸染中，罗俊初中毕业后便毫不犹豫地报考职校，19岁时如愿以偿被分配到六盘水客运段，坐进了火车驾驶室，尽管，此时的他只是一名副司机。

"现在是上坡还是下坡？"罗俊第一次尝试握住手柄时，坐在一旁的师傅问。罗俊哪知道是上坡还是下坡？他正紧张得直冒汗。尽管时速只有每小时三四十公里，但一想到自己只需操控一下手柄，按几个按键，便能让这上百吨的大家伙跑起来，罗俊的心就像一匹停不下来的野马奔驰起来。师傅只是让罗俊尝试一下罢了，作为副司机，他还没有资格真正全程执乘火车。他悄悄探出窗外向后看，窗外是连绵起伏的大山，铁轨随着山势上下左右蜿蜒，而铁轨上的车尾就像这条金属巨龙的尾巴，有力摆动着绕在山间。太壮观了！19岁的罗俊感觉自己成了梦想中的"驭龙人"。

罗俊驾驶的是韶山1型电力机车，而这一型号的火车已经是王昌利的"老朋友"了。

当罗俊跟着长辈溜进火车驾驶室里看新奇的时候，王昌利已经是一名火车司机了。王昌利算是子承父业，他的父亲也是一名火车司机。1988年参加工作的王昌利，最开始驾驶的是内燃机车，这对于他而言并不算是什么特别美好的回忆。

年轻小伙王昌利也是个爱体面的人，但驾驶内燃机车让他总是没机会穿上一身干净的衣服。柴油在汽缸内燃烧，热能经过一步步转换带动机车动轮在轨道上转动，这是内燃机车工作的原理。散发着刺鼻气味的柴油是带动这种火车前行的关键，却也是让司机和乘客们都无比苦恼的根源。

中国从1958年开始制造内燃机车，1964年开始成批生产东风型内燃机车，而20世纪80年代的贵州边远而落后，有内燃机车已经是一个不小的进步。那时，王昌利驾驶的内燃机车像一个行将就木的老人，在铁轨上爬行时一边呼哧喘气，一边跟着柴油燃烧的节奏抖动，发出轰隆隆的噪声，更让人无奈的是，黑乎乎的柴油总会不知从哪个缝隙浸出来，沾染上司机的脸、手、衣服、鞋子。那时的王昌利，衣服上永远有一层黑色的印记，皮鞋也早被柴油腐蚀得张开大嘴，可他毫无办法，只能凑合着穿上洗不干净的衣服、擦不干净的皮鞋，在火车上一待就是好几天。那时，他驾驶货运车跑怀化，一去就是三四天，中途在车站为司机准备的宿舍休息，到点了有专门的后勤工作人员叫他起床，揉揉眼睛又开始赶路。那宿舍颇为简陋，床单或许几天都不换一回，不过，他带着一身油渍躺下倒也不在乎了。

工作两三年后，一个夏天的上午，王昌利坐在单身宿舍门口和同事天南海北聊得正欢，突然，大家都不说话了，目光投向同一个方向。一辆王昌利从未见过的火车被老旧的内燃机车"推"进库来。车身是深绿与浅绿的搭配，水漆光鲜亮丽；车头上的标志凸起，看起来立体感十足，细看车上的配件，也处处透着"高级感"……"这是什么车？"王昌利两眼发光，恨不得马上跳上去试驾一番。

这是他第一次看到韶山 1 型电力机车。尽管那时，一些发达城市已经用上了韶山 3 型以上的车了，但这场初遇仍让王昌利兴奋不已。终于告别了穿着脏衣服、开口鞋驾驶火车的日子，王昌利换上干净的制服，把皮鞋刷得锃亮，还十分讲究地戴了一副白手套。很快，他也从货车司机转为客运司机，驾着电力机车在川黔线上驰骋，后来又调去湘黔线，黔桂线也留下过他的身影。

2009 年，贵州的铁路司机们得到一个消息：凡 45 岁以下、有 2 年以上客运经验的司机，可以报考动车司机。王昌利和罗俊都心动了。不过，相比起当时尚处于单身、没有家庭牵挂的罗俊而言，王昌利多了几分担忧。

作为资深火车司机的王昌利，年轻时就在日本电视剧中见过新干线，那是全世界第一个投入商业运营的高速铁路系统，圆润的车头像一枚子弹般击中了王昌利的心房。而在中国，1990 年，开始以广深铁路为试点进行改造，中国高铁大幕拉开，随着一年又一年的探索、试验，速度不断提升，到了2007 年，中国首次在全国局部地区粗具规模开行运营速度 200 公里／小时动车组列车，中国铁路开始迈入高速时代。2008 年 9 月，贵阳北站正式开工建设，这意味着贵州也即将跟上全国步伐。即便如此，王昌利还是有些犹豫，高铁建设需要时间，如果他考上了动车驾驶资格，可能会在贵州建设期间被先安排到成都或重庆驻勤。2009 年，王昌利 37 岁，孩子刚进入高中，而贵阳至成都、重庆的火车基本都是夕发朝至，耗时长达 8 个小时，如果王昌利在外地驻勤，便很难常常回家陪伴孩子。

而在六盘水待了许多年的罗俊则毫不犹豫，他想换一个工作环境，更重要的是，他渴望体验开快车的感觉。罗俊成了贵州第一批报考动车驾驶资格的司机，他动身前往重庆，等待他的是一场超出想象、颠覆过往经验的挑战。

3年后，王昌利总算想通了。贵州高铁建设的步伐越来越快，而罗俊等第一批报考的司机也见到了成果，王昌利笃定地相信，高铁就是未来贵州乃至整个中国铁路的主流，他便抓住第二次机会报了名。

2013年，经验老到的王昌利，与干劲十足的罗俊都成为贵阳机务段首批动车司机。2014年10月，贵广高铁联调联试动车组计划经老川黔线开进贵州，而王昌利则被选为接车司机，成了将动车组开进苗乡侗寨的"贵州高铁第一人"。尽管在学习时已经反复练习过操纵技能，也进行了完整的行车预演预想，但真正穿上那身笔挺的制服，戴上帽子、打好领带，蹬着锃亮的皮鞋踏入驾驶室的那一刻，王昌利还是感到些许陌生，甚至有点慌张。他定了定神，他已经是一名42岁拥有20多年驾龄的司机了，这种场面他相信自己能够应对。行车装备设置完毕，发车指令发出，动车组缓缓启动，像一条刚刚苏醒正将身体舒展的白龙，速度越来越快，越来越快……在这如飞一般的速度中，王昌利的心态逐渐与动车一样平稳下来，进入了状态。

贵州正式迈入高铁时代，王昌利和罗俊也成了真正的动车司机。2019年12月，成贵高铁宜宾至贵阳段正式开通，而这一次的首发司机，则是对这条线路极为熟悉的罗俊。

跑普速时，罗俊也常走宜宾这条线。过去，进入这座城市前，沿途总能看到起伏的大山、古朴的村庄，当闻到一阵浓浓的酒香时，罗俊便知道，宜宾到了。如今，他驾驶着时速超过300公里/小时的动车组驶向宜宾，驾驶室没有窗户，看不到车外的景象，但他听说，当车停靠在宜宾市境内的兴文站时，有不少周边的村民站在山坡上远远望着这辆雪白的动车，他仿佛能听到人群中的欢呼。到了宜宾，那股熟悉的酒香扑面而来。罗俊找到些许熟悉的感觉，唯一不同的是，这次他是坐在动车驾驶室里。

罗俊记得首批动车司机上岗时，30多名司机几乎都在跟车学习。而他在车上最想见到的人是制造动车厂家的技术员，只要技术员在车上，他总能与对方有聊不完的话题，恨不得在一趟车的时间里就将这辆动车的细节摸得透透的。

几年过去，王昌利已转岗负责安全和培训工作，将他一生丰富的经验传授给后来的司机。而罗俊则仍在驾驶室里继续探索，他已经考取了动车高级技师资格，在贵州，目前拿到这一资格的司机只有两名。

贵广高铁刚开通不久，罗俊曾带着80多岁高龄的姥爷体验了一把"中国速度"。罗俊将步履蹒跚的姥爷带到驾驶室参观，望着眼前复杂的扳钮、手柄、仪表和车载设备，站在运行平稳速度却高达200公里/小时的动车里，这位驾驶过蒸汽机车的耄耋老人，眼眶竟有些湿润。

搭乘开往欧洲的班列出山

贵阳市

一个初春的上午，我驾车驶向位于白云区的贵阳都拉营国际陆海通物流港。汽车在宽敞的盐沙大道上行驶，我脑子里却想起了儿时的片段。

"都拉营有什么好玩的？就是一个老旧的货运站，人没几个，路也不好走，不去不去。"我的父亲是铁路信号工，工作地点分布在贵阳市内及几个邻县的车站，每次被安排去都拉营值班，他似乎总会生出一股被发配边疆的苦闷，当我偶尔不识时务地提出想跟着他去玩时，他总会这样没好气地一口拒绝。正因如此，作为贵阳人的我，虽然早在20多年前就听说过都拉营这个地名，却一直无缘得见。

如今，我行驶在双向六车道的宽敞公路上，只用了20分钟，便来到这个早就知道的"老地方"。在这里，我见到了已经等候多时的物流公司员工徐子奇，他递给我一件橘色马甲，然后向物流场地走去。

显然，我眼前的都拉营早已不是那个让我父亲头疼的偏远之地，父亲曾经常去的都拉营站是 1965 年就建在川黔铁路线上的三等站，而这个充分现代化的国际陆海通物流港是于 2018 年 12 月在都拉营另选地块开工建设的。物流场地宽敞气派，延伸到远方的铁轨上整齐排列着几十个扣上防盗锁的集装箱，箱子里有贵州的轮胎、吉他、茶叶，也有来自全国各地即将运往俄罗斯的货品。在等待火车头来拉走集装箱的间隙，徐子奇告诉我，这个物流港在建设之初就被列为贵州省级重点工程和重大建设项目，2019 年又被国家发展改革委在《西部陆海新通道总体规划》中明确作为国家重点培育物流园区中的大型货运场站、重要的物流枢纽。物流港位于贵阳综合保税区内，形成了"区港一体"的协同发展模式，显然也为贵阳作为西部陆海新通道的重要战略节点提供了保障。

徐子奇在贵州铁投都拉物流有限公司工作了两年多，在他调度下进出车站的集装箱不知有多少个，除了箱体颜色和那些代表不同公司的英文字母有差别之外，装箱、出站的流程都没什么不同。不过，眼前这 50 个集装箱还是有一点细微的差别。因为，这批货物的目的地是俄罗斯沃尔西诺，中途不转站、不换箱，唯一需要更换的是火车头和开车的司机。与国内班列相比，这趟班列的运单需要制作两份，一份中文，一份俄文。

就在我们等待第 11 趟中欧班列出发开往俄罗斯的那天，远在贵州的东北角，距离贵阳市约 300 公里远的正安县经济开发区里，塞维尼亚吉他公司的机器正在加速运转，公司总经理魏友兵同样忙得不可开交。

魏友兵是四川人，30 多年前开始在广东从事吉他制作的行当，直到 2014 年，正安吉他产业园一期的标准厂房建成，他便受到正安县优惠政策以及老朋友郑传玖的吸引来到贵州，成为这片园区第一批进驻的企业家。魏友兵身材壮硕、四方阔口、鼻如悬胆，在工厂外指挥搬运货物时，或是四处奔走与人洽谈合作时，都是一副老道的生意人模样。唯独走进制作手工吉他的工作室，戴上眼镜、挂上围裙之后，他便全情投入到吉他匠人的角色之中，连平时不离手的香烟也丝毫不碰。魏友兵吉他制作水平的高超在圈内是出了名的，而超过30年的从业经验，不仅稳固了自主品牌的影响力，也为他创造了一批固定客群。

和大多数与时俱进的商人一样，魏友兵紧跟时代变换营销策略。他在抖音短视频平台上有一个账号，除了一有空就固定开两个小时的直播，也隔三岔五就发布一条自己拍摄的短视频，或记录吉他装车运输的场景，或展示一段手工制作的技艺。而在众多短视频当中，有两条发布于2021年11月18日的内容有些许不同。视频中，他正站在我现在身处的贵阳都拉营国际陆海通物流港中，背景是一列被绸带红花及横幅装饰的火车，车头挂着一块牌子，牌子上的8个大字引人注目："中欧班列首发班列。"视频里的魏友兵情绪高昂，他有数千把吉他正静静地躺在这列班列的其中一个集装箱里，向俄罗斯出发。

魏友兵公司生产的吉他至少有70%是出口欧洲的，过去许多年里，他几乎只能选择海运这种方式。海运耗时很长，出口产品必须先由货车运往沿海城市的口岸，被装上货船后便要向西南出发，到达新加坡，穿过马六甲海峡，再往西跨越印度洋，然后到达亚丁湾，进入红海，穿过埃及的苏伊士运河之后进入地中海，货物便在此分流，被运往欧洲各国，整个漂洋过海的旅程往往长达两个月。尽管时间漫长，海运仍旧是大多数公司的第一选择，毕竟，相比起价格高昂的航空运输，以及弯弯绕绕的铁路运输，海运更加划算。

贵州开通中欧班列对魏友兵而言无疑是一个极好的消息。他出口欧洲的吉他只需运到贵阳都拉营国际陆海通物流港，便能搭乘中途不转站、不换箱的列车，从贵阳出发，经满洲里，抵达俄罗斯沃尔西诺，全程只需15天左右，比海运整整快了一个多月。打那以后，只要时间合适，贵州直达中欧班列就是魏友兵出口货物的第一选择。

这次中欧班列首发仪式有不少人参加。省商务厅、省发展改革委、中国铁路成都局集团有限公司、贵阳市政府、贵阳综合保税区、贵州铁投集团……各家单位的相关代表聚在仪式现场，神情庄严，心潮澎湃，静静等待着这趟载着希望的列车滚动起车轮。

人群之中，有一个人的心情尤为复杂。他是贵州省多式联运产业发展有限公司的负责人，也是推动贵州直达中欧班列开通的亲历者。

实际上，这趟满载黔货驶向国外的班列得以开通其实并不容易。放眼全国，往来于中国与欧洲及"一带一路"沿线各国的集装箱国际铁路联运班列早在2011年就已开行，首趟发出开往德国杜伊斯堡的班列是从重庆发出的，开启了中欧班列创新发展的序章。到了2021年，中欧班列已开行累计突破4万列，合计货值超过2000亿美元，打通73条运行线路，通达欧洲22个国家的160多个城市。在这10年的发展中，全国已有不少城市开通了直达中欧班列，但贵州迟迟未能加入其中，贵州的进出口大多依赖海运，或是中转到其他城市，搭乘当地直达的中欧班列实现出口。其中最大的原因还是成本问题，中欧班列投入资金巨大，如果没有足够的货源支撑便难以为继。长期以来，尽管从事进出口货运的人们十分渴望贵州也能开通直达中欧的班列，但那就像一个遥不可及的梦想一样难以实现。

不过，事情在2020年后发生了变化。由于新冠疫情暴发，海运价格越来越高，甚至逐渐与中欧班列等铁路运输的价格持平，人们被迫重新做出选择。而在贵州，贵州铁路投资集团有限责任公司、中国铁路成都局集团有限公司、贵州现代物流产业（集团）有限责任公司及贵州高速公路集团有限公司共同组建的贵州省多式联运产业发展有限公司于这一年正式成立，由贵州铁投集团参照子公司进行管理，常年从事进出口工作的人们也嗅到了市场的变化。2021年8月，出于对合作企业利益的考虑，该公司向铁投集团汇报了开通贵州直达中欧班列的想法。

"这是一个窗口期，必须抓住机会。"令他们无比欣喜的是，上级领导对这个提议十分关注，在领导们看来，在这个节点上积极推动贵州直达中欧班列开通有着另一个层面的特殊意义。随着贵州与重庆、广西、甘肃等西部12省区市以及海南省和广东省湛江市签下合作共建西部陆海新通道的框架协议后，贵州在区域协调发展格局中的地理优势也得以凸显，如果贵州能开通直达中欧班列，便能推动形成通道，对贵州的经济发展将带来长远且积极的影响。而在此时，市场受到疫情影响产生波动，货源问题得以解决，投入班列的成本自然也随之下降，这显然是最好的时机。

这向上争取的过程必然是艰难的，但意义重大，大家都明白这个道理。在此后的 3 个月中，公司团队以及各级部门全心投入到推动这趟班列开通的工作中，个中艰辛不足为外人道也。终于，11 月 18 日，人们迎来了梦想变为现实的时刻，那声班列出发时鸣响的汽笛声让他们无比振奋。不过，这对贵州来说仅仅是个开始。这趟中欧班列是一趟临时班列，而贵州的目标是推动其成为图定班列。所谓图定班列，就是固定时间开行的日常班列，想要达到这个目标，还有大量工作需要开展，如足够的货源、铁路运输的监管场所建设，以及海关作业监控场所等。

对于这个更为宏大的愿望，人们充满信心和期待。贵州省多式联运产业发展有限公司的这位负责人向我展示了一张"中国—中南半岛铁路通道"的线路地图，地图中，吉隆坡、曼谷、万象、昆明、厦门、上海等地被标记上红色的圆点，这些红色圆点最终都在贵阳汇聚。他的手指在地图上移动，说："在货物方面，我们一方面培育本省的货物，另一方面就是稳定其他地区的货物。你看这张地图，正体现了贵阳重要的枢纽地位。未来，我们会把泰国、老挝、越南等地的货物在贵阳集散，充分发挥贵阳的枢纽作用。"

截至这篇稿件完成时，好消息又传来：在贵州省委、省政府的领导之下，铁投集团和多式联运公司通过积极争取，获得铁路部门的支持，贵州直达中欧班列已经被纳为图定班列！这趟通往俄罗斯的列车，是徐子奇们在物流货场工作的新开端，是魏友兵们推动"黔货出山"的快速通道，也是贵州经济发展打开新格局的钥匙，贵州的通道效应更为明显。

我突然想起贵州省多式联运产业发展有限公司那位负责人在讲完故事后发出的浪漫感慨。他说，首发仪式那天，天空布满层层乌云，但当领导宣布首趟贵州直达中欧班列正式开行时，随着一声汽笛鸣响，天上的乌云竟也渐渐散开，太阳为鲜红的火车头镀上了一层金边。

一条高速铁路线的诞生

 铜仁市

每天清晨 6 点不到，城市里大多数人还未从梦乡中醒来时，贵阳的高铁站门口就已经开始热闹了。人们或在路灯下聚在一起聊天，或坐在行李箱上玩手机消磨时间，待到高铁站打开大门，便有序而入，踏上最早的那班高铁，去往四面八方。

这样的场景我在近两年里见过好几次，巧合的是，每次在清晨 6 点前来高铁站，我的目的地都是铜仁。最近的一次是在今年初夏，我强睁着惺忪睡眼跟着汹涌的人潮踏上 6 点启程的那辆动车，周围的人们或背着轻便的双肩包，或拎着上班用的手提包，更有人甚至什么也不带，恍惚间，仿佛感觉自己乘的不是将要行驶 300 多公里的高速列车，而是赶早高峰去离家不远的地方上班。这场景于我而言已经十分熟悉，每次乘最早一班去往铜仁的动车都是如此。

"有不少在铜仁工作的人在贵阳买了房，也有不少住在铜仁的人平时在贵阳工作。"抵达铜仁后，在铜玉铁路公司的办公室里见到公司董事长任永华时，他简洁明了地描述了当下铜仁人的生活状态。

如果时间倒回 2018 年之前，铜仁与贵阳两地的人们或许从未想象过会以这样的节奏生活。对此，在公司征地拆迁岗工作的敖少强和负责运输管理的张祖根都深有感触。

敖少强是印江人，1988 年考上贵州师范大学，去贵阳报到时只能乘坐在土路上摇晃一整天的客车。"两头黑"、全身响、"黄汤"和粉尘，这是敖少强对前往贵阳求学之路的精辟总结。天不亮就必须踏上蒙了一层灰尘和泥土的客车，在汽车嘎吱作响的"伴奏"中忍耐车厢中的拥挤、闷热以及各种

难以描述的气味，途中还有不少晕车的乘客忍不住呕吐，直到天黑才能抵达目的地。去一趟贵阳的路途可以称得上是一种折磨，而这种"折磨"还得花二三十元钱买票体验，这可是当年敖少强几乎一个月的饭钱。所以，大学时期的敖少强一年只回一次家，夏天时，索性留在贵阳打暑期工，不仅不用花钱买罪受，还能挣点零用钱。

大学毕业后的敖少强回到老家教书。工资不高，经济困难的学校还时常发不出钱来，敖少强不仅要喂饱自己的肚子，还得为正在读书的弟弟负担生活，思考再三，最终决定跟着"杀广"的大流去往广东打工。那时，铜仁地区只有玉屏通火车，敖少强辗转到车站，挤上那通向广东的绿皮火车，虽然车厢比客车大了许多倍，但车里仍旧人满为患，那种熟悉的、令人作呕的气味扑面而来。没有座位可坐的敖少强环顾四周，学着那些经验老到的打工者，身手敏捷地寻到一个空着的座位底下迅速钻了进去，往地上一躺，在浑浊的空气和嘈杂的谈话声、叫卖声中昏昏睡去，不时又惊醒起来，为列车上售卖花生瓜子矿泉水的小推车让路。

生于松桃的张祖根对敖少强的这段回忆产生了强烈的共鸣，虽然他于1989年从长沙铁道学院毕业后就一直从事铁路的土建工作，但关于20世纪90年代乘坐绿皮火车的经历也并没有什么不同。对于铁路，张祖根更加熟悉。铁路土建工作是一项苦差，尤其在交通不发达的20世纪八九十年代，在深山老林里住上十天半个月是常事。全国各地到处跑了25年，在这25年里，他回到贵州修建铁路的时间却不多，毕竟在很长一段时间里，贵州的铁路建设一直处于滞后状态。

其实，贵州的铁路建设起步并不算晚，但中间停止的时间太长了。1953年，国家提出社会主义改造时，贵州便提出修建川黔铁路和湘黔铁路。但是，由于经济落后、物资匮乏，这两条铁路的修建断断续续，直到1965年和1972年，这两条铁路才分别建成通车。同时，由于三线建设，贵州的铁路建设迎来了一次高潮，不仅打通了湘黔铁路和川黔铁路，还修建了贵昆、黔桂铁路，这几条线路在贵阳形成了一个"十"字交叉，也奠定了贵州在西南铁路网中的枢纽地位。然而，三线建设时期之后，贵州的铁路建设又陷入低迷，从1980年到1998年，长达20年的时间里，除了修建了水柏铁路等支线，便再无重大的铁路建设工程。然而，在此期间，全国铁路推进了几次大面积提速，处于山区的贵州，一次都没能参与其中。直到2006年，当时的贵州省领导提出要以"交通引领经济发展"，在充分调研后提出"两高（高速公路和高速铁路）"建设同步进行，并在省里成立了"两高办"。但是，在2004年发布的中国第一个中长期铁路网规划中，贵州并未被纳入其中，而经过贵州省有关部门和领导的不懈努力，仅用了两年时间便获得同意规划，并迅速立项、开工。至此，贵州的交通发展终于迎来春天。

以上这段历史，是任永华告诉我的。他不过40岁出头，却对贵州的铁路发展历史如数家珍，对于贵州高速铁路的建设更是非常熟悉，毕竟，他是首批加入贵广铁路筹备组的人。

任永华加入筹备组时还不到30岁，但从中南大学土木工程专业毕业后进入成都铁路局工作至2008年期间，他已在5个车间当过主任。2008年，他听说贵广铁路正在组建筹备组，条件有三条：一是35岁以下，二是科级以上干部，三是高级工程师。除了年限不到还未能评上高级工程师之外，任永华其他两项条件已能满足，他便抱着试一试的心态报了名。当时的筹备组组长看过简历后立刻来了兴趣，任永华便顺利成为筹备组的一员。

"贵州铁路发展的春天终于来了。"任永华抱着这样兴奋的心情开始了高铁的建设工作，工作量仿佛在一夜之间呈几何倍数增长，而年轻的他并不知疲倦。118个定编，实际在岗人数却只有60人左右，承担着贵广和沪昆贵州段总共1500多公里的高速铁路建设任务，还要承担铜玉铁路代建任务。面对繁重的任务，任永华每个月有一半的时间不是在飞机上，就是在前往项目点的越野车上。他背包里必备一台笔记本电脑，是为了即时办公准备的。而越野车上，一桶汽油、足够的方便面和开水则是必需品，因为不知什么时候会遇上道路不通，或是汽车抛锚，他们就只能在车上等待救援。

2014年6月，原铁道部要求贵广铁路必须在当年12月26日通车，但此时，全线还有诸多如工程缺陷、征拆工作等难题尚未解决。筹备组的工作量又翻了倍，每天晚上7点准时电视电话会议，汇总各标段的问题、整治情况，白天则在各项目点上加紧工作，所做的报告几乎可以堆满一整间办公室。那最后冲刺的半年里，任永华只有在需要拿换洗衣服的时候匆匆回一趟家，其他时间不是在广州就是在南宁，直到2014年12月26日，贵广高铁正式全面通车。

贵广高铁的建成，最感自豪和快慰的还是任永华这样的铁路人。他们清楚地知道，这条高速铁路线的建成意味着，贵州作为西南地区首个通高速铁路的地方，被弱化了多年的西南铁路交通枢纽的地位正式回归了。从那之后的几乎每一年，贵州都有一条高铁线路开通，而对于铜仁市民而言，意义最为重大的则莫过于铜玉铁路的修建。

作为同样出生在铜仁的人，张祖根和敖少强对于铜仁的铁路有着一段共同的记忆。

过去许多年里，铜仁除了于20世纪70年代正式投用的玉屏站，很长时间里都没有新建一条铁路，想要乘坐火车出铜仁，江口、万山等地则需乘车至玉屏，而沿河、松桃等地则只能辗转到湖南才能登上火车。在2000年开工的渝怀铁路筹备之初，当时的铜仁行署专员为了争取这条铁路在铜仁城设站，在北京连续奔忙了5个昼夜，直至听到原铁道部通过此方案后，激动得"泪洒长安街"。铜仁人民对铁路的渴望由此可见一斑。

不过，2007年全线开通的渝怀铁路对铜仁而言仍只能算是"蜻蜓点水"，仅打通了铜仁市通往外省的通道，并未解决铜仁在省内的交通问题。直到贵州开始动工修建贵广高铁之后，为了打通贵阳至六盘水和贵阳至铜仁这两条线路，便又努力争取获批了安六铁路和铜玉铁路的建设。2013年，国家部委改制，中国铁路总公司成立，铜玉铁路的出资比例变成贵州出90%，中国铁路总公司承担10%。经济压力陡增，铜玉铁路作为第一条由省方主要投资的城际高速铁路，建设压力也增加了不少。

2013年，当贵广铁路的建设如火如荼时，铜玉铁路的建设也紧锣密鼓地开始了。贵州铜玉铁路有限责任公司成立，从各地调来了精兵强将，在过去几十年里拿到研究生学历并进入政府部门工作的敖少强，和从事铁路土建工作25年的张祖根，就在此时聚在了一起。在山区铺设铁路难度不小，同时，征地拆迁及内部细碎的工作也十分繁杂。两位在各自岗位上拥有丰富经验的人，各自想尽办法、排除万难，加班加点地推进着工作。

2018年12月26日，历时5年建设的铜玉铁路终于正式通车，铜仁人的高铁梦终于实现。如今，铜仁主城区融入"高铁朋友圈"已近4年，而在未来贵州高铁构想中，还有多条新的高速铁路已进入规划，有的即将建设，贵州融入成渝双城经济圈的速度加快，在西部陆海新通道中的地位也将得以巩固提升，此外，新的黄金旅游线路也将贯通，贵州的铁路交通枢纽格局正在进一步打开。

定格贵阳环线铁路

贵阳市

蒙蒙细雨中，只能隐约瞧见车站的轮廓，尽管雨雾给这栋建筑罩上一层薄纱，却仍能看出它焕发着崭新的光泽。这是一个全新的车站，连通着一条崭新的环绕整个贵阳城一圈的铁路。站房上方的"天河潭"几个大字若隐若现，进出站口时不时吞吐着几个身影，没有人潮涌动的紧迫感，这些身影便也从容自如，不慌不忙地移动。

我坐在吴东俊的小轿车上远远望着这个车站，车上还有吴东俊的妻子。雨越下越大，实在不适合拍照也不适合参观。吴东俊决定打道回府，他再次启动小轿车,向芦荻村开去。

这辆小轿车算是他们家的"老伙计"了,陪着两口子走过了不少地方,大概也见识过贵州不少陡峭的山坡、有水漫过的矮桥,以及一望无际的田野。通常,这辆车里除了载着幸福的两口子之外,还会被塞进一两个鼓鼓囊囊的大背包,包里不一定有很多衣服或洗漱用品,但一定有很多"长枪短炮",那是吴东俊"吃饭的家伙"。

吴东俊是一位摄影家。他从警官学校毕业后就进入公安系统工作,办案时虽也需要拍照,不过,只是简单拍一拍犯罪现场和证物等等,要求只有一个:清晰。但摄影艺术不同,那些让人眼前一亮、引人无限遐想的图片,不仅需要光影、构图还有设备调试的相互配合,还要有别于他人的视角以及足够的耐心和运气。一张照片的背后是对技术、审美,甚至财力的考验,这让吴东俊着迷。尚未进入20世纪90年代,他就拥有了自己人生第一台相机,"海鸥203",可折叠、携带方便,不过没怎么用就卖掉了,之后又买了一台当时流行的青岛牌相机,因为操作简单而被俗称为"傻瓜相机",再后来,设备越来越专业,他的摄影技术也越发精湛,风景照是他的拿手好戏,在城市人文、新闻图片方面他也十分高产。他从20世纪八九十年代起就开始走上摄影这条路,如今,从小学教师岗位上退休的妻子也成了他的"摄友"。他们俩结伴外出拍摄时有分工,吴东俊的镜头主要对准山川河流、桥梁公路、城镇村寨,而妻子则用最新掌握的延时摄影,将镜头对准吴东俊以及他身后的那片天空。

要说谁对一个地方的变化最了解,除了修地方志的专家,或参与工程建设的工程师之外,摄影家也是一个重要的群体。尤其像吴东俊这样,老家边上突然建起了环线铁路,他既是亲历者,也是见证人,还是记录者,更有不少故事可以说。

这条贵阳市环线铁路的修建让吴东俊很兴奋,不仅是他,整个贵阳市的人都很兴奋。这是全国第一条市域环线铁路,全长100多公里,从贵阳北站一直连接到白云北站,沿线有17个站点,孟关、党武、贵安等距离城市繁华地带无比遥远的地方都新建了车站。吴东俊将镜头瞄准铁路建设的工地，把拍照时顺带录制的视频作为"副产品"放到短视频网站上，而我，则顺着这些短视频瞄准了他，决定以一个摄影家的视角揭开环线铁路的故事。

在来车站参观的几个小时之前，我驾着车行驶在宽敞的贵安大道上，进入通往天河潭景区的匝道后，又转向一条小路进入芦荻村。芦荻村是一片"福地"，就在天河潭景区旁边，景区有一扇后门可直通村里。这个老牌景区最初叫作天生桥，得以被开发就是因为芦荻河经暗湖形成的竖井深潭穿过天生石桥而形成了一处天然奇观。景区于1990年被开发，芦荻村的基础设施也相应得到改善，至少交通不再如过去那般闭塞，不过，改变也仅限于此，大多数人还是选择外出打工，留在村里的也最多在景区里做点小生意，别无其他致富的途径。

根据吴东俊在微信语音里的指挥，我终于把车停在了他家门口。走进这栋崭新的两层小楼时，几只狗飞快窜了出来，围着我这个裹满浑身湿气的客人东闻闻西嗅嗅。吴东俊的妻子将我引到一个小房间里，中间一个老式煤炉正呼呼地冒着热气。递上两杯茶，她便转身出去，留下一句话："你们先坐会儿，饭马上就好。"

略带焦煳味的辛辣气息冲入鼻腔，吴东俊端着一碗油炸干辣椒走进屋来。油亮的农家腊肉和咸味香肠切成薄片在瓷盘中各自盘踞一方，裹着烟熏味的油香迅速与干燥的辣味在空气中混合。几碟家常菜接二连三上桌，一口黑色小砂锅最后登场，盛着小半锅油辣汤底被放在大铁炉子中央，在火焰的舐舐下很快沸腾起来。吴东俊和他的妻子紧盯着翻滚的汤底，将刚切好的梅子肉和沾着水滴的豌豆尖一样一样放入锅中。

"不要客气，吃完我们就上楼去看照片！"吴东俊招呼着。虽是第一次见面，气氛却并不拘谨，况且，对他来说，那些照片才是真正的"大餐"。

二楼才算作是真正的客厅，空间宽敞，屋子中间摆着一张舒适的沙发，正对着一台屏幕巨大的电视机。"我们平时不怎么看电视，这个主要是用来看照片的。"说话间，吴东俊已经把电视打开，电视画面竟是他的电脑桌面。

"我们先从环线快铁的这个系列看起吧。"无需我提出要求，他已经迫不及待地点开了众多文件夹中的一个。我甚至能想象出，在此之前，那些前来拜访吴东俊的客人一定也如我这般，陷在这舒适的沙发里，无需多说什么，只用静静等待吴东俊打开那一个又一个文件夹，眉飞色舞地讲述拍摄时的精彩故事。

"这是车站刚开始施工的时候。"吴东俊拍摄环城快铁的故事从这张照片开始了。

矮山的中间凹下去一片宽阔的平地，新鲜的黄土与周遭的青山形成鲜明对比，显然，这是一片刚开辟出的工地。没有工人的身影，也尚未有大型机械入场，静悄悄的工地像一张白纸，等待被勾勒出新的图景。

早在决定搬回芦荻村居住时，吴东俊就已产生拍下环城铁路修建过程的想法。这并非突发奇想，更像是出于一个摄影师的本能反应。用镜头记录社会几十年，他对城市的变化相当敏感，更何况，这全国第一条市域环线铁路其中一站就在他家附近，更没有忽略它的理由。

虽然吴东俊出生在芦荻村，但他对这座村庄和周遭的一切谈不上熟悉。他从警官学校毕业后就进入公安系统工作，也当过一段时间的援藏干部，此后便一直在城市生活。直到退休后，他越发怀念乡村的空气和生活节奏，便回到芦荻村定居了。正巧，从 2013 年就已开始建设的环城铁路西南环段进入到更密集的施工阶段，吴东俊立即付诸行动。

按照惯例，第一步是踩点，这是作为专业摄影师的重要工作环节。贵州公路建设最热闹的那几年，也是吴东俊往全省各地跑得最勤快的几年，哪里有新的高速、大桥在修建，哪里就有他的身影。一次，为了拍到清晨光线下的北盘江大桥，他和朋友凌晨三点就开车出门往六盘水赶去，就是为了找一个最好的视角进行拍摄。可惜，赶到那儿时天气不好，浓雾将大桥完整包裹，迟迟不见阳光。两人败兴而归，在回来的路上经过镇宁自治县时，灵光乍现似的突然决定改道高荡村去看看，拍了一组布依古寨的美图，没想到，这组图广受欢迎，竟卖了个好价钱。这样"有心栽花花不开，无心插柳柳成荫"

的经历，在吴东俊的摄影生涯中并不少见，也正是因为这种不确定性，才让他越发为摄影着迷。

相比起来，拍摄环城铁路就没有这么大的"风险"。因为铁路就在居所附近，吴东俊早已提前在工地周围的山坡上找到几个视野开阔的点位，每隔一段时间，他就会和妻子一起爬到山顶上记录下环城铁路的"生长"情况。建设前期，他通常用无人机拍摄，在天空盘旋的机器嗡嗡作响记录下各种场景：先是一片开阔的平地，之后陆续有墩柱从河流中间伸向天空，再后来，墩柱上延展出灰白的路面，路面上又铺上灰黑的铁轨……春夏秋冬在他的镜头下变换，铁路也在他的镜头下逐渐成形。

2021年7月，贵阳环线铁路西南环段进入静态验收阶段，吴东俊拍摄的视角也随之改变。他决心拍下试运行时火车驶过铁路的场景。

联调联试阶段采用的测试列车不长，速度不快，但想在视野范围内抓住列车经过的瞬间也并不容易。测试列车没有具体的发车时刻表，吴东俊也没有什么独门技巧，只靠一个字：等。

为了让我对这等待的过程体会更加直观，他在众多视频文件中翻找许久，重现了他和妻子其中的一次等待。视频采用的是延时摄影，这种摄影技巧被广泛运用在各种呈现时间流逝的视频之中，它缩短了一朵花生的生命之旅，缩短了从朝霞到晚霞之间的距离，在吴东俊的视频当中，也缩短了他和妻子漫长的等待。视频像被按了快进键，太阳从东边迅速向西边赶去，随着日光的靠近，白云流动出橘红的色彩。夫妻俩的活动空间几乎都被框定在镜头之内，时而坐在简易折叠凳上，时而起身向铁轨的方向眺望，喝水、吃干粮、脱下薄棉衣举在头顶上挡住阳光，加速的动作看起来像卓别林的默片。一整天的时光都被浓缩在这短短几分钟里，这漫长的等待最有价值的一刻则被定格在几张照片上，吴东俊终于等到了他想要的场景，一辆测试列车掠过，他必须在那短短的几十秒中迅速按下快门，盼望能定格下最好的构图。

用一整天的时间在脑海中构想出最完美的画面，最终却只能交给那一刻的环境和拍摄对象的状态来决定，这就是摄影的趣味所在。幸运的是，吴东俊在一堆照片中挑出了一两张令自己满意的作品，宣告这一天的等待并没有白费。

这样的状态，在后来环城铁路进入试运营阶段后终于有所改善，列车时刻表能告诉他快铁出现的时间，他不必再像等待一个不知何时会归家的人一样去等待那趟列车了。后来的拍摄相对顺利起来，却也预示着这套作品的创作进入了尾声。2022年3月30日，贵阳环线铁路西南环段开通运营，标志着贵阳环线铁路全线开通运营，吴东俊也在此时为自己的这套作品设计了一个全新视角的结尾。

在建设阶段，他用无人机鸟瞰这条线路一点点生长。在试运营阶段，他在山头眺望，等待测试的火车出现在镜头之中。如今，贵阳环城快铁的站门打开，他迈着步子走进这栋崭新的站房，镜头里除了徐徐停入站台的火车，还有许多生动的面孔。

挑了个晴朗的日子，吴东俊带上相机，跟着两位住在天河潭附近的老人走进车站。镜头下，两位八旬老人像好奇的小孩，在候车厅里睁大双眼抬头张望。登上快铁更是令人兴奋，随着窗外熟悉的景致向身后快速飞去，他们离贵阳市中心地带越来越近，这速度让两位老人的眼里满是惊喜。

这段视频算是为吴东俊"贵阳环城快铁"系列摄影作品画上了句号。此后的一年多里，他也偶尔拍摄了一些环城快铁的全景图，但更多的时候，他是以乘客的身份与环城快铁产生更紧密的联系。

"现在去市区拍照我几乎都坐快铁，速度快，不堵车，还不用为停车位发愁。随时出发！"吴东俊背上那个鼓鼓囊囊的背包，准备去捕捉新的风景。

挺进地下喀斯特

贵阳市

郭阿龙在贵阳生活了 6 年，但对这座城市的模样仍旧知之甚少。相比较而言，他对贵阳的地下世界更加了解，那是一个让他又爱又怕的喀斯特王国。

见到郭阿龙时，他正在中铁广州工程局贵阳轨道交通 3 号线一期工程土建六标段项目部处理土建工程的收尾工作。项目部是几排临时板房围成的院子，院子中竟还有小花园、凉亭，环境十分温馨。这一标段的土建主体工程早已完工，旁边的工地十分安静，正准备投入到下一步的铺轨和机电建设，不少曾经参与管理的负责人已经陆续离开，奔赴省外其他项目地，但郭阿龙还不能走，他是这一标段的总工程师，得坚守到最后关头。

郭阿龙的老家在河南省新乡市，大学毕业就进入中国铁路广州局集团有限公司，目前已工作了 12 年。工作的前 5 年里，他在湖南建过高速公路，到云南建过地铁，再加上曾经也来贵州游玩过，自认为对西南地区的地形地貌算是熟悉了，可当他 2015 年来到贵阳，第一次进入这里的地下世界时，他对云贵高原认知上的自信，以及对贵阳这座城市的好感，几乎瞬间消失殆尽。

"烦啊。"郭阿龙一边给桌上精致的小茶杯里注满茶水，一边发出深深的叹息。这声叹息仿佛是从 6 年前观山湖区金阳南路的地底下传来的，隧道里几束昏暗的灯光，将发出这声叹息的人勾勒出一个无奈的剪影：安全帽耷拉着，垮下的肩膀沉重得仿佛压了一座大山。

郭阿龙对那段日子记忆犹新。那是 2016 年 4 月初的一个夜晚，他刚结束在贵阳交通轨道 2 号线金阳南路站辅道的挖掘，换上一身干净的衣服，走进一家火锅店，准备小酌一杯让自己放松放松。可是，凳子还没捂热，电话就响了。吃火锅的计划完全泡汤，郭阿龙飞也似的赶回工地，眼前的景象让他大受打击。

贵阳是一个典型的喀斯特地貌山地城市，地表起伏落差大，地下更是藏着无数溶洞、暗河，进入贵阳的地下世界就犹如来到一个巨型迷宫。在来贵阳之前，郭阿龙对这样的地形地貌已经有过了解，但此时此刻，他站在这座"迷宫"当中依旧百思不得其解，眼前的掌子面上正源源不断地流下稀泥，这水到底是从哪里来的？

从那一刻开始的48个小时，郭阿龙几乎都是在工地度过的。地下，迅速找到渗水点堵上；地上，围上警戒线，浇灌混凝土填充空腔……这次意外没有造成人员伤亡，却足以让郭阿龙感到后怕。从那以后，他常常夜里睡不好觉，尤其是在多雨的夏季，总担心不知道隧道的哪个部位会被水淹。

贵阳修建地铁的历史可以追溯到20世纪90年代，轨道交通1号线从开始构想到最终完工整整经历了20年。这20年里，贵阳地表上的城市建设不断更新，而地下交通的建设也随着城市面貌的改变进行着调整。郭阿龙来到贵阳时，轨道交通1号线已经建设了两年多，但前人的经验对他而言也不过仅作参考。

在我国的城市隧道建设历史中，盾构法已经成为近十几年来的主流。盾构法的工作原理是一边切削土体挖掘，一边利用钢架支撑隧道防止坍塌，并将挖掘下来的渣土即时运送到洞外。这项全机械化的技术最早在1818年被研究出来，并用在英国伦敦泰晤士河下修建了一条河底隧道。但在20年前，这项技术仍一直掌握在美日德等国手中。中国曾斥巨资从德国购入盾构机，却仍处处受到技术牵制，到了2002年，隧道掘进机关键技术研究被正式列入国家重点工程，由中铁隧道集团接下这块硬骨头。到了2008年，中国工程师历时6年时间，终于攻克技术难关，成功研制了首台拥有自主产权的复合式盾构机中国中铁一号，我国盾构技术终于实现了从无到有的突破。此后，盾构机在国内城市隧道建设中被广泛运用。

不过，在贵阳修建1号线和2号线时，种种论证均表明，从贵阳这样复杂的喀斯特地貌来看，盾构机仍然无法适用，一旦在前进中遇到未探测到的溶洞，重达上千吨、造价不菲的盾构机便很有可能会掉入洞中，造成机器损毁、隧道垮塌，后果不堪设想。所以，无论是1号线还是2号线，施工队伍都只能保守地采用最传统的方法——矿山法，即先打通一个竖井或者斜井，然后进入地下开挖凿孔爆破，再利用小型悬臂挖掘机等向前掘进。这种方法很慢，但相对安全很多。

郭阿龙就在这漫长的爆破、掘进，再爆破、再掘进的过程中，在贵阳的地下世界向前探索了4年。在这4年里，他常常来回穿梭在隧道中，一天就要走四五万步。贵阳的隧道大多需要穿过溶岩发育或强发育地段，说不准什么地方就会遇到溶洞，或者有一个洞口会渗出水来。在土建工程师的概念中，溶洞分为许多种，除了中空的溶洞，有的灌满了稀泥，有的半干半湿，无论哪一种，都需要进行填埋、注浆处理，让这些地方变得更加稳固，才能保障隧道安全。而贵州地下形势复杂，到了雨季更是随时会渗出水来，长筒雨靴里常常都灌满泥浆，郭阿龙每次提前摸排也只能掌握前方五六米之内的情况，所以，只有加强技术检测和巡视才能保证安全生产。"你别看我现在穿得干干净净了，那时候，身上的衣服都是又脏又破。"郭阿龙扶了扶鼻梁上的眼镜，低头看看自己身上干净笔挺的蓝色夹克。

2019年，当了近4年的"泥人儿"，好不容易完成了2号线八标段的任务，郭阿龙还没来得及喘口气，便又被任命为轨道交通3号线一期工程土建六标段项目的总工程师。这个项目点在花溪中曹司，不过对于他而言，项目在哪里都一样，过去4年里，他并没有时间好好参观一下观山湖区的新城面貌，未来大概也不会有空在花溪体验秀丽的风景，迎接他的仍是地下难以探测的溶洞、暗河，以及不知道何时会浸入隧道的地下水。

但是，这一次又出乎了他的意料。他在进驻项目点后，竟接到使用盾构法施工的消息！

这项1号线和2号线都不敢用的技术，为什么敢用在3号线？这得从我国的技术进步以及3号线的站点布局两方面来看。

贵阳轨道交通 3 号线的线路一期起自花溪区桐木岭站，止于乌当区洛湾站，线路全长 43.03 公里，设置车站 29 座，大部分里程位于花溪区和乌当区两地。这两地均是贵阳地势较为平坦的坝子，且地表的人流量、车流量和建筑等也不像老城区那么密集，盾构机在这些地方作业便相对安全。

而在技术层面，早在 2017 年贵阳轨道交通 3 号线施工设计方案论证会上，就已决定 3 号线 70% 的隧道采用盾构法施工。结合贵阳独特的地质特点和专家评审意见，技术人员针对性地对盾构机进行了"喀斯特专用"的设计，在刀盘刀具、防喷涌、防管片上浮等各方面都进行了改造。"黔进 1 号"由此诞生，于 2019 年 1 月被送到 3 号线一期工程师范学院站——东风镇站区间隧道进行试验。

在经过反复试验和改良后，22 台"黔进号"陆续进入各项目工点，在贵阳的地下世界穿行起来。这无疑是一项让郭阿龙感到些许轻松的技术突破，但在实际运用上，依然有不少问题需要继续优化。

在郭阿龙的办公室里，他向我展示了几段视频。"这是一种用于竖井施工的降尘喷淋装置，是我们在 2 号线建设时研究出来的。"这种装置可以降低施工中的粉尘，在环保方面起了不小作用。"这是盾构施工渣土环保处理系统，已经在 3 号线的各个项目部推广运用。"他又切换到另一段视频，视频中的处理系统将盾构机挖出的渣土和污水进行二次处理，过筛干燥后的渣土可以运用到回填路基等工程中，过滤后的水也可以循环利用。

"建设 3 号线的时候，中铁一局、二局、三局……十局，包括北京局、广州局的技术人员全都来了，大家分布在各个项目点上，平时经常开展业务交流，大家互通有无，在技术上的进步相比过去快了很多。"技术创新加快，是郭阿龙在建设 3 号线过程中最强烈的感受，除了日常的业务交流，中铁开投贵阳 3 号线指挥部与贵州省总工会也联合开展劳动竞赛，建设者对技术创新的热情也高涨了不少。

过去这 6 年，郭阿龙大概只回了 3 次河南老家。第一年被贵阳的喀斯特地貌好好"上了一课"，为了解决各种难题，他的春节留在了贵阳；2020 年，由于新冠疫情蔓延，担心被隔离在家无法回到工地，郭阿龙索性便留在了工地，后来的两年亦是如此。他 5 岁的儿子留在老家由老人照顾，听说，今年儿子已经会帮老人贴春联了。唯一值得安慰的是，郭阿龙的妻子也在项目部工作，让他在贵阳的地下时光不至于那么难熬。

眼看项目已经接近尾声，3 号线预计 2023 年将正式通车，也许，那也将是郭阿龙与贵阳正式告别的日子。"等通车那天，我一定要坐一次贵阳的地铁，告诉身边的乘客，这个隧道，就是我建的。"郭阿龙伸出食指指向头顶，嘴角挂上一丝骄傲的微笑。

乌蒙女儿

 毕节市

赵发燕的时间不好约。约了好几次，终于对上时间后，我按约定时间登上了去毕节的高铁。可刚出站坐上出租车，我的手机就响了，看到来电显示是赵发燕，我突然有一种不好的预感。电话接通，果然如此，她说："不好意思，我马上要出差，有个要紧的任务，能改期吗？"

"可是，我已经坐上出租车在赶过来了。"我欲哭无泪。

反复沟通许久，她终于答应给我 1 小时。

赵发燕确实太忙了，她不是在出差，就是在出差的路上。作为毕节公路管理局养路工程科的"80 后"女科长，赵发燕每个月有一大半时间都在外奔波，工作成绩有目共睹，不然，她也不会先后获得贵州省"绿化奖章"、贵

州省五一巾帼标兵、全国五一巾帼标兵等诸多荣誉。不过，这些荣誉不是吸引我好奇的真正原因，我更想知道的是，一位"80后"女性是如何接受这样一份风吹日晒、无法回家的艰苦生活的？况且，她服务的地方还是曾以交通条件恶劣、险峻著称的乌蒙山区。

将云南、贵州、四川三省38个县（市、区）囊括在一起的乌蒙山区，曾是集中连片特殊困难地区，也曾是国家脱贫攻坚的重点地区。这里集革命老区、民族地区、边远山区、贫困地区于一体，贫困面大、贫困程度深，贫困现象复杂、贫困类型综合。从交通来看，因地势结构复杂、山高谷深加上资金和技术条件不足等多种因素，长期处于落后。

过去很长一段时间，毕节地区出行只能靠普通国省干线，即除高速公路、县乡村组公路、专用公路以外的原国道、省道公路，在没有高速公路的时期，国省干线公路承担了贵州交通运输任务，而毕节作为西出贵州的必经之路，也成为当时的交通枢纽。早在1949年之前，毕节工务段就承担了部分国省干道的养护工作，1950年，毕节工务段接管了清毕公路和川滇东路赤杉段等公路养护，1954年，"毕节工务段"更名为"毕节公路养护段"；1958年定名为毕节公路养护总段，到了1998年，全省公路管理机构改革，贵州省毕节公路养护总段更名为贵州省毕节公路管理局，名称一直沿用至今，如此算来，毕节公路管理局也有百年历史了。

赵发燕在这所拥有百年历史的单位工作，有一部分原因是，她自幼就比别人对公路多一分别样的情感。

赵发燕的父亲是一名道班工人，在她儿时的记忆里，父亲似乎总是浑身沾满泥土的形象。那时，毕节地区的公路建设艰难，养护管理更是"难于上青天"，人背马驮是常有的事，更让人难熬的是，遇上极端恶劣天气，道班工人便只能住在路上，几天回不了家。赵发燕与父亲难得见上一面，她却从不抱怨父亲，而是对毕节地区的交通环境比别人有了更深刻的认识，也对毕节人对公路的向往有了更深的体会。

时间来到2006年。那一届的贵州大学土木工程专业毕业班里只有4名女学生。而这 4 名女学生毕业之后，有 1 名进入公路系统后，先后在工地、实验室、养路科等岗位工作，直至现在。她就是赵发燕。

那时的土木工程是一个热门专业，赵发燕却甘愿回到条件艰苦的家乡，从事交通建设，这让人有些匪夷所思。赵发燕想法非常坚定，她说："这里是我的家。"

刚毕业就进入毕节公路管理局并参与到高速公路的建设中，没有给赵发燕留出任何作准备的时间，不过，儿时的经历已经让她做好足够的心理铺垫，"没有路的地方才需要修路。"她对即将面对的一切无所畏惧。

但是，真正的挑战只有来到工地上才能体会。在去建设一线之前，赵发燕曾听前辈说："汛期常常一整夜都睡不着觉。"这让性格大大咧咧的赵发燕完全无法理解。到了工地上，她终于体会到这种夜不能寐的感觉。夏季汛期、冬季凝冻，是一年当中公路人最操心的两个时期。山区的天气像娃娃的脸说变就变，常有暴雨打得人措手不及，随暴雨而来的，可能会有山洪、泥石流、山体滑坡等地质灾害，每一项都对施工安全和当地居民的生命、财产安全造成严重威胁。凝冻亦是如此，结冰的路面时常让车辆寸步难行，养护人员常常天不亮就得在路面上撒盐除冰，艰苦程度可想而知。工作没几年，赵发燕也和那位前辈一样，每到汛期、凝冻时，就整夜整夜地失眠，心里挂着的全是路上的事。

赵发燕参加工作时，她的父亲已退休。而在一线建设公路的那 4 年里，赵发燕真正感受到当年父亲作为道班工人每天行走在养护段上的心境。这一条条路从乌蒙大山延伸向外，延伸出大山里的人们对世界的向往，想要改变旧貌，一切都要从修路开始，这意味着她此时正站在通向未来的起点上。

4 年后，赵发燕调入毕节公路管理局机关工作，先后在养路工程科和实验室工作，2014 年下半年又回到养路工程科。此时，正逢贵州脱贫攻坚全面展开，公路建设越发火热，条条大道延伸进入乌蒙腹地。赵发燕所在的科室要负责"建、管、养、护"，任务越发繁重，困难也相应更多。

毕节地区盛产煤矿，自然也有不少"运煤大道"，纳雍境内的 G246 线就是其中之一。这条道路在重型卡车常年的碾压之下，路面损毁严重，不仅坑坑洼洼，还被一层煤渣覆盖。2016 年，毕节公路管理局提出一个创新概念——绿化 "1+3" 管理模式，即 "公路管理部门履行公路绿化管护主体职责、地方政府支持统筹、部门协作实施、村级负责管护" 的模式，既能让村民增收，又能让公路绿化美化和农村生态建设同频共振，共同发展。

概念提出后，赵发燕便率领团队在 G246 试点实践，曾经的 "运煤大道" 如今已被树木花草染成了彩色。

2016 年，赵发燕参与到另一项让她十分难忘的项目中。

在大方县与黔西市交界处，西溪河的上方，有一条简支悬索桥，是 G321 线黔西至大方区间段控制性工程。这座桥梁于 2001 年建成通车，在奢香古驿上见证着毕节交通的发展变化。这座大桥意义独特，造型优美，吸引了不少往来行人。2016 年，毕节公路管理局在充分调查研究的基础上，由赵发燕牵头与中石化开展战略合作试点，利用西溪特大桥公路控制用地，启动西溪综合服务区建设。这是毕节公路管理局与毕节中石化战略合作的起点，解决了国省干线服务区前期建设资金不足，后期运营维护困难的问题。

赵发燕对西溪综合服务区的工程尤为上心。在分管领导王瑞远局长的指导下，她和如今已经退休的设备科前科长晏琴共同完成了西溪综合服务区浮雕的设计。

这是一座见证了毕节交通变迁的大桥，必然要在服务区的设计中将这一特点体现出来。赵发燕提议，打造一面浮雕诠释出毕节公路的 "前世今生"。在三人的策划和设计下，古老的奢香九驿大道与贵毕公路上的标志性大桥在这面浮雕上重叠，串联起一代代毕节公路人在乌蒙大山间挥洒的青春。

西溪综合服务区和浮雕全部完工的那天，赵发燕三人站在作品前心情激动，久久不能平息，这段充满成就感的经历三人至今仍旧记忆犹新。

如果说，父亲为赵发燕的职业选择点亮了一盏灯，同事是赵发燕的奋战一线的好伙伴，那么，在她的人生中还有一位 "引路人"。

在赵发燕的办公室里，一直完好保存着一本计算机专业的书。在这本书扉页的一角，有一行不易察觉的铅笔字迹。那是一串密码，也是赵发燕与毕节公路管理局已故总工程师罗龙之间师徒情的密钥。

　　每次提起罗龙时，赵发燕的语气里总添几分崇敬，也总会忍不住哽咽。"每次我遇到解决不了的问题，无论什么时候，哪怕是周末、节假日，都能找到他，帮助我解答问题。"赵发燕记忆中的罗龙，是一位将全部时间都交给公路建设的人，他在技术上的钻研精神每时每刻都在激励着后来的公路人。罗龙为毕节公路贡献了30多年青春，写过不少论文，还研发了一套管理系统，密码只有为数不多的几个人知道，赵发燕就是其中一个。罗龙走后，赵发燕便将这串密码记在那本罗龙送她的专业书上，每次翻开，仿佛眼前也重现了罗龙总工的音容笑貌。

　　说完最后一个故事，赵发燕看了看时间，抱歉地说道："实在不好意思，确实来不及了，我真得走了。"她一边说着一边起身开始收拾东西，急匆匆地同我告别。如今的乌蒙大山已不再是当地人与世界之间的阻碍，公路像人体里的毛细血管一样延伸到每个村寨，哪怕再远的地方也能抵达。但赵发燕仍一直在路上，上一代公路人为了乌蒙山区有路可走而挥洒青春，而赵发燕这一代人，则是在前人奠定的基础之上，让路更美、更安全。乌蒙公路代代传承，赵发燕说，她只是站在了巨人的肩膀上。

杨凤的 5 公里

德江县

见到杨凤时，她正拿着长长的扫帚清扫公路边的排水渠。杨凤身材娇小，头上的粉色凉帽似乎把她压矮了几分，弯下腰去时，扫帚柄从身后长出来一截，看起来有些吃力。

杨凤背对着我们，听到有车靠近时，她只是暂停了几秒向路边挪了挪，手上的动作没停，也没打算回头，直到听到车在她身后熄火和关门的声音，她才好奇地停下来转身张望。下午 4 点的太阳已经向山后坠去，光线没有那么刺眼，温度也降了下来，杨凤摘下帽子，被汗湿的头发已经半干，粘在额头上。

"这位是杨凤，堰塘乡的公路养护员。"

听到有人叫自己的名字，杨凤一脸疑惑。说话的人是县交通运输局农村公路养护中心的工作人员。此前，他们大约见过面，但并不太熟悉，公路养护员这样的公益性岗位是通过县劳动就业局分配名额，再由乡镇负责分派，争取到岗位的人很少与交通部门的人直接接触。与我们同行的堰塘乡副乡长杨彪说，全乡的公路养护员有 15 名，杨凤是其中之一，此外，还有 100 多名护林员。

公路养护员作为公益性岗位为德江县许多生活困难的群众提供了就业机会，听说我们是专程来找她的，杨凤显得更加局促了。在我们到来之前，这一天对杨凤而言只不过是近 3 年里再寻常不过的一天，只有两件事需要让她操心，一是管好地里那些跟着村干部一起干的产业，二是这份清扫公路的工作。

这 3 年里，她每天清晨 6 点左右，或是下午太阳开始西斜时，都会拿着那支长长的扫帚出门，从她家所在的茶窝坨村一边走一边清扫，到了高家湾村的丁家山组便折返。单程5公里，来回时长由天气和路面情况而定。晴天让杨凤感到轻松，路面除了灰尘和落叶，偶尔会有一些生活垃圾。不过，现在的司机素质大多提高不少，很少有人往窗外扔塑料水瓶或果皮烟头了。雨天则让杨凤头疼，尤其是前一天晚上下过大雨，被雨水冲下山坡的泥石和枯枝都让她的工作变得复杂，她必须想更多办法、花更多力气去清除沟渠里的淤泥和枯枝，就算是冬天也会累出一身汗来。若是遇上山洪，那就是另外一回事了，必须向乡政府上报，由更专业的农村公路养护人员来处理。

我们的突然"闯入"，像是杨凤这安静生活中发生的小小意外。当我开始向她打听过去的生活时，她难免有一丝紧张，直到抬头重新打量这条自己正在清扫的道路时，才缓缓拉开回忆之门，往事便也如潮水般涌来。

杨凤很少关注到这条路的变化，直到重新审视时，才意识到这里已经和过去大不相同。曾经坑洼不平的泥巴路，不知从什么时候开始变得宽了、干净了，不仅成了柏油路，路边也不再是曾经野蛮生长的野花野草，而是种类多样的灌木和花丛，色彩搭配还颇费了一番心思。杨凤更不知道的是，这些花草也算是大有来头。这些都是从德江县农村公路管护部门专门开辟的苗圃场中移栽过来的。而为了亮化公路去建一个苗圃场，还请专人进行种植和维护，这样的做法在全省来看都不算多见。

杨凤仔细回忆起自己刚嫁过来时的情景，那是20世纪90年代的事了。出嫁那天，风华正茂的杨凤从合兴镇的一个小村庄坐着"蹦蹦车"，摇摇晃晃来到茶窝坨村。"蹦蹦车"就是当时农村常用的三轮车，发动时"咚咚"直响，在崎岖不平的山间小路上行驶，座位上的人连同车斗里的物品都被颠得蹦起来，所以才有了"蹦蹦车"这个形象的名字。杨凤被人们簇拥着坐上嘎吱作响的"蹦蹦车"，一路敲锣打鼓向那个未来将要居住的村庄驶去。除了感受到新婚的喜悦，杨凤认为未来的生活或许不会有更多的惊喜。在她的认知范围中，那时所有的农村大概都是一个样子。村里，放眼望去不是青山，就是黄土，只有面积大小的区别；村外，不是连着泥巴路，就是连着碎石路，只有宽窄的区别。所以，她从老家来到茶窝坨，不过也就是换了一片山住，换了一片土地耕种。

车开到山脚就停了下来，剩下的路只能靠步行。眼前是一条石梯如蜿蜒的长蛇向前延伸直入山林，仿佛没有尽头。杨凤抬头看了看那被隐没在林间的村庄，偷偷在心里叹了口气，抬脚向上走去。此后的几年里，这条长长的石梯和山下的泥路成了连接杨凤新家和老家的唯一通道，不过，她并不常常回合兴镇，毕竟，光是走那条石梯就得折腾很久。

在茶窝坨村住了几年，生活如她预料的一样，只有种地、生子。待孩子能跑能跳了，夫妻俩就得为未来的生活忧虑，为了多挣点钱，双双出门打工去了。杨凤跟着丈夫在浙江、广东等地辗转，但她只外出了一年多就不得不回到茶窝坨村，孩子要读书，老人要照顾，这一切只能在老家进行。不同的是，杨凤回到老家时，发现那条通往合兴镇的路有了变化，那条山路变得宽敞了一些，山脚下还开始破土动工，一根根大石柱子拔地而起。这景象对杨凤来说有些魔幻，不过是离家一两年而已，怎么老家的样子说变就变了呢？

此后几年，杨凤和丈夫聚少离多，她用丈夫打工挣来的钱供孩子读书、照顾老人，依旧日复一日干着仅能填饱肚子的农活。直到家里被列为贫困户时，杨凤才对"脱贫攻坚"这个词慢慢熟悉起来。与给贫困户的帮扶一起来的，还有四处兴建的交通工程。在听到挖掘机驶进山里时，杨凤也接到村里的通知，每家每户都得参与修路，能出力的出力，没有劳动力但经济条件允许的就得出点钱。这条路通向村外，与那条变得宽敞的盘山公路相连，想想那条像长蛇一样的石梯，杨凤心甘情愿地扛着锄头加入到修路的队伍里。

相对于村外正在动工的柏油路而言，杨凤参与的这条通村路只能算是小工程。那时，德江县的各乡各村几乎都在大刀阔斧地动工，而茶窝坨村所在的堰塘乡更是热火朝天。不仅连接各村的公路正在修建，2013 年，农村公路养护中心还在堰塘乡的朱家沟专门建了一座 LB1000 型农村公路养护沥青拌合站，以及 50 多亩行道树苗圃场，专门为全县农村的柏油路提供修补和保养服务。专门为农村公路保养建拌和站和苗圃场，这在全省来看都不多见，但在德江县交通管理部门的考虑中，这种做法从长远来说不仅能省钱、省时，还能给更多人提供就业机会。沥青拌和站建起之后，县交通运输局从参加公益性岗位的人员中挑选了11位技术人员参与到拌和站和苗圃场的管理中，3年公益性岗位期满之后，这11位技术人员又通过招聘的方式进入公司，成了拌和站的正式员工。

杨凤并不了解这些工程建设背后的故事，只听说政府能提供公路养护员这种公益性岗位，全县至少有300个名额，每月工资1570元。这工资比在村里做保洁的公益性岗位高出不少，让杨凤难免有些心动，只是，名额不多，需要排队。

到了2019年，杨凤的两个孩子一个读高中，一个考上了大学，日子越发捉襟见肘，而此时，公路养护员的机会终于来了。茶窝坨到合兴镇之间的路早已和过去大为不同，曾经泥泞的盘山公路已变成宽敞的双向车道，柏油路面干净整洁，路边的杂草和树木被换成了漂亮整齐的常青乔木和灌木丛，一年四季几乎都有花开放。这条路是两地之间的主要干道，全长约10公里，杨凤一个人当然是管不过来的，乡里便将这条路平均分配给她和另外一位养护员，她负责茶窝坨到丁家山这一段。

有了这份工作，杨凤的生活变得忙碌起来，但在心理层面上轻松了许多。有时，她只需扛着扫帚和铲子出门，沿着这5公里向合兴镇合朋村方向边走边清扫路面和沟渠里的垃圾；有时，她还得背上一桶农药，喷洒在装点沿线的树木花草中。"扫得干净，每天都能少做一点；扫不干净，第二天的工作量就会大很多。"杨凤在这5公里上总结出简单的规律，也因此每天走在路上时都十分认真。有时，她也会停下来看看，站在这山坳上抬头望望旁边有车飞驰而过的高速公路，感觉那些车像从头顶上飞过一样，让这山坳显得立体起来。

2021年年底，德江县入选"四好农村路"全国示范县，而此时，杨凤的公路养护员工作也进入最后一年。回想过去这3年，似乎没有什么惊心动魄的事发生，但日复一日的清扫让杨凤的心情晴朗了许多。过去的日子混混沌沌，像曾经那条山路一样泥泞，像过去那条石阶一样曲折，现在不同，这日子就像这条被改造过的公路一样宽敞。杨凤的孩子尚未毕业，但几个月后，杨凤就将从这公益性岗位上"毕业"了。她觉得自己还算年轻，还想出去打打工，挣点钱。夕阳西下，她指着合朋村的方向对我说，从这边过去大约 5 公里就能上高速，想去哪儿都很快。

打通一个地方的毛细血管

福泉市

　　见到陈光宇时，他说的第一句话是："说实话，我刚来福泉的时候内心还摇摆不定，但现在你要让我走，我是哪里也不想去了。"

　　陈光宇是福泉市交通项目建设质量服务中心负责人。2012 年，他考入市交通运输局县乡公路管理所工作时不过 24 岁，虽然年轻气盛，却并非娇生惯养。在来福泉之前，他供职于某公路建设工程公司，在高铁、高速等工地上待了 3 年。那是他记忆中生活最艰苦的 3 年，在四川以及贵州的赤水、思南等地修路，工地与城市或乡镇的距离都十分遥远，开车去一趟市集都得花两三个小时。开挖隧道时更是辛苦，无论刮风还是下雨都得开工，每天累得一躺上床就能睡着。"主要是没有家的感觉，四处漂泊的日子不好过。"即使已过去 10 年，陈光宇提起建设公路的经历仍会感叹。

　　但是，2012 年，他初入福泉时，这个城市也并没有让他感到安心："放眼望去灰蒙蒙的一片。每天，重型车辆都从城里主干道穿过，红绿灯前的马路上全是被压坏的坑槽，整个城市看起来乱糟糟的。"

位于贵州中部的黔南州福泉市，是贵州少有的工业城市之一。这里拥有丰富的矿产资源，尤其是磷矿储量就达亿吨，中国最大磷化工业基地瓮福（集团）公司就在市区境内。在 20 世纪八九十年代，工业城市的色调似乎十分统一——大型工业企业打造出灰色的钢筋森林，运输矿石和化工品的重型卡车排着队缓慢行进，在粗重的喘息声中漫天尘土飞扬。"虽然经济发展不错，但走在街上的人们很少露出笑容，甚至透着一股怨气。"这是陈光宇对这个城市最初的印象。

陈光宇出生在石阡，一个以温泉闻名并靠此发展旅游的地方，老家的山水美景和对生活的享受让他有些不适应工业城市的氛围，不过，他还是决定留下来。

在 20 世纪八九十年代，福泉市内许多地方不是荒山就是农田，当然，也有一批崭新的、整齐的新房子，却也不乏没有规划的棚户区。整个城市面积不大、人口不多，但由于其处在贵州中部，与凯里、瓮安、黄平、麻江、贵定、龙里、开阳等 7 个县市相邻，地理上占据绝对优势，自然也成了贵州中部的交通枢纽之一。陈光宇虽是 2012 年才到福泉工作，但早在读大学时就已对这个地方熟悉了，那时，他从石阡乘客车到贵阳，中途都会在福泉或瓮安稍作停留，路边有不少专做"过路车"生意的小贩，形成一个小小的集市，热闹非凡。

不过，即使承担着重要的交通枢纽地位，这座小城也就仅有那么一条主干道，过路车、私家车、公交车来来往往，运输矿石、化工材料的重型货车也只能从这条路上过。重型车辆对路面伤害到底有多大？陈光宇说："简单来说，福泉的重型车可以检验出一条公路在建设时是否偷工减料。如果，一条路修得不符合标准，运矿石的货车在那里停一晚上，第二天你会发现这路面已经下陷了。"

但质量再好的路也经不住长年累月的反复碾压。令陈光宇印象最为深刻的是一处斜坡，下坡的路口有一个红绿灯，红绿灯前的路面上有一个大坑，无论天晴还是下雨，那个大坑里永远积满泥水。这大坑就是因重型货车在下坡时猛然刹车时碾压出来的，而刹车时为了避免温度过高引起爆胎或燃烧，重型货车会给轮毂轮胎喷水，那坑里的泥水就是这么来的。因此，这个大坑就成了福泉人最讨厌的大坑，这条随时可能飞溅起泥点子的路，也成了福泉人最嫌弃的路。

嫌弃归嫌弃，但在 2012 年之前，福泉市有不少家庭又都得靠这唯一的主干道和重型货车养活。陈光宇说，据不完全统计，巅峰时期，福泉市的重型货车有 8000 多辆，煤炭、矿石运输是一门"吃得开"的行业，有的家庭有三四辆货车，那日子就能小康，有的家庭如果有七八辆货车，那就是富裕的人家了。只是，这货车多、煤炭和矿石也多，每天运送两三趟，加上那些过路车、私家车、公交车，那条主干道就无比拥堵且充满危险，尤其是冬天，凝冻、湿滑、更让危险系数增高，甚至酿成车祸惨剧。

环境终归是会变化的。实际上，陈光宇进入福泉交通部门工作时，这个城市已经在作出改变了。

当时，福泉市政府附近的棚户区开始了第一期拆迁工作，那些荒山和旧屋一点点被城市公路、花园和新楼房取代。洒金北路完成了"白改黑"工程，满是伤痕的水泥路已经被沥青路铺平，路边陆陆续续被种上了行道树，给灰蒙蒙的城市增添了一点绿色。这些改变为福泉的新形象起了一个好的开头，而陈光宇接下来的工作也都与这些改变有关。入职不久后，他很快参与到城市和农村公路的建设中去。

2014 年，福泉市绕城市外围修了一条外环线，由市交通运输局具体实施。这条公路的建成可以说是福泉市迎来改变的重要节点，所有重型车辆都被分流到外环，市区内的漫天尘土成为历史。与此同时，随着贵州省对矿产资源开发的控制，许多曾经靠货运维生的人们也开始另谋他路，全市重型货车数量锐减至 5000 余辆，这也是环境得到改善的原因之一。

随着城市的背街小巷陆续整改完善，所有马路也都完成了白改黑，福泉市的城市面貌焕然一新。与此同时，2013 年开工的瓮安至马场坪高速终于在

2014 年 11 月 30 日建成通车，曾经需要花数小时才能到达的道坪镇等乡镇，此时也能通过走高速公路大大缩短时间，城乡之间的距离也被拉近了。

此后几年，乘着贵州脱贫攻坚等政策的东风，"组组通"工程、"撤并建制村畅通工程"等热潮陆续掀起，公路从城市延伸到乡镇、村寨。陈光宇参与修建了多条公路，其中较为典型的一条是福泉东收费站旁那条通往六坪镇的公路。据他所说，市交通运输局最初规划的宽度为 8.5 米，但六坪镇是福泉市的重要烤烟出产地，有数千亩烤烟种植基地和相关产业园，仅 8.5 米宽的公路恐怕不便于运输。福泉市为了长远考虑，决定将道路拓宽至 12 米。如今，这条路车水马龙，足够的宽度保障了车辆流通和安全，获得了当地百姓的一致好评。

通往乡镇和村寨的公路陆续建成，公共交通服务也紧跟步伐。陈光宇说，目前，福泉市 8 个乡镇都已开通了公交线路，并且车票从过去的 10 元下调至 7 元，"人们生活水平在提高，车票的价格在下降，大家坐车都不用再前思后想，扳着指头算账了。"

不只是公交线路满足了人们在乡镇和市区之间往来的需求，村里也开通了颇具特色的"赶集公交"和"学生公交"。这是专门为农村出行不便的人们开通的，每逢赶集的日子、学生返校的日子，福泉公交便深入到村寨，接送赶集或上学的人们。"比如像王卡村这样偏远的村庄，一路上坡陡弯急，安全隐患很大。因此，每个周五都会有公交接学生们放学，到了周日或者周一又把他们护送到学校。"陈光宇说。

而陈光宇所说的"赶集公交"和"学生公交"并非公交公司统一样式的大巴车，而是将曾经在乡间跑"黑的"的私家车、面包车都"收编"进服务中心，统一交保险、检修等，开展区域化经营，既治理了"黑的"的乱象，又解决了各乡镇缺乏公共交通的问题，也为不少司机提供了就业机会，同时还为福泉市交通项目建设质量服务中心节约了成本，可谓一举多得。此外，福泉还开发了一个"通村村"专线平台，将从城区发往各乡镇的物流车辆也进行统一规范化管理，为农村解决物流服务的问题。

"现在的福泉完全变了个样子。这里依然是贵州的工业重镇,但人居环境、交通建设与当年已不可同日而语。"谈起现在,陈光宇颇为满足。他虽不是福泉人,但在这里的 10 年里却见证并参与了福泉最显著的变化。"这里已经是我的第二故乡。组组通就像打通了一个地方的毛细血管,现在活力已经输送到福泉各地,我们需要做的就是继续完善,把所有二级公路都做到 10 米以上的宽度,把细节做得更完美一些。"未来的景象在陈光宇心中已十分清晰。

公交穿行于苗乡侗寨

凯里市

在始发站万博广场上车,沿途经过市政府中心、市府东路、市农业局等 20 多个站点。当时正是中午 1 点多,这条线路的乘客不算多,甚至有的站点根本没人上下车,但驾驶员杨婷仍旧按规矩,每靠近一个站点便提前放缓速度,慢慢靠站,打开前后车门,等上几分钟,再在后视镜里确认一遍,才又慢慢踩下油门出站。

这是一个夏天的午后,我在凯里体验了一次这个城市的"巾帼示范线"。

在此之前,我来过凯里许多次,但大多都是路过。从贵阳去黔东南自治州的许多地方,大多都会在凯里高铁站转车。印象中,几次时间紧迫的行程最终都在这里找到了最快速的解决方案,即使没在此地停留太久,也感受过由黔东南州府辐射至各县的公共交通网络之发达。早就听说凯里的公交系统在 20 世纪 70 年代就已开始搭建，算得上是贵州地市公交网络建设的先锋，那我必须要来一探究竟。

在坐上这趟公交之前，我与凯里安好行公共交通有限责任公司副经理李皇清，以及这条"巾帼示范线"的女驾驶员杨婷聊了许多。

李皇清从事公共交通运输行业多年，对凯里市的公交发展十分了解。据他介绍，凯里安好行公共交通有限责任公司是专业从事城市公交客运的国有企业，成立于 1969 年 3 月，前身为凯里市人民汽车运输车队，后改名为凯里市公共汽车公司，1996 年又更名为凯里市公共交通总公司，2021 年才更名为现在的名字。伴随着公司名称改变的，是凯里公共交通服务的几次飞跃式转变。

1969 年前后，凯里市用于客运的仅有几辆破旧的车辆，人们出行不是靠马车，就是靠三轮车，更多人则选择步行。城市里的情况都是如此，农村则更加困难，大多数乡镇不通公路，即使通了公路也不一定能通车。

随时间的推移，城市和乡镇、村寨之间陆续建起公路，凯里的公交系统也改变了经营模式，允许部分路线承包运营。但是，由于管理困难，市场较为混乱，到了 2007 年，凯里决定重新整顿市场，对公交运营进行改革，将运营权陆续收回。在那期间，凯里市的公交车数量大幅上升，许多人在这个行业谋得一份工作，除了驾驶员之外，售票员也是每部公交车上的重要角色。杨婷就是那时进入这一行业的。

2008 年，丹寨姑娘杨婷高中毕业未能考上大学，见到凯里市公共交通总公司正在招聘售票员，便报了名。年轻、漂亮的杨婷轻松谋得了这份工作，开启了自己的职业生涯。在丹寨县生活时，杨婷很少乘坐公共交通。那时的丹寨县还没有公交车，出行几乎都靠步行或乘坐三轮车、马车。而凯里作为黔东南州府，各方面发展都更为先进，这也是吸引她来到凯里工作的原因之一。

那时，公交车作为一种相对经济实惠又便利的出行方式，被大多数人选择，每天乘坐的人都非常多。杨婷和其他售票员一样，身上挂着塞满零钱的腰包，既要盯着上车的乘客掏钱买票，又要盯着到站的乘客有没有及时下车，忙得脚不沾地。虽然，活动范围只有一辆公交车的空间那么大，却每天都像跑了一场马拉松似的。

售票员的工作才刚熟悉了一年，凯里公交新的改革又来了。

2009年，凯里市公共交通总公司紧随时代步伐，统一将所有公交车改为无人售票，一个收集零钱的铁箱子焊在车前门处，为了方便没有习惯准备零钱的乘客，公交公司还在投币箱旁设了一个换零钱的盒子。这个冰冷硕大的投币箱取代了售票员的地位，数百名售票员一夜之间或将面临失去工作。

不过，凯里市公共交通总公司非常人性化，为这批待岗人员提供了学习驾驶的机会，鼓励大家转岗为驾驶员。刚工作一年的杨婷当然不想放过这个机会，从未摸过方向盘的她大着胆子走进了驾校。

离合器、油门、刹车……个子不高、体形偏瘦的杨婷想要控制公交车并不是一件容易的事，除了基本的驾驶操作之外，还要兼顾开关门以及随时观察乘客上下安全等，比起售票，当驾驶员可困难多了。

培训结束，拿到驾照的杨婷还不能正式上岗，她需要一个师父带着她跑上一段时间。

50多岁的老驾驶员杨耀山脾气温和，待人耐心，他当上了杨婷的师父。从那之后，杨婷在公交车上的角色改变了，她不必每天在车厢里来回奔走数百个来回了，而是需要坐在离师父最近的位置，观察如何驾驭一辆穿行于城市里的公交车。那时的车辆长达10米，车厢分为两段，中间有一个圆盘将两段车厢衔接起来，这能减少车辆转弯或掉头时由于车身太长而与其他车辆和物体发生碰撞的几率。即便如此，每次倒车时，驾驶员们仍需要有一个人在车外帮忙指挥，因为这老旧的公交车没有倒车雷达，后视镜也无法观察清楚车尾的情况。

"踩下离合器以后你要注意听声音，汽车发动时的声响是不一样的，到那个点上你就可以加油门了。"

"刹车的时候要慢慢点刹，公交车自重太重，惯性会比较大，一不小心乘客就会摔倒。"

......

　　杨耀山一边开车，一边在关键节点上提醒杨婷要注意的细节。在非高峰期，车上没有乘客、路上也没什么车辆的路段，杨耀山便将方向盘让出来，叫杨婷练习实际操作。杨婷心里庆幸自己遇到了一个如此有耐心的师父，后来，她再回想起那段学习的经历，印象最深的竟是："我从来没被师父教训过。"

　　实习期过，杨婷终于正式上路了。巨大的方向盘在她手中打转，如果遇上高峰期，上车的乘客多了，车辆转弯时她甚至必须微微站起来用尽全身力气打方向盘。公交驾驶员实行两班倒，每次交班时，杨婷都觉得自己快要累垮了，她回到家，看看双手上被磨出的老茧，倒在床上便睡了过去。

　　2000 年左右，凯里市已开通了 10 条线路。此时，曾经外包的中巴等客运车辆都换成了出租车，老旧的公交车也陆续更新换代，新能源车陆续登场，杨婷这样的女驾驶员驾驭方向盘也变得轻松了许多。

　　2012 年之前，整个黔东南自治州只有凯里开通了公交。但以少数民族文化旅游资源而闻名的黔东南自治州，对交通的需求十分迫切，随着各县公路建设的快速推进，凯里市公共交通总公司的经营范围也在向全州各县不断扩大。2012 年 9 月，凯里就成立了面向全州的城市公共客运交通指挥中心，对公交实行智能化、网络化、可视化管理。通往丹寨、雷山、施秉等县的旅游车辆陆续开通，各地分公司也先后开始运营，由凯里市公共交通总公司进行统一管理。

　　在全州范围扩大经验，在当地也深耕服务。2015 年 4 月，凯里市文明公交 13 路"巾帼示范线"暨"新能源混合动力示范线"在公交 13 路起点站举行了开通仪式。所谓"巾帼示范线"，即全线驾驶员都是女性。营运车辆 10 台，驾驶员 20 人，线路长度 10.6 公里，这条"巾帼示范线"突出的就是"安全、服务、爱车"的主旨，希望让乘客感受到如沐春风的公交服务，而 2009 年就已成功转岗的杨婷也成为一名"巾帼驾驶员"。

　　"巾帼示范线"只是凯里市公交提升服务的其中一部分，凯里公交还开通了敬老爱老示范线、双拥示范线、纯电动公交示范线等不同主题的特色线路。另外，赢得市民一致好评的，还有后来推出的"智慧公交"和"60 分钟换乘免费""分段收费"等各种优惠措施。服务水平不断提升，同时也带动了城市形象的整体提升。为了让公交更便于人们出行，凯里还推动路权改革，落实公交优先发展理念，建设了公交优先通行系统。

如今，乘坐公交车从凯里到下司古镇只用 30 分钟即可抵达。全州 14 个县也都设有分公司，开通了城市公交线路，其中，剑河县于 2021 年成功创建全省公交优先发展示范县。凯里市下辖乡镇也早已实现了公交车的全面覆盖，2023 年，凯里市入选国家公交都市建设示范城市。

从仅有 3 辆破旧的公交车，到如今拥有数百台新能源公交车，公交线路覆盖全市各地，凯里走过的这几十年已不仅仅是一辆公交车的变化，而是整个城市的蜕变。过去，人们高唱"火车穿过苗家寨"，庆祝山区铁路为人们带来了便利，如今，公交车也开进了苗乡侗寨，完全贴近了人们的生活。

乡间大道

一直走到月亮升起处

月亮山脉在正午艳阳的炙烤下犹如墨绿色的波涛起起伏伏，这里藏着种类繁多的珍稀动植物，站在群山之间的我们只能远观大体的面貌，无法深入其中一探究竟。被紧紧包裹其中的光辉村安静得几乎与四周融为一体，主干道的柏油路面被烤得发烫，小巷里的水泥路面白得刺眼，大部分木屋都关门闭户，吃过午饭的农人需要短暂休息，走在路上只听见山间的鸟鸣。

去光辉村的这天，我们早晨8点就从从江县城出发，沿着都柳江一路攀爬，向月亮山驶去。与我同行的吴德军是从江县委宣传部副部长、县融媒体中心主任，最大的爱好是背着沉重的摄影摄像器材潜入山中，拍云海、星辰、梯田。他曾在加鸠镇工作了8年之久，对这里有极深的感情，两年前就曾带我来过加鸠，如今听说我想再来一次，他也显得尤为兴奋。

吴德军对从江县的交通十分熟悉。那天清晨刚出发时，他便告诉我："1964年，从江县城通车，贵州实现了县县通公路。1978年，西山区通车，又标志着贵州区区通公路。"

路过腊俄大桥时，他提醒道："这座大桥是在1997年12月1日建成通车的，结束了全省国道线上的汽车需要靠摆渡过河的历史。"抵达光辉村时，他提到了"2002年11月28日"这个日子，"那天，贵州终于实现了乡乡通公路。"

村里只有石桂山副食店是最热闹的，三五个小学生挤在冰柜前，谨慎斟酌挑选自己喜欢的那支冰棍，匆匆付了钱便迫不及待地撕开包装纸，先咬一大口将小嘴塞满，才含含糊糊地说着话结伴离开。店主石桂山40多岁，大肚子上挺着一个黑色腰包，酱色的皮肤被太阳晒得发亮，笑容还挂在脸上，露出一排整齐的白牙，直到目送学生们走远，才转身弯腰收拾着被翻乱的冰柜。

邀请我们进了屋，石桂山在手机里翻找出许多年前拍摄的一张黑白照片给我看。这是一张用胶片机拍的古老照片，看起来已经非常模糊，画面里是一座木桥，造型与常见的古代拱桥不同，河两岸分别支起两个巨大的木架，若干绳索和木柱绑在木架上，牵拉住跨过河面的桥体。"这就是昨天杨局长他们说的斜拉桥？"我惊呼。

这座桥的建设时间已不可考，早在石桂山出生前，它就已经稳稳地立在河面上了。在来光辉村的前一天，我在县交通运输局拜访原副局长杨志立和从江汽车站站长张成武时，他们就提到了光辉曾经有一座古老的桥，是当地人自己修建的，在那个久远的年代，偏僻而封闭的光辉村并没有能造桥的工程师，当然也不知道什么叫作"斜拉桥"，能想出这样的造型和建造方式，完全是被恶劣的环境逼迫出来的智慧。

光辉村的"传奇故事"不止于此。光辉过去是一个乡，2016年才撤乡并镇，镇政府设在加鸠，而这里则成了光辉村。这个被掩藏在山中的小小村落看起来毫不起眼，却是从江乃至贵州交通发展史上的一个标志符号——曾经全省最后一个通公路的乡。

光辉通公路是2002年的事，在此之前，从江的公路已经在月亮山区缓慢地延伸了40多年，杨志立和张成武都是见证过从江交通变迁的人。从江县是贵州最后一个通公路的县城——直到1964年才建成第一条前往县城可以通车的泥巴路。

张成武说，正是因为修建这条公路才有了他。

张成武的父亲是从江县第一批修建公路的人，1962年，这条路从黎平通往从江，途经高增乡的弄向村，施工队伍吃住在村中。村民们对施工人员照顾有加，而张成武的父亲也因此结识了村里那个最漂亮的姑娘，公路建成的时候，这对两情相悦的青年也修成了正果。

童年时期的张成武对父亲的印象或许有些陌生。父亲大多数时间都在深山里，父子俩十天半个月才能短暂地见上一面，不着家、特别苦，是张成武对"公路人"的最初印象。不过,这也没拦住他成为一个"交二代"。

1986年,张成武赴贵阳,就读于贵州省建设学校,为将来成为"公路人"做准备。在从江未通公路之前,张成武的哥哥去凯里读书,需乘船沿都柳江漂到停洞镇或榕江县,再走一段路到汽车站乘车到黎平,从黎平坐车到茅贡镇住一晚,第二天再乘车到凯里。到了张成武去贵阳读书时,公路虽然已经通了,但黔东南的气候和地理条件总会制造各种出人意料的麻烦,他的求学之路也并非一帆风顺。例如,1988年,黔东南地区因暴雨发了洪水,公路和铁路都被阻断,着急赶去贵阳的张成武,只能与几十名学生结伴,先乘船到广西柳州市的老堡乡,没想到火车、客车也都不通,火车站里只有运煤的货运车尚可通行。货运司机见几十名学生如热锅上的蚂蚁,好心地招呼他们爬上煤车,答应载他们一程。一开始,这群年轻人还新鲜劲十足,坐在煤车顶上唱着歌,到了夜晚,气温骤降,寒风逼迫着他们闭紧嘴巴挤成一团。从柳州到都匀,再从都匀到凯里,又从凯里到贵阳,抵达学校时,灰头土脸的张成武已经辗转了整整5天。

就是这一年,杨志立也从天柱县来到了从江县。位于黔东湘西结合处的天柱县,自古水运发达,交通便利,经济发展也相对较快,住在县城边上的杨志立自幼没有吃过太多苦头。来到从江开始投入到修路的工作中时,他震惊了。

身材高瘦的杨志立随施工的队伍扛着测量器材进入山间。坐落在山坡上的村庄全是歪歪斜斜的木屋,屋顶没有一片像样的青瓦,全是不规则的树皮,一些顽强的杂草和树藤从缝隙中生长出来,仿佛给这些屋子加了一层掩护。衣衫褴褛的村民们探出头来,好奇的眼神里夹杂着一丝陌生和惊慌,有胆大的试探着问,他们是不是来表演马戏的?杨志立哭笑不得,一番解释后,借住在村民们的牛棚里。夜里搭上蚊帐和衣而睡,第二天早晨醒来,杨志立就被吓了个激灵,蚊帐上覆了一层密密麻麻的蚊子,虎视眈眈地想要冲破那层薄纱。赶走蚊子,杨志立开始了在从江山野间修路的工作。

在杨志立和张成武在山间开辟出一条条公路的同时,1991年,光辉乡正式组建，部分加牙村、党郎村、长牛村等相连村寨的村民们，挑着为数不多的行李举家搬迁，在那片山脚下新建了这个乡。

那时，光辉乡的人们一穷二白，最丰厚的财产就是退耕还林时种满山坡的树木。新乡建成尚未通电，人们只能割开枞树皮，取那流出的油来点灯。昏黄飘摇的一豆灯光微微照亮了这寂静的山谷，但人们渴望更多光明，便决定谋划一项难以想象的大工程。

此时的石桂山正读初三，也被乡民们纳入"壮劳力"的队伍中。他们要完成的这项工程是为光辉乡扛来电线杆。经过几天的谋划和制定方案，一天清晨，天还未亮，近20名精壮劳力扛着用竹竿捆绑成的巨型"轿子"，其余年轻人，有的挑着换洗的衣服，有的挑着粮食，有的挑着锅碗瓢盆，共四五十名青年男女组成一支浩浩荡荡的队伍向30公里外的加鸠乡走去。

"嘿嚓啦！哼嚓啦！"此后3天，从加鸠到光辉的山野间，这震天响的号子由远及近，久久回荡。抬电线杆的男人们，衣服湿了又干，干了又湿，直到夜幕降临，负责生火做饭的人们则开始忙活起来，安营扎寨，在星空之下，篝火旁边，匆匆填饱肚子，以天为被以地为床。

电和路，很重要。每次，光辉乡的人们清晨出发翻山越岭步行前往加鸠只为了买一包盐时，心里总会哀叹一番。石桂山算是光辉乡中家庭条件较好的，父亲是信用社的职工，他毕业后便接过了父亲的工作，也正因如此，他才有资本在乡里开一家小小的杂货铺。20世纪90年代，石桂山的杂货铺里只有两样商品热销：酒和糖。苗家汉子好酒，全天下的小孩都爱糖，但贫穷的光辉乡民常常无力支付这糖和酒的钱，只能用自家林子里的树来换，一棵树换一公斤酒，一截木换一把糖，面对乡民无助的眼神，石桂山欣然应允，久而久之，竟靠这些换来的树木建起了后来两层楼的石桂山副食店。

在光辉乡通公路之前，石桂山进货只能请人去加鸠帮忙挑，挑一次6元钱，这项活路在乡里的竞争十分激烈。石桂山常常在送到店里的酒里发现一些"不明漂浮物"，观察琢磨了许多次才明白，这是挑酒的工人们偷偷加了"料"。从加鸠挑着用塑料酒壶装的50公斤白酒进山，30公里上山下坡，空手走都让人累得够呛，挑酒工人肯定更要歇上几回。他们总会随身带一个瓶子，停下来时便从壶里倒出一些酒来解解乏，顺便再将瓶子灌满。可缺斤少两肯定会被石老板发现，山泉水太凉，加到酒里容易被发现，只好就近舀来田里的水灌入壶中。石桂山很快识破了工人们的伎俩，却从不揭穿。

在修通公路之前，30公里外的加鸠镇对光辉乡民而言已经足够遥远了，鲜有人奢望看看月亮山区之外的世界。人们的日子像一部反复播放的电影，每天清晨醒来便叫上半大的孩子上山放牛、砍柴、割草，夜幕降临便陆续进入梦乡，毫无新意。

但山外的世界日异月殊，张成武和杨志立每天都在面对新的难题和挑战。

1996年，刚边壮族乡至秀塘壮族乡的路段开始修建，发动了沿线成千上万的村民参与建设。当地有一处极为凶险的山岩，当地称为"狗爬岩"，一位测量员登上山岩，待结束测量时发现前方已无路可走，按照原路也难以返回，只好向当地村民求援，众人合力将其救下。

1998年，通往加勉乡的公路在无数村民的参与下得以打通，一辆小包车摇摇晃晃地驶过，道路两旁站满乡民，齐声高呼："共产党万岁！"

2004年，从江县第一条沥青路面铺进了岜沙村。首次尝试修建沥青路的杨志立等人边学边干，好不容易打通了路，却没等来一句夸奖，反倒被岜沙村民们大骂一顿："你们搞的这个路，一出太阳就烫脚，还黏糊糊的！"岜沙村的村民在夏天习惯赤脚出行，泥土冰凉柔软，能让他们毫无拘束地迈出脚步。可现在路面不仅变得硬邦邦的，上面还浇灌了一层或薄或厚的黑色"黏胶"，太阳一晒就融化，踩在上面犹如踏入火盆，想想都让人生气。杨志立只能耐心解释，并为首次修建沥青路的经验不足连连道歉。

一条又一条公路在从江各地蔓延，却迟迟没有一条伸进西南角落里的光辉乡。直到20世纪90年代的尾声，这里的人们终于盼来了投工修路的召唤。

月亮山腹地的地质条件和气候条件是整个从江县域内最为特殊的。驻扎进山后，杨志立几乎每天都在看晴雨表，表上显示的情况却从未给他安慰，365天至少有270天都有雨。施工队伍站在浓雾当中，远远便能听见挖掘机的隆隆声，却怎么也找不到机器的方位。若是机器坏了一个零件，那就得靠人力维持整整一个星期，等待工人从县城跋山涉水地将新零件送到，才能继续加快进度。

尽管施工艰难，却也给光辉乡的老人们带来了许多乐趣。不少瘦如枯柴但精神矍铄的老人，大清早天还没亮就带上一大包糯米饭匆匆出门，找到挖掘机工作的地方就寻一块不碍事的石头坐下，一边观赏一边感叹："这大家伙厉害，以前我们几十天的活儿，这家伙几个小时就干完了。"

2002 年 11 月 28 日，光辉乡的所有人都是崭新的。老人们换上新衣服，小孩们穿上新鞋子，早早地围拢在乡政府前的空地周围翘首以盼。他们盯着县城来的干部搭起一个简单的木台，又盯着人们在木台后拉起一张蓝布，布上印着"贵州省实现乡乡通公路总结会暨从江县加（鸠）—光（辉）公路通车庆典仪式"。干部们每完成一个行动，人群就会骚动一番，兴奋的情绪也会高涨一分，直到有汽车缓缓驶入，领导登上木台，大声宣布光辉乡正式通车，人群终于彻底沸腾起来。

站在副食店里的石桂山同样兴奋难耐，他请人挑货的日子也于此时宣告结束了。

光辉乡通车一年后，石桂山咬咬牙一口气向信用社贷款 5800 元，买了一辆三轮摩托车。这是整个光辉乡的第一台车，虽然只有 3 个轮子，但足以让人羡慕并追捧。自从把车开回家后，石桂山家的门槛都快被踏破了。有请他帮忙从加鸠带油盐酱醋的，有请他帮忙送货的，有预约第二天搭车去加鸠办事的，无论什么请求，石桂山都照单全收。三轮车一次能载 4 个人，包车价格 20 元一次；帮忙采购物品的，只在物品原价上加收一元代购费……许多年后，石桂山才意识到，自己在小小的光辉乡里早就身兼快递员、外卖员和出租车司机了。

身兼多职的石桂山再也不得清闲，清晨就得发车，在光辉和加鸠之间往返需一个多小时，一天不知跑多少趟，有时甚至到了半夜都有人敲响他的家门。短短几个月，石桂山的贷款就已还清，除开油费，他也能挣个盆满钵满。

大道黔行

2016 年，光辉乡变成了光辉村，乡政府的撤销和搬离让光辉人失落了一阵子。但这并不妨碍他们眷恋着自己的家乡，修缮老屋，新建学校，铺上柏油路，生活里的惊喜接二连三，似乎让这万年不变的月亮山看起来也有些不同。石桂山两层楼的副食店立在光辉小学对面，来找他包车的人越来越少，柏油路打通之后，他索性买了一台小汽车，那辆让他挣够一家子生活费的三轮车也最终成了历史。

喝完瓶子里最后一口冰水，石桂山的故事也讲完了。顶着炎炎烈日，吴德军提议再去长牛村看看，那里与荔波县佳荣乡交界，是月亮山的核心地带。

平坦的柏油路面向月亮山腹心深入。到达长牛村，正在兴建乡村旅游设施的村民们停下手里的活路和我们打招呼，吴德军卸下沉重的背包，开始操控无人机。他向我招招手，指着屏幕说道："这里是月亮山脉的主峰，这里是太阳山，你看，是不是特别美？"他似乎并不在意我是否回应，已完全沉浸在俯瞰月亮山脉的幸福之中，继续自顾自地说道："月亮山最美的时候是夜晚，没有光污染的原始山林，能看见最清晰的银河。"回程时已是傍晚，群山被夕阳染成绛红色，夜幕尚未降临，一轮圆月已从月亮山背后缓缓升起。这番美景，或许早已退休的杨志立、已转去管理汽车客运的张成武、曾经不断往返于光辉与加鸠之间的石桂山，以及此刻正坐在汽车后座谋划明天去岜沙山顶拍超级月亮的吴德军，都曾在深入月亮山的途中不经意间抬起头见到过。如今，这轮圆月就在我前方，滚滚车轮一刻未停，正向着它升起的地方一路疾行。

乡邮路上

那辆五菱宏光面包车的表面喷了一层绿漆，打上"中国邮政"的字样和LOGO。车是自动挡，操作杆已经被磨得乌黑发亮，连接杆子的那块皮革在长久的日晒和无数次的推拉之下早已龟裂，皮革碎屑摇摇欲坠，挡风玻璃前的台面上搭着一大一小两块有些湿润的毛巾，副驾驶前方的抽屉里准备了湿巾和纸巾。朱正琴有些不好意思地笑着解释："这两天实在太热，方向盘晒化了，抓着黏手，我就只好用毛巾把它包起来。"

2022年前所未有的炎热。这一天是处暑，早上9点多钟，施秉县气温已逼近30℃。朱正琴手臂上套的黑色冰袖看起来应该洗过很多次了，她头上戴着一顶宽檐露顶凉帽，长长的马尾辫穿过帽子，一跑起来马尾辫也跟着有节奏地甩动。她用手指抹了抹额角停不住的汗水，笑容变得甜蜜起来，"以前骑摩托车的时候我都不敢留长发。"她的音调上扬了几个度，捏着嗓子模仿女儿小时候的声音，"我两个女儿经常对我说：'妈妈，你什么时候留个长发给我看看嘛！'"说完她大笑着摸了摸长长的马尾辫，又喃喃自语道："现在有汽车了，女儿终于能看到我长发的样子了。"

汽车轻轻抖动起来，朱正琴放开离合器，向杉木河方向驶去。

杉木河在施秉县西北部的山间静静流淌了不知多少年，河水清浅冰凉，相对落差不大，早在20世纪90年代初就被开发成漂流景区。朱正琴对这条河流再熟悉不过了。她出生在杉木河附近的牛大场镇紫荆村，几十年过去，虽然早已搬离紫荆村嫁到了邻近的白塘村，一双女儿也都长大成人各奔远方开启了自己的生活，但乡村邮递员这份干了近20年的工作，让朱正琴每天都必须来杉木河附近走一遭，有时还得将快递送去上游或下游的停车区。

"小时候才没有这些路呢！"从山间一处岔路口驶出主路，沿着顺山势而建的旅游公路蜿蜒向下，朱正琴一边说着话，一边熟练地转动着方向盘，几分钟便抵达景区下游的游客集散区。小时候去杉木河游泳的场景，仿佛一部百看不厌的电影浮现在她脑海里。她想起孩提时代的每一个夏天，总是呼朋引伴钻入这茂密的山林，沿着被一代代人踩出来的林间小径一路向下，不知走了多久终于抵达河边，然后欢呼、尖叫着扑进冰凉的河水里撒欢，烈日穿透树荫将皮肤晒得通红，又一头扎进水里浇灭那火烧一般的灼热。

即使过去了几十年，朱正琴对烈日或寒风仍旧毫无畏惧，甚至无论严寒酷暑，她都飞驰在路上。人生的前 30 年里，她的日常活动几乎只围着居住的村庄打转，婚前，直到读初中才到镇上；婚后，则一边在白塘村小学任语文代课教师，一边在家干农活。但在朱正琴 30 岁那年，同村的一位年轻人考上了大学，直接改写了两个人的生活。

"他拿到了录取通知书，只能辞职，就推荐我去中国邮政当投递员，因为我会骑摩托车。"那时，朱正琴家里有一辆二手男式摩托，是她去村小上课或到镇上赶集时的代步工具，早已骑得十分熟练。押金、在职人员作担保，这些原本应聘投递员时的必要条件，在县邮政局的干部见过朱正琴之后，考虑到急需人员填补职位空缺，就都破例一律免除了。尽管朱正琴的丈夫极力反对，但这位总挂着一张温和的笑脸，内心极有自己主张的妻子却并未采纳意见，应聘成功当天就骑着那辆男式摩托启程了。

一边回想着自己的入行经历，朱正琴一边调转车头，向西北方向的更深处驶去。前方就是白塘村，那个她多年前奔向新生活的起点。如今，这里也十分巧合地成为她每个周二、周四、周六工作的起点。她从开始从事乡村投递员这份工作起就一直骑着自己的摩托车，虽然邮政局为每位投递员配备了一辆自行车，但驮着沉重的邮件包裹在蜿蜒曲折、布满碎石和土坑的乡村小路实在难以前行，朱正琴索性私车公用了。一开始，是那辆二手的男式摩托。不过，在 20 年前的乡村泥巴路上，那辆破旧的男式摩托根本经不起每天 80 多公里的折腾，两年时间里修修补补，最终彻底宣告报废。朱正琴紧接着又买了一辆新的摩托车，依旧是男款，每天在田野间风驰电掣，虽然保证了效率，但危险也无处不在。

路过一处立着"盛家铺驿站"牌子的地方，朱正琴转动方向盘，从岔路口驶入一条寂静的山路，一路上车辆极少，路面却很干净，看起来是随时有人养护的。这条路通往白塘村的赖洞坝组，那里古时候被称为"盛家铺"。几年前，这条平坦、宽敞的道路同样是并不存在的，朱正琴提起过去驾着摩托车行驶在乡村土路上的经历，就像在讲一段又一段奇幻冒险。

"被狗咬过，还被马撞过。最严重的一次，是被别人的车撞翻，直接摔进水沟里。"那一次事故中，朱正琴腿部肌腱受伤，人们把她送进医院，医生和家人把她安顿在病床上，可休息了没几天，闲不住的朱正琴动了动双腿，感觉似乎能骑车了，又一溜烟跑出了医院，驾着摩托车在乡野间送信去了。大大小小的事故经历了不少，朱正琴虽不惧怕，但也攒了不少经验，尤其是雨天路滑时，在泥巴路上遇到下坡要捏着刹车慢慢挪，还得把眼光放亮点儿，专挑凸起来的泥坎子走，不然那些不知深浅的水坑准会溅一裤腿的泥水。

有时下大雨，正在读中学的女儿央求："妈妈，下这么大的雨就不要去了嘛。"

朱正琴脸上挂着温柔的笑容，语气却带着几分狠劲儿："下雨？下刀子都要去。"

2009 年，朱正琴骑上了黔东南自治州邮政系统为乡村投递员配置的摩托车。配发这辆车时，州里还专门在"世界邮政日"当天举行了盛大的仪式，每个县都得派几位投递员代表去参加，朱正琴作为其中一员去到了凯里市。

州局领导见到朱正琴出现在眼前时，愕然道："怎么还有女投递员？我们配的都是男式摩托，你骑得了不？"

朱正琴笑得灿烂，回应道："我一直都骑的是男式摩托！"

那场仪式上，朱正琴打了头阵，驾着男式摩托率领长长的车队在繁华的凯里街道上轰鸣而过。

说起这些经历，无论是让人后怕的事故，还是风头无两的车队游行，朱正琴的笑声就没停下来过。

我们有一搭没一搭地聊着，这辆手动挡邮政车也驶入了更加宁静的村庄之中。她在一间小院子前停下，从后车厢提出了两个大麻袋，费劲地抱了起来，跑着小碎步钻进院子。等她再次出现时，身后还跟着一位身材瘦小、佝偻着背的老妇人，老人力气惊人，竟又从车里抱出了一个麻袋，和朱正琴一起搬进了院子。待我快步跟进院里时，老人正弯着腰在一堆小西瓜中挑挑拣拣，嘴里念叨着让朱正琴带两个回家去吃。朱正琴推辞不过，只好挑了一个，熟门熟路地抱进厨房去，不一会儿工夫，便拿着已经四分五裂的西瓜快步走出来，塞了两块在我手上。

几年前，她去新桥村送件，也吃了一回无比甜美的冰西瓜。那也是一个无比炎热的夏天，阳光和汗水一刻不停地浸泡着朱正琴，让她越发胸闷气短、头昏眼花，原本就崎岖不平的山路仿佛活了一般，像条蟒蛇一样扭动。她意识到有些不对，索性将车熄火，摘下头盔，步行去送件。到了一户人家，朱正琴一屁股坐在阴凉的屋檐下，缓过劲后又捞起凉水抹了抹脸。头顶的太阳终于从一团模糊的光晕变成有轮廓的圆时，那户人家给朱正琴递来几块冰凉的西瓜，这终于让她缓过了劲儿。

我们吃完西瓜，朱正琴重新启动了汽车，前方是更加偏远的大水河组和沙子坳组。朱正琴的心情越发雀跃，也越发忐忑起来。雀跃是因为，大水河和沙子坳沿途的风景让她百看不厌；忐忑则是因为，有一封从辽宁寄来的录取通知书要送到大水河组，那里太过偏远，通信网络覆盖不全，到现在为止，这位收件人的电话一直未能打通。

"要是家里没人在怎么办哦？"她自言自语道。

此时，敞开的车窗外传来潺潺流水声，一条溪流在公路不远处蜿蜒而下。"前面有水车！"朱正琴暂时忘掉了焦虑，语气变得兴奋起来。她在路边停下车来，三步并作两步跳到溪边，蹲在过河的石墩上，弯下腰去掬起一捧冰凉的溪水。水车缓缓转动，将澄澈的溪水带上岸来，浇灌到岸边的田地中。

以前骑摩托从这里过时，她也常常这么干。有时村里的快递比较多，她就得一大早赶到这里，薄雾随着溪水流淌犹如仙境，她总会拿出手机拍上几张照片分享到微信朋友圈里，兴致起来时，她还会坐在岸边吹一曲木叶，让溪流将自己的愉悦带向远方。这是她喜爱这份工作的原因之一：既能帮到偏远村寨的人们，又能欣赏沿途的风景。

不过，这份快乐仅限于春夏秋三季，冬天的大水河和沙子坳便不那么友好了。尽管施秉县气候温润，但大水河与沙子坳所在的大山之中冬季仍旧常常结冰，凝冻的路面让人举步维艰，更别提骑着摩托车经过了。过去骑着摩托送件时，朱正琴最怕的就是冬天，即使棉衣和头盔将全身包裹得严严实实，寒风也能透过密实的布料将她冻僵，呼吸又常让头盔面罩凝结一层雾气，一旦推开面罩，冰冷刺骨的空气就变成锋利的针，统统扎在她的脸上。每到冬天，她就会不时想起 2010 年的那场大雪，乡间小路早已凝结成冰，她的双腿更像一对冰冻的铁棍，她停下车来，缓慢挪动到附近村民家中用热水泡了很长时间，才慢慢缓过来。

不过，近两年来，寒风不会再轻易伤害到朱正琴了，她有车了。这辆手动挡邮政车是当地给她获得"全国劳动模范"称号的奖励。

2015 年，朱正琴被评为"全国劳动模范"，去北京领取了这份荣誉。除此之外，她还获得过贵州省"五一"巾帼标兵、贵州省"五一劳动奖章"、全国"五一劳动奖章"、全国"五一巾帼奖章"、全国"最美邮递员"特别提名奖，等等。

骑摩托车十分熟练的朱正琴很早就学会了开车，不过，在 2019 年之前，她仍旧一直骑着摩托车行驶在山乡之间，一方面当然是由于不具备配车条件，另一方面则是这山间的道路尚不完善，骑摩托车送件更加方便。不过，大概从 2016 年开始，朱正琴已经隐约感受到，开着汽车送件的日子指日可待了。有那么几年，尤其是 2017 年至 2019 年，她骑着摩托车穿行在城关镇或甘溪乡等地时，总能处处见到道路施工的队伍。那几年间，虽然路更难走，但也只是由于施工所致，她愉快地穿行在被凿开或铺上了碎石的路面上，心里总是有所期待。

直到 2019 年，朱正琴这位施秉县有史以来的第一个女投递员，又成了县里第一个驾着汽车送件的人。此时的施秉县，建成的公路总里程已达 1000 多公里，500 多条农村公路延伸到每个村寨，曾经不通路的大水河组、沙子坳组，如今也有了蜿蜒的山区公路延伸到村民的家门口了。朱正琴彻底告别了在村口停下摩托车，步行到寨子里送件的日子，取而代之的，是两年跑了 8 万多公里的汽车里程。

在水边短暂休息了一会儿，朱正琴又钻进驾驶室启动了汽车，或许是因为一路上有太多回忆可聊，这一次，她没有吹响自己最喜欢的木叶。到了大水河组，经过多番询问，她终于找到了那户收取录取通知书的人家，妥当投递了这一单，朱正琴心里的石头总算落了地，脚步越发轻快起来。

指针指向正午 12 点整，太阳已高高挂在头顶上方，热气开始蒸腾，是时候该往回走了，她还有最后一个村需要去打卡。在开车驶向建国村的途中，我们经过了下潕阳河风景区的入口，那里有一个村庄名叫沙坪村。这个村庄也曾是朱正琴最头疼的地方。村里有两个寨子在河对岸，曾经不通公路的时候，河面上有一艘数吨重的大铁船，铁船无人看守，只有一条带滑轮的钢索高悬在河面上方，一根钢丝垂下连接着这艘铁船，想要渡河的人自行拉动钢丝，让铁船划过去。

朱正琴说起那艘大铁船时有几分激动，她摊开手掌向我展示，说："以前我的手就被那起毛的钢丝划出血几回过。"不知这艘铁船如今是否还在，但即使它还停在岸边，或许也早已被限制，河对岸的那两个寨子早已无需靠渡船出行了。

中午 1 点左右，到建国村送完最后一份报纸，朱正琴在村委会办公室里给自己倒了一杯凉水一饮而尽。十多分钟后，她就能回到县邮政局，结束这一上午的工作。下午，她又要去物流园一带开启新一轮的投递。

"经常有人说，'以前肩挑背驮，现在嘉陵摩托'。我说，哪里岂止嘉陵摩托？我也算是经历过单车变摩托，摩托变汽车了。"长达 4 个小时的驾驶之后，朱正琴的领口已有些湿润，早上出门时，她抹了淡淡的口红，这一路上也早被西瓜、凉水和反复被擦干的汗水混合，褪去了色彩，显出嘴唇原本的颜色。

可她依旧神采奕奕，又跟我提起第二天要去的甘溪乡。那是比城关镇更远的乡镇，以前每逢赶乡场时，无论是工作日还是周末，她都得带上厚厚一沓信件和汇款单，起个大早赶过去。待各村同样起了大早，从山间跋涉而来的村民们聚集在乡场上，她便开始分发那些存着生活希望的汇款单。空闲下来时，她还要帮不识字的村民读信，有时，还得记下村民们请她帮忙代购的物品清单。这场忙碌一直持续到人们逐渐散去，乡场恢复冷清，她又独自一人背着空瘪的邮政背包，骑上那辆男式摩托车返程。

不过，这样的场景如今几乎已成历史，写满文字的信件越来越少，人们都通过手机即时传递思念了；装着天南地北货物的包裹越来越多，想买什么也不用叫朱正琴帮忙代购了。朱正琴不必在乡场上无休止地等待，她只需驾着那辆绿色的邮政车驶入村寨。

去匏瓜

 镇远县

过了涌溪乡的街道，山路逐渐变窄，周遭也越发静谧，前方出现一块路牌，上面写着：去匏瓜。

匏瓜是一种葫芦科葫芦属的植物，可以用来制作水瓢，但在镇远，匏瓜成了一个地名，从名字也能想象出，这个小小村寨的地形是什么样的。匏瓜

寨在涌溪乡中屯村，藏在深山里，坐落于潕阳河边。听说，几年前，到这里只能走水路，从相见河经潕阳河逆流而上，行船一两个小时才能抵达，是一个像世外桃源的地方。

据《镇远县交通志》记载，在古时，镇远是黔东政治、经济、文化和重要的水陆交通枢纽，潕阳河系沅江上游，自古以来是贵州通往湖广的一条重要水道。这条河从过去流淌到现在，地理位置和流向当然从未发生变化，但河上的船只早已不是曾经商贾往来、贸易繁忙的商船，取而代之的是载满游客的旅游渡轮，或慢悠悠渡客的木舟。而在匏瓜这样的江边小寨所看到的景象，则更像一幅远离尘嚣的宁静画卷。走进寨子里，只听见流水潺潺、鸟语啁啾，或许因为是上午，天气凉爽，正是干活的好时候，寨子里没有什么人。

顺着寨子的水泥小路往里走，视野顿时变得开阔。寨子入口处有一方清澈见底的池塘，水从地下源源不断地冒出，泛起一串串小气泡。"这是一口温泉，冬天的时候，水会变得更暖，水面上有一层薄薄的雾气，特别漂亮。"镇远的朋友对这个小寨十分熟悉，他蹲在池塘边掬起一捧水，像当地人一样向我介绍这处神奇的温泉。不难看出，匏瓜寨的人们将这股泉水当作宝贝，在池塘周围建起一圈走廊，古老的大树在池边生长，树干上还绑着祈福的红布带。据说，正是因为这股泉水，匏瓜寨才得以吸引到外界的关注，早在十多年前，镇远当地的旅游部门就做过打算，想将这里开发成一处景区，无奈交通太过艰难，除了行船别无他法，最后只能作罢。

不过，匏瓜寨的人们心底里仍然存有希望。后来，见到靠行船维生的王道斌时，他也特别提起这股泉水："现在经常有人来考察，早晚能开发出来。"

见到王道斌时，他刚结束上午的工作，把船靠在岸边，正沿着山路走回家里。王道斌看上去不到50岁，身材微胖，头发已有些花白。他家的位置很好，离那处温泉不到百米远，正因为近水楼台，他在几年前就已将屋子进行了一番改造，在屋内设计了10多个床位，把自己家改造成了一栋乡间民宿。民宿生意还算过得去，尤其是夏天，还出现过住客爆满的情况。不过，王道斌仍没丢下开船的老本行，这门从少年时就已开始的营生让他心里有底。

王道斌不善言辞，我问一句，他答一句，眉头总是紧锁着，那些关于少年和青年时期的回忆似乎都裹满了沉重。好在有中屯村的党支部副书记杨再兰在一旁解围，才让气氛不至于如此凝重。

王道斌说，这个寨子里，和他同岁或比他年长的人几乎都没有文化。杨再兰纠正道："多少还是有一点，小学至少上到了三年级吧？"

王道斌思考一阵，点点头，说："那也算是有吧。我是自己不想去读的，太危险了。"直到说起关于那段关于读书的往事，王道斌的话终于多了起来，语气平淡地揭开了他儿时的一道伤疤。

那是20世纪80年代初的一个寒冬，王道斌才刚上小学不久。和往常一样，天刚蒙蒙亮，他就匆匆吃完一碗炒饭，迅速赶到河岸边，和其他寨子里的孩子乘船去对面读书。按照约定，孩子们下午5点放学时也会乘这条船回家。可是，那天不知船夫出了什么岔子，到了放学时，孩子们在岸边等了许久也不见船。深冬的溆阳河边寒风刺骨，天色渐晚，王道斌和其他十几名孩子站在岸边望眼欲穿，依旧迟迟等不到接他们的渡船，只好走进山里找地方避风。到了夜里，天空竟还飘下雪花，冻得孩子们手脚发麻，王道斌又害怕又生气，搓着双手熬到了天亮。

这段经历已经过去了太久，王道斌不太记得到底在山上待了几天，家就在对岸，仅隔了一条河，他甚至能隐约看见匏瓜寨的模样，可就是回不去，这种无助感在他心里留下了不小的阴影。王道斌说，终于被家人从山上接回家的那天，他就再也不愿去读书了，家里人打也打过、骂也骂过，最终，只能任由他去了。

和王道斌一同经历过此次事件的十多个孩子也大多放弃了读书，出生在20世纪70年代的他们是"尴尬"的一代，从出生起就没尝到过多少生活的甜头。此时的溆阳河长航已经正式宣告终结，财富不再顺着水流漂来，人们正在经历转型的阵痛，尤其是沿岸的村寨，大多只能回到农耕时代。

匏瓜寨在100多年前就存在了，严格说来，这个时间并不准确，是王道斌根据自己已经去世的奶奶的年龄推算出来的。从历史的角度来看，祖先们选择在此地扎根必然有充分的理由。那时，水路既是镇远唯一便捷的交通方式，也是支撑当地经济的主要渠道，匏瓜寨虽然远离城镇，但依山傍水的地理位置足以让这里的人过得不错。1972 年，湘黔铁路正式通车，绝大部分物资运输被火车替代，与此同时，大坝在潕阳河上建起，河水被引去灌溉或是发电，河系不再长线通航，曾经占尽地理优势的匏瓜寨也仿佛成了一颗"弃子"，被遗忘在潕阳河畔。

匏瓜寨有 30 多户人家 140 多口人，大多数情况下，一个人的田土要养活七八口人，一年到头吃上肉的日子扳着指头都能数过来。寨里的人说，在匏瓜出门"没有想头"，意思是别妄想有便捷的方法，通往外界除了靠渡船就只能靠双脚，走到涌溪乡需 3 个多小时，若是有人家娶媳妇，家具和嫁妆都得靠人一件件背进寨子里来。唯有小孩不讨厌走山路，路边的野花野草样样新鲜，草丛里的蚂蚱、花瓣上的蝴蝶都算惊喜，不过，这路走久了，惊喜也变成了日常，再往后，就只剩下乏味。

匏瓜寨的人们对路"没有想头"，但在镇远其他地方，人们对路的渴望早已点燃，巨变正在发生。据《镇远县交通志》记载，早在秦代，古镇远就是湖广进入云南、贵州的咽喉要地，不仅水路发达，陆路交通同样繁忙，古驿道众多，唐朝时期驿政也十分发达。到了 20 世纪 50 年代，镇远动全县之力，利用冬闲时期，采用民办公助和组织民工建勤的办法，先后修通了县城至羊场和县城至金堡两条县区级公路，公路带来的便捷和收益让镇远人热情高涨，在 20 世纪六七十年代时兴起一阵全民修路的热潮，在政府提供资金、技术等支持下，自制炸药等材料，投入到建设之中，让不少地方都初步通了公路。1984 年开始担任县交通局局长、党组书记的黄俊华，早在 1971 年退伍被安排进入交通局工作后，就参与到大大小小的道路建设工程中，此后的几十年里，亲眼见证了那些蜿蜒的公路一点点布满镇远的高山与河岸。

不过，这些道路迟迟没有延伸到偏僻的匏瓜寨，这里的人们依旧过着传统的农耕生活。不再读书的王道斌，在家跟着长辈一起种地、打鱼，偶尔走到乡里卖鱼换点钱，这样的日子年复一年，仿佛没有尽头。转变起于 1982 年，镇远开发潕阳河景区，新式游船载着一群又一群陌生的面孔在河面上来来回回，那些陌生的面孔睁大陌生的眼睛饱览沿岸美景，匏瓜寨掩藏在山间，偶尔落入游客的镜头中。这些新奇又兴奋的陌生面孔让匏瓜寨的人们早就嗅到了商机，不过，景区开发之初，当地并不允许人们私自撑船载客，匏瓜寨的人们只能望着那些载着商机的游船眼馋。

直到 20 世纪 90 年代，转机开始出现。景区同意与当地村民以分成的形式进行合作，景区统一售票，村民自己管理船只。这个消息对一直以来都靠水吃水的匏瓜寨村民而言无疑是个好消息，寨子里一夜之间掀起一阵打造木船的风潮，几乎所有具备一定能力的家庭都拥有了一艘能载十多名游客的木船，王道斌家自然也不例外。父亲打好一艘船后，便带着刚成年的儿子在潕阳河上谋生。每天一大早，父子俩便从山脚先撑半个小时的小木船到景区的码头，再换上大木船开始迎接游客。一张船票 30 元，生意好的时候，一天能载六七千人，一家人终于不用紧紧盯着那一亩三分地考虑填饱肚子的方法了。

进入 20 世纪 90 年代中期，王道斌一家靠经营游船迎来了新生活，镇远的公路建设也打开了新局面，当地通过以中低档工业品"以工代赈"继续修通了不少公路。黄俊华几乎跑遍了镇远大大小小的乡镇和村寨，一些偏远的地方仍是水路更加方便，他便只能乘船前往，一次，去清溪镇某村寨时，他就坐了几乎一整天的船才抵达。到了 21 世纪初期，随着西部大开发等国家政策的到来，镇远公路建设的步伐加快，此时的黄俊华虽已退休，但又被单位返聘，继续奔波在通往各乡镇的公路上。

外界的变化翻天覆地，但匏瓜寨的变化却如这被截流的河水依旧缓慢。王道斌家的谋生工具从木船变成了铁船，从与景区合作经营，变成进入公司成为一名拿工资的船员，岁月都消磨在静静流淌的潕阳河上，河面的风年复一年吹拂在他脸上，吹出一道道皱纹，让一个少年变成了中年。

尽管镇远大多数乡镇和村寨都打通了或黑或白、或宽或窄的道路，但匏瓜寨仍如过去一样只能靠行船去县城，或走山路去乡镇，攒了些钱的王道斌想换个新房子，修建的材料也只能靠船运到山脚。建房的过程既折腾人又折腾钱，一包水泥卖 16 元，但要运到家，王道斌总共得花 30 多元，多出来的那一半全算在了人工上：搬上船每袋 2 元，下船时又是 2 元，船费还得花 1 元，船靠了岸，还得把水泥一袋一袋搬到山坡上的家里，每袋运费要 8 元。要是有条路可以直通匏瓜多好！建新房的那段时间，王道斌心里对路的渴求格外强烈。

建了新房，日子继续安稳地过着，此时已是 2000 年后，镇远旅游的盛名早就广为人知，当地政府也在持续开发着新的旅游景点，很快就有人关注到了潕阳河畔这个如世外桃源般的匏瓜寨。政府主管旅游的部门来过、招商引资来的开发商也来过，人们在船上摇晃一个多小时，从县城抵达匏瓜，参观游览一番，说了不少肯定、赞赏的好话，又乘着船摇晃一个多小时离开，此后便再无下文。王道斌把这些都看在眼里，他总觉得是有希望的，甚至将新房改造成了农家乐，陆续吸引到一些散客。但开发迟迟没有成为现实，谁都明白个中缘由：谁会摇晃一个多小时的水路来一个小寨子呢？

匏瓜寨有不少人陆续出去打工，挣了钱就搬离了寨子，留在老家的人们仍旧靠行船维生，每天接触那么多陌生面孔的匏瓜人，怎么会不知道这世界的变化？大概从 2012 年开始，公路建设又开始掀起一波热潮。此前，通达工程让几乎每个行政村都打通了泥结碎石路面的毛路，如今，不仅这些道路变成了宽敞平整的水泥路或柏油路，通组公路也开始建设，到了 2016 年，中屯村的所有寨子几乎都通了路，匏瓜也一样。

村里先组织村民们开挖出一条毛路，虽然行车仍不方便，但至少除了水路之外，匏瓜人出山有了第二个选择。此时，已经年过七旬的黄俊华仍在公路建设第一线，他的脚步也终于踏入了匏瓜的地界。测量、计算，组织开工，不到两年时间，县交通部门将那条通往匏瓜的毛路抚平、拓宽、铺上柏油路面，在通往寨子的最后一个岔路口上立了块牌子，上面写着：去匏瓜。

讲完故事，王道斌紧蹙的眉头难得地舒展开来，嘴角上扬，挂起一丝笑意。"现在再也不会有价格翻倍的水泥了，一趟车就能运进来。"他说这话时似乎松了一口气。

短暂的沉默间，水流的声音似乎被放大，或许是环绕寨子的潕阳河在流淌，也可能是那股温泉水在源源不断地涌出；耳边响起一阵鹅叫声，一群白鹅排着队跃入一片池塘中，正欢快地嬉戏。那片池塘是王道斌建的鱼塘，匏瓜人许多年来一直有打鱼的习惯，长江十年禁渔后，王道斌用这个鱼塘延续了这门生意，"总有办法的，对吧？"他看向通向鱼塘的那条小路说道。在他眼里，匏瓜不是孤岛，人也不是。

回村修车去

 剑河县

肖思华特意穿上那件军绿色的 T 恤来到村委会，这样一来，不用旁人介绍，左胸上的那排小字也能透露他最骄傲的经历——"从戎五十年纪念——北京五八七五部队"。肖思华到办公室的时候，村党支部书记刘跃泽正在思索村外第一条路修建的时间，这是一件非常吃力的事，毕竟，那条路的年纪比他还大，没有亲身经历过的事就只是历史资料中的一串数据，并不容易被记住。正搜肠刮肚之时，刘跃泽见到了肖思华，仿佛见到了"救星"般赶紧招呼："快，请我们这位党龄近 50 年的老党员来介绍，南岑村的过去他最熟悉。"

肖思华大概还未从烈日的暴晒中缓过神来，组织了半天语言才恍然大悟般说道："哦，你说那条路啊！那都是老早以前修的了，也没从我们村过，一直到（20 世纪）80 年代，南岑才修了一条路和那条老路相接，打通了大坪村和六府村……"

"那条老路也没什么稀奇，修好之后也就通过一次车而已。"肖思华嘀咕着，对那条人们记忆中大山里的第一条路并不在乎。

从当地村民几十年前的生活来看，那条所谓的路确实并未在日常之中发挥过作用。南岑村是剑河县的一座百年村寨，清代时曾名为"南岑塘"。"南岑"在侗语中意为"陡峭的地方"，虽在清代作为通往镇远的必经之路而成为一个重要的驿站，但从其侗语释义中也可看出，这里并不是一个四通八达、路途平坦的地方。随着时代变迁，古驿道被荒草覆盖，南岑作为驿站的优势也随之失去，只能被封闭在这陡峭的群山之中。

太久以前的记忆都已模糊，被肖思华用一个"穷"字概括，记得最为清晰的，是他从部队退伍后回到老家时的场景。那时，刘跃泽这一批后辈还在读小学，村里的教学点只教到四年级，再往上读就只能去镇里的小学，高年级的孩子们每周只回一次家，每次返校都要扛着三四公斤粮食步行一个多小时。肖思华则每天都要在这大山里步行至少两小时——他得去自己的地里种水稻。不仅是南岑村，整个剑河县能用于种植的土地都像饼干碎块一样分散在大山里，南岑村村民按人头分地，平均下来一人最多只有一亩，肖思华家的 3 亩地由他一人打理，插秧还不是最费劲的，秋收时挑粮食出去卖才是巨大的挑战。他当过兵，身强力壮，但一次最多也只能担 50 公斤，折腾到镇上已是中午，一天也就只能卖这 50 公斤。

1983 年，肖思华最后一次耕耘那片土地，他决定再也不干这折磨人的活儿了，他要进城去。在部队的时候他就掌握了汽车修理的技术，而这门技术后来则成了下半辈子吃饭的手艺。他在县城谋得了一份农机厂的工作，日子很快安定下来。但仅过了 1 年多，他又被村里召唤回去了。

那时，南岑村的人们其实也受够了这被大山阻隔的日子，下定决心要自己修一条路。修这条路并不容易，没有机械帮忙，只能靠钢钎、大锤一点点凿。山的一头是悬崖峭壁，仅凭人力很难打开一个出口，因此，这条路只能和那几十年前仅通过一次汽车的老路相连，也就势必要和大坪村、六府村贯通起来。六府村的人们几乎一呼百应，大家都苦大山无路久矣，一致认为这是一件造福后代的好事，可大坪村却阻力重重，总有一部分消极的声音出现，不愿参与到这累人的活路里。肖思华等南岑村村民最终发了狠话："你们要是不参与，那这路修好了你们也别从这里过！"看起来像是小孩子在赌气一样，却也让大坪村的人们没了话说，终于也答应一起开山凿路。

到了 1986 年，一条泥巴路终于在近两年的努力下将几个村庄连了起来。

一边修路，一边在农机厂上班的肖思华，靠节衣缩食攒了点钱。凭借当兵时和近几年工作积攒的人脉，他认为自己可以自立门户——开个汽车修理厂。

与其说汽车修理厂，不如说是个农用机械修理厂。那时，三板溪水电站尚未修建，剑河县城还设在柳川镇。从地图上看，老县城的位置恰好处在一个死角上，没有公路通过那里，像是被人遗忘了一样。由于交通不便，也有经济贫困的原因，当时整个剑河县甚至没有水泥路，也仅交通局有一辆东风牌汽车。汽车修理的服务对象只有交通局一家，反倒是许多农户和农业单位都有的农用机械不时发生故障，才让肖思华的机修技术有了用武之地。

那没有车也没有路的日子里，肖思华留在山里的几亩薄田早就荒芜了，妻儿也都和自己一起在县城生活，除非村里有涉及土地的大事，肖思华几乎没有回过南岑村。汽修厂靠修理农机和全县仅有的那台汽车勉强维持着运营，肖思华相信，日子总会熬出头的。

直到 2003 年，包括肖思华在内的所有剑河人，生活终于迎来了颠覆性的变化。2001 年开始修建的三板溪水电站在这一年完成截流，受此影响，剑河县城必须整体搬迁，新址选在原属台江县的革东镇。也是在这一年，另一项大工程——三凯高速破土动工，恰好也经过革东镇。两项大工程同时启动，让剑河的新县城成了当时中国最年轻的县级城市。

而擅长汽车、机械维修的肖思华，在这一年中也接到一单大生意——为三凯高速的施工队伍修理机械。修高速是个非常辛苦的活儿，特别是在山里大部分地方都只有泥路的情况下，时间成本和经济成本都不低。肖思华对这样的环境早就习以为常，他的兴趣全被眼前一点点铺展开的高速公路深深吸引，他不仅在这条路上仿佛看到新县城的新风貌，更仿佛看到一辆辆崭新的汽车正驶入剑河，为了这些汽车，也为了新县城的未来，城里不再泥路纵横，宽敞明亮的大马路四通八达，他修理汽车的技术终于能真正地派上用场了。

就如肖思华预想的一样，剑河县城搬迁至革东镇后，巨变的齿轮开始慢慢转动。

新县城利用温泉优势，旅游业开始风生水起，往来的车辆多了起来。而参与三凯高速修建也让肖思华找到了做生意的路子，此后几年中，不仅高速公路陆续开始修建，通往乡镇和村寨的路也在破土动工，而只要有地方修路，就一定有肖思华的用武之地。2007年，岑南村通往岑松镇的路也已建成，虽然只是一条"毛路"，却也足够令车辆通过。而此时，凭借汽修技术为人所知的肖思华，修车的模式逐渐发生了变化，他不再每天守在县城的汽车修理厂，而是在尘土飞扬的施工现场，或是在南岑村盖自己的新房子。

生活方式的改变终于让肖思华感到轻松了些，而早已长大成人的"70后"们也陆续回到了村里，刘跃泽就是其中一位。当上村干部的刘跃泽，在2017年见证并参与了南岑村的变革。

基于三凯高速的交通优势，剑河县成功引进了一家生产食用菌的企业——剑荣菌业。厂址就设在岑松收费站旁边，而从收费站到岑南村的公路打通之后，将村里到镇上的距离缩短到了7公里。因此，岑南村参与食用菌种植可以说是水到渠成。在刘跃泽的记忆中，2017年之后，村里便开始在山林中种植羊肚菌，同时也依托脱贫攻坚政策，开始安装路灯、修通通组路、改造危房……变化来得非常之快，仿佛一夜之间，整个村都焕然一新了。

羊肚菌产业的兴旺发展和便捷的交通让南岑村的人们打开了思路。散落在山间早已荒芜的土地重现生机，2021年，村里又开发了1000亩中药材种植，同时也开始尝试在食用菌种植的土地上间种西瓜。"反正都直接用车拉出去，只要对接好买家，还有什么好愁的？"刘跃泽总是这样对人们说。

肖思华虽已60多岁，却同样闲不下来，他将那3亩撂荒的土地恢复神采，重新开始种水稻。他说："现在不用自己挑出去卖了，就'捡回来'种一下嘛，多口粮食总是好的。"

聊了许久，刘跃泽兴致勃勃地拉着我们一定要去山上看看露天种植的西瓜。"大棚的也有，但露天的我觉得更好吃。"他驾着车带我们来到地里，下车后便钻进草丛间开始搜寻，这里拍拍，那里掂掂，像在寻宝一样。几分钟后，四五个西瓜被掐断瓜藤，骨碌碌滚到草丛外，又被一一装进后备箱，带回了村委会。

刀碰到瓜皮还没使多大劲，就听见"咔嚓"一声脆响，整个西瓜早已裂开。红艳的瓜瓤流出汁水，裂成两半的西瓜被大刀阔斧地切成不规则的几大块，村里的人们也不推辞，自顾拿上一块就送到了嘴边。刘跃泽递了一块西瓜到我手上，说："尝尝看，一会儿放几个在后备箱，从这里到贵阳也就3个小时，全程高速，也不用担心撞坏了，回去还能吃上最新鲜的味道。"

肖思华吃完两块西瓜便起身打算离开，他说手里还有不少事情要处理，"忙得很。"

"那你现在还修车吗？"我问。

"修啊！现在找我的人更多了，他们开车过来带我上门去修，修好了我还得先把车开出去试验一下，没问题了才交接给客户。坐在家里就有生意上门。"肖思华笑了起来，一边说着话，一边往外走去。

女支书 12 年打开乡村路

丹寨县

　　张有英搬来两张矮凳放在红星小学的操场中央，说："早上的太阳好，一起晒晒。"她有一头利落的短发，穿着简单的 T 恤，皮肤像麦子一样的颜色，这样的人从不会躲着太阳。

　　张有英是丹寨县扬武镇红星村党支部书记、村委会主任，连任 3 届。她担任村党支部书记的这 12 年，恰好也是红星村发生颠覆性变化的时期。而这位深受村民信任和推崇的女支书，却并非红星村人。

　　张有英生在离红星村不远的长青村。高中时，父亲突然离世，张有英一家人的生活顿时陷入窘境。为了弟弟和妹妹能继续读书，张有英决定放弃学业，留在家里和母亲一起干活挣钱。1985 年，张有英在家中长辈的介绍下嫁到了红星村，出嫁前，母亲对她说："爸爸不在了，你嫁得近些，还可以帮忙照顾弟弟妹妹。"

　　就这样，张有英来到了同样偏远、贫困的红星村生活，村里同样是细窄的泥路纵横交错，许多人外出打工，丢下家里的几亩土地任由其荒草丛生。张有英的夫家也十分贫寒，住的是一座土坯房，泥巴、牛粪糊成墙体用于御寒，屋里光线不佳，空间逼仄。可就是这么一座土坯房，结婚两三年后，还腾出了一间房给丈夫的兄弟结婚用，张有英和妯娌睡在一个房间，一阵辛酸涌上心头。

　　虽然日子十分困苦，但张有英不能远行，她还要照顾弟弟、妹妹和日渐衰老的母亲。看着那些荒芜的土地，张有英和丈夫有了想法：流转土地种烤烟！两口子迅速行动起来，一口气流转了 7 户人家的土地，埋头苦干起来。日子渐渐好起来，而张有英也凭借其踏实肯干的精神和直爽的性格在村里结下了好人缘。2011年，拥有丰富烤烟种植经验的张有英被推选为村党支部书记，她上任后的第一件事就是修路。

过去这么多年，张有英和丈夫完全是靠惊人的毅力坚持着种植烤烟这件事的。他们流转的土地相对分散，有的土地距离家需要步行两个多小时，常常清晨不到7点出门，挑着两桶粪去其中一片地里干活，干完回家已是中午12点。完全靠步行、道路又十分崎岖，这些都极大地拉低了种植效率。因此，张有英坚定地认为，要想让全村都跟上烤烟种植的步伐，就必须要有路。

张有英争取到"一事一议"项目，开始投身乡村道路的建设。不过，这场大工程不仅需要村民精神上的支持，更需要行动上的支持。她除了照管地里的活路，空余时间几乎都在每家每户走访动员，劝说大家一起投工投劳加入到修路的队伍中来。有人欣然加入，也有人死活不同意参与，张有英家的一名亲戚就是其中一个固执己见的人。张有英和一名老党员去这位亲戚家动员了好几次都无功而返，无奈之下，老党员向张有英建议："算了，不如我们再叫上几名党员，帮他把他家门口那段修通了吧。"

功夫不负有心人，一条通往龙塘村的路终于修建成功。

人们尝到了有路的甜头，可这条路也并不能完全满足村民们的日常需求，张有英又搞来水泥，把通往马寨那条上山的小路也修整出来。有年迈的村民拉着张有英，欣喜地感谢道："没有想到那条山路你也修通了，以后去马寨赶集回来不怕天黑路滑了。"

村民自建的公路修通没多久，2014年，县公路管理局开启了"四好农村路"的建设，马寨到小朗的公路很快修通；2015年，小朗到兴仁镇早开村的公路修通，四通八达的乡村公路一直连接到丹寨县城。曾经，红星村的村民们去丹寨销售蔬菜，每次只能挑上一担，起个大早步行到县城已是上午10点多，等卖完菜返程时天都黑了。公路修通之后，先富起来的一批人买了车用于运输，稍显拮据的也有三轮车代步，半天时间就能卖完菜回家，还能节省出时间下地干活。这一变化让红星村的人们感到欣喜。

交通问题得到解决，张有英的产业发展之路也拓宽了。她看到洋浪村种植黑皮冬瓜效益不错，便也引进了这一产业，带着人们种植黑皮冬瓜；她听说中药材有较高的收益，便带着村民种植中药材；丹寨县大力推广蓝莓产业，红星村当然也没有落后，2000多亩蓝莓基地遍布山间……

在上午的阳光下聊了一个多小时，张有英提议带我去看看村里规模庞大的蓝莓基地。我们驱车向山间驶去，在一处坡顶的亭子旁停下。登上亭子眺望，蓝莓树密密麻麻遍布周围的小山坡，连成一片碧绿的海洋。张有英指着那"海洋"中间纵横交错的白色线条向我说道："那些是公路局帮我们修的产业路，这么大片基地，没有产业路和机耕道肯定是不行的。"

几位老人背着沉重的背篓缓缓向凉亭走来，背篓里装满了紫蓝色的蓝莓果实，饱满圆润，鲜嫩欲滴。老人们放下背篓，靠在长椅上歇了一会儿，便沿着白得发亮的水泥路向村庄走去。

大路通往轿顶山

凤冈县

"上山去看看我的果林吧。"杨海对我们发出邀请时抬头看了看天空，对这淅淅沥沥的小雨全然不在意。他指向屋外那条延伸至山里的水泥路，路很宽敞，延伸至半山腰时分出几条支线，把被茂密果林包裹的山坡分割成了几大块。漫山果林被蒙蒙细雨滋润着，湿漉漉的翠绿色泽氤氲在薄雾里，我们从面山而建的院子出发，向薄雾间走去。下雨天总是让人心情烦闷，杨海却兴致高昂，一路上说个不停，尤其是看到挂满果子的李子树时，更毫不掩饰心中的欢喜和得意，停下来自顾自地摘下几个发育不良的果子，或随手扯掉树下的杂草。

轿顶山是凤冈县琊川镇大兴村人对这座大山熟悉的称呼，但对杨海而言，这山还有一个专属于他家庭农场的名字，叫作恒新果园。杨海 2015 年来到这里时，眼前的大山像一个斑秃的脑袋，一些地方荒草长得比人还高，一些地方留下烟叶收割后露出的光秃秃的土地。整座山上没有一条像样的路，但杨海仍旧对这里十分满意，比起老家的土地，这里更适合种他心仪的水果。

杨海是余庆人，老家在小乌江边上。2010 年之前，他一直在外地打工，种过果树、干过水产养殖，后来在一家江苏的工厂，从每月工资 1200 元的车间工人，慢慢做到技术工、售后服务，每月工资也涨到了 1 万元。这是他干得最长的一份工作，工厂老板对他青睐有加，常常与他推心置腹地聊天，也给予足够的信任。然而，2009 年，留在老家由父母照看的孩子生病住院，杨海和妻子都没能接到父亲打来的电话，未能第一时间了解孩子的情况，虽然病情并无大碍，但经历了这次事件后，让早已习惯在外漂泊的杨海迫切地想要回家。

那一年，杨海回到小乌江边的老家，恰逢一场洪水来袭，田里刚插上的秧苗东倒西歪，甚至被洪水卷走。杨海和年迈的父母挽起裤脚下田捞秧苗，在一片焦灼之中，他抬起头来放眼望去，愕然发现田里抢捞秧苗的竟都是老年人。杨海的心里有些难过，在江苏工厂的生活区，工人们住的是配有空调、电脑的公寓，过的是娱乐丰富多姿多彩的生活，而老家却像另一个世界，嵌在江边山前的村庄和父母一样沉默，一样垂垂老去。

在杨海内心再次产生动摇时，他从一个聚集了老乡的 QQ 群里了解到，当地政府支持年轻人回乡创业，出台了不少优惠政策。杨海终于下了决心，结束在外 10 余年的漂泊，回到余庆老家。

办理了贷款，杨海开始在小乌江边上种植烟草。未承想，由于经验不足，第一次创业就亏了 17 万元。他不甘心，再次申请贷款，转而种植桃子。大约 4 年后，桃子挂果，开始见到收益，杨海对水果种植也充满了信心。他想扩大规模，目光则放到了余庆之外。

杨海去考察过不少地方，在人们的引荐之下来到大兴村时，便被眼前的轿顶山吸引了。他向村干部表示，想要流转整片山坡的土地建果园，无奈的是，部分村民并不同意，坚持要在自家地里种玉米等粮食。可是，杨海又是追求完美的人，他可不希望自己的果园变成"插花地"，便直言道："如果不能全部流转，那我就不要了。"

大兴村的村干部非常想促成这件事，毕竟有产业落户在村里，便意味着能为村里不少人解决就业问题，沉闷的村庄也将被激起一池春水。于是，一连7天，村干部带着杨海走遍全村，动员会一场接一场地开，杨海的恒新果园终于落户在了轿顶山的300多亩土地上。

那是2015年，脱贫攻坚刚深入各地不久，村村通、组组通的工程还在陆续展开，一片荒芜的轿顶山暂时没能排上号。但是，建果园必须先修路，否则以后会吃不少苦头。杨海初来乍到，并没有打算去乡镇找项目，而是花钱雇人开来挖掘机，按自己规划的路线向山上一点点开挖上去。

靠一台挖掘机仅能挖出一条凹凸不平的毛路，不过，这对杨海而言勉强够用了。2015年冬天，杨海运来上万株树苗。车无法上山，只能停在山脚，杨海雇了10余位工人，靠人力一点点把树苗背上山去，那条裸露着新鲜泥土的小路上，印满了歪歪扭扭的足迹。

白天在山上干活，夜里就来到山脚的屋子休息。自从流转了轿顶山的土地，杨海一家便都搬到了这座山的山脚下居住。一开始，屋里只有一张床、一个电磁炉和一个电饭锅，杨海甚至不愿称之为"家"。房子是当初在山上种植烟草的村民留下的烤烟房，虽然屋里的杂物早已清理干净，但常年的烟熏火燎，那呛人的烤烟气味早就附着在焦黄的墙壁上，浸入房间的每一个角落，让杨海和他的妻儿连睡觉时都时常忍不住屏住呼吸。

条件固然艰苦，但每天睁开眼就看到300多亩土壤肥沃、规模喜人的山坡，杨海的心情始终是亢奋的。果树三四年才挂果产生收益，在种下李子树的第二年，杨海便着手在林下套种辣椒、烤烟，靠以短养长的方式维系生活。

又过了一年，大兴村的村村通、组组通陆续铺开，一条通往山脚的公路很快建成。从平整、宽敞的沥青路面上走过，杨海的心思又飞了起来，肥沃的轿顶山只用来种果树实在太可惜了。他迅速在脑海里勾勒出一幅蓝图，决定在屋旁建一个养猪场，或许还能在山上养些跑山鸡，反正山下的路通了，运输不再是他的阻碍。

烤烟房旁边恰好有一间空屋，属于一位六七十岁的黎姓老人。杨海登门拜访这位黎大爷，表达了想租空屋用来养猪的想法。老人抬眼看看杨海，道："我不要你的钱。"杨海有些错愕。当他的脑袋里正飞速运转搜索能够说服人的词汇时，老人又开口了："你拿去用，猪儿不好养，养成了你请我吃包烟，养亏了就算了。"

有那么一两秒，杨海的大脑仿佛停止了运转。他来到大兴村还不到两年，与这位老人也几乎没有交集，为何会得到这般信任和优待？杨海既无法理解又受之有愧，坚持要付房租，实在不行送烟送酒都可以，然而，老人比他更固执，几番推拉，最终还是按老人说的办了。

不久之后，那间空空如也的屋子便欢腾起来，猪仔的嘶叫、夫妻俩给猪喂食时的召唤，都从那间屋子里冒了出来。不过，困难依旧存在。养猪后不久，当地便出现干旱的问题。那时的轿顶山上还未通自来水，有水源但没有水窖，要是连着许多天不下雨，小猪们就没有水喝，猪圈也无法打扫。杨海每天早上起来第一件事便是开着三轮车到河边打水，运上来存放到自己建的蓄水池中。如此往返许多天，恰好遇到琊川镇的领导过来调研，帮助解决了用水的问题。

自来到大兴村后的四五年里，杨海和妻子几乎没有一天休息过。盼了四五年，漫山遍野的李树终于陆续挂果。杨海靠之前在外打工积累的人脉接触各地的批发市场，便自己摘好果子运送过去，最远的送到过广东。他养的猪出栏了，养的跑山鸡也长势喜人，鸡粪、猪粪还能经过处理变成有机肥。除此之外，他还在山上放了一些蜂箱，既能帮李树授粉，还能收获不少蜂蜜。

杨海和妻子的数年坚守早就引起了琊川镇政府部门的关注，不仅为他们提供技术学习的支持，也指导他们向着有机农业的方向发展，获得了有机转换证书。在修路这件事上也毫不含糊，于2021年投入大量资金帮杨海硬化了山上的产业便道。

杨海带着我们径直走到一片正在翻垦的坡地前。路边停了一辆三轮铁皮运输车，他拉动发动机，运输车便"突突突"地运行起来。雨越下越大，杨海却丝毫没有回家的意思，他耐心地推拉着运输车，像在自言自语般说道："以前哪用得上这种车？现在每天干完活儿回家，身上都干干净净的。"2021年之前，杨海几乎没有在雨天上过山，山上那些用挖掘机挖出的道路泥土松软、砂石遍布，早被大雨冲刷出一条条沟壑，最深的地方连三轮车的车轮都会陷进去。即便是晴天，浇灌的有机肥也只能靠人力背上山去，在颠簸之中，杨海常常带着一身臭味回家。

"今年是时来运转的一年，路建好了，果子盛产了，镇里也要让我扩大规模。"在细雨之中，杨海站在山坡上眺望远方，心情无比豪迈，雨水沾湿了他的头发、落在他的肩头也毫不在意。他或许爱这样的雨天，过去几乎没能在雨天站在山上欣赏这果园，如今他算是梦想成真了。

以路命名的村庄

桐梓县

去七二村是临时决定的。

当时的原计划只打算在播州区和汇川区走一走，我甚至连回程的车票都订好了。然而，遵义公路管理局宣教科科长杨勋在介绍完这两地的情况后，又反复提到桐梓县凉风垭山上的七十二道拐。讲起大河镇七二村那些惊心动魄的往事时，我终于坐不住了，果断退掉车票，转道七二村。

当汽车缓缓驶进凉风垭时，杨勋问我，晕车吗？我摇摇头，贵州的山路也算走过大半了，这点弯道应该难不倒我。然而，当汽车开始缓缓向下行驶，眼看着方向盘不断向左或向右打死又快速回正，我也在一次次轻微的失重感袭来时感到一丝眩晕。七十二道拐果然名不虚传。不过，这条曾被称为"魔鬼路段"的公路，在过去很长一段时间里，令人谈之色变的并非只有艰险的路况，还有那建在弯道上的村庄。

七二村的过去并不光彩。但村民们并不避讳谈起那些让人颜面尽失的黑色往事，反倒在村里建了一座村史馆，图文并茂地将七十二道拐的过往和变化忠实记录。在这个村史馆中，七二村的故事被浓缩在"春夏秋冬"四季，不过，是以凛冽的寒冬拉开帷幕。

年轻的村党支部副书记王小刚听老人说过，在七十二道拐建成之前，这个村的名字叫作铜鼓园，听起来颇有几分诗意。但在这条公路建成之后，变成七二村的铜鼓园，不仅村名与这条路紧密相连，连村民们的命运也与这条路再也脱不开关系。

王小刚出生时，七十二道拐已经盘桓在凉风垭山上了。这是 G210 国道在贵州线中最为险峻的一段，海拔最高处有 1450 米，海拔最低处为 800 多米，全长 12 公里，共有 72 个回头弯，七十二道拐也因此得名。这条线路建设时间非常早，可追溯到 1926 年冬，那时，七十二道拐所属的这条路还不叫 G210 国道，而被称为黔川公路，也叫贵北路、贵赤马路，是贵州省四大干线之一。原本，这条干线上并没有七十二道拐，而是一条长达 18.6 公里，从凉风垭垭口西侧，依蒙山过牛滚凼、花秋坪、刘家大坡下三场口的公路。其中，许多路段两侧荒无人烟，冬季常有凝冻，行车极为艰险，1935 年秋，出于种种的历史原因，贵州拨款将原路改从凉风垭盘桓至新场，依地势及当时的建设水平和资金等，建成了这七十二道拐。

七十二道拐也曾风光过，尤其是在抗日战争时期，成为运送物资的重要通道，也留下不少令人动容的英雄故事。然而，到了20世纪90年代，这条从冬天开始修建的重要公路，却让路过的司机感觉进入了真正的凛冬，七十二道拐变得臭名昭著。

王小刚的孩提时代，有许多时光都是在这段路上度过的。和王小刚差不多年龄的孩子也都一样，他们会跟在大人的屁股后面，随便找一个弯道蹲守。夏天躲在树荫下乘凉，冬天便升起一堆篝火围坐取暖，无论寒暑都不能阻止他们守在路边，甚至天气越恶劣，他们的心情越兴奋，尤其是遇上下雨、凝冻，那更是不可错过的良机，值得更多人一起出动，美其名曰"见者有份。"他们蹲守的目标是路过这七十二道拐的大小车辆，这些车辆是他们的主要生活来源。

在王小刚的童年记忆中，那时只要看见有车陷进泥里或翻进沟里，便要跟着大人一哄而上，等大人们经过一番气势汹汹的讨价还价之后，便使出吃奶的力气合力将车推出，然后开心地分到几分几毛的零用钱，这叫"见者有份"。不过，交通事故虽说频繁发生，但也存在一定的偶然性，为了让这种偶然变成"必然"，部分村民便想出不少歪门邪道，让路过的几乎每一辆车的车主都得"放点血"才能通行。久而久之，人们的胆量越来越大，底线也越来越低，"飞虎队""劫道班""飞车大盗"，这些通常在小说中才会见到的犯罪组织，在七二村竟变成了现实。部分七二村村民，在金钱和物资的诱惑下，从施以援手的好心人，变成了麻烦的制造者，甚至一步步开始偷窃、抢夺、敲诈勒索。物资的匮乏让人们对什么都眼红，见到什么都想据为己有，王小刚记得，曾有人从翻倒在路边的货车上扒下一个冰箱。然而，当时的七二村既不通电，村里的人们也没见过这洋玩意儿，研究了半天，索性把这坨铁家伙放倒，用来当收纳包裹的柜子。

这些让人胆寒又无奈的故事，在曾经的王小刚等生在穷苦之中的小孩看来竟早已见怪不怪。七二村分布在七十二道拐上，几乎每一拐都住着几户农家。这里的土地又破又瘦，山高雾浓更种不出多少粮食；村里的孩子读书，甚至连交十几元钱的学费都很困难；村民去邻近的楚米镇赶集，还得爬上高高的凉风垭山，打着手电筒穿过又黑又长的凉风垭隧道，步行几个小时才能抵达。出门难、读书难，就连吃饱都困难，不懂法又不愿另谋出路的人们，默认了"吃饱即是正义"的歪理，不仅放任罪恶在这一个又一个弯道上滋生，甚至还生出几分"劫富济贫"的错觉。

罪恶终有消亡的一天。几年后，在两名违法犯罪人员被处以极刑时，不少七二村村民仿佛在黑夜之中惊醒，连当时年纪尚小的王小刚也记忆犹新："有不少人去看他们，回来之后这样的事情便少了。"据统计，1993年到2004年11年，七二村违法犯罪人数累计达261人，涉及210户，而在当时，七二村总共也只有不到500户。

法治是扭转七二村风气的重要手段，但从根上解决问题，还得综合更多途径。正如七二村的名字与七十二道拐关系密切一样，七二村人的生活也几乎与这条路捆在了一起。路况糟糕的时候，人们便有了所谓的生财之道，可当路越来越宽敞平坦，人们自然也发不了"路财"了。从1996年到2004年之间，遵义公路局就对这段"魔鬼路段"进行过多次改善：铺设沥青，路面提升整治，安装波形护栏，砼防撞护栏，设警示标志、警示桩、路面标线、减速标线，加大弯道半径……路面越发光鲜亮丽，弯道上的居民们就越发无奈。到了2006年年底，起于渝黔交界处的崇遵高速通车，路过七十二道拐的车辆更少了，加上法治严厉打击的震慑，笼罩在七二村的乌云终于散去，村民们纷纷选择外出打工，在七十二道拐上留下一个空壳般的村庄。

曾经令人胆寒的七二村，如今变成空荡荡的七二村。曾经蹲满车匪路霸的七十二道拐，如今变成一条寂寞的长蛇盘踞在凉风垭上，无人问津。

七二村的人们过上了正常的日子，村里的老党员黄道荣的女儿嫁到邻近的重庆，女儿回家探亲时带来了婆家的亲朋好友。喜好玩乐的重庆亲戚并不了解七二村的过去，只被这里茂密的森林和凉爽的气候深深吸引。坐在农家小院里，黄道荣第一次听到有人对七二村赞不绝口，重庆亲家甚至提议，让黄道荣将老屋改造成农家乐："不用担心没有客人，我们给你带客人来！"

黄道荣将这个建议记在心上，2009 年便着手改造房屋，开办起村里的第一家农家乐。

那时，早已成年外出打工的王小刚回到家乡，眼看黄道荣的农家乐热闹非凡，便也将自己家的屋子打造了一番。不过，村里的农家乐和民宿尚未形成气候，他还不敢大张旗鼓地招揽客人，反倒是那些热情洋溢的重庆客人给了他信心。重庆来的老人住在他家，每逢周末，老人的子女便开车前来探望，王小刚看着三五成群的客人面露难色，不敢轻易接待，而洒脱的重庆人却毫不在意，安慰道："晚上我们都不睡觉的！在院子里搞点烧烤，下河去捞捞螃蟹，实在累了就和父母一起睡。"王小刚有了信心，村里的其他村民也有了信心，大河镇的干部们更是信心十足，在开展法治教育的同时，还动员村民们开旅馆、办农家乐，短短两年时间，七二村竟又热闹起来。

有了崇遵高速，这七十二道拐也不再被冷落。2014 年，遵义公路局再次对这一路段进行改造提升，最大纵坡由 14% 降至 9%，最小半径由 10.5 米改善至 35 米，历时 2 年完工，小轿车只需 20 分钟即可通过这一路段。畅通无阻的七十二道拐为七二村带来更多客源，村里的事务越来越繁杂，村党支部书记方勇索性卖掉自己的挖掘机，专心投入到村里的工作中。短短几年间，七二村的每个村民组都建起了法治文化广场，好人好事被制作成标牌挂在文化长廊上。村史馆也建起来了，人们不再羞于谈起那段黑暗的过去，而是选择正视它，以此警醒后人。村里的农家乐、旅馆越来越多，50 多户村民都投入到乡村旅游的发展之中。见证了七二村跌宕起伏的历史，年纪不大的王小刚如年迈的老人般感叹："时代变化真的太快了，要感谢的实在太多。"

站在凉风垭山的观景台上，浓雾和细雨笼罩着山下的七十二道拐，完全看不到这段路的全貌，只有一座刻有"神州第一弯"的巨石立在路边。当我们走过七十二道拐，听完七二村的故事之后，细雨已悄然停止。这段曾经凶险的公路牵动着一个村庄的命运起起伏伏，如今，七二村与七十二道拐彻底和解，共生共荣。

村镇交响曲

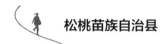

汽车驶入普觉镇棉花山村时，视野瞬间一片开阔，连绵起伏的茶山在窗外如波浪涌动，笔直的柏油公路仿佛与天空相连。沿着纵横在茶山间的水泥路蜿蜒向上，抵达茶园制高点时，所见景象更是豁然开朗，蔚蓝天空与碧绿茶山交相辉映，浓墨重彩如一幅看不到边界的田园主题油画。

离开棉花山的宁静悠然，去往不到20公里远的孟溪镇，仿佛闯入了另外一个喧闹的世界。街道上车水马龙，沿街商铺和摊贩人声鼎沸，街上路人行色匆匆，完全是一个现代化城镇的模样。

这两个风格迥异的地方，其实也有不少相似之处，比如四通八达的公路已延伸到每个角落，比如沿途那些兴旺的产业背后藏着的动人故事。在这一村一镇中，我见到的两位故事主人公，他们的出场方式竟也十分相似。

棉花山1万多亩的茶海如今已打造成一个现代生态循环农业示范园区，在这片一望无际的茶海中，有不少茶园属于几个村里的种植大户。在一诚茶业的厂房里，我见到了杨萍。

身材高挑，温婉娴静，见有人来茶厂参观，她不紧不慢地烧水、泡茶，又在盘子里倒了些瓜子放在大茶台上。"请坐。"杨萍轻轻说道，声音小得几乎听不见，她细细地整理着桌上的茶具，沉浸其中的样子仿佛忘了周围还有人存在。

而在孟溪镇现代高效农业示范园区内的桃源生态香菇种植专业合作社，连成片的大棚内，菌种正在湿热的空气中静静发酵，不少菌棒上已迫不及待地挤出了香菇、木耳。皮肤黝黑、身材健硕的李春学穿梭其间，心思全都扑在了眼前的菌棒上，似乎差点儿忘了身边还有其他人在一同参观。

杨萍和李春学都透着一股"痴"，这是他们对茶和香菇产业的执着。回望各自的人生，他们的执着背后都藏着辛酸的故事，而这些故事又几乎都是发生在曾经颠簸、坎坷的路上。

杨萍说起刚嫁入棉花山村时，脸上浮现出一丝浅笑，甜蜜中又透着一丝苦涩："我家'那位'骑着摩托车来接我，一路上不知摔了多少个跟头。"杨萍出生在松桃县城，是嫁到棉花山村来的。2008年结婚时，她坐班车到棉花山的茶厂路口，丈夫骑着摩托车早早地等在那里。县城的喧嚣逐渐向身后奔去，微风裹挟着乡野的气息迎面而来，杨萍坐在摩托车上，摩托车在湿滑的黄泥巴路上缓慢爬行，越走越慢，前方就是她未来生活的起点了。

20世纪50年代，棉花村有一个茶叶加工厂，几乎所有当地村民在那时就已开始种植茶叶，杨萍的婆家也是如此。她的公公是一位种茶能手，每年采收时节，杨萍一家便忙碌起来。他们将茶青送到加工厂，加工完成后又运送到镇上或县城去销售，最复杂的环节都集中在村里，虽然距离不远，却困难重重。

杨萍至今仍记得当时运送茶青去加工时的艰难。茶山上只有供行人通过的狭窄泥路，连小型三轮车都无法通行，想要成功将茶青运送到加工厂，杨萍只能展开一场又一场"接力"。首先，她必须请工人靠人力将茶青送到有公路的地方，装上三轮车后再运到下一个更宽敞的路口，在此地再将茶青搬上运送砂石的货车，拜托司机顺路带去加工厂。这种10多米长的大货车也不见得稳当，杨萍只能每一趟都跟在车上，以防中途因路途颠簸将茶青抖落下车去。不过，杨萍听老人们说，相比起10多年前，村里的交通已有很大改观了。那时，老人们采完茶后只能装进背篓里，步行到镇上去销售。

在杨萍来到乡村生活时，李春学则已经投身到香菇产业之中。出生在安山村的李春学，初中毕业后就因家庭困难不再读书，转而去往外地打工，渴望能早日挣钱帮家里摆脱贫困。辗转各地多年，他又回到松桃，干起了蜂窝煤销售的生意。生意如火如荼，李春学成了村里的致富能手，2007年下半年，孟溪镇规划发展食用菌产业，当地便动员他当起了"领头羊"。

2007 年的安山村，各种基础条件并没有比棉花山好到哪里去，李春学在着手投入香菇产业时，也遇到了和李萍相似的难题。

他提起安山村的山路至今仍会心里发怵。建香菇种植基地需要搭棚，当地材料有限，只能采用楠竹搭建。一次，李春学叫上工人，开着运煤的拖拉机去山坡上拉楠竹，行至一个斜坡时，泥泞的道路牵制着动力不足的拖拉机，一阵抖动之后，"哗啦啦"的声响吓得李春学汗毛直立，背上激起一层细密的冷汗——楠竹全垮下车去了。他担心伤了人，赶紧下车查看。确定无人受伤之后，稍稍放下心来的李春学才和工人一起将楠竹一点点装上车，小心翼翼地驶去。那天晚上，他 11 点才回到镇上的家中，刚停好车，就看见妻子一个人坐在家门口张望，桌上的饭菜早已变得冰凉，而李春学的心里却升起一阵暖意。

村里的种植基地建好之后很快投产，李春学到湖南等地联系销路，准备大干一场。然而，在销售环节依然受到了交通的限制。

香菇采收后，李春学便进入到一年当中奔波最繁忙的时候。由于村里不通公路，他只好用三轮车将产品先运到镇上。好在孟溪镇算是松桃自治县的重镇，各项基础设施相对完善，虽然大货车进不来，但镇内设有一个客运站，李春学能请客车司机帮忙将货带出去。不过，客运站毕竟是供人乘坐的车站，客车司机也只能先保障乘客需求，李春学只好常常赔着笑脸，货量太大时还是会遭到司机白眼。

在艰难之中推进了一年多，在孟溪镇的推动下，李春学终于得以将种植基地搬到镇上去，又过了一年多后，随着镇上打造现代高效农业示范园区，李春学的基地最终才在农业示范园区内扎下了根。

与此同时，杨萍家的茶产业也越做越大，而棉花山村亦开始对茶产业做起整体规划，动员杨萍家搬出大山，入驻正在打造的现代生态循环农业示范园区。对于这个计划，杨萍自然举双手赞成。进入园区，便意味着更广阔的土地和更大的发展空间，更重要的是，规范的园区必然会有交通方面的配套建设。如此一来，她便不用再担心茶叶的运输问题了。不过，杨萍的公公婆婆却不这么认为。老人体验过肩挑背驮的酸楚，能通三轮车之后他们已经十分知足，如今年事已高，不愿再去新的环境从头开始折腾。杨萍好说歹说，做了不知多少思想工作，最终，一家人才达成一致，由杨萍夫妻俩去示范园区管理新的茶厂。

入驻现代生态循环农业示范园区初期，整个茶园就只有零星几家种植大户。几户茶农彼此相距甚远，到了夜深人静时，整个茶园更是寂静一片，连虫子的叫声都仿佛显得震耳欲聋，可广阔的土地和便捷的交通让杨萍壮起胆子，很快在园区内开拓了数百亩茶园。

在新的环境中开疆扩土总会感觉时间过得飞快，这是杨萍和李春学的共同感受。事实上，在2016年之后，松桃自治县的各个乡镇和村寨也仿佛按下了"加速键"一般，几乎每天都有新的变化产生。

杨萍和李春学虽然素不相识，但在各自的产业领域中都走上了相似的道路。入驻示范园区后，无论是杨萍的茶厂，还是李春学的种植基地，各方面都变得更加规范，他们各自创立了自己的品牌，厂房和基地规模一再扩大。在内部完善的同时，周遭环境也开始发生翻天覆地的变化。

此后几年里，棉花山的茶山一点点覆盖上翠绿的色彩，一条条产业大道开始打通，先是泥石路，之后又铺上了水泥路。而孟溪镇集镇上的道路也一再拓宽，随着梵净山旅游带的建设，一条以梵净山为圆心，连接着江口、印江和松桃三县的旅游公路形成了一个圈，从孟溪镇穿境而过……

从棉花山到孟溪镇，此次旅程中，我走过各种类型的路，村寨和城镇如跳跃的音符，被大大小小的道路连接成乐章，仿佛交织出一首村镇交响曲。茶山上纵横交错的乡村产业道、连接村与镇之间的农村公路，以及穿过集镇延伸到世界自然遗产地梵净山的旅游大道……道路由窄变宽，沿途风景各异，路上总能看到种种或宁静或忙碌的景象，每一处景象背后，又藏了多少杨萍或李春学这样的故事。在向梵净山驶去的途中，我突然想起李春学说的一句话："如今，松桃的产业办到哪里，路就修到了哪里。"

青年回乡路

在我去马马崖镇九盘村的时候，当地的 14000 多亩五星枇杷几乎已被采摘一空。漫山遍野的果林中，只有零星几片低矮的树林里还有老人缓慢挪动的身影。几位老人配合默契，一位顶着草帽坐在公路边，守着大家的劳动成果顺便招揽路过的车辆，其他几位则在林地里四处搜寻，在硕果仅存的几棵树上挑挑拣拣，将品相不错的果子摘进篮子里。

"你来晚了。"九盘村党支部书记王清山乐呵呵地开着玩笑。如果能提早半个月来，我就能尝到这里最好的五星枇杷，但现如今，这些金黄甜蜜的果子早已被一辆又一辆大货车运到各地，进入了不知多少人的腹中了。

九盘村盛产五星枇杷的名声是近几年才开始传遍各地的。在2015年之前，这里的山都裸露着灰黑或苍白的"骨头"，严重的石漠化让当地人苦不堪言，封闭的大山让他们寸步难行。

"小时候，大家都穿着破拖鞋，踩着泥巴路去上学，进了教室就把鞋脱掉，光着脚上课。"30 岁的王清山忆苦思甜的模样像一位饱经沧桑的老人，他停顿两秒继续补充道："小时候能吃上一口'麦渣饭'都感觉生活是美好的。"他又想起读初中时，在烟草公司工作的舅爹送来一辆摩托，那是舅爹淘汰的旧摩托，但对王清山而言却是这大山之中难得的代步工具，不过骑摩托前也得先观察一番，小心翼翼绕过那些或深或浅的泥坑才能避免摔跤。

王清山对"麦渣饭"和旧摩托的怀念引起了兴仁县（今兴仁市）交通管理局农村公路建设服务中心主任王万荣的共鸣。王万荣出生在马马崖镇的另一个村庄，虽然两人的年龄相差 10 多岁，但对于这种混合了麦粉蒸熟的主食，以及那晴天扬尘、雨天打滑的泥巴路，他们竟有着相同的记忆。

在修通硬化公路之前，位于江边的九盘村就如记忆里甑中的"麦渣饭"一样，许多年没有变化。石漠化的大山种不出有价值的作物，就算种出了苞谷、洋芋，也走不出大山换来钞票。直到2008年，位于北盘江干流上的马马崖一级水电站开始进入前期筹备工作时，村里才有了一条勉强能通过汽车的泥石路，王清山的那辆旧摩托也是那时才派上用场的。

对于这条泥石路，王万荣更有发言权。那时，王万荣带着工作人员从九盘村一路步行到电站选址点开展测量工作，并挖出一条7公里长勉强能通过越野车的泥石路。然而，在后来的一次测量工作中，王万荣在这条路上经历了此生难忘的遭遇。那时天色已晚，王万荣和测量人员正打算驾着越野车返回，突然天降大雨，那条泥石路顿时变得泥泞不堪，有陡坡的地方越野车根本无法前进，几位工作人员只能冒雨下车，推着车越过一个又一个陡坡和深坑，就这样推一段、开一段，直到夜里10点才逃离这恼人的7公里，而所有人早就成了落汤鸡。不过，这样的场面对王万荣而言并不陌生，那时，他就连骑摩托回家过节都不忘随身带上两个塑料袋，进入马马崖镇就将塑料袋套在鞋上，到了家才将沾满稀泥的袋子扔掉。

那条泥石路修通之后，马马崖镇似乎打开了一个直通外部世界的缺口。在此后的几年中，公路建设工程一个接着一个，从为村寨修通泥石路的"通达工程"，到为乡镇打通水泥路的"通畅工程"，无论是九盘村还是马马崖镇下的其他村寨，都陆续从沉睡中苏醒过来。2014年，马马崖水电站下闸蓄水，硬化路打通，脱贫攻坚工作也在此时展开，"麦渣饭"似乎也不能满足人们的胃口了。

北盘江干流与水电站库区形成的低热河谷气候，为水果种植营造了绝佳的环境。马马崖镇政府鼓励沿江而建的九盘村集体种植五星枇杷，不过，效果似乎并没有他们想象中那么好。过去搞退耕还林，石漠化问题得以改善，但从没人想过要种果树，比起需要提心吊胆三五年才能迎来丰收的水果产业，种苞谷、土豆似乎更让农民们心安。于是，派发到村民手中的树苗，或被扔在一旁任其干枯死掉，或即使种在土里也会被粗暴地连根拔起，换成苞谷、土豆。

镇政府一筹莫展，九盘村则只让村干部当"第一个吃螃蟹的人"。王清山的父亲那时正任村党支部书记，便在自家地里种满了枇杷树，等待树苗长成的那几年里，为了解决温饱问题，只好在林子里想办法，靠魔芋等生长快速的经济作物维持生活。

2015年，王清山已从贵州师范大学毕业，还清了助学贷款的他，在贵阳市找到一份工作。花花世界令人目不暇接，王清山却时常怀念北盘江边那个温暖、湿润，飘着"麦渣饭"香气的九盘村。7年前在兴义读高中时，他每次去学校都必须先步行到通客运车的镇上，先坐车到兴仁，再转车颠簸3个小时到兴义。如今，村里的孩子外出读书早已不用这么折腾，九盘村的变化更是日新月异，王清山总感觉在老家也能干出一番事业来。

不久后，他果断回到家乡，顶着父亲极力反对的压力，一边在私立学校教书，一边留意合适的产业。2018年，在网络上令人眼花缭乱的农业项目中，王清山发现息烽县有山鸡养殖的产业。他心想，九盘村的山野里也有野生的山鸡，想必养起来并不难。与息烽当地相关部门简单的电话联系过后，王清山便兴致勃勃地出门了。

那时，渝贵铁路刚开通，息烽也设立了高铁站。王清山从兴仁乘车到贵阳，又乘高铁到了息烽。谁知，到了息烽才得知目的地距离高铁站还有40多公里，他只好就近找到一家卖摩托车的店铺，交了200元押金租来一辆摩托车，独自驱车抵达目的地。和养鸡场老板谈好价格之后，王清山叫上他哥哥借来一辆车，分两次运回总共10000只鸡苗，信心十足地开干了。

至此，王清山的初次创业看起来是一帆风顺的，便利的交通让他事半功倍，让他误以为接下来的饲养过程也将没有障碍。然而，一个冬天之后，寒潮就已"杀死"了三分之一的鸡苗，王清山此时并没有泄气，心态乐观地想："还有六七千只，继续加油吧。"结果，待这六七千只山鸡健康长大后，又发生了另一出"惨剧"。生性好斗的成年山鸡酷爱打架，两只山鸡一旦对上眼，必须打到一方奄奄一息才肯罢休，通常，养鸡专业户都会为成年山鸡配一副能挡住两边视线的"眼镜"，以防造成不必要的损失。王清山并没有这些经验，发现山鸡打架斗殴他也一筹莫展，眼看着养殖的数量急剧减少，他最终只能宣告创业失败。

此时，王清山的父亲早已退休，村里也迎来新一轮的换届选举，正对前路感到迷茫的王清山决定进入村党支部工作。当了村干部后的他发现，村民们面对这翻天覆地的变化时表现出不同的状态，有人像他一样干劲十足，渴望闯出一番事业；也有人满足于已有改善的生活，过上了浑浑噩噩的日子。王清山的思路逐渐清晰起来。

早在2014年开始推进的枇杷产业，在王清山父亲及村干部们的带动下已经见到成效。随着2017年马马崖镇争取到的"一事一议小康寨"等项目，通组路铺开了16公里，村里的基础设施也得以改善，更加快了枇杷产业的发展速度。这些成效都为九盘村的发展奠定了基础，如今，村里更成立了兴仁市五星枇杷协会，发展目标越发清晰起来。王清山做好打算，计划招揽更多从村里走出去的大学生回乡。在他看来，如今打通条条大路的九盘村早已不再是当年那个与外界脱节的偏远村落，完全能与时代同步发展。

我来到九盘村时，宽敞平坦的水泥路已经延伸到满山果林之间。王清山兴致盎然地带着我们来到他家的果园，从厨房取来冰冻的枇杷请我们品尝。这是他家仅剩的一点枇杷，早在半个月前，已有不知多少辆大货车驶入果林中满载着金黄的果实驶出村寨。虽然，我错过了品尝五星枇杷的最佳时期，但眼前这片干净且寂静的果林反倒让九盘村看起来更幸福。

村寨间的纽带

册亨县

　　以县城所在的者楼街道为界，册亨被分为"上半县"和"下半县"。这是县交通运输局党组书记、局长韦万江告诉我的。

　　来过册亨许多次，这种说法我也是第一次听说。根据他的描述，这个位于贵州省西南部，与广西壮族自治区田林、乐业、隆林三县仅隔了一条南盘江的县，不知从什么时候开始，就被当地人以"上""下"进行区分。以县城所在的者楼街道为界，北面为"上半县"，包括坡妹、冗渡、丫他、纳福等镇（街道），南面为"下半县"，包括秧坝、弼佑、双江、八渡等镇。由于册亨县地处云贵高原向广西低山丘陵过渡的斜坡地带，地势西北高、东南低，因此，"上半县"多以峰林、溶丘等喀斯特地貌为主，山峰林立，土地较为破碎；"下半县"地势趋于平缓，土地较多，桉树、油茶等经济作物生长旺盛。

　　而此次的册亨之行，我们的目的地恰好就是位于"上半县"的冗渡镇。此行我们花了很多时间在车上，倒不是因为路途遥远或路况颠簸，而是因为我们一上午跑了3个村。首个目的地坛坪村距离县城40余公里，车程大约1个小时。原本以为这1个小时略显漫长，但真正跑在路上，才发现沿途路过的村庄让人目不暇接，时间似乎也因此过得快了许多。

　　经过一个全是石头房子的特色布依寨子后，前方的视野变得开阔起来。对面的山上立着三个大字：坛坪村。字体大概是用木料做的，刷了白漆，在阳光下显得立体且醒目。后来才知道，这里竟是册亨县粤港澳大湾区"菜篮子"蔬菜基地，也是册亨县第一个标准化、规范化蔬菜示范基地，规模广达千亩，自然有大方示人的底气。

那么，问题来了。人人都说"上半县"土地稀少，这千亩蔬菜基地又是如何建起来的呢？

抵达坛坪村，韦万江的兴致很高。他快步走在前面，一路挥舞着手臂向我们介绍这里值得一看的地方。"那条路在以前是没有的，我们来一趟村里那叫一个老火（贵州方言：糟糕），不过，在百姓的期盼和努力下，这里早在 20 世纪 90 年代就已经实现'村村通'了。"韦万江抬手指向那条我们来时的路，不经意间透露出他与这里的渊源。

韦万江出生在冗渡镇冗贝村，与坛坪村的直线距离并不算远。那是全镇人口最多的村庄，韦万江家有 5 个兄弟姐妹，家里的田土却并不算多，分到每个人手上甚至不一定能填饱肚子，这在土地贫瘠的"上半县"是常有的事。生活在"上半县"的家庭大多半斤八两，谁家也不比谁家富多少，这里的村寨被大山隔绝，藏在山林间的泥巴小路是人们通向外界的唯一途径，零散的土地决定了人们无法单纯靠种植满足生活所需，那便只有另寻他法。这"他法"到底是什么"法"？没人敢下断论，有人选择离开此地外出打工，也有人告诉自己的下一代，知识能改变命运。"想要出人头地，唯一的出路就是读书。"这是韦万江在小时候就被深深植入心里的概念。

韦万江在这人多地少的村庄里抱着改变命运的决心，靠读书脱离了向土地要粮食的生活。毕业后，从 1994 年起便开始在威旁乡（今为威旁村，为冗渡镇所辖）工作，从林业站副站长到乡政府副乡长，整整干了 10 年有余，他说，这里的乡民住在哪里他都能指出大概的方向。在任副乡长期间，韦万江恰好分管交通，又恰好包保坛坪村，那是他最难忘的一段经历。

"那时候，从威旁到坛坪只能靠步行，来了就不想回去，回去了就不想进来。"韦万江想起那段日子依旧忍不住想笑，回忆里掺杂了许多复杂的情绪和情感。他怀念坛坪穿村而过的坛坪河："下午干完工作，坐在河边钓几条鱼，晚餐就丰盛了！"说起那河鱼，韦万江依旧忍不住咂嘴感叹，仿佛那只需简单处理、下锅煮熟就十分鲜美可口的鱼肉此刻正在嘴里，一口温润的鱼汤能驱散一天的疲惫，让人回味无穷，感觉那长途跋涉的艰辛已不足挂齿。

乡间大道

他也惧怕那从威旁蜿蜒到坛坪的漫漫长路："两个多小时啊……只能不歇气地走，来了就要开展工作，不敢耽误半分。"想起那条路，韦万江又连连摇头，似乎感觉脚底又被那泥巴和碎石硌得生疼，一直走到汗流浃背，气喘吁吁，才能见到这熟悉的村庄。

"老百姓一心就只想修路，可当时条件实在太差了。"回忆起那想方设法修路的日子，韦万江垂下眼帘，思索一阵，像是下定了某种决心要透露一个惊天秘密一般，压低声音对我们说："那时候，我们还干了一件不太规范的事。"他凑近了些，悄悄地揭开了那段"神秘往事"。

20世纪90年代，韦万江正带着村民们不分昼夜地修建一条打通威旁乡各村寨的路。人们盼路心切，几乎每个家庭都会派一名劳动力参加修建，青年人、中年人组成浩浩荡荡的队伍，每天都在那条路上与坚硬的岩石对抗。村民们自愿投工投劳，但没有爆破材料，就只能靠人工敲掉坚硬的石头、推开堆积的土壤，艰难地干着。修路的工程最终卡在中间地质最复杂的地方，没有爆破材料完全无法推进。

此时，册亨县正大力推动"坡改梯"工程，各乡镇都有指标，会配发相应的爆破材料。看着这新下发的文件，韦万江计上心头，产生了一个大胆的想法。

他果断申请了"坡改梯"项目，把换来的爆破材料匀了一部分用在了修路上。他心里自然明白这种做法并不规范，但他也明白，就算"坡改梯"完成，种植产量提高，但没有一条通畅的道路，东西运不出去，那也是白费力气。看着村民们满怀期待又快被现实击垮的神情，他顾不了那么多了，只能两个项目一起干。

爆破声响起，和村民们的欢呼融成一片，在山谷间回响。这热火朝天的画面里，所有人都欢欣鼓舞，只有韦万江心里压着一块巨大的石头——"坡改梯"的任务只完成了一部分，到时候拿什么交差呢？

该来的还是来了，到了项目验收时，县领导来到威旁乡，责问道："坡改梯在哪里？"

韦万江刻意将县领导引到刚修好的路上，赔着笑脸说："坡改梯在路上。"

看着这崭新的公路，和村民们期盼的神情，县领导很快明白了威旁乡的人们在过去这段时间里都在为什么而"奋战"。他严肃地批评了韦万江不规范的做法，但在后来的工作中，又对韦万江懂得灵活变通、敢想敢干的工作风格夸奖了一番。

讲完这段往事，韦万江又向那条连通各村寨的公路望去。那条路如今已在后来数次改扩建中被打造成更加宽敞、平坦的柏油路，在这柏油路上，还有若干分支一直延伸到附近的村寨中。韦万江回过头来，看着我们刚走过的那条乡村小路，像突然想起了什么一样，继续说道："这条路的故事也有意思，只用了5天半就建了3公里。"

顺着他指的方向望去，我才发现这条刚走过的路非常新，路面平整干净，路边的房屋的栅栏、围墙也别出心裁，用瓦片、旧陶罐进行了装饰，和这村里创意十足的墙绘相得益彰。这是数月前才刚建成的路，在此之前，这条路破损严重，路边堆放着各家各户的物品，十分难行。村民们像当年渴望建通村公路一样，渴望能重新修整一条便捷的乡村小路，所以，当建设指标下来之后，村民们一夜之间就将家门口的物品清空，一点儿也没耽误开工。

建筑队来到村里后，坛坪村的老老少少也拿着工具来到建设现场，自告奋勇地帮起忙来。短短5天半，一条3公里长的崭新道路就贯穿了这个村庄。公路建成那天，不少村民又自发拿着扫帚、洋铲去路上打扫。那场景，让村干部和交通部门的工作人员都为之动容。

我们正说着话，路坎下的一片菜地里晃动的人影抬起头来，手里捏了一把青菜，热情地向韦万江招呼："拿点回去吃，种这么多我们也吃不完。"韦万江摆摆手，笑着婉拒，转头向我们介绍，打理菜地的这位是老村支书，现在这里家家户户都种蔬菜，坛坪村的千亩蔬菜基地就是沿着那条通村公路而建的。

参观完坛坪村，我们提议去来时路过的石头寨子看看，那里的建筑很吸引人。

驱车抵达石头寨子，还未下车，就见路边一间商店里有位身着布依族服饰的女人正对着手机摆着造型。

"这是在做直播吧？"感到好奇的我们脱口而出。

没想到，我们的说话声惊动了她，只见她一脸惊讶地抬头看了看我们，便迅速地收起手机，害羞地笑着躲进屋里去了。

这石头寨子名叫大寨村，是中国少数民族特色村寨，也是贵州第一批省级乡村旅游重点村。大寨村过去叫作"秧弄九寨"，是古时候9个山寨的总称，"秧弄"在布依语里是"美丽幸福"的意思。走进村寨，蜿蜒的小路绕着石头房屋，将寨里的每个角落联通，寨子入口处的停车场和一些人家门口停了不少车，可见这里的人们生活过得还不错。寨里还有制作蜡染、刺绣的锦绣坊，不过，在我们去的那天，锦绣坊的管理人恰好有事出门，未能进去参观。

在寨子里走了一圈，我对那位害羞的布依族女人仍旧好奇不减，索性踏入那间商店，想和她聊一聊。

这间商店被分为两部分，一边货架上摆满了日用百货和零食，另一边则堆放了许多布料，墙上挂着几件制作精美的布依族服饰，而让我好奇的那位布依族女人正坐在桌前，细细地将绣好的蝴蝶装饰摆放在一件衣服上。

见我进屋就径直向她走来，这位害羞的女人大概也明白我不是来买东西的，她冲我笑了笑，又低头忙起了手中的针线活儿。"您在做什么？"我轻声问，她的羞涩让我也无意识地放柔了语气。

故事就这么聊起来了。

她名叫韦成香，是这家店的主人。2016年之前，她在广州东莞的服装厂工作了3年多，而那条连通了各村寨的路，她竟也参与过修建。

虽然已是20世纪90年代末的事了，但韦成香至今仍对那参与修路的半个月记忆犹新。"也不算累，还觉得挺好玩呢。"韦成香一边说着话，一边将那只精致的蝴蝶刺绣摆放好位置，站起身来走到缝纫机前坐下，熟练地操作起来。

那次修路是按照每家人田地的多少来分配工作量的。韦成香家有6口人的田，她和兄弟姐妹们每天都早早地打包好饭菜、扛着锄头和洋铲出门，到了工地上便抓紧时间干活，中午休息时，就在山坡上找一片平坦的地方席地而坐，和其他村民三三两两地聚在一起吃饭。半个月里，几乎天天如此，但韦成香丝毫不觉辛苦劳累，"国家有政策，能给我们修通路，那还不搞快点啊？"她又笑了起来。

联通各村寨的毛路打通了，但出行依旧不算十分方便，韦成香一家只能靠种植传统作物和制作布依族服饰维持生活。韦成香跟着母亲学做衣服，做好后就去赶"转转场"，有时在冗渡镇上，有时则去距离此地十多公里的安龙县兴隆镇。那时已有农村客运车辆可以通往兴隆镇，车费2元，不过，韦成香大多数时候都会选择走路，她舍不得花那2元钱。

无论是公路还是村寨都在随着时间一点点变化，但韦成香等不及了，她决定出去打工。直到2016年，大寨村开始以少数民族特色村寨打造旅游景区，回乡的韦成香见到村里的变化可谓翻天覆地，尤其是那条自己也曾经参与过修建的毛路早已变成了宽敞的柏油路，心里别提有多欢喜，于是下定决心：不走了。

她盘下景区建设的商铺，规划一边用来销售日用百货，一边用来做衣服。"民族服饰很受欢迎，在景区里肯定是能挣钱的。"在外见过世面，明白这类特色服装在什么地方销量最好，韦成香的心里早已有了清晰的规划。一切如她所预料的一样，大寨村作为旅游景区开放之后，当地常常组织各种活动，吸引了不少游客前往，村子很快打响了名气，甚至在村里也开起了乡场，她的生意也越来越好。

在跟我说这些经历时，韦成香手上的活儿也从没停过。她要赶制8件布依族服装，这是一位浙江的顾客通过"抖音"短视频平台向她订购的。韦成香告诉我，这里的许多绣娘都在"抖音"上卖衣服，做好后直接在村里发快递，两三天就能送到客户手上。

说完这些，韦成香便专心地埋头调整那几只蝴蝶的位置，缝纫机有节奏地发出"哒哒哒"的声音，我也不好再打扰，悄悄退出了她的商店。

此时已近中午 12 点，冗渡镇的宣传委员招呼我们上车，向下一个目的地进发。那是另一个特色村寨——威旁村的陂鼐古寨，就在 552 国道边上，是一个国家 AAA 级旅游景区，寨子里有古驿道、古井、古桥等八古遗存，房屋、街道皆由石头建造，广场里一面墙上有 88 块磨盘，是为了纪念生活在古寨的 88 户人家，有几处古宅的石墙上还镶有石头做的铜钱窗，工艺独特，别具匠心。游走在这个古寨中，让我再次感慨冗渡镇在旅游资源方面堪称藏龙卧虎，处处都有好风景。

这是册亨之行的最后一站，我想，我无须再探究更多故事了。从县城出发，抵达坛坪，再到大寨，又到陂鼐，短短 3 个小时里，我不仅走过了这么多美不胜收的地方，还在各处停留听了那么多有趣的故事，足以说明冗渡镇联通各村寨的公路已是四通八达。

悬崖上抠出一条路

赫章县

前方出现标有石板河村方向的路牌时，全车人的精神都兴奋起来。尤其是驾驶员陈明师傅，此行他最期待的就是那条被我语言渲染了很久的挂壁公路。他驾龄 30 年，走遍全国许多地方，却从没有见过真正的挂壁公路。

其实，我也并不比他知道得更多，只是几个月前在贵州省交通运输厅制作的一本画册上见过航拍图而已。但仅是一张照片也足以让我震撼——那面像被一刀切断的笔直崖壁上，公路如一条长长的榫槽嵌进山体，一辆车从中间穿过，与占据了整个画面的崖壁相比，这汽车就像悬崖肚子上的一颗痣那么小。

在全车人的期待中，汽车在一个漆黑的山洞前缓缓停下。洞口有一面被水泥平整过的岩石，上面是这条挂壁公路的简介，最抢眼的还是那16个字："不畏艰险、战天斗地、团结协作、造福子孙。"

当我还站在悬崖边上想努力地拍张公路侧面照时，陈明师傅已经跃跃欲试，跳上车去打开了手机摄像头，决定拍下穿过这条公路的场景。而我，选择走过去。

公路的一边是崖壁，另一边是让人不敢伸出头往下看的悬崖。与机械钻探的山洞不同，这条公路边的崖壁上留下了人工开凿的痕迹，凹凸不平的岩石立面将20年前石板河村村民举着钢钎、铁锤一下下剖开悬崖的场景永恒地记录下来。这条公路总长6800米，最惊险的路段就在这面崖壁上，有480多米，我们走过去只花了几分钟，但20年前，这里的村民却花了近3年才在悬崖上将这条路生生"抠"了出来。

本以为走过这条路已经足够让人此生无憾了，可来到白果街道的石板河村，见到这里的村民时，他们的故事才让我眼眶湿润，内心肃然起敬。

听说有人来听"挂壁公路"的故事，村党支部书记闵诗学早早地等候在村委会。入冬后的贵州气温骤降，石板河村海拔1700多米，温度比别处更低些。闵诗学邀我们进屋围坐在暖炉边，说："每年10月到第二年4月，石板河的电暖炉都是开着的。"

闵诗学约莫40岁出头，刚当上村党支部书记不久，说话时似乎有意避免咧嘴大笑，或许是因为长年累积在牙齿上的氟斑让他养成了时刻收拢嘴唇的习惯。这里的人们大多有或轻或重的氟斑牙，这是氟中毒的一种表现，曾有研究资料显示，毕节地区盛产煤矿，同时，土壤中重金属污染较重，毕节8个县几乎都是燃煤污染型氟中毒的重病区，而导致燃煤污染型氟中毒的氟主要来自煤泥中的黏土。在山区尚未通电时，这里的人们取暖、做饭、烘干粮食均靠烧煤，慢性氟中毒几乎不可避免。不过，早从10多年前开始，毕节地区在防止氟病上已想了不少办法，作为曾经全国燃煤污染型地方性氟中毒流行最广、病情最重的县之一，赫章县也通过改炉改灶、防治知识普及等办法，逐渐解决这一问题。现在的石板河村里，大多数人家几乎都用上了电暖炉，充足的电力和足够的知识普及，让他们不再受此病困扰。

石板河村是在2003年才通上电的，在此之前，这个位于川沟大岩绝壁下的小村庄，一直只能靠煤油点亮夜晚，靠燃煤取暖做饭。而通电的前提，是通路。

1999年之前，石板河村的人们几乎从没动过修路的念头。石板河村的土地破碎且贫瘠，只能种出玉米、红薯这类容易生长的作物，全村400多户人家，无一例外住的都是茅草房。即便如此，盖屋顶所用的茅草也算是稀罕物，只有轮到自己守山时才有权去割来搭屋顶。

村庄四周不是几乎与天相连的山峰，就是垂直于地面的绝壁，河水从峡谷间流过，想要走出山外只有两条路，一是翻山，从周家坡经犀牛塘，到集中村再进县城，全程步行需5个多小时；二是蹚水，从川沟组过岔河到野马川，那里每周也有集市，同样需步行5个多小时。这两条路并不太平，毒虫鼠蚁最为常见，蛇也是这山里的常住"居民"，闵诗学就曾在路上遭遇过，那蛇从头顶上方掉下来，在他脚边挣扎翻滚了几转，又慌张地掉下桥去。还有一种可怕的野兽，至今人们也叫不上名来，只知道不知什么时候会从林间窜出来，见到人类又大惊失色地掉转头去，隐没在山林中。为了安全，也为了赶集时轻松一些，村里有一半的人家养了马匹，每逢赶集，就三五家人结伴同行，天不亮就用马驮着准备售卖的山货出去，快天黑时又驮着煤油等必需品回来。

"5个小时是那时候人的脚力，现在怕是走不了这么快了哦，现在也还有蛇，但那野兽已经没再见过了。"闵诗学咧嘴一笑，又很快收拢嘴唇，旁边两位戴着口罩的女人也点头附和，大家都认为，即便是他们这样长期生活在石板河村的人，如今似乎都因为交通的便利变得"娇气"了。

那时，闵诗学才20岁左右，在村小当老师，算是这大山里的知识分子，村里但凡有大事要办，都不会落下他。1999年，村里一位德高望重的老人将过八十大寿，村民们热火朝天地一起为他筹备。出村采购是必须的，人们赶着马匹到与石板河村一山之隔的独山村采购物品，粮食、水果一应俱全。太阳西斜时，大家欢天喜地地往回赶，谁知，就在这悬崖上出了事故。

人群爬上梯子岩时，那马脚下打滑，硬生生从山崖上摔了下去，花大价钱买来的粮食和村里人少见的水果在悬崖下摔得稀烂，一时间不知该为损失了一匹马悲痛，还是该为损失了这些珍贵的食材惋惜。他们两手空空回到村里，出门时高昂的脑袋现在全都耷拉下来，垂头丧气地讲了这场遭遇。

昏黄的煤油灯在黑夜中的茅草房里焦躁地晃动，一如这一屋子人的心情。原本计划好的八十大寿自然是没办成，人们沉默良久，憋着一肚子气在黑夜中散去，而一个惊天的计划也在这黑夜中悄然生长出来。几日后，当时的村党支部书记王连科召集村里的能人开会，至今，闵诗学还记得那场激动人心的会议。"要开出一条出山的路！"王连科斩钉截铁地说，语气不容置疑，甚至带着几分愤懑。这窝囊气全村人是受够了，老书记的话一出口，便得到在场所有人的支持，先不论如何开出这条路，至少人们的决心有了。

抬头看看这山高谷深的地方，再望一望那弯曲如蛇般的小道，和那一下雨就翻腾汹涌的山涧，这路要从何处开起？有人提议，就从村前那面崖壁上开一条路出去！这个提议不知是否真的能行得通，但在目前来看，似乎也没有什么不合理。

故事讲到这里，才算进入了正题，坐在闵诗学身边那两位沉默已久的女人，此时，眼里也放出了光彩，就像眼前再现了当年热火朝天修路的场景一般。我更加好奇她们的身份了，便询问起来。

她们都很瘦，扎着马尾辫，皮肤黝黑，与我目光相撞时，总会微微垂下眼皮，又很快抬起头来，眼角堆起几丝笑纹。身材娇小的那位名叫史红情，个子稍高、浓眉大眼的那位名叫王美仙。聊天越加深入，我才知道，这两位一直安静地坐在一旁的女子背后竟还藏着更为惊人的故事。

史红情是从邻村嫁过来的，丈夫殷开举早在当兵时就入了党，夫妻俩都是勤劳肯干的人，在村里有很好的口碑。他们育有两个儿子，为了孩子的未来，殷开举决定出门打工，誓要挣够钱回来修一栋水泥房子够一家人住。在村里决定修路之前，夫妻俩就已经着手建房了。他们用马把水泥一包又一包地从独山村驮到石板河村，中间路过梯子岩，只能将水泥卸下靠人来背，走上一公里多再换马驮，就这样周而复始。到了村里决定修路时，殷开举接到老支书王连科打来的电话，便放下远在浙江的工作，第一时间赶了回来。

而此时的王美仙已怀有4个月的身孕，从20岁出头起就被推选为村民组组长的她，一直认为自己没有什么过人之处，但村民们认为她踏实能干、办事靠谱，一直非常拥护。在村里开始展开动员时，王美仙便挨家挨户地鼓动号召，殷开举也是如此在每户村民家之间奔波，告诉人们："要打开山门，造福子孙。"

1999年11月，对整个石板河村的人们来说都是一个意义重大的开端，他们要开始修路了。路的起点就在川沟组，紧贴着川沟大岩的绝壁向外延伸，直抵山外。这条路线是村里人最先提议的，但是否能够实现还得请懂行的人来判断。于是，村干部们将在崖壁上修路的想法上报到白果镇（现为白果街道）党委政府，时任镇党委书记安勇大力支持，专门派了几位专家前来帮忙测量。说是专家，其实，在那物资缺乏、公路修建技术落后的年代，一个镇里又怎么会有精通"挂壁公路"建设的专家呢？只不过是比较懂行的人罢了。一行人带着一副望远镜来到川沟大岩前，一番测量下来，定下了这条路的走向，全村村民一呼百应，石板河村的"挂壁公路"就此打响了第一炮。

此后，那副用来测量的望远镜，就是修路过程中最先进、最现代化的仪器了。没有机械设备，也没有专业的技术指导，凿开崖壁全靠铁锹、铁锤、洋铲、钢钎、錾子，以及捉襟见肘的镇政府提供的雷管和炸药，石板河村的人们就这样干了3年。

人们按村民组划分责任段，每段又分成若干小组轮班，通常是8个人为一组，殷开举率队负责挂壁公路起点的洞口处，王美仙在川沟组附近。人们用绳子绑在腰间，从崖顶上吊下，紧紧地趴在垂直的岩石上，再用钢钎和铁锤在崖壁上打出炮眼，塞进炸药、雷管炸开山体，再一点点将山体抠出足够宽的通道。全村除了儿童和老人没有能力上阵，其他人都把时间耗在了与这绝壁对抗的日子里，怀有身孕的王美仙也不例外。她挺着肚子和人们一起支起钢钎，又点火引燃炸药，引线一开始燃烧，就以最快的速度扶着肚子跑到隐蔽的地方，弓起身子死死捂住耳朵。

听到这里，我已快惊掉了下巴，提了一个当母亲的人第一时间都会想到的问题："你不害怕吗？"我指的是担心肚里的孩子。

王美仙眼尾上翘，大大咧咧地回答："那时候没想那么多，一心只想着快点把路修通，跑快点，躲远点，就不怕了嘛。"

连怀有身孕的王美仙都如此，其他人更是不知疲倦，再难解决的问题，在那样的氛围之中总能找到解决的办法。由于没有专业的测量技术，开凿公路只能凭感觉。所以，每凿出一段，施工队就得派一个人从川沟大岩上下来，花两个小时步行到对面的山坡上，用那副全村最先进的仪器——望远镜，看看凿出的路是否平直，之后再花两个小时步行回到施工现场把观测结果告诉大家，随时修正开凿的方向。

一去一回十分折腾，开凿进度又极其缓慢，闵诗学和大家伙儿都只能争分夺秒地干，就连夜晚也不愿休息。石板河村那时尚未通电，天气晴朗时，夜里还有一轮明月散发着幽幽白光，遇上阴天，那就是一片漆黑，山洞里更是伸手不见五指。不过，这也不耽误大家施工，没有专业的安全帽和矿灯，他们就把老式的大号铁皮手电筒用绳子绑在头顶，借着一束黄光继续凿打岩体。直到大家都精疲力尽，才陆陆续续聚在山洞里，找一片稍平整的地方把带上山的被褥铺开，席地而睡。

史红情除了参与修路，还得给丈夫送饭。每到饭点，她便和其他家属一起，将煮好的玉米、红薯等饭菜放进悬崖下的篮子里，再由崖上的工人们用绳子拉上去，大家伙儿一起分着吃。休息时，夫妻俩也没闲着，继续为他们的新房添砖加瓦。

夫妻俩配合修路，虽然艰苦，好在心里满怀憧憬，干起活来也能感到幸福。然而，殷开举39岁那年的四月初六，一场事故让史红情永远失去了这种幸福。

史红情并不愿意回忆起那些细节，我是靠王美仙和闵诗学碎片化的描述才拼凑出那惨烈的场景的。

山里的春天来得迟，那时，天气才刚开始慢慢变得暖和起来，殷开举如往常一样和队员们去到工地上，同队的还有王美仙的丈夫唐兴方。殷开举每次上工地总是走在最前面，他来到刚凿出一个缺口的岩体上，正准备开始工作，就感到头顶传来奇怪的响声和震动。殷开举本能地抬起头望向上方，瞬间大惊失色，高喊道："石头要落下来了！"就在喊出口的那一瞬间，一块巨大的山石已经轰然落下，千钧一发之际，身手敏捷的殷开举推开身边的人，又抬起腿向身旁的唐兴方、殷开顺等人飞踢两脚，那原本聚在一起的7名队员还没反应过来，就像砸在地面上的水花一样四散开来，唐兴方和殷开顺也重重地摔倒在一旁，一个腿骨骨折，一个断了肋骨。山石垮塌的隆隆声响彻山谷，尘埃落定时，人们才发现，殷开举不见了……

出事了。史红情正在另一处工地上干活，有人惊慌失措地跑来报信。出事了？史红情一时间有点发蒙，很难想象出清晨出门时还意气风发的丈夫此时已被山石砸入崖底变得血肉模糊。脑袋里一片空白，脚步已经向着事故现场飞奔而去。现场过于惨烈，人们拦着史红情，怕她伤心过度，但人群里的惊呼、劝慰和悲哭在史红情的耳边都已化作一片混沌，她的眼泪流了出来，几乎没有哭声。史红情不知道自己是怎么回到家的，直到镇党委书记安勇和镇里的干部敲开了她的家门，送来了3000元安葬费和250公斤玉米。

史红情没有告诉我那个夜晚她是怎么度过的，只说，第二天，她来到了工地，在腰间系上了绳子，握着钢钎爬上悬崖。

"开举经常说，要把路修通，这是造福子孙后代。"

人们感到震惊，很快便被这坚强的女性折服。她像殷开举一样，总是走在第一个，和大家干着相同的活。不同的是，孩子读书时，她就早早地做好午饭自己带去工地，孩子放假时，为她送饭的就是这两个儿子，一个7岁、一个9岁。

这项浩大的工程在那场事故之后又添了更复杂和悲壮的意义。闵诗学年轻力壮，冲锋在前；王美仙直到临产前，才放下洋铲；史红情修完丈夫所负责的路段，又参与了集体攻坚。

900多天过去，2002年的端午节之后，石板河村的人们终于成功在这绝壁上"抠"出一条长长的口子，"挂壁公路"终于诞生。闵诗学记得，通车那天，这条奇迹之路边上挂满了红旗，远远看去，就像川沟大岩这个巨人身上的一条红腰带。终于有车开了进来，那是一辆破旧的北京吉普，在嘎吱作响的行进中，摇出了这深山里动人的音乐。

挂壁公路通车了，人们要接着把电接通。经历了如此漫长且令人不可想象的奋战，集体扛着电杆进村这种苦力活看起来也没有那么难办了。闵诗学还记得那由几十个壮劳力组成的队伍抬着电杆从"挂壁公路"上归来时的场景："大家都没有经验，走走停停，但是心里高兴。"

石板河村的路通了，电也通了，村民的生活归于平静，且燃起希望。山里的土地太过贫瘠，许多人选择外出打工。一个人撑起整个家的史红情，在儿子初中毕业后，便带着两个孩子远赴浙江，她还有一个愿望没有完成。

史红情一直勤勤恳恳地工作，却从不敢多花一分。5年后，两个儿子在浙江陆续成家立业，史红情却选择独自回乡。

她回来时，那条自己参与修建的"挂壁公路"已被拓宽，更宽敞也更通畅了。不过，家里还是老样子，甚至更显荒凉。丈夫走后，那栋一家人怀着期待修建的新房就已停工，屋顶尚未修建。如今，风雨早将建好的墙壁染出了青苔，杂草也几乎将这未完成的房子淹没。眼前的景象让史红情悲从中来，她来到丈夫的坟前，找来砖块和石料，独自一人将那个简陋的坟冢重新修整，立起了一块墓碑。此后，她又将新房周围的杂草清除，屋内打扫一番，独自请人运来材料，将她和殷开举的小家一点点建了起来。

2016年，"村村通"路面硬化工程让这条"挂壁公路"再次变了模样。此后几年里，石板河村的样貌也发生了更大的变化，茅草房全换成了水泥砖房，不少人家门口停上了汽车，人们也几乎不再靠燃煤做饭、取暖，大多数人家都用上了全新的炉灶和电暖炉。

史红情回来之后便再也没有离开过石板河村，一直独自生活在这里。村里与她当年离开时早已大不相同，当初打电话召回她丈夫的老书记王连科，已因积劳成疾去世；闵诗学不再当乡村教师，如今已是村党支部书记；王美仙仍旧是川沟组的组长，孩子早已长大。

结束这场谈话时，我才意识到，村里不知何时突然停电了，围坐的那个电暖炉早没了热气，可我丝毫未感觉到寒冷。走出村委会，闵诗学、史红情和王美仙不约而同地望向川沟大岩，它依旧威严耸立，肚子上深深地缠着一条"腰带"，一辆汽车正快速从中通过，驶向深山之外的世界去。

打开山门的 G326

大方县

"一会儿我们要去的地方就是这里。"在大方公路管理段管养桥隧结构示意沙盘前，工会主席余欢的食指停在沙盘边界上一个不起眼的角落，上面写着两个字：雨冲。一条曲线仿佛将连绵的山峦破开，从县城向雨冲延伸，曲线旁用细小的字迹标注着"G326"。

"以前雨冲完全不通车，那里的人出门只能步行，或是骑马，但有的地方连马也走不了。"

半个小时后，我们驾车行驶在这条 G326 线上，向东边的雨冲乡驶去。沙盘呈现的场景出现在现实之中，大道宽敞，连绵的青山向身后退去，一路直达雨冲乡的骂陇村，这里就是曾经"连马也走不了"的地方之一。

村党支部书记、村委会主任陈丽娟匆匆赶来，一身运动衣加上一顶遮阳帽，显然，在回到村委会办公室的前一分钟，她还在太阳底下忙活。风风火火地进了办公室，又是烧水、倒茶一番款待，直到收拾停当坐下了，陈丽娟才想起开口问我的来意。听说我来打听 G326 改道的往事，她的话匣子立刻打开了。

陈丽娟并非本村人。她出生在双山镇，那里素有毕节市"南大门"之称，交通发达、生活便利，贵毕公路就从她家门口经过，如今的双山镇成了毕节金海湖新区下辖镇，还建了一个高铁站。从小在这样相对开放和发达的乡镇长大，20 多岁时却选择嫁到大方县最偏远的乡镇下那个最贫穷的村寨，人们都佩服陈丽娟的勇气。

嫁人那天，陈丽娟在老旧的公共汽车上摇晃了一整天，路越走越窄，周围的山林也越来越密，一路颠簸，新婚的喜悦都快被抖光了，到达村里时早已昏昏沉沉。骂陇村的情况陈丽娟是知道的，但弯急坡陡的山路和眼前呈现的景象仍让她心中一凉：从村头望到村尾，泥泞的小路上难觅一条车辙，马蹄印倒是有很多，家家户户都养了马，吃的穿的用的，不是靠马驮，就是靠自己背。不通外界，人的观念自然也被锁在大山里，即使生活一贫如洗，不少村民依旧狂妄自大，邻里之间、邻村之间矛盾不断。望着那狭窄的乡村小路，她心里突然生出一个想法：要是有辆摩托车就好了。

陈丽娟原本没打算在骂陇村长住。结婚前，她在镇上做百货生意，头脑灵活、能说会道，性格又十分仗义，早就有了一本自己的"生意经"。不过，在骂陇村生活了一小段时间后，她发现了"商机"。

闭塞的骂陇村，每逢赶场天，天刚蒙蒙亮，村里的老老小小便集体出动，跋山涉水，人背马驮，直奔沙厂乡，折腾一整天带回的物品用不了多久又需要"补货"。运输艰难、成本高昂，在这样的条件之下，村里当然没有做百货生意的人。偏偏陈丽娟反其道而行之，她看到了一个几乎没有竞争对手的市场，人们需要货物，也需要代步的工具，而这些东西，她应该都能解决。

1997 年，陈丽娟买了一辆三轮车交给丈夫，每天在雨冲、沙厂、百纳几个乡之间来回载客,一天能挣几百元。而她自己也干回了老本行,县城车站旁的和平旅社几乎成了她的半个家。

每个周一的清晨,她都会准时出现在乡里的车站。去县城的客车一天只有一班,她必须天不亮就出门,从村到乡需步行三四个小时,到车站时差不多清晨7点,车还没来,等车的乘客们只能围坐在一起聊天打发时间。陈丽娟很快加入聊天的队伍,三伏天里,她摇着蒲扇打听新鲜水果的市价;数九寒天,她烧起一笼火和人们讨论年货采购。等到破旧的中巴车摇摇晃晃地进站,陈丽娟立刻随着人潮涌过去。车厢很快变得拥挤起来,乘客多的时候,也有胆大的爬到车顶上挤坐在行李中间,谁都不想白等一场。

接下来,就是一轮接一轮的昏睡和扯闲篇,途经每一个站点,中巴车都会缓缓停下,吐出一些人,又吞进一批新的乘客。太阳从东走到西,窗外的晨光变成晚霞,中巴车终于发出重重的叹息声在县城车站停下,在崎岖山路上颠簸了一整天的陈丽娟也终于得到解放,迈下车去,伸伸腿,扭扭腰,向车站旁的和平旅社走去。天色已晚,她必须在这里住上一晚,第二天再起个大早去批发市场挑选新鲜的货品,结束后,又得回到和平旅社住一晚,第三天才能赶上那唯一的一班车返回乡里。

回到乡里,陈丽娟将运来的货物放进自家三轮车里再运回村去。日用百货留到周五赶集时销售,新鲜水果当天就能售卖一空。一次,她采购了1000多公斤甘蔗,装货时没有捆严实,在回程的路上掉了许多根,最后只剩400多公斤。那个下午,陈丽娟削甘蔗时都带着一股子怨气。

每周有3天都在进货的日子持续了许多年。直到2002年,G326改道,穿过了骂陇村下的3个村民组,变化开始发生。

虽然,骂陇村的人们脾气火暴"不好惹",但提到修路,全村人都十分配合,征地时没有一人提出异议,常年靠双脚对付大山的人们知道,公路意味着新生活的开始。尽管改道后的G326并不算宽敞,连接到村里的路段仍旧崎岖,但这条国道的到来仿佛将包裹着骂陇村的大山撕开了一个豁口,隐约有亮光投了进来。

陈丽娟一家的生意"升级"了。

乡里陆续开了小商店，陈丽娟买了一辆车，在百货和果蔬销售之余还干起了批发。每次从县城归来，她总会在乡里和村里绕上一圈送货上门，许多年后，乡里有了"外卖"，陈丽娟总感觉那些挨家挨户送货的骑手身上有自己当年的影子。

而陈丽娟丈夫的客运生意也升级了"装备"，三轮车换成中巴车，每天在国道上奔驰，挣的钱也更多了些。除此之外，小有积蓄的夫妻俩还承接了工程，日子越来越好。

曾经认定自己不会在骂陇村长住的陈丽娟，不知不觉已经在村里生活了10多年，即使已在县城买了房，夫妻俩还是没有搬走。她不再需要每周在进货上耗费3天时间了，也很少起个大早去客车站一边烧火取暖一边等待那班客车了，进货的时间在缩短，县城与骂陇之间的距离在缩短，陈丽娟明显感觉到，城市与乡村的差距正在缩短。

陈丽娟做生意很豪爽，为人又热情，谁家缺点什么着急用的东西，她总会让人先拿去用，过后再慢慢算钱，因此结下了好人缘。2008年，一位乡里的干部与她闲谈，话里话外都在动员她去当村干部。

"陈丽娟，这个骂陇村恐怕还是你才能管得住哦。"乡干部把意思表达得很明显。

在骂陇村生活了10多年，陈丽娟确实与村民们相处得很好，也帮人们解决了不少问题。恰好此时，她也对做生意感到疲惫，便对乡干部的提议动了心。

通过票选，陈丽娟走马上任，而骂陇村新的变革也到来了。

这一年里，杭瑞高速贵州段的遵毕高速公路开始动工，这条线路将进入大方县的雨冲乡、沙厂乡、百纳乡，再穿越百里杜鹃名胜风景区，在雨冲乡设有收费站。这对曾经封闭的雨冲乡、沙厂乡来说可谓一个天大的好消息。

2012年12月31日，这条高速公路正式通车，骂陇村的村民们也打开了视野。年轻气盛的人们看到外面的世界天地广阔，纷纷外出打工，留在村里的人也开始忙碌起来，忙种植、忙养殖，也有人开始做起了小生意。在陈丽娟果断泼辣的行事作风之下，原本矛盾不断的骂陇村，纠纷越来越少，人们和平相处，发展的路子也越来越多。

更大的变化发生在 2017 年之后。曾经改道经过骂陇村的 G326 线被提升为二级公路，路面扩宽，路况更好。多年来深知公路重要性的陈丽娟，在得知 G326 线将提质升级的消息后，立刻开始动员村民让出土地。和第一次改道时一样，常年对便利交通抱有极高期盼的村民们，对此次改扩建工程毫无异议。

骂陇村与乡镇、城市的差距更小了。2017 年，骂陇村划入雨冲乡。自从高速公路通车、G326 改扩建后，雨冲乡的金门陶瓷园区也日益兴旺，乡里推动多个企业入驻聚集发展，又通过招商引资和"贵人服务"让园区注入新鲜血液，不少村民不用出远门就能找到一份工作。

谈起现在的骂陇村，陈丽娟的喜悦溢于言表。她热情邀请我去看看路边的休息区，那里是她心目中浓缩了骂陇村变化的标志。

陈丽娟开车在前方带路，沿着 G326 线缓缓行驶，最终在路边的一处长廊前停下。灰色调的长廊被一个个拱门分割成若干个格子，每个格子里的墙上都有一幅画，或呈现出毕节市各地的著名景区景点，或以热烈的场景呈现出当地少数民族民俗、节日的盛况。长廊前，有石板铺成的小径，石缝间生出顽强的小草和野花，陈丽娟站在中间眯缝着眼睛，反复对我说："修这个小花园的时候需要占用一个村民的地，我给他说，这里修好了，你自己看着也漂亮，路过的人也喜欢。他十分赞同。十分赞同。"

百业之始

网红路背后的茶山

正安县

"注意会车谨慎驾驶，此处绝非逗留之地。"当司机李哥启动汽车的"陡坡缓降"模式，以"龟速"在那条陡坡上向下"爬行"时，写在悬崖边水泥护栏上的几个大字在我眼前慢慢放大。我不由得绷直了背，一只手下意识地拉住了安全带，10个脚趾头也不知在什么时候早已紧紧抠住。

那天的天气很好，蓝天白云，阳光热烈，去往东山梁子那一路的风景像油画一样明艳。在体验那段惊心动魄的公路之前，黎滔先带着我们走下陡坡"参观"了一番。几名年轻人站在公路边，饶有兴致地打量着我们，仿佛找到了同道中人。他们将摩托车停靠在路边，其中一位一直举着手机支架，黎滔抬头看了看他们，习以为常地说："他们是来这里拍视频的网红。"

如果从天空鸟瞰，被绿植覆盖的东山梁子上能看到一个巨大的白色英文字母"S"，这个"S"就是此刻我们脚下的这条山路。虽然这条路总长不过两三百米，但其惊险程度足以向冒险者发起挑战。3个180°左右的急弯分布在悬崖边和峭壁前，连接3个急弯的陡坡坡度目测不小于40°，如此考验司机胆量和技术的路段，吸引了不少人前来"打卡"，如今更成了一条"网红路"。

我紧绷的状态只持续了不到2分钟，车便已顺利通过3个弯道，驶上相对平稳的山间公路。我长舒一口气望向窗外，在对面的山坳上，一座村庄若隐若现，那就是我们要去的地方。

10多分钟后，我们进入格林镇广大村。村子里十分安静，看起来没什么人，只有一处工厂相对热闹些。黎滔引着我们径直走进工厂的办公室，一边走一边介绍："最开始，我在我们这个村民组种了100多亩，去年又在刚才那条公路背后的山上种了1000多亩。我们种植的主要品种是'御金香'。"

"郁金香?"我被说得有些糊涂了,这不是一家茶厂吗?

"对,'御金香'是来自浙江的一个白茶品种,我和浙江的朋友聊天时听说的,就引进了。"黎滔似乎没有察觉到我的误会,坐在茶台前一边泡茶一边继续介绍。

我突然想起走进工厂时看到的牌匾,上面写着"正安县御香茶业责任有限公司",原来就是以这个"御金香"的品种来命名的。正当我流露出恍然大悟的表情时,黎滔突然神秘地笑着说:"我以前是搞IT行业的,不对,现在其实也在搞。"

"理工男跨界当茶农?"我抬起头来看着对面一脸笑意的黎滔,打算去拿茶杯的手停留在半空。仔细看来,黎滔似乎有那么几分理工男的气质,白衬衣、黑西裤,说话严谨,对数据很敏感。

"我还养过牛呢!"见到我惊讶的样子,黎滔又抛出另一段"跨界经历"。

广大村曾经是正安县格林镇一个极为边远且贫困的村子。这个村由过去3个小村合并而成,各村民组分散在山坳间,虽然面积广阔,但由于海拔较高、地势陡峭,真正能用于耕种的土地十分稀少。在过去"打工潮"兴起的年代,广大村的人们几乎都涌向山外,村里只剩下几百名年迈的老人。

黎滔是80后,也是村中为数不多的大学生,学习计算机专业。2003年大学毕业后,他和大多数在外读书的农村青年一样,一心留在城市里大展拳脚,在遵义进入一家公司工作,后来,又自己开了一家科技公司,主要从事网络安全等计算机技术业务。

在IT行业干了10多年,黎滔结识了不少朋友,几位做门窗建材行业的朋友,提议尝试投资农业,有了一些积蓄的黎滔也有些动心。2015年,一位道真的朋友带着他去道真三桥镇考察了一番,计划在那里搞肉牛养殖。几位年轻人雄心勃勃,一口气在当地流转了9000亩土地,养了200多头牛,心想着一定能获得不错的回报。然而,牛可不像计算机那样听话,靠程序就能解决问题,缺乏技术和经验,让黎滔等人狠狠地栽了个大跟头,短短一年,牛死了一大半，亏损了 400 万元。

黎滔十分沮丧，回想过去这一年，过得比之前的 10 多年委屈得多，在异乡投资养殖，不仅难以获得当地村民的理解支持，人工、技术等成本费用也消耗了大量资金，自己还得寸步不离地守在养殖场，和当初的想象完全不同。黎滔对于未来犹豫不决，跨界踏出去的第一步就踩进了坑里，这只脚是该乖乖地缩回来，还是要勇敢地再踏出去一步呢？他一度有些灰心，想干脆就这么算了吧。

在他几乎快要打消继续做农业的念头时，一位从事茶产业的浙江朋友和他聊起了"御金香"这一品种。这是和正安白茶不太一样的品种，品质不错，产量更高，见效也快。黎滔忍不住又动心了。

那段时间，他回了一趟老家广大村。站在东山梁子上，他远远地望着山坳上那个自己出生的地方，小时候跋山涉水出门读书的场景似乎又浮现在眼前。他想起自己 10 多岁时，学校里组织学生在村里宣传动员村民投工投劳一起修路，年少的他跟着人群一起高声呐喊"要致富，先修路"，高涨的情绪让他满脸通红。

那时，他对这句话已经有了最切肤的感受。黎滔一家有 7 口人，平日肚子里装的大多是苞谷面、洋芋这些粗粮，白米饭几乎只有过年时才能吃得上。大概每年 10 月前后，大人们就得长途跋涉步行去往安场镇等地购买粮食，清晨出门，回来已是夜晚。

不过，住在山坳上的黎滔一家，情况还不算最糟糕的，住在悬崖上的村民为了耕种山下的几亩土地，可以说是每天都在"与死神擦肩"。悬崖上有一条极为危险的小路通往山下，能下脚的地方大概只有几个脚掌那么宽，想要上下只能匍匐在悬崖上，紧抠着峭壁上的岩石才能通行，稍有不慎便会堕入万丈深渊。虽然，过去那些年里没有人在这里出过事故，但耕牛却掉下去过几头。农户们不想永远忍受这种担惊受怕的日子，从 20 世纪 90 年代开始，便自发组织起来，农闲时便扛起锄头在悬崖上挖路。10 多年间，悬崖上硬生生被造出一条泥巴路，虽然依旧危险，雨天湿滑的路面仍让人心惊胆战，但总比过去强了不少。

黎滔站在那处悬崖之上思绪万千，虽然，村里已在2012年修了一条从正安县城到广大村的硬化路，但悬崖上的这条人工开凿的小路仍旧时刻在提醒着人们广大村受困于贫穷的根源。

黎滔想到那位浙江朋友推荐的"御金香"白茶。他知道那时的正安正在大力推广白茶种植，既然如此，那不如把白茶产业引进到广大村，或许能为老家带来更多发展。黎滔联系上这位浙江朋友，表达希望引进茶产业的意愿，但条件只有一个：必须在广大村种植。

虽然交通不便，但幸运的是，广大村的高山气候和土壤环境都适宜种植白茶。2016年，黎滔和他二叔，以及几个股东，决定在广大村开启他们的茶农之路。这次土地流转有惊喜也有失望，尽管广大村早已如一个"空壳"，不少土地都已经丢荒，但依然有不少村民并不信任已经离乡10多年的黎滔，不愿意流转土地。但也有让黎滔感动的老乡，一位在外做生意的村民听说黎滔回乡经营茶产业，就主动提出："先把土地拿去用，流转费用以后再说。"

在村干部帮忙挨家挨户地动员之下，黎滔一面顶着巨大的压力，一面不愿辜负同乡的期望，小心翼翼地呵护着这100多亩白茶，同时，他还出资为村里修建了硬化的通组路。一年后，这些茶苗全部存活，长势喜人，他趁热打铁又在邻近的木盆窝村流转了300多亩土地。

然而，这次扩张却让他又一次踩进了坑里。由于技术和气候等复杂的缘故，这300多亩茶苗全军覆没，黎滔再次尝到失败的痛苦。和当年养牛失败时一样，他的心情跌入谷底，差点产生了放弃的念头。可村里那么多双眼睛看着，一年前还信誓旦旦要带动村民致富的他，如今可不能露怯。黎滔整理好心情，将茶苗重新补种，精心呵护，默默熬过了这一难关。

2018年，那条村民们修了近20年的悬崖路发生了变化。当地政府出资，在这条毛路的基础上做了拓宽和硬化，在悬崖边上修起了水泥围挡，当年只够一人匍匐通过的悬崖路，如今已成了一个刻在峭壁上的白色英文字母"S"，足够汽车顺利通过。看到这条路，黎滔心潮澎湃。渡过了上一个难关之后，他对"御金香"的信心前所未有地高涨起来。他得知,曾经在悬崖山种植了1000多亩茶叶的重庆商人不知何故已经离开,那片茶山正处于荒废状态,黎滔又有了一个大胆的想法。

他向格林镇申请接管那片茶山,很快获得了同意。来到这片茶山,黎滔心里还是有些忐忑的,虽然这里曾经种满茶树,但如今早已长满荆棘和荒草,想要让土地重新适宜茶叶种植,必须投入大量资金。

600万元,这是黎滔开垦这片茶山所花费的费用。看着那些长满尖刺的荆棘倒下,坚硬的土壤在肥料的滋养下变得松软,黎滔眼里又燃起了希望。至此,东山梁子上下的"御金香"白茶扩大到1600多亩,还有400亩正安白茶正在茁壮生长,后来,他还在村里修建了一个3000平方米的标准化茶叶加工厂,也就是我们此次聊天的地方。

见到黎滔时,还有几天就将迎来采茶期,他已经将遵义网络公司的工作安排给他人负责,自己将在村里住上几个月。他说,到时候要租几辆大巴车,还得在食堂多准备点食材。"村里现在只有年事已高的老人,无法满足采茶的用工量,我们都是从易地扶贫搬迁安置社区里招工,每天一早用大巴车把他们带过来。为了节省时间,中午我还得去给他们送饭。每年光是用工这一块的支出,大概都超过了100万元。"面对即将到来的忙碌,黎滔的眼神里毫无对疲惫的担忧,反倒闪烁着兴奋的光彩。

离开广大村时,我们从那条"网红路"向上攀爬,大于40°的斜坡让人不用抬头就看到蓝蓝的天空。爬过3个弯道和斜坡,汽车在东山梁子的公路上飞驰,路过山上的制高点时,我转头望向窗外。在早上来的时候,我们曾特意在这个地方停下,站在山顶上远眺,云雾如汹涌的海浪与蓝天相接,仿佛把这山顶上隔离成另一个世界。而现在,云雾早已散开,阳光像油彩般洒向山下的村庄,染出聚在一起的灰黑屋顶、金色油菜花田,以及穿插在浓郁色块中的绿树与河流。

茶香之路越走越宽

伍荣明就算笑起来时眉间也有很深的"川字纹",像拧紧了发条,不笑的时候就更显严肃。但他说起话来却是另一种风格,严谨中透着幽默,语速飞快、逻辑清晰,像背过演讲稿一般,连那些年代久远的数据也记得十分清楚。

谈到修公路时,他说:"2002 年左右,村里有 127 人在外工作,摸清地址后,我们给每个人写了一封信,请他们为家乡公路建设捐钱。最多的捐了 5000 元,最少的捐了 5 元,当然,捐 5 元的家庭情况可能比捐 5000 的还要老火。最后,筹资 137400 元钱,修通了一条 4 米宽、1.1 公里长的泥石路。"

谈到村里的经济情况时,他说:"2002 年并村之前,我们人均可支配收入不足 1000 元,是省级三类贫困村。通过产业发展、新农村建设、脱贫攻坚、'七改一增两处理',2020 年,我们的人均可支配收入是 21036 元。你说,翻了多少倍?"

没来得及等我计算,他立刻说出答案:"近 20 年,翻了二十几倍。"

在湄潭县,兴隆镇龙凤村早已名声在外。这里不仅是湄潭县的产茶大村,也是花灯戏《十谢共产党》的发源地。如今,这里不仅人人靠种茶从农业中收益颇丰,特色鲜明的黔北民居风光也让他们挣到一份旅游业的收入。而村党支部书记伍荣明在过去的几十年里几乎从未离开过村庄,自然对村里的情况了如指掌。

在伍荣明的记忆里,龙凤村的故事是在 2002 年翻开全新一页的。在此之前,在这个不通公路的村庄里,村民们的贫富几乎拉不开差距,都只能靠传统农业勉强维持温饱。伍荣明 1986 年成家时在村里租了 30 亩土地用于种植水稻,秋天收了稻谷,打出新米,天没亮就得用扁担挑上 100 多公斤的米步行到集市去卖，到了下午，新米变成了钞票，又得拿出一部分买几十公斤肥料放上扁担，忍着饥饿步行回家。那时的伍荣明夫妇只有一个朴素的愿望，就是买一辆自行车。为了这辆自行车，夫妻俩在这30亩土地里不分白天黑夜地劳作，省吃俭用攒了足足3年才攒够90元钱，换来一辆二手车。

吃苦耐劳是农村人的性格底色，但贫苦的日子让不少人养成了小心谨慎的行事风格，人们不敢冒半点风险，尤其是在决定在土里种什么这个问题上。那时，村里也不是没有富裕起来的人。顾远明就是龙凤村第一个靠农业而建起新房、买上家电的人。不过，他种植的不是玉米、红薯或水稻，而是茶叶。用大片田土种茶的前几年，顾远明在村民们的眼中如同一个疯子，人们不相信茶还能比饭管饱，以至于顾远明免费提供茶苗邀请村民们一起种时，只有为数不多的村民愿意试试看。对村外的世界多少有些了解的伍荣明不同，他知道贵州省茶叶科学研究所就在湄潭县的湄江镇，湄潭也是贵州的产茶大县，已经有不少农民靠种茶过上了富裕的生活。况且，他的父亲也在顾远明的带动下拿出几分土地种了茶叶，在精心管护下也获得了不错的收益。

2002年，中国的退耕还林工程全面启动，龙凤村也在号召之下开始种树。不过，要种什么树？伍荣明在这个问题上已有了自己的想法。此时已是村党支部委员的他，与村支两委的干部们一起，连续16个晚上在全村各村民组开群众会，主题只有一个——退耕还茶。前有顾远明的成功案例，后有村干部们极力动员，村民们可谓一呼百应，大田大土都翻涌开来，玉米、红薯、水稻不再相见，取而代之的是一株株幼嫩的茶苗。

村里开始种茶，曾经的农茶村与凤凰村也合并成为龙凤村。大村成立，大家更加渴望过上好生活，一场举全村之力的修路工程由此拉开了帷幕。那时，尚没有对应公路建设的优惠政策，伍荣明等村干部便组织村民集体投工投劳，每家每户分担一段公路的建设任务，你家30米、他家50米，上山采石，肩挑背驮，集体修路。伍荣明将这次集体修路称为"春晖行动"，寓意龙凤村将迎来春晖般的发展未来。

这股热情持续燃烧了两三年，那条人们做梦都想打通的路却像一条发育迟缓的小蛇，迟迟不见拉长。伍荣明和村干部们眼看打通公路遥遥无期，便决定换一种方式，请专业人士上阵。他们摸清了在外工作的那127人的地址，写下127封言辞恳切、催人泪下的信一一寄出，恳请大家捐款为村里修建公路，很快，村里就收到了127份捐款，加上村里其他村民捐献的钱，凑了137400元，这条通村公路的修建脚步越来越快，甚至吸引到了县领导的关注。很快，在全村人共同筹资和县相关部门的支持下，一条通往龙凤村的水泥路终于在2005年年底打通。

2011年，任村委会主任的伍荣明在县里的组织下去山东学习。见到山东早已形成大规模的农业产业气象，伍荣明心动不已，也好奇万分。当晚，他便邀请了几位山东寿光物流管理的负责人，以及几位当地的村干部一起吃饭，觥筹交错间所谈的话题都是当地如何发展的窍门，最终，他找到了解决大规模发展产业的那把钥匙，即解决集中土地经营权的问题。回到龙凤村后，他便着手探索流转土地进行招商引资的模式。

转眼到了2014年。一天，伍荣明从镇上赶场回家，路上遇见一位驻村干部便聊了几句。对方提到，镇里有一个"一事一议"泥石路的指标可以争取，就看哪个村的积极性高。伍荣明再三确认了消息可靠后，回到村里连夜召开了群众会，第二天便组织全村老少将田家沟村民组的一条小道开挖出了路面。活儿刚干完，伍荣明便向村里汇报此事，没人相信一天之内村里能"变"出一条路来，可看到还铺着新鲜泥土的路面又无话可说，便召集村民们凑足了3万多元先行垫付修路，最终争取到了这项"一事一议"泥石路的指标。

村里的路一点点打通，茶产业也逐渐成形，龙凤村的村民们口袋也渐渐丰满起来，不少人的家门口停上了小车，生活的滋味也丰富了许多。2014年，伍荣明在县里开会，中午吃饭时恰好与县领导坐在了一起。当时的镇党委书记在伍荣明旁耳语道："怎么样？你敢不敢当面给领导汇报一下工作？"

伍荣明的脑海里又出现了那条通村公路，再想想过去几年龙凤村堪称翻天覆地般的变化，便壮起胆子道："这有什么不敢的？"

他将龙凤村过去几年在社会主义新农村建设、产业发展等各方面的摸索一股脑儿地说了出来，最后吐露心声道："现在产业发展越来越好，村里的车辆增多，那条4米多宽的水泥路也变得拥挤了……"

当年腊月廿四，龙凤村收到了道路扩宽项目的资金。从4.5米的水泥路扩宽成为7.5米的柏油路，伍荣明一天也不愿耽误，立刻投入到工程建设中。道路修建交给了施工队，由一位姓高的监理进行监督。伍荣明与这位高监理攀谈一番，最后笑着拍拍胸脯道："高监理，你可以回去睡觉了！这条路的质量我们来监督！"说罢，伍荣明便在村里召集了群众会，立刻将任务分派下去，每家每户派一名成员，分段监督施工进程。在龙凤村村民的眼皮子底下，施工方丝毫不敢怠慢，最终只用了97天便将这条路保质保量地完成。

路拓宽了，思路也跟着拓宽。2015年，他在上级的指导下开始进行农村土地综合改革的尝试。2011年的探索如今方向更为明确，龙凤村的茶产业规模越发庞大，在数年的积累之下，到了2016年，龙凤村成立农村股份经济合作社时，启动资金已有5万多元。

与此同时，湄潭县翠芽27°景区启动建设，核桃坝茶海生态园、七彩部落和龙凤村的田家沟都在规划范围之内。为了打造旅游整体，龙凤村的道路又一次迎来改变，旅游公路将这3个风景如画的村寨连成一线，龙凤村的村民们也进入一种全新的生活状态。

此后，脱贫攻坚展开，龙凤村完善了通组路、串户路，村里越发干净整洁，黔北民居的风光也日益凸显。每小时一班的农村客运汽车将老人们带到镇上的集市，也在采茶季时将城里的打工者带到龙凤村采茶，过去挑着上百公斤大米步行去集市售卖的日子早已成为过眼云烟了。

站在田家沟的湖边，伍荣明让我拍下了一张照片，眉头一如既往地紧蹙着，拧成一个"川"字，嘴角却带着淡淡的笑意。阳光在湖面碎成粼粼波光，在茶山晕出浓浓青绿，投在村口那块刻着"田家沟"的大石上，勾勒出一道金色的轮廓。在伍荣明身旁的木牌上，写着从田家沟传唱到全国的花灯戏《十谢共产党》的歌词："五谢共产党，走路把你想，以前走的羊肠道，现在道路宽又广。"

当酱香与浓香融合

赤水市

长达 500 公里的赤水河，流经地域不出百米必产好酒，酿造了诸多驰名中外的白酒品牌，因此被人称为"美酒河"。这条大河的独特地理环境和水文气候特性为川渝黔的美酒提供了不可复制的酿造条件。多年以前，这条河像一条分界线，清晰地划分出两岸居民和而不同的饮食偏好：同样爱吃辣，川渝地区的人们偏爱麻辣，而贵州人则对酸辣、香辣情有独钟；同样善饮酒，在川渝地区唱主角的是浓香型白酒，而贵州则是酱香型白酒的天下。但在如今，在快速铁路、高速公路、内河航运交织出的综合网络连接之下，大河两岸的城市界线不再分明，不仅口味越发相似，浓香酒与酱香酒的融合也发生了"化学反应"。

这个论断来自 2022 年端午前夕的赤水之行，我在经济开发区的白酒产业园里见到了一位来自四川泸州的商人，正是他的故事为我对赤水市的观察提供了另一个角度。

走进白酒产业园时，浓郁的酒糟味扑鼻而来。端午未至，赤水的天气还远远未到最热的时候，但白酒产业园里湿黏的空气已经开始升温，水分覆盖在皮肤上，像给人披上一层薄膜。在贵州钓台御品陈酿酒业有限公司，张支全打开门锁，邀请我们进厂参观。那时已是下午 3 点多钟，工厂早就空无一人，但车间依然生机勃勃，堆成小山一样高的原料内部温度正在缓缓上升，微生物每时每刻都在生长、繁殖、代谢，制造出人类听不见的喧闹。张支全一只手插进小山内部，喃喃自语道："这一堆已经发酵了 5 天左右，还得再等几天。"他几乎靠手感受温度便能判断出发酵的时长。

四川泸州人张支全是一级品酒师，也是这家公司的总经理，他不吸烟，不喝浓茶，也几乎不吃任何刺激性的食物。之所以如此严苛，全是为了能品出酒中细微而复杂的风味和口感，对他而言，饮酒不是为了作乐，而是工作的一部分。他是 2010 年才来到贵州的，此前在位于仁怀市的金酱酒业负责技术工作，直到 2020 年才来到赤水。

虽然泸州市下辖的合江县与赤水市仅隔一条河，两地之间有一座 1978 年就架起的赤水河大桥，但从泸州市区到赤水市依旧山高水远，住在市里的张支全对合江县对岸的这座城市并不算熟悉。在他的记忆中，20 世纪八九十年代的赤水市，旅游业尚不发达，泸州市的商业中心尚能常常见到从赤水来的人，却鲜有泸州人专程长途跋涉去赤水游玩。

张支全真正与贵州产生交集是在 20 世纪 90 年代后期。他 1992 年进入白酒行业，最初在泸州醇窖酒厂工作，从一名普通工人做起，直到 1995 年开始学习酿酒技术。浓香型白酒的发酵时间短，出酒率高，而作为当时泸州最大的民营酒厂，泸州醇窖酒厂出品的酒在风味上花了不少心思，甚至不怕路途遥远，也要专程去仁怀市茅台镇收购陈年基酒来作为调味酒，在酒厂逐渐能独当一面的张志全，便承担起了采购基酒的工作。

他有两条路线可以选择，一是途经泸州市的叙永县、古蔺县，进入遵义市习水县，然后抵达仁怀市茅台镇，二是途经泸州市合江镇、赤水市官渡镇，然后进入遵义市习水县，继而抵达茅台镇。无论哪一条都是崎岖的山路，每次去仁怀他都必须忍受六七个小时的颠簸，到了目的地早已头晕目眩，满身尘土。

直到 2010 年，张支全这两头奔波的生活终于在仁怀落下帷幕。尽管公路建设尚未健全，但随着人们生活水平的提升，酱香型白酒在川渝地区的销售量也日益见长，不少当地商人发现了商机，纷纷前往茅台镇开办酒企。张支全也随着这阵浪潮涌入茅台镇，穿过那崎岖的山路，他迎来了新的生活。

日子随着赤水河静静流淌，在茅台镇的这 10 年里，张支全在专注酿酒的同时，也感知到了外部世界的急剧变化。最直观的变化，是遵义地区与川渝两地的往来越发密切。2014 年，成自泸赤高速全线通车，泸州到赤水的距离缩短，泸州到赤水只需半小时车程，四川自贸区川南临港片区还设置了赤水分港；2018年渝贵铁路全线开通，遵义到重庆乘动车只需1个小时。高速公路贯通，让他从泸州到茅台镇的时间也缩短到一个半小时，不仅回家的频率变高了，流通到川渝地区的产品体量也大幅提升。

酱香型白酒的市场打开，在张支全看来有多方面的原因。从他酿酒的经验来看，酱香型白酒酿制周期长，成本较高，售价自然也高，这对人们的消费能力是一大考验，市场占有率的上升则是人们生活水平提升的一种表现。从社会发展来看，高速公路、高铁的建设让运输能力得以提升，自然也为酱香型白酒的输出打开了大门。

2020年，张支全离他位于泸州的家更近了许多。这一年的2月，他受邀到赤水市经济开发区参观考察，当地正在规划建设白酒产业园，而他也是第一次了解到，与泸州市一衣带水的赤水市原来也是一个酱香型白酒的产区。虽然赤水市酱酒产业起步较晚，但在近几年来，赤水市正发挥区位优势，规划建设区域性支点城市，在交通上已经先行一步，打通了连接川渝和遵义两地的高速公路和水运通道，从基础建设上先解决了交通不便的问题，加上当地筑巢引风的决心和行业发展的前景，张支全心动不已。

还不到1个月，由张支全任总经理的贵州钓台御品陈酿酒业有限公司就与赤水市经济开发区签订协议，成为产业园中第一家引进的白酒企业。

如果说20多年前忍受交通不便也要在仁怀和泸州之间往返是为了技术上的突破，那现在来到赤水生产酱香型白酒，则是顺应市场需求且得到交通发展的推动。如今的赤水，已经不再是当年那个隔岸相望却难以抵达的小城，高速、国道的通达，早就拉近了两地之间的距离，一些不易察觉的现象也让张支全感到赤水已今时不同往日，去泸州购物、游玩的赤水人依旧不少，而赤水也迎来了大量川渝地区的游客，更有四川、重庆的商人在赤水扎根，两地人的出行方式变了，甚至连饮食口味也在互相渗透、融合。显然，赤水白酒产业的发展良机已经到来。他确定了方向，借助便捷的交通优势，产品主要输入川渝地区和仁怀市，同时辐射全国，既做普通人消费得起的"口粮酒"，也为浓香型白酒企业提供基酒。

当然，赤水的白酒产业要形成气候，张支全一家企业依旧势单力薄。在入驻后的第二年，张支全便化身赤水白酒产业园的"推广人"，极力动员酒企负责人进驻产业园。从招商政策到交通建设等各方面的硬件提升，张支全虽然与赤水市结缘时间不长，但对那些能打动人心的政策和便利已经了如指掌。很快，几家酒企先后进驻，成了贵州钓台御品陈酿酒业有限公司的邻居。

短短两年，这些企业迅速成长。2021年，拥有6个车间的贵州钓台御品陈酿酒业有限公司生产了近4000吨白酒。而其他企业的产量也在日益增长，其中，张支全参与引进的百年赤水酒业，不仅年产量可达3万吨，二期项目建设也已开启，计划在12月30日之前建成投产，年产大曲酱香可达2万吨。

在酒厂中走了一圈，张支全对大曲发酵的情况也已心中有数。站在一口大窖池旁，他示意我抬头看厂房内墙顶上越积越多的褐色痕迹，说道："只要有越来越多的企业聚集，微生物环境建立起来也是很快的，大环境也如此。"待到深夜来临，酒厂才将迎来最热闹的时候，工人们进入厂房，在升腾的蒸汽中翻腾起深褐色的大曲，酒香会飘过赤水河，融入对岸泸州的气味之中，沉醉那些在睡梦中的人。

酒香不再怕巷子深

 仁怀市

酒糟香气比地图导航更早提示我已经进入仁怀的地界，汽车还在高速上行驶，这股气味就已经迫不及待地从紧闭的车窗缝隙间挤了进来。下了高速收费站，车窗打开的一瞬间，热风卷着更浓的酒糟气味涌入车厢，让我有种微醺的错觉。进入茅台镇，那便真的醉了。赤水河蒸发出的水汽调和着独特的酱香酒味，仿佛能感受到复杂的分子挤作一团，因此而变得湿重的空气附着在皮肤上，渗透进毛孔中，还没来得及尝一杯酒，人已先醉了三分。

带着这三分醉意到了茅台镇的黔韵酒业，进入办公区时，我一度以为自己误入了一个艺术展厅。一楼陈列着公司的得意之作，一部分是与艺术家联名的设计，一部分是专为客户定制的设计作品，还有一部分是与第十一届北京国际电影节——"大地阳光光影彩墨"第六届中国电影家与美术家作品邀请展合作联名的艺术衍生品"境"系列。

向我介绍这些展品的姜文斌也很特别。他穿着一件对襟盘扣衬衫，融合了传统元素和现代设计的服装，与公司的极简装修设计和"国潮"风格的产品包装形成呼应。仅从口音就能判断，姜文斌不是贵州人，尽管普通话非常标准，但情绪高涨时仍能听出一点儿东北味儿，但是，他对贵州酱酒工艺和文化的理解却像一个地道的当地人。无论是人还是这栋办公楼，在以传统包装设计为主流的茅台镇里，都显得迥然不同。

"酒香也怕巷子深啊。"提起对贵州和酱酒的初印象，姜文斌如是感叹。在10多年前，即便当时正身处数字经济浪潮中心的杭州，每天都能接触到一手资讯的姜文斌，对于"茅台"的认识也仅限于"一个很厉害的白酒品牌"，甚至不知道这其实是一个地名，更别提了解酱酒工艺了。抱有同样想法的大

有人在，即便茅台镇里的酒厂一家挨着一家，但这浓得化不开的酒香却始终难以飘到全国各地。

在认识黔韵酒业董事长张艺骥之前，生于吉林，闯荡于北京、杭州等城市的姜文斌对白酒并不感兴趣。张艺骥的爷爷早在20世纪50年代就在茅台镇上拥有3个窖池，他本人更是天生对气味极其敏感，2002年就开始潜心钻研酱香酒酿造和酒体设计，在继承传统工艺的同时，也对白酒中的香味进行研究，逐渐梳理出一套独特的体系。张艺骥作为一个地地道道的仁怀人，又是酿酒世家的后人，对姜文斌持续不断地输出白酒文化，让姜文斌这位北方男人对产于西南山间的神秘茅台产生了强烈向往。

正是第一次仁怀之行，让习惯生活在发达城市的姜文斌产生了"酒香也怕巷子深"的感叹。

在贵阳龙洞堡机场下了飞机便驱车驶向茅台镇，不承想这一路竟如此蜿蜒曲折。狭窄而颠簸的公路向群山之间延伸，弯道背后还是弯道，爬上山坡又迎来下坡，凹凸不平的路面加剧了车身摇晃，原本就容易晕车的姜文斌毫无意外地尝到了苦头。

顶着晕乎乎的脑袋，终于抵达茅台镇，姜文斌在这个贵州山区的繁华小镇中醉得更厉害了。按照仁怀人热情待客的方式，姜文斌的首次贵州之行必然是在醉酒中画上圆满句号的，这也形成了他对仁怀的初印象——崎岖的山路，以及永远盛满的酒杯。

尽管路途遥远，但抵挡不住对茅台镇的好奇。在初访茅台之后，姜文斌又来过几次，最终，2012年，黔韵酒业正式成立，新厂也已建成，姜文斌决定在茅台镇扎根了。

彻底转行之后的姜文斌慢慢发现，那时的茅台镇仿佛形成了一道故步自封的屏障，将广阔的市场挡在了门外。在茅台镇，酒仿佛是硬通货，大部分产品还没走出贵州就能换来钱，暂时卖不出去也没关系，反正早晚都能换成真金白银。因此，尽管镇上酒厂林立，彼此间却异常和谐融洽，毫无竞争市场的野心，当浓香型白酒在全国大行其道时，茅台镇的酒商们对开拓全国市场却表现得无欲无求。

其实，并非酒商不想对外开拓市场，只是无论是从运输还是从市场竞争力来看，他们都无从下手。在 2018 年之前，茅台镇的酒想要卖到外地，只能走公路进行长途运输，长达十几个小时的颠簸碰撞，产品耗损的几率成倍增加，成本高出许多。除此之外，大多数酒厂不缺酿酒师傅，缺的是营销和设计的人才，茅台镇虽然传奇，但藏于山间且路途遥远，依然让人望而却步。

姜文斌初入此行，不熟悉市场又难以招到合适的人才，一切只能慢慢摸索。在仁怀当地流行起一种没有外观设计的"光瓶酒"时，作为"新秀"的黔韵酒业未能免俗；当微商悄然兴起时，姜文斌也在这一领域试过水。但他很清楚，这些都不是真正能够树立品牌的路子。他甚至离开办公室，忍受着高温的炙烤在车间和工人们一起干活，希望从根源上拉近自己和酱酒的距离。

此后数年间，随着人们生活水平的提升，外界对酱酒的关注也越来越高，需求大于供给，茅台镇的大小酒商开始觉醒，张艺骥和姜文斌探索的未来也逐渐清晰。2017 年前后，中国白酒市场掀起一阵酱酒热潮，行内人认为这是消费升级的必然结果，而对于仁怀的酒商而言，这也是不可多得的扩张良机。在这个关键的时间点，仁怀在交通上的巨变无疑加速推动了这一热潮。

从 2017 年年底开始，姜文斌驱车往返于贵阳和茅台镇之间的次数变少了许多，大多数时候他只用花 30 多分钟到茅台镇尧坝村和高大坪镇银水村交界的地方迎接客户，因为那里已经建起了一座机场。这是一个与国内大多数 4C 级民用运输机场不太一样的机场，它以"茅台"命名，茅台集团是主要投资建设运营方。曾有人说，设在茅台镇的茅台机场客流量或许会少得可怜。但在机场通航仅 1 年，仁怀市民、外来客商、当地酒企老板、慕茅台之名而来的游客们都在此短暂汇聚，又各奔东西，机场以百万人次的吞吐量推翻了那个预言。

自从茅台机场通航后，降落在茅台机场停机坪上的商务机渐渐多了起来，满载着酱酒的货运飞机也接连从此地起飞。茅台镇越发热闹了，外来客商的进驻让不少本土酒商开始紧张和兴奋，酱酒漫长的生产流程和独特工艺造就了这一香型白酒的稀缺性，茅台镇大大小小的酒厂越发忙碌起来，在囤陈年酱酒的同时，也越发重视酱酒文化的发掘。与此同时，酒商们也不必再担心长途公路颠簸导致的产品破损，机场全流程跟踪监控让那些金贵的佳酿得以稳稳地降落在各地。

姜文斌隐约感受到了仁怀市的变化。酒店几乎天天爆满，预订房间需要提前好几天；饭店的口味开始翻新，终于有了一些适合外地人口味的菜肴；酒商们谈论的话题热点拓展到了全国，对商业规则也越发重视起来。而他所在的黔韵酒业，也于2017年将新老厂房和办公区域升级换代，随着思路的不断拓宽，在挖掘自身传统底蕴的同时，融入了创意设计理念，推出的真艺系列包装于2018年获得德国IF设计大奖。此后，该公司推出的张家酱文创款产品设计面世，"境"品牌系列酒销售突破1.5亿元，2020年，公司在全国多地的销售处相继成立，年销售额再创新高，突破了5亿元。

茅台机场的标识很有特色，红蓝两色的对比和反白形成一只抽象的鹰，雄鹰之下，一架飞机直冲蓝天。而在茅台机场的航站楼里，随处可见的酱酒文化宣传，也让落地于此的旅客感受到了神秘茅台的魅力。谈及机场的影响力，无论是身处商业市场浪潮中的姜文斌，还是负责机场运营管理方，他们的感受竟出奇地相似，认为这座机场的建成，并不仅是在运输上为酱酒占领全国市场添了一把火，更为仁怀这个城市注入了活力，"人们的思想变得更开放了，人才也开始涌入仁怀，茅台酒香不再怕巷子深了。"

路通百业兴

到息烽的那天正逢贵州雨季，湿漉漉的地面泛着微微光泽，我坐上县交通局的车前往永靖镇，打算与在南山驿站度假区旁经营八月瓜种植基地的高兴琴见上一面。出发之前，我多少有些为雨季的到来发愁，担心这细雨让山路变得湿滑。没想到的是，直到驶入南山驿站度假区，仍是一路平坦畅通，并没有出现令人讨厌的泥泞或坑洼。

在去永靖镇的同时，我已得知在青山苗族乡还有人在等着我，她是乡政府的工作人员，也是青山村的养殖大户，名叫王丽。王丽与高兴琴从未谋面，无论是年龄、经历还是职业都毫无共同之处，但此次息烽之行要将这两位女性的故事一并讲述，那她们之间必然有什么隐藏的关联。

见到高兴琴是在乡村公路边的一座板房里。板房的外观看起来像一个临时搭建的小卖部，走进去才发现"麻雀虽小，五脏俱全"。高兴琴看起来或许有40多岁，虽然皮肤晒得有点黑，但精心打扮过的形象让她看起来并不像常年在田间地头劳作的农人，反倒像一个生意人。后来的聊天内容证明我的猜测并没有错，她在回乡创业之前，常年在浙江从事灯具和珍珠加工、销售的生意。

"两个孩子当兵的当兵，工作的工作，我也没有什么负担了。不过，一开始家人们还是不能理解我为什么要来做农业。"高兴琴摸摸自己被晒黑的脸笑了，笑里透露出释然。她看向屋外，又说道："如果不是因为这条路，我不一定会决定在这里建基地。"

高兴琴的故事得从2018年开始说起。原本，她早已从息烽嫁到江浙地区，与家人开办了加工珍珠的工坊，又兼做灯具买卖，日子富足，生活无忧。但在息烽县委班子一次赴浙江考察吊瓜产业中，高兴琴心里产生了一个让家人都反对的想法。考察团中一位领导是与高兴琴同村的老友，高兴琴也参与了那次考察。见到浙江的吊瓜产业做得风风火火，这让高兴琴想起自己儿时在山间采摘的一种甜蜜野果——八月瓜。干部们在考察过程中给高兴琴讲了不少当时县里扶持产业发展的优惠政策，这让高兴琴不禁将儿时的味觉回忆与家乡的产业发展连上了线。

她找了两位志同道合的浙江商人共同投资，回到贵州打算找一处合适的土地试水八月瓜种植。回到家乡息烽，县农业农村局干部陪着高兴琴走过不少乡镇和村寨，更极力推荐了正在打造田园综合体的永靖镇。

高兴琴并不了解永靖镇过去的样子，直到后来认识了永靖镇平台公司总经理李顺华后，才在对方只言片语的描述中拼凑出这里的过去。李顺华早在1994年参加工作时就来到了永靖镇。那时的永靖镇还没有一条像样的公路，弯弯扭扭的草沙路上布满了深深浅浅的土坑，每逢下雨，便成了大大小小不知深浅的水洼。李顺华到永靖镇工作后不久，便被安排包村种植烤烟，从那之后，他手里总是提着一双水胶鞋，遇到水洼便熟练地换上。

水胶鞋几乎成了当地人手一双的"标准配置"，不过，崎岖难行的乡间山路还让人们产生了对另一件"奢侈品"的渴望——一辆老式嘉陵牌摩托车。这种体积比一般摩托车小一些的老式摩托，因座椅前方的车梁向下弯曲而被息烽当地人形象地称为"弯嘉陵"，在李顺华月工资只有180元时，"弯嘉陵"的售价高达2500元。尽管如此，受够了山村小道折磨的李顺华，还是咬着牙省吃俭用买了一辆"弯嘉陵"，虽然只有晴天能骑，他也心满意足了。

此后的20多年里，草沙路变成了砂石路，砂石路又变成了柏油路，李顺华的水胶鞋和"弯嘉陵"最终都和历史的尘埃一起被埋入泥土之下。高兴琴到来时，已完全想象不出过去的永靖镇是何模样，她所看到的是：大片土地相连覆盖在矮山脚下，一条约6米宽的大道从土地和群山中间横穿而过，正在建设的田园综合体暗示了这里更广阔的未来。于是，高兴琴便决定在这里扎下根来，流转了连片土地，种下带有儿时回忆的八月瓜。

当地对高兴琴的到来十分欣喜，基地建设时，县农业农村局和县交通管理局便给予了优厚的政策，按照水果采摘园的需求和设计，为基地修建了漂亮的产业便道。如今回想起过去4年，除了偶尔有不可控的天气问题导致减产，高兴琴感觉似乎没有遇到过什么困难，家人也逐渐接受了她常驻老家发展农业这件事。

那条以"四好农村路"标准修建的大道将高兴琴"系"在了老家息烽，而地理位置更为偏远的青山苗族乡，同样也有人的生活因"四好农村路"的修建发生了改变。

在青山苗族乡乡政府工作的王丽虽然出生在20世纪90年代，但地处偏远的家乡仍让她无法感受到外界高速发展带来的变革。她出生在青山苗族乡的绿化村，记忆里的童年时光大多都洒在田坎边那些纵横交错的狭窄小道上。

成年后的王丽，每每回想起小时候沿着松软的田坎步行几个小时去上学的场景时，总会半开玩笑地问母亲："你们以前不会担心吗？我那么瘦小的一个女孩子，万一掉到田坎下怎么办？"

母亲用平淡的语气半开玩笑地回答："那时候只顾着地里的活，哪会想这么多哦！"

王丽的童年记忆大概和母亲说这句话时的语气一样平淡。那时，去一趟乡里的集市王丽都跟过节似的兴奋，去县城则需徒步三四个小时，如不是非去不可，王丽一家绝不会动进县城的念头。也因如此，大多数时候，王丽所看到的世界都被村外的连绵群山框了起来，直到后来读书，才一步步走出了那方天地。

毕业后回乡工作，王丽嫁到了绿化村隔壁的青山村。虽然是乡政府所在地，但青山村的道路并不比其他村落更平坦，王丽每天上班仍像儿时上学一样，只能靠步行。家里人为了增加收入，在老房子边开办了一个制砖厂，经营了几年后发现，这并不是一个明智的决定。村里的草沙路是最大的阻碍，原材料进不来，成品出不去，常常辛苦经营一整年，最后算账时却发现还得往里贴钱。

干了几年，索性关了制砖厂。而在 2017 年前后，村里终于开始修起了通村路和通组路，人们终于能和那些起起伏伏的砂石路说再见了。看着延伸到山上的公路，王丽一家商量："要不，搞养殖吧？"老屋旁的空地可以修整用来养鸡，山上的土地可以建一座养猪场，与公司合作，也不用费心寻找销路。由于农村公路的修通，王丽的公公婆婆也忙碌起来，600 多只鸡、上百头猪等着他们照顾，日子如烧开的水一般蒸腾起来。

2022 年，息烽县获评全国"四好农村路"示范县。而高兴琴和王丽这两位互不相识的女性如今生活在同一片天空之下，一位从他乡回归，因便利的交通决定留在家乡生活；一位则亲眼见证道路的蝶变，从而引发了新生活的灵感。在讲述往事的过程中，她们不约而同地提到一句早已被人们烂熟于心的话："要致富，先修路。"这几十年未变的口号，在经历了时代的沧桑变幻之后，已被诠释出更真切的意义。

出入乡村的电商快车

印江土家族苗族自治县

出了沙子坡刀坝收费站，沿着依山势而建的公路行驶大约半小时，我们抵达刀坝镇的联丰村。同行的朋友长长地舒了一口气，他告诉我，再往前开就快到沿河自治县了。

公路修好之后，人似乎也会变得"娇气"起来，在县域范围内超过一个小时的路程都觉得远。如果是在过去，人们想从联丰村进一趟县城，提前一晚就得开始筹备并感到焦躁。

联丰村处在印江边界，从高处往下看，高高低低的房子散布在大山的褶皱里，大多数都是砖瓦房，白色的外墙在绿树之间十分显眼。这些房子外都有一条同样白得耀眼的水泥路，弯弯绕绕，纵横交错，将这山体分割成大小不一的碎片。这些碎片上的房屋外面，是大块种满各种作物的土地，人们在地里埋头苦干，玉米、稻谷迎风摇曳，从过去到现在，这样的农耕场景似乎从未改变。

只有联丰村的人们心里明白，这些玉米和稻谷于他们而言意义已经不同，过去的生活只能靠天吃饭，这些传统作物是唯一能够果腹的东西，吃得让人厌烦但又不得不吃；现在，它们已经变成了商品，和近些年来流行种植的蔬菜瓜果一起，被打包装进货车，沿着那些纵横交错的水泥路驶上柏油路，再从柏油路驶上双向多车道的高速路，车速越来越快，口袋里的钱也越来越多。联丰村的人们又爱上了种植。

在距离联丰村约 80 公里远的新寨镇新寨村则呈现出另一种场景。作为镇政府所在地，这里显然热闹许多，马路更加宽敞，车来车往；路边房屋错落有致，风格统一；饭馆和商店不时有人进出。新寨镇的人们很时髦，并非穿着打扮上的时髦，而是他们的谈吐和从事的工作都紧贴着当下的流行元素。"订单""流量""直播带货"，这些词汇被不少新寨人甚至周边村寨的人挂在嘴边，他们甚至不常去赶集了，毕竟，网上一键下单比等着乡场开市要方便得多。

新寨镇及周边村寨的土地上同样种满了农作物。过去，新寨镇及周边村寨村民们的生活和联丰村人没有太大区别，也都靠玉米、稻谷等传统作物填饱肚子，唯一不同的是，这里交通更加便捷，外出打工的人也更多，人们挣钱多了许多路子，人生也就多了更多选择。但如今，新寨镇的人们也爱上了种植，和联丰村一样，他们土地里长出的作物也变成了商品，被装上货车运往各地。

联丰村和新寨村以及这两地周边的许多村寨，如今在种植这件事上目标更加明确，市场需要什么他们就种什么，极少做无用功。他们的信息来源除了当地政府，几乎只集中在一个地方——电商驿站。

整个印江自治县约有160个电商驿站，分布在17个乡镇或街道的行政村。电商驿站省去了需要在镇上中转的环节，直通车在县城和村寨之间往返，为村民送来网购的货物，又将山里的农产品带到山外销售。每个电商驿站都由当地村民负责管理，新寨村和联丰村亦是如此。在这两个村的电商驿站里，我分别见到两位负责人，都是女性，她们的故事也有些相似。

在新寨的电商驿站，张坤端出了一套欧式茶具，茶杯上画有盛放的粉色花朵，茶盘边还配了几样小零食，颇有几分英式下午茶的氛围。欧式茶具里氤氲着贵州茶香，在这东西结合的气氛中，把马尾辫梳得一丝不苟的张坤笑声爽朗，毫无顾忌地和我说起了她的故事。

"两个孩子都在读大学，需要钱，在深圳打工来钱快啊！"她所说的打工，实际上是当家庭教师，辅导孩子作业，也接送孩子上下学。这是一份相对体面且收入不错的工作，让张坤的2019年过得还算顺遂。但在此之前，一直留在印江的张坤还尝试过不少行业。

"开过照相馆、干过微商、做过小生意……"张坤很早就离开新寨镇去印江县城寻找立足之地，性格开朗，又干过不少职业的她在10多年前已算是一个"弄潮儿"。2010年前后，网络购物在外界早已风生水起，甚至改变了一部分人的消费习惯，不过，在印江这个连高速路都没通的县城，大多数人对在网上做买卖这件事还十分陌生。但张坤不同，她自从接触网购后便仿佛进入了一个新世界。那时，印江的快递只能送到铜仁市，而铜仁与印江之间又未通高速，曲折的山路一个来回就要近一天时间，张坤网购物品之后，只能四处询问是否有朋友去铜仁，请人顺道将货物带回来。人情债不能欠太多，她也不可能频繁地去铜仁，这就大大限制了张坤的消费欲望。

直到2013年，通往印江的高速公路开通，快递公司也开始陆续入驻县城，张坤不用再压抑购物欲了，取快递，也成了她日常生活的一部分。一日，她在快递公司等待取件，在排队时，她的目光落在快递点墙外贴的一张招募海报上，上面印着计划在印江各乡镇开设快递点的招募启事。张坤和早已熟识的收发人员开玩笑说："我这么爱在网上买东西，干脆自己在新寨开一个快递点算了。"对方竟认为这玩笑般的提议十分靠谱，认真地向她介绍起了加盟流程。张坤有几分尴尬，只好以"二儿子还小，需要陪读"的理由婉拒。

张坤知道新寨镇的情况。虽然镇上有一条通往印江的公路，但那山路起起伏伏，弯弯绕绕，总要颠簸大半天才能到达，在这种路上运输快递，不用想也知道风险和成本都会大大增加。尽管从2012年起，以阿里巴巴为代表的电商平台已经在尝试进入农村，但糟糕的交通状况以及被交通限制的眼界让农村人对电商仍旧陌生，很多人根本无法想象，该如何在一张看不见的"网"上做买卖。

在镇上加盟快递点的念头变成了小插曲，被张坤一笑而过，在县城做了几年微商之后，她便去深圳了。而在她离开时，联丰村的田容投入到电商的浪潮之中。

此时已是2018年，在过去几年中，印江的电商产业已经发生了一场变革，而这变革的基础则是当地交通的变化。自从阿里巴巴率先在全国各地铺开农村淘宝之后，邮政、京东、拼多多等电商平台也开始陆续入驻，然而，这繁华场景并未持续几年就开始呈现疲态，根本原因就是竞争激烈且运输成本太高。可是，初尝电商甜头的印江自治县并不想错过这个风口，恰好此时，脱贫攻坚带来的农村公路建设为当地电商发展解决了第一个难题。

2015年前后，田容和丈夫从广东回到联丰村，丈夫在当地承包了一条农村客运班线，对道路变化的感知比其他人更加敏锐。联丰村作为印江最偏远的村寨之一，过去只有一条只够摩托车通行的泥巴路通向外界。道路拓宽之后能通车辆，但糟糕的路况让夫妻俩十分头疼，一半时间用来运客，另一半时间则都用来修车了。2016年前后，硬化路铺进了联丰村，田容家的农村客运越开越快，载的人越来越多，又过了两年，村里来了一辆载满包裹的小货车。

田容看着小货车车身上的"电商驿站直通车"几个字出神，在网上买东西这样的事情她虽然听说过，却极少体验过，而"电商"这种更"高阶"的词汇更是第一次见到。随着这辆车来的，还有一位县电商发展中心的负责人，正是他的到来，让田容打开了新世界的大门。

虽然比新寨镇的张坤晚了好几年接触网购，但田容在接受系统培训之后就一步跨入了电商行业。她之所以毫无顾虑地选择成为联丰村电商驿站的负责人，信心来源于村里这条路。

田容说，自从公路修好之后，农村客运的生意没有以前那么好了，许多人家都买了小汽车，最不济的也要弄一辆摩托车代步，有了电商驿站，她丈夫的驾驶技术又有了用武之地，能开着货车到周边村寨收农产品来集中销售。事情正如田荣所想，电商驿站开业的消息传开之后，周边村寨的村民便蜂拥而至，那些曾经因出不了山只能烂在地里的蔬菜瓜果和玉米稻谷，如今都被送到电商驿站来。而田容则只需要点货付钱，等直通车开进村里来即可。

在田容家的电商驿站做得风生水起时，2020年，离开深圳的张坤回到新寨镇，被老家车水马龙的景象震撼。畅通无阻的公路让她对网购的热情大增，隔三岔五就得跑一次电商驿站取货。而此时，新寨镇的电商驿站贴出了转让的告示，这次，张坤不再有顾虑，爽快地把店铺盘了下来。她也成了一名电商驿站的负责人，不仅如此，凭借多年的网购经验，她还开了一家网店，专门售卖当地的农产品。

"徐主任，什么时候你们再搞个培训，让我也学学直播带货啊？"最近，张坤又成了各种短视频平台的忠实用户，在热情持续高涨的网购过程中也看到了新的商机。新寨镇和联丰村以及这两地周边村寨的人们亦是如此，他们和过去一样忠于土地，热爱农耕，但也和过去不一样。在他们脚下，有一张由农村公路编织成的网在山野间纵横交错，让地里的商品"跑"出大山；在他们头顶上，有一张看不见的网连着人们的手机和电脑，让他们得以跟上这个世界的节奏。

八步茶香飘千里

在郊纳镇见到镇党委书记刘家均时，他给我们讲了一个让人听了想落泪的"笑话"。

几年前，镇上终于有了通往县城的农村客运车，一位从未坐过车的老人兴致勃勃地乘车去县城。没想到，这一路弯道无数，道路颠簸，老人瘦小的身躯在宽大的座椅上像皮球一样被颠来甩去，车刚驶出镇子不久，胃里便翻江倒海，隔夜饭都差点吐光。受了这趟折磨，老人在回程时便长了个心眼，提前一小时到达车站，抢先上车打算寻个安稳的座位，她巡视一圈，挑了个视野绝佳，还有个圆形扶手的单独座位，那座位和其他的不同，看起来安稳踏实，能把人牢牢地固定住，老人便心满意足地坐了上去。

到发车时，驾驶员一上车便愣住了，轻声问道："孃孃，要发车了，你坐在这里干嘛？"

老人生怕被人抢了位子，语气强硬地答道："我先来的，你坐别的地方去！"

驾驶员哭笑不得，只好耐心解释："这是驾驶员的位子，我要坐在这里开车呀。"

一阵笑声过后，我们陷入短暂的沉默，内心升起一阵酸楚，刘家均的语气里更透出几分无奈："以前从老路去县城，1570多个弯道，车尾还没甩过来呢，车头又要调转方向了，驾驶员都会晕车，更别说坐车的人。但是，在修通这条老路之前，许多老人连县城都没有去过。"

我完全想象不出那是怎样一种艰辛，因为，此次郊纳之行无比顺利，下了高速公路后，顺着27.6公里长的二级公路就能直抵镇上，并未感受过刘家均所说的 1570 多个急弯，更没体验过上坡连着下坡的颠簸陡峭。刘家均笑得意味深长，他说，这都是 2018 年之后发生的变化。

为了能寻找到郊纳镇的变化痕迹，我们决定进山看看。

汽车向大山深处驶去，沿山势而建的乡村公路显现出刘家均描述中那急弯的样子，道路扭得像麻花，但这"麻花"又像树枝一样生长出许多枝丫，将主干道与沿途的村庄连接起来。沿途目之所及之处几乎都种了矮株植物，虽然已进入农闲季节，但仍然偶尔能见到有人弯着腰在地里忙碌。我们在一处弯道前停下，弯道的外围连着一小片平地，有两三位农民正在除草。平地边沿有两座歪斜的木瓦房，看起来已无人居住。刘家均见我好奇，便解释道，原来住在这里的人家早已通过易地扶贫搬迁住进了镇上的纳江社区，木瓦房虽然不再住人，但仍能物尽其用，被主人腾空用来堆肥料和农具。"人不住山里，但产业在山里，这在郊纳镇是常态。"刘家均一句话总结了郊纳镇大多数人的生活方式，而这样的生活，也几乎是在 2018 年左右才开始形成的。

刘家均所说的产业是茶。郊纳镇的茶属稀有品种，叶片呈紫色，在全国并不多见，但在这曾经为贵州省 20 个极贫乡镇之一的深山之地，却有 80000 多株古茶树隐秘地不知生长了多少年。郊纳镇的紫茶树最初发现于八步村，当地人常年饮此茶，甚至传出喝了这种茶能对人体产生奇妙效果，生双胞胎的概率都变大了的许多传说。不过，传闻终归是传闻，当地人从未想过靠种茶挣钱，毕竟，在过去的郊纳镇，就连那 1570 多个急弯都没有，高山一座连着一座，将这里的村民与外界阻隔，老人们连县城都没去过，种的粮食难以运送出山售卖，又怎敢妄想靠见效周期漫长的茶叶挣钱？

在刘家均对郊纳镇往事的零碎描述中，我们逐渐向大山深入，顺着他手指的方向望去，寂静的山岭沉默不语，远处的几处山坡犹如被剃光的脑袋，露出褐黄色的松软土壤，做好准备迎接新茶苗扎根，更多的山坡早已密密麻麻种满了茶树，在白色的产业便道切割之下，山体呈现出不规则的紫褐色色块。如今的郊纳镇早已今时不同往日，茶取代了传统的玉米、红薯，只要是能看见、能种植的土地，都披上了这层紫褐色的华服。

"那就是八步村，最开始发展紫茶的地方，所以我们的茶也叫八步茶。"越往山间走去，周遭的环境越发寂静，但我们所到达的地方还不算是郊纳镇最深的山林，那八步茶的起源之地远远挂在郊纳镇的东边，与乐旺镇接壤，再往东去就到紫云自治县了。眼前，是一片正茁壮生长的茶叶基地，往来的车辆很少，也没有冒着炊烟的房屋，只有鸟唱虫鸣在山谷间回响。脚步声和说话声在这个天然的声场中被放大，让我听见有车从远处驶来——八步村的村党支部书记舒发和镇里负责管理茶叶基地的董事长唐仲智来了，一同来的还有常年在基地工作，同时也是纳江社区治保主任的韦标。舒发和韦标都约莫 40 岁出头，穿着夹克衫，脸上总挂着客气的笑容，而唐仲智则是一位"80后"，西装笔挺，说话时显得很严谨。

　　虽然年龄和经历千差万别，但他们三位的故事仍有交汇。韦标和舒发对郊纳镇的过去再熟悉不过，回想起当年，他们都长吁短叹。

　　韦标犹记得自己读初中时，每个月要背几十斤大米，从村里步行数小时到县城，每次去了就不想回家，回到家又不想出去。"那时候，我们这里大概是整个望谟县最穷的地方吧？很多人读了初中就没再上学，一心想着逃离这个地方去外地打工。"韦标和其他人一样，毕业后便外出打工，他为人踏实又能吃苦，在工厂里很快做到了管理岗位。

　　舒发的人生轨迹与韦标十分相似，同样经历过步行数十公里山路出去读书，同样在外地打工，凭借吃苦耐劳的性格取得了老板的信赖。在2017年之前，他们和大多数在外打工的人们一样，从未想过再回到老家，甚至还动过举家搬迁出山的想法。在舒发眼里，老家八步村几乎是"穷乡僻壤"这个词最合适的具象化诠释。当他每天在车水马龙的一线城市中打拼时，老家仍数十年如一日地被阻隔在大山之中，哪怕那条有 1570 多个弯的老路修通一直延伸进山，情况也并未如人们所想的那般得到明显改善。

　　舒发永远忘不了当年开着新车回家时那段令人啼笑皆非的经历。对于外出打工的人而言，新房和新车这两样东西就像他们"混迹江湖"的证明，无须作过多介绍，人们一眼便知他们的实力。舒发自然不会错过这种证明自己的机会，在郊纳镇能通汽车后便迫不及待地开着小车回乡了。这趟回乡之旅可谓兴师动众，并非因为他想大张旗鼓地彰显财富，而是从乡镇到八步村之间还未通车，他只好提前打电话通知老家亲戚在村外迎接。当小车驶进山间，前方再无路可走，舒发的亲戚们便围在小车边上，像抬着一尊大佛般，将小车抬进村里去。

如此艰难的过去，仍有黎明冲破黑暗。大约在2020年，舒发和韦标像约好了似的决定留在家乡，不走了。他们选择留下的原因有很多，韦标是前几年开展易地扶贫搬迁，住进镇上的纳江社区，从而找到了人生新方向；舒发则是在这漫山遍野的茶树和纵横交错的公路中，发现了商机。虽然舒发和韦标都是土生土长的本地人，但这些变化对他们而言是突如其来的，与他们相比，反而生于1989年的唐仲智和在郊纳镇一干就是5年之久的刘家均这两位"外乡人"更清楚其中细节。

唐仲智是望谟县大观镇人，2012年大学毕业后就来到郊纳镇工作，主要负责交通建设。他的老家大观镇无论是经济条件还是交通条件都算走在前列，因此，刚来到郊纳镇时，这闭塞的环境不可避免地给他造成了一定心理压力。在郊纳镇工作了一年多，他被借调到其他单位干了3年，到2016年回来时，郊纳镇终于开始大规模修路了。

郊纳镇开始修路时，从兴义调到望谟工作的刘家均，也被安排到郊纳镇任镇党委副书记、镇长。这次调动可以说是临危受命，当时的郊纳镇是全省20个极贫乡镇之一，从交通等基础条件到当地村民的思维方式仿佛都被这大山围困，脱贫攻坚工作开展困难。刘家均来到郊纳镇的任务十分明确：一是解决基础建设，二是发展产业。

2017年11月28日，刘家均十分清楚地记得这个日子。那一天，紫茶产业基地的建设正式拉开帷幕，挖掘机推进大山，在撂荒的土地上"啃"出新鲜的泥土，也"啃"出一条条泥路。那是让人感动、热火朝天的场面，茶农们带上一大早做好的饭菜，沿着挖掘机开辟出的便道，从四面八方的村寨步行来到基地，埋头苦干直到中午，又各自找一片稍微平整的地方席地而坐，互相分享自带的午餐。这场景让刘家均和唐仲智记忆深刻，特别是刘家均，他曾直言不讳地抱怨这里的乡民太懒："走到哪里都提着鸟笼，就算在山路上摔一跤，鸟笼都要高高举过头顶。干活的时候不见人影，去河里摸鱼倒是很积极。那河边的石头排得整整齐齐，都是他们从东边顺到西边，又从西边顺到东边，翻找石缝里的鱼时放在河边的。"如今，眼前这番热闹景象让他感到欣慰，人们终于放下鸟笼，扛起了锄头，一定是日渐畅通的道路和这稀有紫茶的生长让大家看到了希望，刘家均对此深信不疑。

就在路越修越宽、茶叶种满山坡的时候，韦标和舒发也先后回到家乡。老实巴交的韦标自从搬进纳江社区的新家后，老家的一切似乎都变得更加顺眼了，什么都觉得好：路修得好，茶种得好，镇里的卫生搞得好……他看准商机，和同乡合伙办了一个蔬菜种植合作社，专供学校等单位。"反正路修好了，一趟车就能送过去，不用担心菜烂在地里。"韦标说话言简意赅，一句话总结了自己回乡的目的。

与韦标相比，舒发的想法则更复杂一些。在外地工厂里干了几年管理的他，自认算是村里见过世面的人，自从听说八步村将传统紫茶作为产业进行开发之后，就认定这将为村里带来不小的改变，索性辞掉工作回到老家，一心想要大展一番拳脚。这次回家，他不再像过去那样兴师动众地请人在村口等着帮忙抬车了。早从 2018 年开始，郊纳镇各村之间就被一条条通村公路连接，伴随着茶叶基地铺满山间，延伸至基地的产业路也早已四通八达，舒发的小汽车畅通无阻地行驶在山间，直抵八步村。

刘家均带着我们在茶叶基地转悠了一阵，又兴致高昂地发出邀请，一定要我们去工厂里品一品八步茶的滋味。坐在茶香四溢的工厂办公室里，我们又零散地聊了许多。我突然想起不久前在网上读到的一则新闻，报道了 2022 年 8 月，郊纳镇邮亭村坡脚组的 300 余村民自发摆起"村宴"，庆祝村里的贺坡脚桥建成通车。刘家均和舒发在谈话间透露，郊纳镇如今仍有许多人外出打工，例如，有 1000 多人口的八步村里，如今也只有 300 多人常住，大多是老人、妇女和儿童。舒发说，他最大的愿望是能动员更多像他一样年轻力壮的村民回乡，让八步村再度热闹起来，他感叹道："愿意打工的就让他们在外挣钱，但同样要有年轻人回来带个好头，留在村里的人们也渴望好好生活。"

12 万公里的终点落在北纬 27°

瓮安县

山坡被茶树覆盖，呈葱郁的绿色。这些山的线条柔和，一座连着一座织成无尽的波浪，其间被或宽或窄的道路自然切割成或大或小的块面，翠绿的波浪、白色或黑色的道路线条、蔚蓝的天空和偶尔从天边飘过的白云，构成一幅宁静的油画。站在通往茶园的宽敞公路边上，人和车都在这画卷之中显得渺小，说话的声音也仿佛被这广阔的空间迅速吸收，让人不由自主地扯高嗓门才能顺利交流。

下了建中镇的高速收费站，我们就进入到这幅画卷之中，扑面而来的辽阔感让人心神舒畅。这是一趟效率颇高的旅程，从贵阳驱车到建中镇，全程高速，只需 1 个多小时，如果从瓮安出发则更快，只要 20 分钟左右。沿着宽敞的大道继续行驶，汽车最终在一个厂区内停下，一栋两层楼房映入眼帘，楼顶上立着 5 个大字——黄红缨茶业。

这就是此行的目的地了。黄红缨还没有出现，公司员工先为我们泡上一壶好茶。办公楼一楼用于接待，空旷敞亮，一张巨大的木质茶桌摆在中间，配套的木椅看起来分量十足。木架子上摆放着各种包装的茶叶，此外，还有几本书，有诗歌集，也有新闻报道，内容大多都与黄红缨的茶事业有关。我对这个名字并不陌生，在过去几年里，无论是关于脱贫攻坚还是关于贵州茶产业发展的新闻报道中，都常常见到这个色彩强烈的名字，一年多前来瓮安时，当地的朋友也曾提议来见见她，不过，当时想寻找更多平凡人物的故事，便未能成行。没想到，此次为了寻找交通的故事反倒与她产生了交集，或许也是一个新的角度。

在茶的温度刚刚适合入口时，门外传来一阵说话声，隐约听见有人叫了一声"黄总"。我回过头去，阳光从门外投射进来，勾勒出来人的剪影，只见，一个留着短发的身影正风风火火地走进来。她热情地与我们大声打着招呼，声音有几分低沉沙哑，听起来有明显的湖南口音。

就是她了，举手投足都透着果断和豪迈的黄红缨，与我此前在各类新闻报道里所读到的形象几乎完全贴合。或许是因为见过不少采访者，也或许是因为常年浸泡在商业氛围中养成了讲求效率的习惯，黄红缨比我更快进入角色，无须过多铺垫，开门见山地聊起了建中镇的交通。

"我曾经用了两年时间跑了12万公里，最终选择在建中镇落脚。"黄红缨是一个很好的讲述者，开篇就已将悬念拉满，仿佛回到了11年前四处奔波的状态中。

黄红缨虽然已经在瓮安县生活了11年，但说话仍有浓浓的湖南腔调。她来到贵州并非偶然，而是经过反复考察、调研和权衡的结果。2011年，原本在湖南从事旅游业的黄红缨，因为当地高速公路开发而不得不停掉了经营得正红火的生意。那时她已45岁，却并未打算让自己提前退休，二次创业的想法几乎没有经过任何犹豫，很快被提上了日程。她心中已经有了打算，这一次她要尝试农业，最佳选项是周期漫长，但风险较小的茶产业。

她带着团队在全国各地东奔西走，累积下12万公里这个令人惊讶的里程数字，最后，她来到了贵州。黄红缨在更早以前也来过贵州，那时，她是作为慈善者的身份带着爱心人士捐赠的物品来到贵州毕节的。第一印象当然是穷，绵延的乌蒙山脉将山村与外界阻隔，村里的孩子们眼神躲闪，看向这群前来献爱心的人士时，既按捺不住好奇又难以掩饰对陌生的恐惧。孩子的眼神和崎岖的山路给黄红缨留下极为深刻的印象，让她对贵州的偏远山区隐隐产生一种别样的心痛。2011 年，她也去过毕节，一度想过把产业安放在那里，不过，在商言商，经过一番考察之后，那里的土地并不是理想之选，她只能再度启程。这一站，她来到了瓮安县建中镇——一个位于北纬 27° 上的穷困乡镇。

建中镇农业综合服务中心主任兰昌兵对这片土地的贫瘠和穷困很有发言权。他 1995 年参加工作时就被安排在建中镇，报到的那天，坐着一辆发动起来就突突作响的农用车，摇晃了两个多小时来到建中镇，心中竟生出一种被 "发配边疆" 的悲凉感受。这不算一种夸张的说法，事实上，那时的许多干部彼此之间都有一种无需明言的共识，谁被调往建中镇就约等于被 "发配边疆"，因为那里条件实在太过艰苦，任人们再有想法，这偏远的地理位置、缺水短电的生活条件，都难以支撑起任何发展的念头。

兰昌兵来到这里工作时，镇上的街道已经铺上了水泥路，但通往县城的道路仍旧山高水远。交通工具只有一辆几乎快报废的吉普车，方向盘由为数不多会开车的人来掌管，并不宽敞的车厢里总是挤满了人。那时的人们缺乏安全意识，一心只想着能搭上便车去县城，通常上车时是什么姿势，两个多小时到达目的地后还保持着同样的造型，因为车上太过拥挤，人们根本无法动弹。

兰昌兵在这个看起来毫无希望的乡镇一直工作了许多年，当然，随着时代的发展，建中镇的基础条件也在一点点变好，但这变化十分缓慢，慢到容易被人忽略掉。直到 2011 年，黄红缨带着她的创业团队来到这里，负责农业工作的兰昌兵与这位看起来性格豪爽的女性有了第一次接触。

在来到建中镇之前，黄红缨已经走过了 12 万公里，见过了不少适合或不适合种茶的土地，却始终没有找到一个令她满意的地方。来到建中镇，当地政府的干部带她来到果水村——一个水、电、路都不通的村寨。汽车沿着泥泞的小道往前行驶，小道两边长满杂草和灌木，一不留神就会刮花车漆。前方不时出现几个孤单的身影，一个人和一匹马，或是一头骡子，马或骡子驮着一些东西，慢悠悠地在泥泞道路上摇晃着，孤单的人时不时扬起鞭子催促一下慢悠悠的牲口，当他们听见身后传来汽车碾过泥石的声音，总会下意识地向后张望，见到有汽车驶来，便拉扯一下马匹或骡子停下，缓缓让出一条道来让汽车先过。

"我去过许多地方，很少见到有村民像这样不问一句就先主动给车子让路的。"汽车从那些村民和他们的马匹身边路过时，黄红缨感觉内心似乎被什么刺痛了，如今回想起来，那逆来顺受、又透着渴望的神情仍让人心中泛起酸楚。越往村里深入，这种令人内心酸楚的场景越发多见，闪烁的 15 瓦白炽灯、破旧漏风的茅草房、产出的粮食不足以填饱肚子的土地……穷苦，是果水村留给黄红缨的第一印象，她近乎本能地想要对这里的村民施以援手。

当然，帮扶穷苦村民的方法有很多，并不一定非得让自己扎根在这里，所以，黄红缨选择留在建中镇还有其他的原因。在第一次考察后，黄红缨独自带着团队来过建中镇几次，她查阅了大量资料，甚至查询了建中镇历年来的气候记录，检测过这里的土壤营养成分。建中镇处在北纬27°上，这是一个神奇的纬度，这个纬度上分布着十分完整的生命绿洲，对于种茶人而言，这一纬度也被誉为"黄金产茶带"，由此可得，建中镇也能种出最好的茶。不仅如此，热情的瓮安县干部还带她去参观了猴场会议会址，红色历史的印痕让黄红缨想起自己的父辈，这个地方与她人生的距离似乎更进一步。

"我们也没有想到她会做这么详细的调查，看来她对于投资十分谨慎。"在深入接触黄红缨之后，兰昌兵意识到她与其他投资者的差别，在那个政策开放、急需产业进驻的时期，瓮安县对于投资者敞开怀抱，也有不少相应的支持政策，但最终落地并持续做了 10 年之久的人并不多。黄红缨最终决定在建中镇扎下营地，当然，她还有很多问题需要解决。

摆在眼前的首要问题就是：路。这里有大片的土地可以利用，放眼望去，看得见的或看不见的山坡都迫切地等待着人去开垦，但如何顺利地征服那些山坡是最实际的问题。黄红缨决定在这里开发茶叶种植之后，几乎每天不是在这个山头就是在那个山头上打转，她买了一台挖掘机，走到哪个山坡上，挖掘机就开到哪个山坡上，很快，一台挖掘机并不足以扩张茶园的版图，她又租了七八台挖掘机同时开工，以果水村为首的几个村庄顿时热闹起来。

开荒的那段时间，黄红缨与她的社交圈子差点脱节，好不容易打通她电话的朋友通常都会问："你怎么消失了？电话也打不通？"山上是没有信号的，可她大部分时间又都待在山上。为了能用手机顺利地与外界联系，黄红缨只能住在县城，每天早上6点多起床，7点多开车出发，到达建中镇的工地已是上午10点，在没有手机干扰的环境下苦干一天，夜里又开着车回到县城，此时通常已过晚上9点。

最苦的日子大概都留在了那起早摸黑的两年。这两年里，连绵的荒山被挖掘机一点点"啃"出平整的土地，也"啃"出了一条条歪歪扭扭的便道，虽然依旧泥泞坎坷，但好歹上山有路了。茶叶种下，往后的日子就是漫长而细致的管护和等待。当然，如此大规模的农业是需要交"学费"的，雪灾带来的严重折损让茶农们苦不堪言，杂草疯长让人备受折磨，不过，黄红缨提起那些过往都不再摇头，只是用一句话带过："学会和时间交朋友。"

在后来的许多年里，黄红缨在建中镇的大小山头上开出了几十公里产业便道，不过，要把茶叶卖出这个偏远的乡镇，还需要更便捷、快速、宽敞的路才行，这不是凭借她一己之力能够办到的。学会和时间交朋友的黄红缨，等来了一个惊喜——2015年，贵瓮高速开通，建中互通建成，大幅缩短了建中镇与省城贵阳之间的距离。

几乎所有瓮安人都记得2015年12月31日那一天，省领导站在清水河大桥上，气壮山河地宣布："贵州省县县通高速现在全面实现。"这便是贵瓮高速的非凡意义，它的建成通车意味着贵州88个县（市、区）全部实现了高速公路连接，被大山阻隔的贵州成了一个"高速平原"。而在贵瓮高速建成通车后不久，道真到瓮安、江口到瓮安的高速公路也陆续通车，加上此前已经通车一年的马场坪到瓮安高速公路，4条大道在瓮安交汇成一个"大十字"，从那之后，瓮安到贵阳、瓮安到都匀、瓮安到凯里都只需1小时，"黔中一小时经济圈"的概念也成为瓮安快速发展的底气。

而对于小小的建中镇而言，高速公路通车更是轰动全镇的大事。作为瓮安县最偏远的乡镇，从建中镇到县城需两个多小时，到隔江相望的开阳县毛云乡需要绕 3 个多小时的山路，贵瓮高速建成，竟将这个贫困乡镇曾经最不愿与外人言说的短板变成了优势，还有什么比这更值得令人欣喜呢？从 2008 年提出"县县通高速"战略，贵州历经 7 年得以实现宏愿，而在建中镇苦守 4 年的黄红缨，此时也等来了时间的礼物。

　　在建中镇工作了十多年的兰昌兵曾开玩笑道："以前，每年镇领导都给大家画下蓝图，许愿来年的建中镇将发展成何等模样，但感觉每一年的变化都不大，现在，巨变就在眼前，愿望终于实现。"黄红缨也明白，新的机遇正在到来，道路通畅为她解决了后顾之忧，而地里的茶叶也快迎来丰收。黄红缨的茶产业版图快速扩大，建中镇一跃成为瓮安县的"西大门"后也实现了华丽转身，开始规划建设建中凤凰新区，谋划一个崭新的乡镇未来。新区建设，黄红缨作为建中镇最大的产业投资者当然也不会置身事外，当地极力推动她的茶叶基地向茶旅小镇的方向升级，不仅继续发展农业，旅游也将融入进来，配套的交通建设规划当然不会落下。

　　黄红缨说，其实，对于变化感知最明显的还是这里的村民。以前，这里的村民们并不相信她能做出像样的茶产业，甚至不相信茶叶能让他们丰衣足食、口袋里还有余钱，就像不相信建中这个偏远穷苦的地方会有翻身之日一样。"村民们要的东西很简单，他们想挣更多钱，那就带着他们挣更多钱。"一开始，来茶山做工的村民要求日结工资，虽然大家都不明说，但黄红缨知道人们担心她这个外来女子会突然"跑路"，后来，她热心地组织农民培训，给上千人提供源源不断的就业机会，开始陆续有茶农提出，半月结一次工资，后来，变成了一个月结一次工资。此时，黄红缨便知道，她等来了村民们的信任，正如等来了建中真正的变化一样。

　　见到黄红缨的那天，我和她聊了整整一下午，当太阳开始向西坠下时，她提议开车带我去茶山上转一转。她熟练地启动了那辆黑色越野车，一脚油门就驶上通往茶山的大道，一路上，她总不时向两边张望，偶尔挥手在空中比画那些茶山的形状："这一片是黄金芽……那边种的是白茶……"不过半个多小时，我们便大致游览了一遍几处有代表性的茶山。茶农们都已结束了采摘的工作各自回家，只有工厂里还有工人在忙碌，黄红缨便又提议再去加工厂看看。那些穿着白衣戴着白帽的年轻工人，三三两两坐在一起，正在为新推出的茶饼进行包装。人们有条不紊地工作着，见到黄红缨出现，纷纷抬头、微笑，又继续埋头苦干……

从脚车村走上"双高速"

 榕江县

"90后"唐毅是榕江县三江乡脚车村的第一个大学生。

而此刻，他正坐在网络直播间里，身后是一排陈列着农产品的木架，在强烈的白色灯光照射下，看起来比真实的肤色更白一些。我站在灯架的背后，看着这个时代之中并不陌生的一幕——年轻主播面对手机镜头妙语连珠，手里像走马灯一样轮番换着各种产品，从口味、功效到包装、特色，中间几乎没有停顿，鼓励观众下单的"话术"不绝于耳。不过，发生这一幕的地点并非在直播产业发达的国内一线城市，而是在榕江县城落成启用不久的新媒体助力乡村振兴文创产业园内。

是的，10年前，唐毅作为村里的第一个大学生走出了榕江，如今，他又回来了。

从榕江县城到脚车村只需1个小时左右，下了厦蓉高速四格收费站再行

驶 20 公里左右的山路即可抵达。这样的距离，10 年前的唐毅完全无法想象。

脚车村在三江乡南部，寨周松杉成林，翠竹连片，隐匿于月亮山腹地。这是一个古老的苗寨，据历史碑文记载及考古调查，脚车村或建于明末清初。隐于山林虽完好保留了古老的民族传承，却也难以和世界同频，脚车村长久地延续着传统农耕生活，直到 2013 年，村里才迎来了两件喜事。

第一件喜事，是当时的住房城乡建设部、文化部、财政部三部门启动了传统村落补充调查和推荐上报工作，藏于月亮山的脚车村终于被世人看见，被列入第二批中国传统村落名录。而另一件喜事，是唐毅考上了重庆师范大学，成了村里第一个走出大山的大学生。

唐毅即将启程前往大学报到的前一天，家里热闹非凡，鞭炮声、祝福声此起彼伏，仿佛要把屋顶都掀翻。几乎全村老小都来为这村里的第一名大学生送行了，这位年轻人在脚车村民眼中仿佛镶着一层别样的光彩，是父辈眼中争气的儿子，是孩童眼里学习的榜样。

这喧闹同样让唐毅心灵震撼，在他心里，这"第一"带来的也不全是满足，还有些许酸楚。这是 2013 年，考上大学在全国许多地方已不算稀罕事了，而在这小小的村庄却是天大喜事。他望着自己的一生务农的父母出神。父亲小学读到四年级，母亲则一个字也不认识，去过最远的地方甚至都没出过黔东南。唐毅给父母买好火车票，请两老送自己去重庆，一来可以让他们看看自己即将生活 4 年的城市，让他们安心，二来也能让他们走出这座大山去到更远的地方。

天刚蒙蒙亮，一家三口便扛着行李从脚车村出发。先走十多公里的山路去三江乡，找一辆货车搭上顺风车，顶着扑面而来的尘土抵达榕江县城，再挤上县城客运班车去往都匀火车站，最后，随着人潮涌进开往重庆的绿皮火车，三人这才算松一口气。从山间泥路一步步走上柏油路面，再在铁轨上缓缓前行，视野越发开阔，心情也跟着雀跃起来，唐毅的新生活即将开始，这也意味着父母的生活将要迎来改变。

家境决定唐毅的大学生活一刻不能松懈，他从大一开始勤工俭学，到了大三便摸索着自主创业，做家教平台、兼职活动平台，开大学生临时超市等。2015年前后是外卖平台涌现且竞争激烈的时期，这也给他带来灵感。他创立了一个微信公众号，帮同学们代送快递、代取外卖。从那时起，唐毅就已展现出对互联网的敏锐触角。

大学4年里，唐毅一年只回一次脚车村。他依旧和过去一样，从重庆坐火车到凯里或都匀，再转客运班车，最后踏上从小就没变过的泥巴山路。大学毕业后，他和许多年轻人一样向往着大城市，去往深圳、广州，与最前沿的互联网平台打交道。但留在省外并非他的长久打算，每次回家看到父母时，日渐苍老的面容和当年双亲一同送他去重庆的画面仿佛总会重叠。在外闯荡3年，唐毅想家了。

这是2020年，有"大数据之都"之称的贵阳在互联网世界中日益展现出优势，贵州的互联网发展空间巨大，深深吸引着一直以此为业的唐毅。更为重要的是，在过去这几年里，贵广高铁、成贵高铁等高速铁路陆续开通，贵州也已完成了县县通高速的历史成就，夹在从江、黎平和凯里之间的榕江，曾经地势崎岖、难以抵达，如今在贵广高铁、厦蓉高速、荔榕高速、剑榕高速的交织之中，一跃成为贵州南部重要的综合立体交通枢纽。唐毅的归家之路被铁路和高速拉平展开，不必再忍受奔波之苦。

回到贵州后，唐毅在贵阳国家高新技术产业开发区成立了互联网公司。2022年，榕江县领导到贵阳考察，来到了唐毅的企业。此时的榕江县正在布局新媒体产业的发展，得知唐毅就是榕江人，且相关经验十分丰富，榕江县领导便力邀他回到家乡。这对唐毅来说当然是求之不得的机会，他迅速组织起团队，踏上了回乡的路。

此时，正是短视频平台发展最快速的时期，"抖音""快手"等平台在互联网世界抢夺着下沉市场的巨大流量。此时，也是贵州文化旅游在交通完善之后步入高速发展的时期，那些曾经难以抵达的"世外桃源"正在成为人们的旅游目的地。唐毅敏锐地感知到这一切，在回乡之前，他已打定主意，要把脚车村在网络世界推出来。

不过，计划在他回乡路上就已发生了变化。他和团队驾车沿雷公山驶向榕江，途经台江、榕江、剑河与雷山4县交界处时，同车的一位同事介绍，这里就是他的家乡——小丹江苗寨。这个寨子和脚车村如出一辙，依山而落，傍水而居，环抱于青翠之间，仿佛与世隔绝。站在原生态的寨子里，面对透明如玻璃一般的河水，唐毅脑海中关于热门短视频内容构想都一一映照在现实中。他跃入水中畅游起来，同事迅速将这一幕用视频记录下来。

后来，这条短视频在网络上火了，小丹江苗寨自然也成为公司第一个打造的"网红"旅游目的地。"亲子苗寨"、农耕文化研学游、精品民宿……唐毅和团队在小丹江苗寨的探索逐步扩大，依托通往小丹江苗寨的那条国道提供的便利交通，将这个苗寨推到了大众视野之中。

与此同时，唐毅和他的团队也在榕江扎下根来，将新媒体版图持续拓展开来。而此时的榕江，也正在着力发展农村电商，成立了新媒体产业专班，提出了"新三变"的思路，即手机变成"新农具"、数据变成"新农资"、直播变成"新农活"，唐毅团队的计划与榕江县的发展规划一拍即合。

这条"新三变"的路子必须有一个重要的依托——交通。互联网让产品信息快速直达用户，必然要求产品能高效送达用户手中，而在这过程中，榕江县的立体交通枢纽优势尽显。有了交通保障，唐毅和他的团队放开手脚热火朝天地干了起来，陆续建立起一个以"山呷呷"为品牌的新媒体矩阵，旅游、辣椒、刺梨、天麻、苗族银饰、酱酒等产业都包含其中。

2022年夏天，被网友称为"村BA"的"美丽乡村篮球联赛"在台盘村这个小小的村落打响，比赛的哨声竟传遍世界各地，让贵州大众体育成为全球关注的焦点。而在这一年，榕江县的新媒体赛道也在提速，新媒体助力乡村振兴文创产业园落成启用，唐毅及其团队是第一批入驻的企业之一。

这两件看似毫不相关的事件，在一年之后产生了某种微妙的联系。2022年12月，榕江县就已开始筹备孵化另一个"村"字头的体育"IP"，次年5月，"和美乡村足球联赛"打响，相关短视频和新闻报道如潮水一般一波接着一波席卷而来。在新媒体推动之下，人们很快关注到这个同样诞生于乡村的体育赛事，顺其自然地将其称作"村超"。"村超"与"村BA"并肩而行，榕江也和台江一起，成为黔东南自治州"两江两村"体育赛事推动乡村发展的典范。

深谙互联网引流之道的唐毅，自然也是其中的推手之一，团队运营的贵州村超推荐官等账号，一次次刷新短视频流量纪录。不过，"网红"只是暂时的，产业才能永久存在，唐毅非常明白这一点，他将曾经孵化的小丹江苗寨以及辣椒、天麻、杨梅汁等"山里货"都一一放入"村超"这个巨大的"篮子"中。"不久前，央视报道了榕江的新媒体产业助推乡村振兴的案例，报道里有一句话是'让种苗在大棚里就上网络，出了大棚就上高速'。有立体交通的支撑，我们才敢在互联网上把流量越做越大，不仅是让农产品上高速走出榕江，也要吸引更多人通过高铁、高速来榕江。"唐毅说。

一切如榕江的新媒体人所设想的一样，"村超"的火爆让与之相关的一切跟着火了起来。此时，唐毅又推出了一条视频——脚车苗寨牯藏阵容惊艳村超。视频中，脚车苗寨13年一次的牯藏节搬到村超赛场，阵容庞大，震撼人心，浏览量突破了100万次，被抖音平台热点推送"贵州最值得去的村寨"。对于这次推荐，唐毅同样信心十足，给他底气的不仅是这个中国传统村落传承了上百年的历史底蕴，还有今年4月被彻底打通的交通阻碍。

2023年4月17日，距离脚车村不远的厦蓉高速四格收费站正式开通，让榕江县城到脚车村的行驶路程整整缩短了40分钟，这也意味着脚车村民需绕过崎岖山路到三江乡才能搭顺风车到县城的日子终于彻底远去。唐毅回家更加方便，父母出村也不再艰难，这也让唐毅更有底气将"流量"引向他出生的那个"桃源地"。

脚车苗寨成了网络媒体中"贵州最值得去的村寨"之一，而唐毅及其团队一直倾力打造的小丹江苗寨同样也搭上了交通便利的"顺风车"，在团队的包装下，被打上"大湾区后花园"的标签，将网络流量的触角更准确地伸向沿海城市。每一天，"山呷呷"品牌旗下的各大短视频账号火热发布内容，打扮亮丽的苗族姑娘推荐辣椒、杨梅汁，在山林里挥汗如雨的农人直播挖天麻，蓝天白云、碧波荡漾的"小众村落"进入大众视野……吸引眼球的花样不断翻新，网络商城里的产品销量节节高涨，高速公路上车来车往，高铁车厢里也人声鼎沸，商品走出大山、游客走进榕江，一刻不停。

唐毅几乎每周都会回一趟脚车村，除了看望父母，也时时关心村里罗汉果的长势。他驾着小车驶出四格收费站时，脑海中偶尔闪现当年和父母一起踏出山门、挤上绿皮火车时的场景，如今，那样的经历大概不会再有机会体验了，想到这里，他脸上总会露出浅浅的微笑。

18 小时，水城村蔬菜端上广东餐桌

麻江县

7 月的山区，大雨说来就来。这场大雨将水头大寨的一切迅速冲洗一遍就匆匆离去，太阳紧接着露出头来，议事亭外灰色的水泥路便泛起金灿灿的光泽，周边的冷凉蔬菜基地也被浇灌了一番。杨永军和我坐在议事亭里躲雨，顺便聊起了这个寨子的往事。

"这里的人以前苦得很，10 多年前，大多数都只能靠打山货为生。"如今的杨永军已是麻江县坝芒布依族乡水城村的党支部副书记，虽然他年纪不大，却对年少时所经历的贫苦印象极为深刻，那对几乎所有水城村的人来说都是不堪回首的往事。

话题刚刚打开，一位老人笑容满面地缓缓走来和杨永军打着招呼。杨永军让出了一个位置请他坐下，称呼他为"老支书"。这是水城村曾经的村党支部书记赵庭钊，他的到来又将这个村寨的历史故事向前翻到1967年的那一页。

"我们村当时自发组建了一支工程队，集体投身到'6711工程'里去。"赵庭钊已年过七旬，但思路非常清晰，说话语速很快。"6711工程"，顾名思义，即1967年1月1日开始的工程。

坝芒布依族乡是麻江县较为偏远的乡镇，而水城村又是乡里最偏僻的村庄。山高坡陡、气候湿冷，虽有309省道穿境而过，但村里的十几个寨子分布零散，从第一个村民组到最后一个村民组之间的距离有20多公里，在尚未修建乡村公路的年代，这里的人们即便守着一条309国道也很难出一趟远门。1967年1月1日，水城村的人们集结出发，向通往外界的唯一一条通道走去，用钢钎、铁锤等最简单的工具，终于让这条贯穿整个村庄的道路看起来像点样子，至少可让马车通过，这也让人们知足了。那时的赵庭钊才19岁，修路的艰辛已经从记忆中渐渐褪去，能想起来的都是路建成之后带来的好处。"上梁子的时候终于不用一步步爬上去了，我们都是赶着马车去的。"参与这项大工程显然让赵庭钊十分自豪。

不过，这条铺满碎石、窝凼遍地的路并不能满足杨永军这一代人。

2002年从西双版纳退伍回乡的杨永军，在麻江县城待了没几年就响应老家召唤，回到村里任组长。水城村的村民组分布零散，像水头大寨这样位于高山上的寨子因常年贫困且封闭，思想较为落后，整个村子管理起来难度不小，村干部们压力很大。

时间来到2013年，一位"未来之星"正埋头苦干，逐渐展示出他过人的坚韧和机敏。此人便是水城村党支部书记罗传彬，那时的他从未想过，10年之后，自己的名字会被冠以"明星农村经纪人"的头衔在网上广为传播，成为乡村振兴中的典型。

罗传彬埋头研究的是高山蔬菜的种植技术，他特意选在靠近公路的土地展开试验，就是为了能将种植成功的蔬菜更快卖出去。在罗传彬的带头之下，杨永军等村干部也加入进来，种植技术越来越成熟，吸引到一些周边的客户上门收购，从这些客户的口中，他们打听到广州有一个规模很大的江南果菜批发市场，便决定前去考察一番。

那是 2015 年，贵州首列高速铁路——贵广高铁刚刚开通，罗传彬、杨永军等一行数人搭乘高铁来到广州。进入江南果菜批发市场时，杨永军惊呆了。"这简直太大了！一个档口的货都抵得上老家一个市场的量了。"杨永军不停感叹，那些见过的、没见过的蔬菜瓜果让他们眼花缭乱，更让他们心痒难耐。

一定要把菜卖到广州去。罗传彬等人下定了决心。

可是，这说起来容易做起来难，第一次运输就让他们认清了残酷的现实。

那时的路况并不算理想，货运汽车从村里开到广州江南果菜批发市场至少要一天半。在这一天半中，他们必须从那条年纪比杨永军还大的 309 省道开出去，等上了高速打开货厢一检查，便发现许多比较娇嫩的蔬菜已在颠簸中损坏了五分之一。一路辗转，好不容易到了广东，在市场里卸货时却发现，带刺的黄瓜已经在反复碰撞之下连刺都被磨平了，绿叶蔬菜也大多耷拉着失掉水分的叶子，甚至隐约散发着一阵阵即将腐坏的气味。

这场面让罗传彬和杨永军都很尴尬，他们完全没有想到，花了那么多时间攻克种植技术上的难题，最后却因为交通不便让水城村再次陷入困局。村干部们并没有放弃，罗传彬继续研究蔬菜种植，而杨永军则主抓村寨建设。2017 年，脱贫攻坚如火如荼，农村公路硬化目标实现村村通、组组通，终于为水城村解开了发展的困局。

路修好之后，水城村的十几个寨子之间的距离似乎也拉近了，与外界的交流也变得畅通且频繁。在贵州大力发展蔬菜、牛羊等特色产业的政策支持下，水城村高海拔、低气温等曾经的劣势转变为优势，培育出高山冷凉蔬菜的地方品种，这一品种最大的特点就是比常规同类蔬菜上市时间晚一些，能够抢占到更大的市场，如今，这里已成为贵州省确定的两个高山冷凉蔬菜基地之一。同时，大面积的森林和连片的山峦，也为林下经济和牛羊养殖提供了天然的资源，位于山顶、距离村委会最远的几个村民组，如今已全部投入到高山牛羊的养殖中，收益颇丰。

10余年一直在与蔬菜产业打交道的罗传彬终于可以放开手脚大胆干了。村里不仅修了通组路，还配合坝区建设修了不少机耕道、产业路，哪怕是年迈的村民，只要手脚利索，都能向合作社报名参与种植。早就退休的老支书赵庭钊也耐不住寂寞，种了几亩蔬菜还不够，也为自己家里种上一些粮食。他说："要换做是以前，我才不种呢！没有机耕道，走到地里都要走半天，菜啊、粮食啊，也难得挑回来。"

　　而罗传彬等村干部带领的合作社与广州江南果蔬批发市场之间的合作也终于稳定下来。罗传彬与一家运输公司达成长期合作协议，始终记得当初因交通不便而吃亏的他，在协议中特别注明：必须保证18小时内将蔬菜运送到广州。

　　山间的水城村日益活跃起来，曾经让村干部们头痛不已的水头大寨也早已换了天地，不仅寨子的环境如世外桃源，寨子里的人们也消磨掉当年的戾气，变得温和、勤奋。

　　当我们在议事亭里结束了最后一个话题时，一辆外地牌照的大型货车缓缓驶入寨门，停在菜地边的水泥路上。司机从驾驶室跳下，轻车熟路地与当地村民打着招呼。杨永军告诉我，这位司机就是来运送蔬菜的，装好货后休息一会儿，大概第二天中午12点左右就能到广州。

　　而在村里的蔬菜分拣仓库，几位村民正在忙着分拣新鲜的带刺黄瓜，一位阿姨热情地塞了几个到我手上："尝尝看，刚从地里摘的，新鲜得很！"

　　杨永军又介绍到，现在的水城村已不必再四处奔波找市场了，"现在是市场来找我们，有时候我们还不愿意供货给小市场，你手里的这黄瓜，我们卖到广州批发价将近5元一斤，他们拿去是论个卖的。"杨永军说，和江南果蔬批发市场档口主日渐熟悉后，他们也学会了打探消息，市场上需要什么，他们就针对性地种什么。

　　"我们马上要建一个冷库，蔬菜的新鲜度就更有保障了。"谈起未来，杨永军的语气变得更加兴奋。他看向那条存在了几十年的309省道，说："你晓不晓得，这条路是以前麻江去贵阳的必经之路，就算是现在，从这里去贵阳也更近一些。其实，我们基础不差，有了农村公路以后，一切都好了。"

万亩果场引力

下午 3 点正是收果的时候，锦屏县敦寨镇龙池多彩田园公路沿线的收果场里一片繁忙景象。大货车的货厢张着大嘴，一箱箱金秋梨整整齐齐码放其中，还有源源不断的果农从基地赶来，生怕来晚了会错过今天收果的机会。收果要趁早，这是几十年来靠种植水果为生的敦寨人的基本常识。

敦寨负责宣传的工作人员告诉我，这一眼望不到边的水果基地在小小的龙池村已存在了 30 年之久。1993 年刚成立时，这里叫做龙池万亩果场，种植的水果品种比较单一，橘子占主体，也有人种西瓜。那时，虽然龙池的水果种植规模庞大，却因交通不便，迟迟打不开销路，大多销往周边乡镇、村寨，再远的地方就很难到达了。

"我生在隔壁乡镇，小时候来一趟龙池需要翻山越岭，走很久的山路才能到。来了这里就是为了吃一碗粉，再一人背 20 斤橘子回家。"这位年轻的工作人员回想起儿时的经历觉得有些好笑，"现在想起来，那时候竟然会为了 20 斤橘子走那么远的路！"在他的记忆中，每逢赶乡场的时候，家家户户都会起个大早，清晨 7 点多就出门，走到敦寨镇上已是中午 12 点，品尝一顿平时很少吃到的米粉，再开始摆摊售卖或是东走西逛。那时，人们不用担心交通安全问题，因为山路上没有车辆经过，连马车都没有。聊着这些往事，这位年轻人感叹道，那时的生活物资匮乏，甚至没有见过香蕉这样并不稀奇的水果，能吃上几口肉、几个酸甜的橘子，已经算是改善生活了。

曾经的交通不便也催生出一个职业：果贩中间人。和当今的农村经纪人类似，这位果贩中间人专门帮农户找销路，帮外面的果商找货源。

在龙池村，我见到了这位曾经靠当中间人致富的人——龙池村委会主任龙绍海。

1993年，历来以种植柑橘为主的龙池村于当年11月开始建设万亩果场。那时，当地的柑橘广受周边乡镇乃至锦屏县城欢迎，人们对于通过水果致富抱有很高期待。不过，曾经的水果销售方式十分传统，大多是靠自己通过人背马驮运到镇上，再找车辆运输到其他地方销售，亦或在赶集的那天挑到集市上现场售卖。龙绍海也如此，不过，他比别人多留了个心眼。

龙绍海印制了不少卡片，卡片上写着座机电话作为自己的联系方式，遇到批发水果的老板和货车司机就送上一张。他不仅仅售卖自己家种的水果，还能帮老板组织货源，统一收购村里其他农户的水果。卡片一张张发出去，龙绍海的生意也渐渐找上门。联系他的人大多都是大客户，一次要收上万斤果子，根据收果的数量给龙绍海一定百分比的提成，最多的一次，龙绍海一单就挣了5000元。当然，这也不是一件容易的事，受限于落后的交通，他必须将联系到的货源先集中到交通相对便利的公路边，等着顾客过来装货。

这买卖交易信息的工作也非长远之计，干了没多久，龙绍海便去了深圳，从事广告印刷了。此后大约10年间，龙绍海在深圳与龙池之间来来回回。他在外接触了大量现代企业管理理念，也干过不同的工作，但每次回到龙池村，他仍会干回老本行。这也意味着，在至少10年的时间里，龙池村的交通发展并无太大变化，人们仍旧只知种植，不知该如何扩大销路，每到龙绍海这样见过世面的村民回乡时，才能给他们带来更多信息。

龙绍海在龙池村的时候也没有闲着，他没有像别人一样种橘子，而是在研究西瓜。常年接触不同果贩的他能打听到市场的喜好。那时，市场上销售较好的西瓜都是大型的商品果，单个重量就达七八公斤，但村里的人们舍不得浪费土地，在地里打窝时距离都间隔得比较近。龙绍海通过试验，决定将打窝的间隔扩大到2米，结出的西瓜硕大喜人，他毫不吝啬地将这一经验传授给其他村民，毕竟，村里卖出去的产品越多，他就能挣得越多。

直到2011年，龙绍海从深圳回来之后便再也没有离开，他进入村委会任文书，开始着手帮助龙池村进一步扩大水果产业。

要提升产业就必须修路，无论是西瓜还是柑橘，货车运出去时必须经过很长一段泥巴路，一路颠簸总会让水果出现不同程度耗损。2013年，龙绍海买了人生第一辆汽车，开回村里时都得小心翼翼地挑路走。苦于交通的糟糕情况，龙池村的当务之急就是修路。

龙绍海进入村委会后，刚好遇上了龙池村开始大规模的公路建设。得益于县交通部门的优厚政策，龙池村已实现通达工程，泥结碎石路面虽然仍旧颠簸不平，但已比曾经三四米宽的泥巴路好了不少。此后，路面硬化工程也相继开展，村里的主要干道都焕然一新。提到修路的那几年，龙绍海最大的感受就是："在龙池修路，群众工作是最好做的，村民们都期盼能有更好的交通。"

风风火火地干了几年，2015年左右，龙池村的公路基本修建完成，而龙池万亩果场也于此时升级为省级"龙池高效生态农业产业园"。到了2018年，产业园又更名为省级"锦屏县龙池多彩田园"，成为贵州省100个重点农业园区之一。

交通改善后，龙绍海"中间人"的身份也在悄然发生变化。他担任村委会主任后，便投入到村集体经济的建设中，根据市场需求不断调整产业结构，万亩果场中不再只有耀眼的橘红色，也有葡萄的深紫、金秋梨的焦黄、蜂糖李的翠绿……这片土地变得名副其实的多彩。随着龙池多彩田园的名声越来越响，除了龙绍海等村干部主动去北京、广州等地对接销路外，也有外省的大客户主动找上门来，龙池的水果不仅出现在北京新发地、广州江南果蔬批发市场等国内大型市场，也被端上西藏、黑龙江等地的餐桌，龙池多彩田园的万亩果场正释放出巨大的引力。

2020年后，眼看果场的产量逐年提升，市场需求越来越大，龙池村的村干部也开始着手组织产业路的建设。锦屏县交通部门为龙池多彩田园的机耕道、产业路建设提供了大量支持，短短几年时间，连绵的果林间就已有相互连接贯通的道路延伸至四面八方了。

在路边的收果场里，果农们忙得不可开交，根本顾不上关注我们这样的陌生人。卸货、挑选、装箱，午后阳光下的人们动作熟练，挥汗如雨，这样的场景在龙池村一年四季从不停歇。

再访大木村

 修文县

时隔仅 1 年，我又来到了修文县六屯镇的大木村。从桃源大道进入一段山路向村里开去，这一路风景似乎与去年有些不同。

去年初冬，一个阳光晴朗的日子，我在这里见到了村党支部书记李福贵。他给我留下的印象很深，说话轻声细语，看起来性格有些内向。此次再到大木村，我又见到了他，而他也有了一些变化。

此时正值 6 月，村里正在为这年新开发的韭黄种植产业忙碌，与此同时，既有旅游资源，又拓展出新产业的大木村，也成为乡村振兴中的样板而迎来省里的考察和其他县、市的学习。李福贵忙得不可开交，一会儿交代基地负责人上工的注意事项，一会儿又要招待前来考察、调研的团队，看来，他根本没有时间和机会"内向"了。

再访大木村，是因为听修文县交通运输局党委委员、公路管理所所长黄进元介绍，这里在 2021 年 12 月时新修了一条公路，这条路通向六屯镇，既是更为便捷的通村公路，也是村里发展林下菌、韭黄等产业的产业路。据说，这条路的建成为发展红色旅游为主的大木村带来了根本性的转变。

"旅游业发展只是部分村民吃到红利，始终无法实现人人参与，但产业

不同，1000 亩韭黄、200 多亩林下菌，自己种植的人能挣到钱，在基地上打工的人也能挣到钱，你说是不是效益更好？"对于旅游为大木村带来的提升李福贵并不否认，但他作为村支书，必须要关照到全村的发展，最终，还是得选农业产业这条路。

李福贵抽空开车带我去看了那条产业路，在路上将大木村的交通故事向我细细道来。

大木村的通村路建设有几个阶段的变化。最初是在 1995 年左右，贵州省公路集团为了在当地开发香火岩景区，修建了一条 3 公里长的沥青路，路边还有法国梧桐装点。不过，这条为了开发景区而建的道路对于大木村而言实用性并不大，那时，村里的人们去六屯镇或修文县仍然只有坑坑洼洼的泥巴路可走。"那种泥巴路，车子想掉个头都没办法。"李福贵说，那时要想挑点东西出去卖，走到集市上都占不到好位置，要想去再远一点的扎佐，那更是要折腾 3 个多小时。

村里在交通上的转折发生在 2011 年，大河至红竹公路进行了改扩建，汽车得以驶进大木村，富有红色底蕴的大木村开始发展起旅游业，一批开办农家乐、民宿的村民开始积攒财富。2018 年，这条公路又实施了路面改善，路况更好，环境也更为美观。如今，村里配合县交通运输局，又对这条路进行了绿化美化。2021 年 12 月，县交通运输局向省交通厅申请到项目支持，建设了一条缠绕在山间、通往六屯镇便民公路。在这之前，这条道路其实一直存在，不过，它是一条仅 4.5 米宽的泥巴路。后来也曾做过硬化，但直到2021 年 12 月，这条路才真正被拓宽、美化。在桃源大道二期修好之前，这条公路是连接大木村到六屯集镇最快捷的一条路，全程只需 20 分钟即可抵达。

"我们已经在网上买了 17000 多块钱的花种，15 个人干了半个月左右，把种子全都种在道路两旁了。"说起公路绿化美化，李福贵把前段时间刚完成的工作告诉了黄进元。

"行道树也可以种一些，就种银杏。大木村不是就有两棵古银杏树吗？银杏生长缓慢，对路基影响不大，又算得上是大木的标志。"黄进元提议道。

李福贵点点头表示认可。再往前开了一段，他便停下车来，向我建议："你可以在这里拍拍照片，那边正好有工人在干活，可以把路和人都拍进去。"这更让我感觉到李福贵与过去的不同，或许是因为这一年多来频繁的接待，也或许是因为我们第二次见面已非常熟悉，他早已不会在面对镜头或录音笔时流露出微小的紧张和局促了。

按他说的，我用镜头对准了山坡上的人群。"今天来开工的应该有上百人。大木村没有这么多人，有许多都是从其他地方来的。"李福贵介绍，自从村里开始发展产业之后，就有不少其他村寨的人来大木打工，"交通方便，他们来这里要不了多少时间。"

基地是村集体产业，对外招来工人，村里就得为他们做好服务。每天中午，村里都会安排人给工人们送饭，李福贵说："天气热了，他们要是自己带饭来吃，万一馊掉了，吃坏了肚子，那可不好。"

据李福贵回忆，村里也曾在2000年自发组织打通了一条"水泥路"通向外界。说是"水泥"，其实是一条水和泥土混合的小路，花了数万元修好之后，仅过了一年，一场大雨就将这条路冲坏了。"所以，还得是请交通运输局这样的专业单位来。"李福贵感叹道。

大约只用了十多分钟，李福贵就带着我走完了这条崭新的便民公路，他还得去招待另一批前来考察的人，只能匆匆与我告别。黄进元开着车将我带回桃源大道，又在路上向我介绍了这条建于2017年的道路。

桃源大道直通修文县的著名景点桃源河。2017年之前，此处完全被农田、荒地覆盖，连一条毛路都没有。虽然桃源河景区很早就已开发，但由于一直没有通路，景区经营也不温不火。2017年，县交通运输局规划建设桃源大道，硬生生开出了一条全长7.499公里，路基宽度为16米的双向四车道公路。这条路修通之后，通往桃源河的旅游大巴也随即开通，周边的旅游也随之被带动。

"六屯镇、大木村、小木村……桃源大道所涉及的两个街道和6个村寨都在不同程度和不同方面得到带动。你刚才看到的大木村就非常明显。"黄进元说。

　　夕阳西下，晚霞为柏油路面铺上了一层橙红色如丝绸般的光。大木村的韭黄基地和林下菌基地的工人们已陆续下班回家，我们也走在归途。道路向前延伸，在前方一个个村庄入口分出支路，犹如不断生长的大树，分出新的枝丫。

沿途风景

联通温泉与溶洞的纽带

绥阳县

在双河客栈门口，我们恰好遇见了田茂荣。田茂荣和那幅挂在他家客厅里的照片上一样，个头不高，头发花白，眼角全是皱纹，但笑起来显得非常精神。他正扛着一根像小轿车那么长的粗木头，一颤一颤地往家的方向走去，双河村第一书记徐林叫住了他："你扛着这么大条木头是要去做哪样？"

"回去弄一下我那房子。"田茂荣咧开嘴，脸上的皱纹都挤在了一块。

大约 10 分钟前，我们正在他家和他的妻子黄金花闲聊。

黄金花 16 年前从松桃自治县嫁到绥阳，跟着田茂荣安顿在温泉镇双河村。这对夫妻的年龄都不小了，能找到自己的缘分已属不易，但黄金花沿着那条泥泞不堪的小路走进村庄，站在那栋又窄又破的小屋前时，心里还是忍不住倒吸了一口冷气。屋子小到只放得下一张床，做饭在屋外，厕所在猪圈，若是想要洗澡，只能烧好水端进屋，把门一关，在床边洗，勉强能保留一点隐私。屋外的景象更让她的心情凉了几分。环顾四周，大山阻隔着视线，让她不能痛快地看得更远，山坡起起伏伏，把田土割成了碎片。在双河村，土地是宝贝，村里的人们都靠这零碎的土地种植玉米、土豆、烤烟，除此之外，再没有其他收入。

在这贫困和闭塞的村庄里，黄金花和田茂荣的小屋和几分薄田更显落魄，也因此未能获得周遭的善待。黄金花觉得憋屈。松桃到绥阳，最近的路线也有 300 多公里，对于鲜有机会出远门的黄金花来说，这也算是"远嫁"了，可眼前的一切都让人无法满意。她好几次萌生出离开的念头，最终，还是在反复权衡和田茂荣的劝说中留了下来。

黄金花嫁到双河村几年后，村里终于开始有了变化。村里有一处溶洞，规模相当恢宏，在外有不小的名声。当然，黄金花这位"外来媳妇"并不太清楚这洞里的奥秘，只知道当地政府打算在这洞里做出点什么大文章。各种各样的改造接踵而来，路变宽了，村里也不再像以前那样灰尘漫天、泥泞一地。

关于这处溶洞，甚至整个温泉镇的故事，有一个人了解甚多。他是温泉镇人大主席丁书波，虽然2021年之前一直在镇外工作，但他出生在离双河村不远的温泉村，对这处让温泉镇声名鹊起的溶洞当然十分了解。

早在20世纪80年代，丁书波还在读初中时，就已有科学家对双河洞洞穴系统进行考察测量。后来，为了防止村民在洞内滥开矿石，镇里的粮管所便出钱将已探测的洞穴保护起来。尽管早在1993年，双河溶洞的一级支洞大风洞就已开门迎客，但地质科考离村民的生活和游客的世界都太远了，鲜有人会愿意为了看一个洞穴而跋山涉水来到这个交通闭塞的地方，无论是双河村还是整个温泉镇，在长达近20年的时间里始终无人问津。

科考仍在继续，双河溶洞系统长度一年比一年长。到了2004年，双河洞被原国土资源部（2018年组建为自然资源部）评定为"国家地质公园"，陆续也迎来了诸多媒体的关注，"喀斯特天然洞穴博物馆""地心之门"等美誉被附加在这处洞穴之上，这处中国最长洞穴群的光芒再也无法掩盖。绥阳县抱着这块"宝贝"，当然想把它擦得更亮，随即引进了江苏银河集团，结合贵州清溪峡景区以及中国大地缝景区，整体打造十二背后旅游风景区。

真金白银的投入、大刀阔斧的改造，终于让温泉镇下辖的双河村、公平村和温泉村等地的村民感受到了自己与时代的连接。不过，真正的转折出现在2015年。

这一年，逐渐打造成熟的十二背后旅游风景区进入紧张的备战状态，因为一年以后，第五届遵义市旅游产业发展大会将在这里召开，十二背后旅游风景区将在大会中做产品发布。从1993年大风洞正式开门迎客，到2012年十二背后景区进行整体打造，这片广袤的神秘之地始终难以与游客真正地紧密拥抱，一是因为没有健全的配套设施，二是因为交通闭塞阻碍了人们的脚步。

关于 2015 年至 2016 年的双河村，丁书波、双河村村委会副主任朱克能以及田茂荣和黄金花夫妇都有一段深刻的共同记忆。

那时的温泉镇是省级三类贫困乡镇，也是绥阳县最后摘掉贫困帽的乡镇之一，随着景区建设的脚步加快，与建设密切相关的温泉村、公平村和双河村也必须面对最棘手的问题——征地和搬迁。

在景区建设的规划中，位于双河溶洞入口不远的地方，将建设一处连片的精品民宿，而这片民宿的选址恰好就在双河村的龙光村民组，想要实现这一规划，就不得不请这一组村民进行整体搬迁。在景区外，从温泉镇的入口温泉村到中间的公平村，再到紧靠双河溶洞的双河村，全线只有一条坑坑洼洼的泥巴路，不仅窄，还存在诸多安全隐患，想要体面地迎接游客，必然要动工修建一条像样的硬化公路。无论是建民宿还是修公路，都必须占用村民的土地，这对于寸土寸金的温泉镇而言，人们真的愿意吗？

即使丁书波当时正在 50 公里开外的风华镇任副镇长，但他对老家的情况也是一清二楚，尽其所能地协助开展动员工作。而身在双河村的朱克能更是头大，一边要协调协助公路建设，一边要挨家挨户走访村民，一遍遍地将景区的未来向村民们描述，打动人们参与到建设中，最难的还数龙光村民组的搬迁问题，全组 31 户人家，每家想法不一，这项工作做得极为艰辛。接踵而来的还有村中民居的风貌整治、环境卫生等种种问题，朱克能和镇里组建的工作组几乎是"白＋黑""5+2"地连轴转，一刻也不敢松懈。

相比起丁书波的关切，以及朱克能的焦虑，苦苦忍受多年委屈的田茂荣和黄金花，此时却是另一种心情。听说政府能让他们搬出这间破旧逼仄的小屋，换一间有厨房、有卧室、有独立卫生间的小楼房，他们早已迫不及待了。更何况，政府还承诺，未来景区用工会优先考虑搬迁的村民，这更让生活窘迫的夫妻俩生出了无限期待。因此，田茂荣夫妇以最快的速度签署了协议。

2015 年年末，天气逐渐转凉，温泉镇却越发热火朝天。10 天，温双公路交付施工面；30 天，468 户 370 亩征地拆迁完成、景区 26 户拆迁安置完成；90 天，703 户风貌整治完成……温泉村、公平村和双河村这三个紧密相连的贫困村，在寒冷的冬天里见到了蝶变的曙光。

2016 年 4 月 29 日，大巴车、小轿车排成长龙在崭新的温双公路上驶过，沿线美景指引来客深入到秘境之中，第五届遵义市旅游产业发展大会如期在十二背后景区的双河客栈举行。此后，温泉村的水晶温泉配套设施一再提升；公平村的古迹公馆桥被保护起来成为一处热门"打卡"点；双河村的农家乐也一天比一天多，做小生意的村民，口袋渐渐鼓了起来。

2021 年，一部名为《峰爆》的电影在全国上映，十二背后旅游风景区的壮丽景象被投映在影院大银幕上，唤起了更多人对这个神秘之地的好奇。行驶在温双公路上的车更多了，这条路不仅将温泉村、公平村和双河村连成一线，也让藏在深山之中的秘境与外界相连。

而在这一年，在外工作了 10 余年的丁书波回到家乡温泉镇，任镇人大主席。虽然过去他人不在家乡，却时时关注着温泉镇的发展，如今，终于能在这片养育他的土地上做点什么了。

朱克能已当了 3 届村委会副主任，工作越来越顺手，除了带着人们捧好旅游这个"金饭碗"，村里也开始发展种植业，茶叶示范带，以及南瓜、辣椒、金银花等蔬菜和药材种植基地让不少村民的日子忙碌起来。

住进大房子的黄金花，已经没有太多时间抱怨生活。旅游旺季一到，她清晨 6 点就必须出门，去往新家旁的景区里打扫卫生，这份保洁工作对于她而言毫无难度。而她的丈夫田茂荣，则在景区或镇上打打零工，自从景区热闹起来之后，工作机会也变得多了起来。

在田茂荣家的墙上挂着一幅结婚照，黄金花穿着雪白的婚纱手捧花束，田茂荣则西装革履，两人背靠着背转过头来对镜头绽出笑容。"这是前两年镇上一家照相馆开业的时候，老板来村里做公益活动给我们拍的。"原本还在为过去的苦日子哀叹的黄金花，随着我的视线转头看向墙上的照片，她瞬间绽开了笑容，眼睛眯成了两条缝。

飞跃万峰林

兴义市

　　万峰林的全貌是什么样子？答案在空中。

　　在天空鸟瞰万峰林，阳光之下的山峰连绵起伏，如绿色的波涛。这大面积的绿深浅不一，向阳的一面在光线作用下呈现出活泼的翠绿，仿佛随时会汹涌起来；背阴的一面显出沉稳的墨绿色，像海浪在逐渐平息。在这片绿色的波涛之间，连成片的油菜花田会在不同的季节展示不同的色彩，初春是金黄，春末到夏初则变成青绿，到了深秋，则枯黄一片，甚至露出深褐色的土地来。

　　天空下的万峰林应当被看见。每天，在这片被誉为"中国锥状喀斯特博物馆"的奇景上空都有许多架飞机划过，飞机的降落点或起飞点就在离这里直线距离不到 9 公里远的兴义万峰林机场。如此近的距离，恰好能为飞机上的乘客提供一个观赏万峰林的独特视角。

　　从 2004 年 7 月建成通航到现在，每年都有来自不同地方的人坐着飞机来到兴义，仅 2021 年，就有 100 万人次的乘客出入这个机场。而家在北京的红姐就是其中之一。

　　进入下纳灰村，沿着平整宽敞的乡村小道往山下行驶，民宿便渐渐多了起来。下纳灰村是万峰林内民宿最集中的村寨，传统布依族民居改良而成的屋子一栋挨着一栋，数量不少，但并不拥挤，几乎每一家都有几间视野极佳的观景房，打开窗户便能看到山下广阔的油菜花田。红姐的兜兰小筑 1 号院有些不同，它依山而建，坐落在半山坡，远远看去是一处掩藏在山林之中的隐秘居所，地理位置更高，自然也能看到不一样的景色。

　　沿着一条狭长的石板路往上，便进入这间小而美的民宿中。大门敞开，屋里却没有人，长木桌上摆放着几盘切好的水果和整套茶具，看起来店主已经做好准备迎接客人。一面墙上挂满了照片，有各种合影，也有万峰林以及这间民宿的风光照，每张照片的下方都细心写上了图片说明，其中一张写道："兜兰小筑最难忘的一天。2016.4，开业喽！欢迎欢迎！"

我站在照片墙前看了一会儿，听见有人从楼上下来。来人穿着黑色条纹线衫，腰间系了腰带，戴着口罩，仍能看出满脸笑意。"欢迎欢迎！"她是红姐，曾经是房地产圈知名媒体人，但现在，她以兜兰小筑其中一位主人的身份与我聊天。

过去9年中，红姐频繁往返于北京和兴义之间，最多的一年来回飞了20多趟，甚至被同事笑称为"兴义飞人"。飞在万峰林上空对红姐而言已经习以为常，但即使已经过去了9年，她仍对当初第一次来兴义时的经历记忆犹新。

那是2013年9月，她受朋友之邀需要去往这个地处贵州西南部的国家AAAA级旅游景区旁的一个拟建文旅小镇项目进行前期考察。她拨通订购机票的电话："请帮我订一张去兴义的机票。"

"抱歉，您要去哪里？"接线员显然没有听说过这个地方，在红姐的回答中，依旧问了足足3遍。

"兴义，高兴的兴，遵义的义。"红姐无奈之下，只好把"兴义"二字拆开来解释。

其实，她也是第一次听说这个地方，同样为这个在国内并不知名的城市竟拥有一座机场而感到小小惊讶。

飞机是从北京南苑机场起飞的。1904年，进入中国的第一架飞机降落于此，这里也成为中国的第一座机场。1984年，南苑机场转为军民合用机场，在后来的几十年里经历过停航、复航，最终在2019年正式停用。在2013年，南苑机场的设施已经显得非常老旧，大多数航班都不在这里起飞了。红姐在这个极少踏足的机场中登机，对接下来的旅程充满了好奇。

当飞机经历了3个多小时的飞行抵达目的地时，这个小城的机场又让红姐惊讶了一次。比起人流如织的各大国际机场而言，眼前这座国内支线机场实在是小得像一座客运站，从下飞机到走出机场，只要几分钟。不过，当时的红姐并不知道，在这初次见面的两个月之后，兴义机场即将迎来一次巨大的改变。

当然，这段历史我也是在见到黔西南州文旅集团兴义民航公司总经理郎翔之后才知道的。在与红姐见面的前一天下午，我在黔西南州文旅集团见到了郎翔。这位年轻的负责人不过30多岁，却对兴义机场的发展历史了如指掌。据他介绍，兴义机场于2004年正式通航，直到2009年，每年的吞吐量只有1万人次至3万人次，但在兴义民航公司成立之后，机场的改扩建工程也紧随其后，2013年9月底，贵州省发展改革委批准万峰林机场改扩建工程立项。到了2014年10月，兴义万峰林机场一期改扩建工程开工建设，历经4年，终于在2018年8月，兴义万峰林机场T2航站楼正式启用。

2014年，兴义机场正式更名为兴义万峰林机场。揭牌仪式当天，红姐恰好从兴义飞北京，在机场拍下了这一幕。

说来也巧，在红姐第一次来到兴义之后，这座西南小城的名气也在逐渐打开。2008年举办全国山地运动会，2014年举办中国自行车联赛、首届环万峰林持杖徒步大会，2015年首届国际山地旅游大会落户黔西南，2018年第十五届北京世界华人篮球赛选址兴义……这里的绝美风景率先被运动爱好者关注。而此时，随着兴义机场更名为兴义万峰林机场，航线不断增加，服务逐渐完善，机场的吞吐量也在逐年上涨，到了2018年，兴义万峰林机场的吞吐量正式突破100万人次，达到112万人次。

红姐对数据的变化并无感知，但对机场的变化有着最直观的感受："机场变得高大上了，出行也便捷了许多。"当然，她的注意力更多放在万峰林中。

红姐最初来到万峰林，是受邀参与万峰谷艺术小镇的规划与建设。该项目牵头人是国内文旅地产领军人物梁上燕，她整合了国内开发人才、规划设计领域的国际权威机构、广告机构、酒店运营业的大拿等加入，红姐当时领导的地产中国媒体团是其中之一。在这样高规格的艺术小镇中，必然需要配备一个国际级的公共交流空间，万峰林国际会议中心的构想呼之欲出。

随着各项赛事、旅游大会的举办，兴义市对万峰林周边的交通问题尤为重视。2013年5月，当地便开工建设了双向十二车道的万峰大道，将机场与峡谷大道连接起来，沿途经过多个村寨，彻底改变了人们的出行方式。有良好的交通条件，红姐团队参与万峰谷艺术小镇建设工作也方便多了。项目牵头人、国内资深市场营销策划专家梁上燕邀请到在国际上具有相当影响力的建筑设计师朱锫来到万峰林，希望对方能主刀万峰林国际会议中心的建筑设计。朱锫来到万峰林后，很快从这里的建筑形态与山水之间的融洽关系中获得灵感，在机场里就挥毫泼墨勾勒出万峰林国际会议中心的概念图：几块仿佛从山上随意取来的黑色大石互相重叠，构建出建筑的基本形态，与这万峰成林的自然环境融为一体。这一设计最终得以实现，成了融于这山水又突出于这山水的独特景观。

万峰林国际会议中心建成之后，兴义市开始争取首届国际山地旅游暨户外运动大会落户万峰林。在黔西南州相关领导的努力之下，这个经国务院批准的中国唯一一个以山地旅游为主题的国家级、国际性峰会与万峰林结下深厚缘分。万峰林和兴义小城的美丽惊艳全球，打开国际知名度。

红姐的顾问团队在万峰林的工作大概持续了两年。临到告别时，万峰林这个远离尘嚣的山水画卷让他们依依难舍。"不如盘下一栋民房改作民宿？虽然暂时商业价值不大，当作我们度假的据点也是好的。"有人提议，而这项提议很快得到众人呼应。

彼时，万峰林街道下各村寨的乡村旅游刚刚兴起，也深知游客是因为未受破坏的自然生态及民俗风情才选择来此旅游，传统民宅便因此得以保护。当地明确规定，不得私自拆除旧屋，也不能随意建新房，红姐等人便在下纳灰布依寨觅得三栋石头老屋，20多位好友按照中国式众筹的规则平均出资，筹措资金500多万元对老宅进行修旧如旧的改造。

"我们的众筹是筹人、筹资、筹智。"作为联合发起人的红姐笑着说道。于是这些合伙人有人主攻设计，有人负责建设，有人谋划经营，兜兰小筑1号院和3号院就这样在2016年3月顺利开业，位于两个院子中间、正对下纳灰寨门的兜兰小筑 2 号院经过改造也在 2018 年开门迎客。2016 年后，红姐再往来兴义的理由就多了这个掩藏在山林之间的精品民宿兜兰小筑了。她一如既往地乘坐飞机往返于北京与兴义之间，每年至少会飞 6 次，每次都呼朋引伴，将这贵州西南角的风光推荐给更多人，兴义的朋友戏称她为"兴义民间推广大使"。兜兰小筑的出现，也带动了万峰林的民宿潮，从 2016 年至今，景区内精品民宿已经从几家增长到 200 多家，每年为几十上百万游客提供了诗意栖居地。

一年又一年，兴义万峰林机场的航线也越来越多，最多时开通了 29 条航线，通航 34 个城市。2017 年，兴义万峰林机场还开辟了贵阳快线，班次从最初的一天 2 班逐渐加密，最多时一天高达 12 班。而在过去这些年里，万峰林也已成了红姐的身体与心灵栖息地，每有空闲，她的首选几乎都是万峰林。

"万峰林的景观可以用两个词来形容，一个叫'美时美刻'，一个叫'一步一景'。你坐在这儿看着远处的山，因为阳光和云雾的出现，几乎一时一变，总也看不够；你到外面走走，因为山水田和民居的不同，风景也一直在变幻，不断有惊喜。"与万峰林结缘近 10 年，红姐依旧看不够这峰林之间的风景，早晨的云雾让她神清气爽，午后的阳光让她慵懒迷醉，雨后的彩虹让她惊喜万分。她还喜欢约上朋友骑行，踩着自行车在花田边驰骋，偶遇一段斜坡，也会像孩童一样撒开车把，尖叫着冲过去。她也喜欢在村里小店闲逛，见到喜欢的木雕、绣片便花钱收下，她说："这里人杰地灵，大自然充满张力，人心沉稳人性质朴。本地工匠和绣娘在这山间就专注于手上的东西，心无旁骛，自然能做出好东西。"

北京至兴义之间有数千公里，而这班航线已经成为连接两地的一条坚固纽带，安全又便捷。每到春节假期，她征询家人意见："是去海南还是去万峰林？"得到的答案几乎都是："万峰林！"于是，他们便收拾好行李，搭上这班飞机，向万峰林飞去。

被高速激活的山乡

 开阳县

四坪隧道的一头连着开州湖特大桥，钻出隧道后会产生一种行驶在半空中的错觉。大桥上的塔顶仿佛贯入云霄，悬索自半空垂下，紧拉着全长1000多米的桥梁悬在空中。桥下250多米是奔涌远去的洛旺河，河岸两头一边属开阳县管辖，一边即将进入瓮安县的地界。只用了几分钟，我便越过这座大桥来到一处岔路口，向右转驶过弯曲的辅道，米坪收费站就出现在眼前。

从收费站到米坪乡政府之间有一段仅2公里左右的山路，双向车道，沥青路面平整且干净。米坪乡的街上店铺一家挨着一家，店主们彼此熟悉，三三两两聚在一块儿，手里抓着一把瓜子边吃边聊，不时抬眼打量一下出现在街上的陌生面孔，见路人匆匆走过，便又投入到家长里短中去。

"以前的米坪乡就处在一个死角上。"这是米坪乡代家餐馆的老板代国才的原话。代国才是花梨镇人，年轻时当过兵、打过仗。退伍回到老家后，1998年，米坪乡政府干部来到代国才家，邀请他去政府食堂掌勺。正打算找点事做的代国才欣然应允，他很喜欢米坪这个地方，地势平缓、土地肥沃、物产丰富，唯一的缺点就是路太难走。

米坪乡的地理位置非常特殊，全乡三面临水，正好处在清水江和乌江的交汇处，在2022年之前，乡里只有一个通向外界的出口，山路崎岖而遥远，要是遇上雨季偶尔发生泥石流，就只能从周边村寨寻找能勉强通车的泥巴路绕行。

代国才来到米坪乡，为接管乡政府食堂做准备。由于交通困难，那时的米坪乡没有农户上街卖菜，乡政府食堂想要做饭只能自给自足。代国才和干部们商量，每天下午，干部们提前些下班，自己去地里择菜来做饭。然而，

这并不是长久之计，干部们每天的工作量都不小，谁有空天天去给自己找食材呢？代国才又想了个办法，决定利用政府办公楼后的土地种菜，才算是解决了大伙儿吃饭的问题。

仅仅干了两年多，代国才的三个儿子陆续进入读书的阶段，而捉襟见肘的乡政府所支付的工资并不足以支撑他的开销。见食堂已经走上正轨，代国才便提出了辞职，他计划在乡里开一家小饭馆，收益或许能多一点。代国才在乡政府门口经营起了自己的小餐馆，早餐卖米粉、面条，午餐、晚餐也提供炒菜或炒饭。米坪乡的山路难行，鲜有外面的人来到这里，代家餐馆的食客来来回回都是乡里的人，不过与微薄的工资相比，餐馆的收入勉强能让一家五口过上正常的生活。

在过去许多年的经营中，有一位操着遵义口音的食客让他的心情久久不能平静，至今仍印象深刻。那天下午，代国才只见一辆货车风风火火地从乡里唯一的出入口开了进来，路过代家餐馆门口后向着路的尽头驶去。过了许久，这辆货车又回来停在了餐馆门口，一位小伙子从车窗探出头来，一脸沮丧和疲惫，指着刚才来的方向同代国才打听："老板，那边出不去了吗？"代国才摇摇头，指着相反的方向道："你得原路返回才行。"

小伙子眉头紧锁，拖着身子走进餐馆坐下，要了点食物便默不作声地吃起来。小伙子吃了一会儿，代国才听见了一些不太寻常的声音，他竖起耳朵，只听见那位埋头吃饭的小伙拿着电话发出"呜呜"的哭声，抱怨道："妈，这个地方好'老火'，这么大个乡镇居然只有一条路可以出去，我啷个（贵州方言：怎么）办嘛！"代国才动了恻隐之心，等小伙子挂了电话，安慰道："不要急，要不你在我家休息一晚，明天再走？"

这条路不仅给外人留下过"心理阴影"，在本地人眼里也同样令人惧怕。在乡镇街道上开渔具店的杨明江、付芳夫妇，就曾在孩子出生时，因为这条路付出了不小的成本。

20多岁的付芳是米坪乡伍寨村人。2018年，怀孕待产的付芳眼看预产期即将到来，她心里越来越慌。虽然乡里有卫生院，但常年和丈夫在外打工、做生意的付芳小有积蓄，还是希望能到条件更好的县医院待产。可这山路崎岖，坐车从米坪乡到开阳县需两个多小时，她挺着大肚子，且不说这一路颠簸是否会对胎儿造成影响，万一预产期提前，能不能赶到医院顺利生产都是个问题。夫妻俩思来想去，决定提前一周多就去县里的医院住下，这样才能安下心来确保母子平安。

杨明江和付芳夫妻俩早已厌烦了这条路，生完孩子不久，他们便又出门打工去了。有孩子之前，夫妻俩在外闯荡多年，开阳、贵阳、浙江、福建，这些地方都去过，或找个公司上班，或支一个路边摊卖炒饭。不过，从2020年开始，在外的生活越来越难过。新冠疫情造成的影响越发明显起来，工厂效益受到影响，小两口的炒饭摊点生意更是不景气，眼看孩子长大，在外漂泊又不能随时陪伴，2022年春节回家后，夫妻俩便决定不再出去打工了。

其实，让他们决定留下来的原因不仅仅是多陪伴孩子。夫妻俩在春节前回到老家后便见到了一幕令他们兴奋的场景：在距离米坪乡仅两公里远的地方，一条高速公路即将完工，听说2022年1月就将开通！

杨明江酷爱钓鱼，三面临水的米坪乡又是野钓爱好者的天堂，回到老家且一时间无事可做的杨明江可谓如鱼得水，不仅常常邀约开阳、贵阳的朋友一起钓鱼，就算没有同伴，他也会早早出门去往江边，直到晚饭饭点才能过足瘾。2022年1月，瓮开高速正式通车，从开阳到米坪乡的时间大幅缩短，夫妻俩隐隐感觉这将为米坪乡带来发展良机，他们决定开一家渔具店。寻找店铺和货源、装修店面，到了当年的"五一"节前夕，小两口的店铺终于正式营业。

这个假期对米坪乡的人而言无比新鲜，因为，街道上竟出现了过去几乎从未见过的热闹景象。杨明江、付芳两口子忙得脚不沾地。高速开通之后，小店不用承担库存压力，只需大约每三天进一次货，杨明江提前一晚向供货商下单，第二天物流走高速一早就能送达。但这个小长假里，白天生意太好，库存常常告急，杨明江每个夜晚都得联系一次供货商。

涌进米坪乡的人们目的地非常一致，那就是沿江而居的四个村寨。这几个村寨并非什么闻名遐迩的旅游胜地，但依伴在清水江与乌江的交汇处，就对钓鱼爱好者产生了强大的吸引力。塞满钓鱼装备的汽车源源不断地向江边驶去，因此而情绪高涨的不仅有杨明江夫妇，还有江边村寨的村民们。野钓爱好者通常在江边一待就是好几天，除了钓鱼的装备齐全，也少不了帐篷、锅碗瓢盆等生活用品，但偶尔正在兴头上顾不上做饭时，也会请周边村寨的农户简单炒一碗饭送过去。不出去找生意，生意竟会送上门，这几个村寨的村民们仿佛体验到了天上掉馅饼的滋味。

不过，也有人对这炒饭的生意不感兴趣，而是正忙着接待主动上门考察果林生长的客户们。

在临江的泥池村，村委会主任王建开着车带我钻进山林之间。汽车沿着一条狭长的陡坡往上攀爬，水泥路面白得发亮，路边的果林间有几位老人正在林下耕种。汽车在半山腰停下，王建建议下车徒步上去看看。越往上走，道路两旁的李子树上挂的果子越多。王建一只手扶在腰间，另一只手在空中画了大半个圆，豪迈地大喊一声："看到这片果林，我就看到100万元正在向我招手啊！"

王建转过身来，像打了一个漂亮的"翻身仗"一般，扬眉吐气地说道："高速没通之前，我们的蜂糖李被压价得厉害，只卖出30元每公斤的价格。今年，我可要涨价啦！"

王建的李树林大约有100多亩，是蜂糖李刚开始走俏的2016年种下的，那时，他已经回到老家担任了3年的村委会主任。王建回到泥池村之前，在外干过水果批发，也搞过生猪贩运，对水果市场的动态十分了解。到了2013年，听说村里即将换届的王建突然有了回家的想法。通过竞选，王建当上了村委会副主任，上任后第一件事，便是风风火火地带着村民们一起修路。

其实，早在2010年时，王建就组织村民挖出了一条村里的主干道。那时，村里一位老人去世，不少村民回乡祭奠。在饭桌上，王建提议大家齐心协力建一条路出来，年轻人纷纷附和。一番商议后，大家决定，每家派出一个劳动力一起干。挥汗如雨11天，人们叫苦不迭，便又凑钱请来挖掘机，最终把那条土路开挖成型。

虽然是凹凸不平的土路，也确实带来了不少便利。此时，王建成了村委会副主任，他想继续修路，便又如法炮制，以这条路为蓝本给村民们做起了思想工作。大多数人很支持修路的提议，一条条小道开始热火朝天地施工，但王建丝毫不敢放松，他得随时照顾到村民们的情绪，有时干到月上梢头，他也不着急回家，而是拉上几个情绪不高的村民们喝酒聊天，直到凌晨两三点才敢放心睡去。

直到 2016 年，毛路修通，又争取到村村通、组组通的指标将路硬化，还解决了村里的用水问题，王建终于放下心来，打算换届后安心去种果树。可村民们不同意，在大家的坚持下，王建又继续担任泥池村村委会主任。不过，他决心要做的水果产业也没有落下。

他抱着一种不成功便成仁的决心，将毕生积蓄全部投入到山林之中，种下大片梨树，又高价买来蜂糖李树苗铺满山坡。在他的精心管护下，大约 3 年后，果树便开始挂果，他心想，好日子总算要来了吧？

不过，现实依旧单薄。那些来到米坪乡的果贩们，一个个累得龇牙咧嘴，早已被长途跋涉颠簸掉了所有耐心，对果农们自然也没有好脸色，当蜂糖李的市场批发价通常在 50 元 1 公斤左右时，果贩们只愿意出 30 元 1 公斤购买王建的果子，理由让人无法反驳：运输成本太高，你们果农要平摊一些才行。王建无言以对，错过这一个果贩或许就不会有下一个，不忍心看着好果子烂在树上的他只能哑巴吃黄连，忍痛接受这超低的价格。

如此过了几年，王建终于在 2022 年的春节见到了希望的曙光。在我们来到米坪乡之前，已经有不少果贩打电话给王建，主动提出要来看蜂糖李的长势。王建终于硬气起来，正色道："今年的价格不会像以前一样了哦！"对方也都乐呵呵地接受，道："当然，高速通了，你的果子当然能卖个好价。"在米坪乡与人们闲聊时，付芳、代国才和王建不约而同地提到了清明节那天的情景。那天，上街买东西的付芳和坐在餐馆里的代国才都被街道上排起的"长龙"震惊了，"长龙"不见首尾，从高速出口一直蜿蜒至江边。在泥池村准备上山查看果树的王建，也兴奋地在微信工作群里发了一张照片，照片里是江边排满的汽车长队。王建在群里说："没想到，我们米坪居然也会有堵车的一天！"

在山间打通一条"清凉线"

习水县

进入鳛国文化生态旅游创新区的范围后，道路两旁见不到一栋老旧的农村房屋，反倒挂起不少楼盘广告，广告词和楼盘名字都与城市里的高级住宅并无不同。再往核心区驶去，弯弯绕绕的山路也越发开阔，柏油路面向远处延伸，串联起一座又一座山，山上布满了设计现代、配套齐全的楼盘。这景象难免让人好奇，似乎这山林之间的村庄已不再是我传统认知里的农村了。

到了位于园区内的寨坝镇友谊村，在同伴指引下，我们从党员活动中心斜对面的一处斜坡往下走去，来到了毓秀山庄。山庄里，一位身材瘦小的老人正拿着大扫帚扫去院子里的积水。见有人到来，他热情地扯着嗓门招呼着："你们坐会儿，他马上过来。"

老人口中的"他"是儿子封明续，友谊村村党支部副书记，也是这座山庄的主人。封明续出现的时候红光满面，他高兴的原因并非有人来听他讲故事，而是再过不久，他就能见到那群来自重庆的老朋友了。他的这些老朋友像一群候鸟，每年6月底到9月总会准时出现，这座山庄二楼的几个房间就是他们的"鸟巢"。

"他们连自己的日用品都不带走，反正第二年还会来。"提起这群即将到来的老朋友，封明续眼角和嘴角的细纹都挤在了一块儿。认识近5年，封明续已经对这群老朋友的生活规律了如指掌，早上太阳刚刚升起，他们便准时起床，沿着村里的步道散一会儿步，回来在凉亭里享用完早餐，又出门四处转转，午饭过后集体回房午睡，2点半准时起床，聚在阴凉的亭子里打牌娱乐，玩到下午6点，在封明续的招呼下开始享用晚餐，晚饭后洗了澡，大家坐在一起天南地北地神侃，欢声笑语一直持续10点，便又各自回房休息。这样的生活循环往复一直持续到9月，他们并不觉枯燥，反而乐在其中，封明续同样乐在其中。

　　夏天的友谊村可不止这群重庆来客，每到热气开始蒸腾又被山林间的清风吹散时，友谊村以及寨坝镇的其他村寨，还有与寨坝镇相连的泥坝、大坡、三岔河、仙源、双龙等乡镇，便此起彼伏地热闹起来。那些客栈、农庄，还有遍布山间的楼盘便有一群又一群从重庆来的人鱼贯而入，公路上穿行的车辆几乎都挂着重庆的牌照，甚至各个镇上的家装公司、家具商场也都跟着人声鼎沸。这是过去近10年里一年胜过一年的繁华景象，让封明续不得不为时代的转变感慨万千。

　　过去的友谊村在封明续的印象中似乎有些模糊了，他抬手指了指农庄外的那条路，告诉我："以前没有这些路的时候，那日子简直难过。"大约20多年前，他就是顺着村里那条破烂的泥巴路走出村到外地打工的。

　　大约在2009年，陆续有从重庆来的客人敲响友谊村村民家的大门，提出租房子短暂居住的想法。这让村民们感到不可思议，他们怎么也想不通，为什么这些城里人愿意跋山涉水来到贫穷的山村租房子。后来，人们才知道，这群游客当中有不少是曾经在这里插队的知青，如今退休后时间充裕，想回到山村寻找年轻的回忆，也享受一下重庆夏天没有的凉爽。变化就是从那时开始的，尽管路途崎岖，来到村里的人还是越来越多，人流的涌入也引来了嗅觉灵敏的重庆客商，当地的农副产品逐渐打开了销路。

　　封明续就是在此时回到家乡的。在外小有所成的他惦念家乡，通过竞选当上了村委会主任。上任后的封明续，虽然也看到了潜藏的商机，但在他看来，还有不少问题需要解决。

泥泞的道路仍旧限制发展。走在村里深深浅浅的泥巴路上，连封明续自己都不相信除了情怀使然，还有别的理由能吸引人们到这里居住。村里决定先解决这块"硬骨头"，封明续和村干部们争取到"一事一议"项目支持，号召村民筹集资金、投工投劳，把路铺向每家每户的家门口。不过，这被封明续称为"小康路"的项目遇到了很大阻碍，占据优越地势的村民不愿意投入更多精力和钱财，而居住在偏远地区的村民又势单力薄，无法独自完成家门口的那条通道。村民们各执一词，最终，封明续找来在外打工的年轻人出马，各自去做自己家里的工作，总算解决了这个难题。

就在友谊村热火朝天修建"小康路"的同时，习水县也早已察觉到与重庆交界的北部地区发生的这一细微变化。2012年，国发〔2012〕2号文件出台，新一轮西部大开发战略实施，贵州与重庆签订《全面战略合作协议》，习水县顺势而为，成立了融入重庆一体化发展改革试验区，开始孕育后来的鳛国文化生态旅游创新区。

接二连三的建设项目开始涌入寨坝、泥坝、大坡、三岔河、仙源、双龙等乡镇，处于优势位置的友谊村也没有被落下。到了2014年，连接重庆江津、贵州习水和四川古蔺的江习古高速公路开始修建，从重庆市江津区到园区范围内的车程缩短到1个多小时，而园区内也开始大刀阔斧地动工。在此后的几年里，旅游公路陆续建成，县道改线公路、寨坝集镇东西环线公路相继完工，还有几个乡镇之间的公路得以升级改造……

走在村里宽敞的公路上，封明续心里欢喜得不行。这双向车道的公路在友谊村形成一道环线，每个村民组的村民一出门就能坐上公交车，比当年自发投工投劳修建的泥石路便捷多了。更让他欢喜的是，友谊村经过这么一番改造，加上那些往来游客的相互推荐，名声竟慢慢传到了重庆，夏天变得越发热闹起来。"是时候了。"封明续心里已经打定了主意。2016年，村委换届，封明续便不再担任村里的职务，一门心思扑在改造房屋、开办民宿的事情上。

毓秀山庄很快建成，宽敞的院子旁围了一圈凉亭长廊，凉亭背后是茂密的树林，清风徐徐吹过，让人忍不住想多在这里停留一会儿。这样的环境吸引了不少有养生需求的客人，封明续也正是在此时与那群重庆来客成为挚友的。

在农家乐、民宿做得热火朝天的同时，园区也经历了好几次转型。据园区管委会副主任余熠回忆，2013年鳝部生态文化旅游园区管委会成立后，通过招商引资吸引了不少重庆客商在当地投资房地产，也建设了不少酒店、景区等基础设施；2018年全面转型，园区更名为鳝国文化生态旅游创新区管委会，除了开展园区规划、开发、基础设施建设管理等各方面的工作，也更加凸显生态保护和配套服务。如今，随着在此地避暑甚至定居的重庆客人越来越多，园区也开始探索更多元化的配套项目，在运动康养、休闲康养、医疗康养等方面下起了功夫。

余熠回忆起园区发展起来的这几年，感慨万千。他提到一个细节，某年夏天，他在景区栈道上察看游客情况时，路遇一位村民蹲在路边卖玉米，他随口问了问对方一天能挣多少，得到的答案是"两三百怎么都能挣到"。攀谈中，他得知这位村民原本在外打工，听说老家开发旅游便决定回乡，理由十分朴素："就算在街边卖点瓜豆玉米，一个月挣的钱也和在外打工差不多了。"

而现在，在封明续的记忆中，自从高速公路建成、山间公路拓宽、乡村公路环绕每家每户之后，园区犹如打造出一条条贯通山林的"清凉线"，友谊村的热闹也逐渐从夏天蔓延至冬天。几乎每个周末，镇上的集市总是人潮涌动，来自重庆的车辆停靠在路边，后备箱张着大嘴，等待被当地的土特产填满。到了冬季，蔬菜上市，村民们也亮出各家熏制腊肉香肠的绝活儿，重庆的老朋友们仿佛就闻到了香味，纷纷打来电话订购食材。每到此时，封明续总会和其他村民一样，在自己的汽车后备箱里塞满腊味和新鲜蔬菜，像一个快递员一样沿着宽敞的公路向重庆驶去。

从运煤大道到最后 700 米

播州区

曾经的"运煤大道",现在已经变成一条宽敞平坦的柏油公路。汪敏先每天踩着这条公路上班,在这条公路边的村委会工作,但每当有人打听起这条路的往事时,他都不厌其烦地,像讲一个新鲜的故事一样,慢慢把那些故事和盘托出。

"运煤大道"这个名字其实是当地村民取的。这条路原本叫作枫纸公路,2003 年通车,是为了纸房村开发的煤矿而建的,而处于枫香镇与纸房村之间的土坝村、花茂村、苟坝村等也因此沾光。运送煤炭是修建这条路的缘由,也是这条路的主要功能,老实巴交的当地村民便将"运煤大道"这个名字流传开了。

汪敏先恰好是 2003 年时进入村委会工作的。在此之前,他在苟坝小学板山教学点教了 15 年的书。板山是苟坝村相对较为偏远的村民组,距离村委会所在地有四五公里,看起来似乎不远,但崎岖泥泞的山路并没那么容易征服,尤其对年幼的孩子来说,更是充满危险。教学点为板山组及邻近的另外两个村民组提供了低年级的教学,每学期学费 15 元,汪敏先每月工资 40 元,学生的支出和教师的收入都是微薄的两位数,这对双方来说都带来不小的压力。

穷困,是过去萦绕在苟坝村人头顶上的一片乌云。在"运煤大道"建成通车之前,苟坝村有大约 2/3 的家庭养了马匹,马帮也是当地独特的交通运输方式。在汪敏先的记忆里,每年冬夏农闲时,苟坝村的人仍闲不下来,人们忙着赶马去纸房煤矿驮煤,储存起来供日常所需以及烤烟的燃料,平日运送物资也几乎完全靠马帮。即便在 2003 年"运煤大道"通车之后,马帮也并没有完全退出苟坝村的历史舞台，毕竟，这条唯一能通汽车的路也常常闹"罢工"。

"运煤大道"是为纸房煤矿给鸭溪火电厂长期供应燃料而修建的。虽说名为"大道"，实际上就是普通的泥结碎石路面，载满黑煤的重型货车摇摇晃晃地在路面上反复碾压，用不了多久，路面就被压出许多深深的车辙，也多了不少大坑。汪敏先记得，那时，无论是苟坝村的人们想要去镇上卖货，或是肥料商人想进村销售，都得看老天爷的脸色，要是老天爷心情好，大家便集体出动，冒着一路混着黄土和煤渣的灰尘赶路，要是老天爷发脾气下起大雨，那就只能安分地待在家里。当然，也总有意外的时候，有那么好几次，运送肥料进村的车刚一进村，大雨就毫无预兆地倾盆而下，"运煤大道"上布满水坑，被浸泡过的泥土也变得湿滑黏腻，死死咬住车轮不放，车主只好冒着雨请求村民拉来几头犁田的牛，牛在车头使力，人在车屁股后面用劲，合力将车推出去。

"这不是办法。"苟坝村的人们早就受够了"运煤大道"的臭脾气，纷纷抗议。那时，苟坝村尚属花茂片区管辖，村民经常来往于苟坝与花茂之间，人们需要一条更方便的路。于是，村干部共同商议，应村民的要求，带头扛起钢钎、大锤，开始一点点地修起路来。汪敏先也没想到，自己刚进入村委会任主任助理，就要把接下来一年多的时间都用在修路上。

这条路修通之后，村干部们索性一鼓作气，又带着村民们将通往各村民组的毛路打通，到了2006年，苟坝村就已进入组组通毛路的时代。也正是这一年，一直被当地人小心保护的苟坝会议会址被列为贵州省文物保护单位，基本能与外界连通的苟坝村开始有了发展红色旅游的底气。

年轻人开始陆续回乡，民主组的王树培就是其中一位。倒也不是冲着吃旅游红利选择返乡，在浙江打工多年的王树培只是想家了。2008年，他回到位于马鬃岭山脚下的民主组，望着村里弯弯曲曲的毛路思考自己能做点什么。尽管已有零星的游客陆续进入村中探索历史留下的红色路线，但想要开着汽车在乡村小道上畅通无阻地行驶仍旧不太现实，况且，从苟坝会议会址所在的小湾组到民主组之间仍旧只有一条羊肠小道，导致民主组处在山间的一个死角上，王树培只能老实地继续做一个农夫，耕田犁地，种点苞谷、高粱和烤烟，也酿一些白酒，勉强够一家人维持生活。

民主组的村民们不止一次渴望把那条通往小湾组的 700 米小路打通。然而，从 2008 年到 2020 年，民主组的村民们眼见着苟坝村从一个籍籍无名的村庄，一步步跃升为"贵州省爱国主义教育基地"、"全国爱国主义教育基地"、贵州省"5 个 100 工程"旅游景区之一，又逐渐被冠以"2015 中国最美红村""中国传统村落"等头衔，2013 年更投入到苟坝红色文化旅游创新区的建设之中，将枫香、鸭溪、石板、乐山、洪关、平正等 6 个乡镇都纳入规划统一开发建设，这漫长的 10 多年里，苟坝村风云变幻，如火如荼，可民主组的村民们仍有一块心病。2013 年创建苟坝红色文化旅游创新区后，那条有些年头的"运煤大道"上深深的车辙终于被填平，变成了宽敞的柏油马路；村里大大小小的通组路也都接二连三得以硬化；就连被几座大山包围起来的田坝里，都修起了纵横交错的机耕道，唯独民主组山脚下那条"断头路"迟迟未能动工，到小湾组仍旧只能绕远路。

王树培在回乡后不久，便被推选为村民组组长，几次三番都想动员村民们自发筹资并投工投劳修通这条路，不过，总是因为资金短缺、人力稀少等作罢。终于在 2021 年，美丽红色村庄建设的政策落到了苟坝村，从省到市多个部门分别下派工作人员来到村里，搜集意见后，又经规划、住建、自然资源、生态环保等部门协调，这条民主组村民期盼已久的公路终于提上日程。

王树培作为村民组组长当然冲在最前，已经当了 10 余年村党支部书记的汪敏先也没有停下来，动员村民们一起投入到建设中来。不过，依然有认为事不关己的村民不愿参与其中，甚至放话："我要想出门开车绕另一条路就行了，这条路我不需要。"简单直接地表示拒绝。汪敏先和王树培只能白天带着人修路，晚上又上门去做思想工作，两个月后，这条 700 米的路终于打通，民主组村民们的心病终于得以解除。

去苟坝村的那天，汪敏先带着我在村里绕了一圈，如今他已退居二线，对眼前这一切也早已不再感到新奇，但仍保持着极大的热情，一路上都在激情澎湃地向我介绍每一处景点背后的故事。青山环绕的大田坝中，被填满了深深浅浅的绿色色块，柏油公路环绕四周，水泥机耕道纵横其间，有人驾着小型机械在田里耕作，苟坝的精神象征——一盏硕大的马灯伫立在大山前，显得尤为惹眼。

浮出水面

贞丰县

曾经的村庄已经沉入湖底。眼前的村庄，村民依旧是那些村民，但村子的样貌，甚至名字，都早已改变。

北盘江流域镇宁自治县与贞丰县交界处的董箐水电站，是这条珠江流域西江上源红水河大支流中第 3 个建起的水电站，选址在者相镇下茅坪村董箐组，故以此得名。水电站 2005 年正式动工，截流后，曾经的下茅坪村彻底沉入库区湖底，原居此地的村民向岸上迁移，环湖而居。董箐水电站是国家"西电东送"第二批重点项目，名气不小，完全改变了生活环境的村庄，索性顺应了水电站的盛名，更名为董箐村。

水电站的修建让一切都变了，梁方顺的生活也是从那时开始出现转折的。

在董箐村的湖岸边，有一家规模不小的农家乐，农家乐里的包间连成排，院子能停几辆车，坐在露台上的亭子里能将湖光山色一览无余。这些都是梁方顺自己设计的。农家乐附近有一家奇石馆，也是梁方顺的。奇石馆里有他多年积攒起来的收藏，那些石头千奇百怪，造型各异，如果它们躺在河床上，或许只是一块形状独特的石头，但被奇石收藏者挖出来，根据造型被赋予各种解读，那就是一块价值连城的石头了。

梁方顺对石头的兴趣从孩提时代就开始了，这一切又源于他家的那条船。

过去的下茅坪村坐落在北盘江边的山脚下，与镇宁自治县的良田镇、关岭自治县的板贵乡隔江相望，是者相镇海拔最低点，看似地理位置优越，实则出行并不容易。梁方顺儿时，村里几乎家家户户都养了马匹，一些人家还自己建造了船只，翻山越岭就靠骑马，过江渡河只能靠船。

那时，村里的人们生活来源大多靠种粮食和甘蔗，每逢赶集的日子，村民们便将在家庭作坊里靠牛拉动木榨制作出的红糖装上木船，渡过北盘江，去往邻近的良田镇或更近一些的坝草村，在熙熙攘攘的集市上蹲守一天，换取柴米油盐和几张零钞。并非每家都有条件造船，而梁方顺家则属于能力出众的，既有马又有船，所以，家里除了卖红糖之外，还能多一份渡船的收入。

正是因为常常帮人渡船，梁方顺很早就打开了眼界。大约在他读小学时，不知从哪里开始兴起了寻找奇石的风潮，陆续有人从关岭来到下茅坪村，天刚蒙蒙亮就敲响了梁方顺家的大门，要用他家的船运石头到对岸去。见过卖红糖的、卖大米的，就算从水里捞起来能卖的东西那也得是鱼、虾等能填饱肚子的食物，天天在岸边溜达的梁方顺从没想过石头也能卖钱。他好奇地跟在那些买卖奇石的人身后，学着他们的模样撅着屁股在退了潮的河床上摸索，逐渐摸出了规律。没过多久，他和另一户同样有船的周姓人家便开始主动寻找奇怪的石头倒卖给那些收藏者。他和那户姓周的甚至暗中较劲，周家在天黑之前找到了"宝贝"，但由于太重没法背回家，便在每块石头上写一个"周"字，以此宣告"这块石头姓周了，不可随便带走"。可年轻气盛的梁方顺才不吃这一套，心想，公共资源谁说就必须跟你姓？便抹掉了那个"周"字，让那石头改姓"梁"。等第二天天蒙蒙亮，收石头的人来叫船了，梁方顺便和周姓人家争先恐后地将那些"姓周"或"姓梁"的石头搬上船去，挣到了在河岸上辛苦寻觅一天的收入。

这大概是梁方顺第一次对"靠水吃水"的亲身体会，即便这个小村子十分闭塞，他也能靠唯一的水路见到外面千奇百怪的世界。

转眼间，梁方顺到了读初中的时候。村里不少孩子在教学点上读完五年级后，大多被家长留在家里干农活，胆大些的便赶孩子出去打工。但梁方顺的父母认为，五年级的知识恐怕还不能让这几个孩子活得像样，便狠下心来把梁方顺和他弟弟带到者相镇，在镇上给租了间房子，让他们自己在镇上生活读书。

梁方顺的苦日子来了。下茅坪村到者相镇，普通人徒步得走4个小时，而梁方顺不仅要照顾贪玩的弟弟，还得带上一周的口粮。山路崎岖，只能骑马。狭窄的山路沿着悬崖峭壁向外延伸，一路布满乱石和湿滑的泥土，马匹踩在路上既容易打滑，也常常被石头磕掉马蹄铁，下茅坪村的村民骑马上山已有丰富的经验，总会随身带着钉子和锤子，随时准备给马蹄加固。梁方顺就是这样一路敲敲补补抵达者相镇的。那时，他也不过才十一二岁，和弟弟一起在新的环境独立生活，没有一分钟不想家。好不容易熬到周五，兄弟俩便一路狂奔下山，争分夺秒地想要在家里多待一会儿。

梁方顺刚上初中就"结婚"了，对象是同村比他大三岁的女孩，由双方家长订的"娃娃亲"。直到成年后退了婚，与自己心仪的姑娘组成家庭并养育了两个孩子时，梁方顺仍难以忘记当时荒诞的场景：身材瘦弱的他像一个木偶，披挂着宽大的新郎服骑在马背上，一脸懵懂地迎娶了一个自己并不认识的姑娘。这在过去的下茅坪村几乎是常态，村庄闭塞且穷困，外村的姑娘是绝不会愿意嫁到这里来的，所以，为人父母的打孩子出生起就开始筹备"娃娃亲"。

"婚后"不久，梁方顺初中毕业，去往兴义读技术学校。从小喜欢美术的他选择了服装设计专业，同时，依旧关注着各种奇石。毕业后，梁方顺对外界的向往也更深了几分，决定和大多数村里人一样去浙江打工，无论如何是再也不愿回到老家了。

换了几份工作，日子平淡如水，除了能见到更多奇石，并慢慢进入这个圈子之外，梁方顺感觉并未有其他值得留恋的事情。每年回家时，一成不变的老家也没有给他太多惊喜。直到 2002 年，董箐水电站开始筹备动工，回到家乡的梁方顺决定不走了。

此时，为了修建水电站，当地已经顺着山势修出一条泥结碎石路面，就是当地人俗称的"毛路"。虽然这条路在货运车辆的反复碾压下变得坑洼不平，但梁方顺踩在上面心里仍旧很是欢喜。他欢喜不仅是因为这困在山间不知多少年的村庄终于有了一条像样的路，更是因为在这条路上发现了商机。

这条路像一条血管，源源不断地带来新鲜血液——水电站建设工地和附近新开的采砂场输送着工人和机器，钻孔机、发电机需要被搬运到陡坡上，现有的人手显然不够。梁方顺在家里炖了一只鸡，热情洋溢地抬到工地上，说想犒劳一下辛苦的工人们，酒过三巡，便自然而然地和包工头称兄道弟起来。既然已成了兄弟，梁方顺找准时机开口了：他想包下工地上搬运的苦力活。就这样，梁方顺在自己出生的地方成了一个小包工头，工地上一招呼，他就从寨子里找来一群青壮劳力，一拥而上。

董箐水电站的修建让他挣了一笔小钱。这个曾经无人问津的小村庄也越发热闹，小餐馆开了起来，光纤网络也进入村庄，甚至还有人开起了 KTV。懂得审时度势的梁方顺，眼见移动通信公司都摆在眼前了，公司又有一批二手电脑要处理，他索性投入一笔资金，购入二手电脑，开起了村里的第一家网吧。

梁方顺心里明白，水电站建成之后，这村寨的繁华也将同大批建筑工人的离开而消逝，那时候他或许也该再次启程。可是，几年过去，梁方顺最终留了下来。

2008 年，部分村民选择搬离村寨，另一部分则决定后靠搬迁住在水库边。此时，水电站建设已接近尾声，一条新的公路开始在山坡上生长出来。每家每户都在兴建房屋，建筑材料的需求量猛增，梁方顺果断投资开办砖厂，凭借自己的好人缘承包了几乎全村人家的用砖需求。村里的房子差不多建好后，水库湖泊与周围的群山交相辉映，美景吸引了不少周边游客前往，这个曾经几乎与世隔绝的村庄竟成了人们关注的焦点。

贞丰县也注意到了水库带来的红利。2012年，全县实施第一批硬化通村路时就把董箐村规划在内，1.27公里的水泥硬化路很快延伸到村中。董箐村好戏开场，2017年，从者相镇通往董箐村的公路改造了21公里；2019年，贞丰县在整个黔西南州率先实现串户路全面硬化；2020年，从董箐水电站到董箐村之间的10公里公路再次提升，这一年，贞丰县被授予"四好农村路"全国示范县，而董箐村就是县里创建"四好农村路"的一个典型……

在过去这10年中，村里的农家乐和民宿如雨后春笋，梁方顺当然也不会错过这个机会，他一边继续探索奇石的世界，通过网络买卖各种珍贵的石头，一边租了一处占地3000平方米的场地办起了自己的"鱼米之乡农家院"，开了奇石博览馆，还成立了种植专业合作社，专门种可用于酿制葡萄酒的葡萄品种。

在梁方顺的农家院里吃过午饭，董箐村的村干部邀请我们上船游览一番。快艇划破水面向关岭、镇宁方向驶去，激起的白色浪花向后追赶。这条水路曾经是董箐村人与外界连接最便捷的通道，也是梁方顺最早领略到世界奇妙的窗口，如今已变成一条游览路线。如果没有人提起，谁又知道在这宁静的水域之下，埋葬着一个曾经穷苦闭塞的村庄？随着那些破旧房屋一起被埋葬的，有既不合理又不合法的"娃娃亲"，有必须一边骑马上山一边随时准备为马掌加固的艰苦跋涉，有读完小学五年级就不得不顶着稚气未脱的脸庞混迹在打工人潮之中的酸楚……一个新的村庄浮出水面，水域四方有路作为纽带，将这个全新的布依族村寨与世界联通起来。

娄山关下

 汇川区

　　我和王泽芳坐在娄山陈氏饭庄的大厅里安静地聊着天，电风扇卖力地转动，发出"呜呜"的响声。王泽芳瘦小的身子微微前倾，靠着身前的饭桌，她轻声细语地说着话，情绪并无太多起伏，直到聊起刚嫁到横担山去的经历时，她缓缓低下头去，嘴里发出细微的"呜呜"声，竟哭了起来。

　　"大着肚子还要上山挖土，嫁过去时完全没想到干农活能这么苦。"约莫过了半分钟时间，她重新抬起头来，用手指在眼角抹了抹，脸上带着歉意，语气也恢复了正常。

　　横担山位于遵义市汇川区板桥镇娄山关村的田坝组，深藏在大娄山脉之中，是一座名不见经传的小山，偏远且贫穷。王泽芳并不出生在那里，她从小在板桥镇长大，虽然小时候也干农活，但务农并不是生活中唯一的选项。板桥镇周边的农田地势平坦，耕作起来省了不少力，过境的210国道上车辆川流不息，哪家不愿意做农活的，也可以靠开饭馆、驿站谋生。王泽芳对耕种山坡上的薄田毫无概念，直到嫁到贫瘠的横担山，才算见识到了人间疾苦。

　　她嫁到田坝组时是2000年1月3日。那时，只有一条泥石路通到寨门口，再往里就是狭窄泥泞的土路，田坝组的人想要去板桥镇，要么全程步行两个多小时，要么走到寨门口，然后搭乘三轮车，每次2元钱，但这三轮车是村民私人运营，时间并不固定，所以，大多数时候还是只能步行。王泽芳第一次去田坝组时就走了两个多小时的泥巴路，嫁人后更是如此，要是遇上下雨天，山里的小河水流湍急，桥被冲垮，更是不敢出门。结婚不久后，丈夫就外出打工去了，一家8口人的土地全都压在了王泽芳肩上，挺着大肚子还得上山耕种，这苦日子在她的头顶渐渐聚成了一团忧愁的云。到了孩子一岁多

时，王泽芳终于"逃"了出去，跟着丈夫出远门。

王泽芳认为，逼迫她"逃出"横担山的，不仅仅是日复一日的辛苦劳作，更是那条一眼望不到头的狭长泥巴路。板桥镇那繁忙的国道穿过娄山关，直通邻省四川，而相距国道不远的这条土路却将她封在了山里。

自古就被称为"黔北第一险隘"的娄山关，其险峻雄壮自不用多说。这个地方不仅在中国的革命历史上有着非凡的意义，在贵州的交通发展历程中，也有着绝对不可替代的地位。这里自古以来就是由川入黔的必经之地，而此后黔北地区的交通建设，这条巍峨的山脉也频繁被关注：

20 世纪 40 年代，210 国道沿山南北两侧盘旋而上，至山顶贯通，打通了川黔往来的重要运输通道；

20 世纪 50 年代至 60 年代，川黔铁路贯穿 4000 多米的凉风垭隧道，又在乌江天堑之上架起贵州第一座铁路桥，缝合了全国铁路网在西南的缺口；

20 世纪 90 年代至 21 世纪初，在当时被认为是"世界上最难建造的高速公路之一"的崇遵高速经历了漫长的调研和长达 3 年的建设终于穿过娄山关，让来往汽车告别曾经只能取道凶险的 210 国道七十二道拐的历史；

2018 年，渝贵高铁开通，在娄山关设站，为这片红色土壤拉来一车又一车重庆游客……

这条川黔通道从历史贯穿至今，住在大娄山深处的王泽芳，却极少享受到这条通道带来的便捷和红利。但住在国道旁的人则过的是另一种生活。

在见到王泽芳之前，我在娄山关景区的另一家名为"东润航涧"的饭馆和老板杨小航聊了许久。这位 30 出头的年轻人，从小在娄山关村长征组的黑神庙附近长大，那里不仅是一片红色文化的沃土，在交通方面也十分便利。黑神庙就坐落在 210 国道附近，国道上车来车往川流不息，很早就将他的生活带向远方，他 11 岁就不再读书，转而进入城市开始闯荡了。

在外闯荡许多年，直到 18 岁那年，杨小航听说父亲要开始"创业"了。这消息必然是让杨小航有些吃惊的，后来细问之下才知道，这是村里的安排。

2006 年，娄山关村的村干部做了一个决定：带着村民投身旅游业。这并非拍脑门子空想出来的主意，而是娄山关的变化给他们带来了灵感。2005 年，崇遵高速通车，从重庆到贵州游玩的人越来越多，娄山关本就有深厚的红色底蕴，早在 20 世纪 90 年代已陆续有几户村民在 210 国道边开起了小饭馆，不仅生意越做越大，小饭馆变成了大饭庄，还创造出了以这处地名为招牌的佳肴——"娄山黄焖鸡"。那时，正值黔北地区向余庆县学习"四在农家"的时期，娄山关村的干部们便组织村民去往余庆县，学习美丽乡村建设经验的同时，也学起了乡村旅游的路子。经过几天考察，村干部们回乡后便马不停蹄地动员村民筹办农家乐，一开始当然阻力重重，最终，动员了 10 户村民开始尝试，而住在 210 国道旁、坐拥地理优势的杨小航家自然也在列。

就这样，杨小航的父亲开始忙碌起来。他将老屋改造一番，又学了能拿得出手的厨艺，这间小小的农家乐便开门营业了。此后的几年，随着娄山关景区的打造，崇遵高速和 210 国道来往车辆越来越多，娄山关村的农家乐也遍地开花。2011 年至 2015 年，娄山关的火红程度让人无法想象。这几年中，娄山关村的通组路早已打通并陆续硬化，前来游玩和避暑的游客越来越多。有那么一两年夏天来临时，村里的民宿床位不够，甚至连村委会前的空地上都搭起了游客的帐篷，村干部们周末也无法休息，轮班值守提供服务。几乎每个周末的清晨，那条连接川黔的国道上，行至板桥镇时常常会堵车，那些挂着重庆牌照的车辆排着队进入娄山关村，涌入乡间集市挑选新鲜蔬菜，然后心满意足地接上避暑的老人向重庆驶去。

这火红的场景让远在他乡的人们也按捺不住了。2015 年，杨小航回到家乡，从父亲手中接过了已有稳定客源的农家乐。同样在这一年，因娄山关景区改造而得以将房屋搬迁至景区内的王泽芳，也和丈夫回到老家，将新房子装修一番，不过，那时他们在遵义已买了房，考虑到孩子读书便将景区里的新房租了出去，让别人在这里经营餐馆。

2018 年，娄山关南站在一片欢呼声中开门迎客，高铁动车以每小时 200 多公里的速度飞驰而来。王泽芳此时也回到娄山关，决定不再离开。曾经的租户不打算再继续经营，王泽芳收回房子并修葺一番，换上了新的招牌，属于她家的娄山陈氏饭庄正式开张。一想到不用背井离乡在外闯荡，也不用在半山腰上的土地里辛苦耕作，再想想那条需要步行两个多小时的山路早已被拉直、拓宽，变得平整，汽车都能开进去了，王泽芳的心情便愉悦起来，感觉毫无负担，仿佛萦绕在头顶多年的愁云终于消散。

在我见到王泽芳和杨小航时，娄山关景区里的游客已陆续活跃起来。正如他们所说，沿街停放的车辆大多挂着重庆牌照，而路上迎面而来的人们也都操着天南地北的口音。曾被形容为"一夫当关，万夫莫开"的"黔北第一险隘"，如今被纵横交错的公路和铁路打开了新的世界，娄山关下的人们亦进入了全新的生活之中。

梵净山的彩色线

 江口县

江口县太平镇三沛塘村很安静，路上见到的村里人大多埋着头干自己手上的活儿，并没有注意到我这个陌生人的到来。村里有一个酸菜厂，巨大的红色水桶一个紧挨着一个，上面不仅加了盖子，盖子上还放了一块大石头，而且全被干净厚实的塑料布封得严严实实。村党支部书记刘元发把很多心思都放在这些巨大的水桶上，仿佛那些水桶里正在发酵的不仅是酸菜，更是整个三沛塘村的希望。

出了三沛塘村向江口方向走，短短4公里之外的寨抱村却仿佛处于另一个世界。双向车道上，车辆有条不紊地穿行而过；马路两旁，餐馆、客栈一

家紧挨着一家。系着围裙的饭馆员工站在店门口，眼神机灵又敏锐，盯住我这样的陌生面孔就开始释放热情，高声招揽我进店品尝特色。我径直走到街边的村委会办公室，村民陈江勇显然已经等候多时，看起来有些坐立不安，他心里着急着自家生意，却被村党支部书记李军召来向我讲回乡创业的故事。

同一条公路，连接的两个村寨却有不同风景，若是在10多年前，这两个村庄的差距则更加明显。不过，如今的三沛塘村和寨抱村步伐已经趋向一致，走在了同一条大道上。

刘元发是2017年回到三沛塘村的，在此之前，他在江口县城从修摩托车到卖摩托车，做了20多年的生意。或许，在太平镇的历史上，三沛塘村并不算是最贫困的那个村，但在刘元发的记忆里，这个与外界几乎隔绝、只能靠传统农业自给自足的穷困村庄真是让他感到无助，他永远忘不了带女儿去看病时，2元钱的医药费都得跟村医赊账的屈辱。1991年，女儿开始读书了，家里开销越来越大，可任凭刘元发再怎么努力种田，在这有限的土地上也只能解决温饱问题。刘元发不想亏待自己的掌上明珠，便毅然决定去江口找出路。

三沛塘村之所以穷，究其原因，就是交通。早在1984年，梵净山就已成功列入国家级自然保护区，1986年成为联合国人与生物圈保护网成员；20世纪90年代，自古就被佛家奉为"弥勒道场"的梵净山广受宗教人士关注，已成为闻名遐迩的胜地。然而，位于梵净山脚下的三沛塘村却从未沾到半点光，别说去梵净山膜拜的游客不会从这里路过，就连村里人想去一趟太平镇也得折腾很久。这个看似笼罩在名山光环下的村庄，实际上一直在温饱线上挣扎，仿佛一个被遗忘的角落，许多年都没有丝毫变化。

曾经，包括刘元发在内的三沛塘村村民，对太平镇的其他村寨都艳羡不已，尤其是寨抱村。寨抱村被唯一一条通往梵净山的公路贯穿，即便这个村里的人们过去同样过着面朝黄土背朝天的生活，但那条路在20世纪90年代时已从一条小小的泥石路变成了柏油路，随着梵净山的名气越来越大，慕名而来的人越来越多，这唯一一条通向梵净山的路，也为寨抱村的人们带来了改变。老人说，靠山吃山，可靠着梵净山的三沛塘村村民们没能"吃山"，但靠着公路的寨抱村村民却实现了"靠路吃路"——2000年左右，寨抱村人开始向路边靠拢，接二连三地开起了小饭馆。

随着时间推移，那条公路一点点变宽，寨抱村路边的饭馆和客栈越来越多，甚至，县城直通梵净山的公交车也从这里经过。2015年，在浙江打工的陈江勇回到了寨抱村，他已不算年轻，早受够了在外打工的日子，正为后半辈子的生活没有着落而发愁，此次回村，他的心情很快晴朗起来。那条熟悉的公路又变样了，被县交通局大刀阔斧地扩宽了近两倍。

后来，陈江勇听当地人说起，这条路竟然还有一个寓意吉祥的名字，叫作"如意大道"。得知这个名字之后，陈江勇对这条路寄予更强烈的希望。眼前正在施工中的如意大道，尘土飞扬、热火朝天，正一点点地转变为一条二级旅游公路。陈江勇听说，不仅路将建得更宽更平，进入梵净山景区范围后还设有系列景观平台，如此看来，作为梵净山国家级自然保护区二级缓冲区的寨抱村，当然也将成为这风景的一部分。一想到自己将成为这风景中的一分子，陈江勇的心思便活络起来。

陈江勇身材不高，相貌平常，又不善言辞，但心思非常细腻。他知道寨抱村即将迎来翻天覆地的变化，他必须尽快融入这变化之中，这是最好的时机。他也想学人开饭馆，可没有一技之长，恐怕难以在这特色农家乐遍地开花的寨抱村立足。于是，陈江勇便先找了一家饭馆打工，在后厨干了两年，偷师学艺掌握了炒菜的技能，学成之后，他便信心百倍地辞职，开始筹备自己的店铺了。

就在寨抱村已大变样的时候，三沛塘村却几十年如一日，仿佛被凝固在了时间之中。在外生意做得风生水起的刘元发，10多年前驾着摩托车回村，尽管已经足够小心翼翼，专挑泥地上凸起的地方走，仍会不小心摔上好几跤，回到家里通常都是一身泥水，让他无可奈何。10多年过去，刘元发驾着新买的小轿车回村，两个轮子变成了4个轮子，可那依山而建、凹凸不平的泥巴路依旧毫无变化，从寨抱村到三沛塘村还是得花上半个小时，纵使刘元发依旧足够小心翼翼，尽量放慢车速，那新车的底盘还是被刮坏了。这几十年不变的泥巴路让刘元发很不开心，每当和人提起老家三沛塘，他总会没好气地说："我们村里也有水泥路的，全是水和泥巴的那种路。"

不过，就算再讨厌这条路，刘元发每年还是会回几次村里，他对三沛塘村的情感就像对自己家的孩子一样，再怎么怒其不争，打心底里还是割舍不掉的。到了2017年，女儿早已成家立业的刘元发对县城不再留念，恰逢村里换届，他便决定回到三沛塘，打算做点什么。

2017年刘元发当选村党支部副书记时，三沛塘村终于迎来了改变。脱贫攻坚全面铺开，通村路、通组路也提上了日程，一条起于寨抱村的扶贫公路向三沛塘村、闵孝镇官坝村和闵孝镇提红村蔓延开来。那一年里，三沛塘村也开始尘土飞扬、热火朝天，刘元发的心情也和当年的陈江勇一样，顿时阳光普照起来。他知道，是时候向过去告别了，告别那连山货都挑不出村的苦恼，告别骑摩托车进村总会摔成泥人的苦恼，告别每次开车回村都得修一次汽车底盘的苦恼。

公路建成一年之后，梵净山被列入世界自然遗产名录，当地的旅游业迎来了一次爆发式增长。而此时，刘元发被推选为村党支部书记，他放开手脚开干了。刘元发用做生意的思维经营着村里的产业，短短两年间，300亩小龙虾基地、1000亩辣椒基地、100亩青梅基地，还有一个老酸菜加工厂陆续建成。三沛塘村不再是太平镇最穷困的村庄了，村里的老酸菜加工厂建起之后，产品销往各地，供不应求，周边村寨也开始种植青菜为三沛塘村供应原料了。货车直接开到工厂门口卸货、装货，人们去地里干活至少也能骑着摩托车在田野间飞驰，这是刘元发在当年走出村庄去江口谋生活时就幻想过的场景。

"25分钟！"刘元发在村委会前的空地上停下他那辆小轿车，仿佛在宣布一件重要的事般高声说道，"以前从寨抱到三沛塘都得开半个小时，现在从县城过来只需25分钟！"他的喜悦溢于言表，时间和距离的缩短让他的快乐延长了，过去所经历的委屈和困苦终于能化作笑谈说与他人听了。

而在寨抱村，陈江勇讲完自己的所见所闻之后，便试探着询问村党支部书记李军："没事的话……我就先走了哈？店里还有事。"那时已近下午4点，正是饭店开始忙碌的时候，景区里的餐饮人往往争分夺秒，就怕怠慢了食客影响自己的生意。李军完全理解陈江勇的难处，他刚上任不久，在此之前一直在学校任教，如今被推选为村干部，便也投身到旅游行业的经营中去，自己打造了一个精品民宿，也有了村民们吃"旅游饭"的感受。

在如意大道扩建完成之前，还有一条与如意大道平行的公路已经建成，被命名为莲花大道。这条公路与2011年建成的梵净山环线公路衔接，沿线不仅有自行车步道慢行系统，还有若干村落也被打造成旅游村寨，其中名气最大的就是云舍村。如果从天空俯瞰，那条环线公路和如意大道、莲花大道或许就如一条长长的腰带，缠绕着多姿的梵净山。而在这条彩色腰带的周围，还有许多细密的分支延伸到各个村寨，让梵净山脚下的人们得以被一视同仁，既能"靠山吃山"，也能"靠路致富"。看到这样的公路，我突然理解了陈江勇和刘元发这两位互不相识的村民，在他们在讲述自己故事的时候都提到了同一句话，甚至连语气都一模一样，他们说："以前大家都说'要致富，先修路'，看来这句话没错。"

住在仙人街

石阡县

"相传，当年张三丰得道成仙后，一路云游途经此地，发现这里奇峰耸立，山明水秀，但交通闭塞，百姓困苦，便号召众仙，决定用一晚上的时间修建一条街道。但是，有几位仙人不想干活，天还没亮，他们就学起了鸡叫，让众仙误以为太阳即将升起，便急匆匆地带着儿童、鸡犬等踏上石板登天而去，留下外面那条由天然形成的巨大石板铺成的街道，而眼前这石板上的脚印就是证据。"

我和同行友人将脑袋凑在一块石板前，竖着耳朵听满延坤绘声绘色地讲这段传说，眼睛随着他的手指移动，在石板上仔细辨认。那是一块生了青苔的大石块，石块旁立了一块碑，碑上也记载着满延坤所说的故事。石面上有几处不规则的小坑，由于没有做精细的保护措施，在常年的风吹雨打之下，这些小坑的边缘已是非常模糊，但根据形状加上自己的想象，依稀也能辨出一些人类脚印、鸡爪、狗爪的样子。

这石板藏于石阡县龙井仡佬族侗族乡关口坪村的仙人街景区，满延坤是村党支部书记。刚走进这个景区里，他就迫不及待地带着我们直奔这块印有仙人脚印的石板，观赏一番后，又开着车向山上驶去。

在山顶，当满延坤把那双厚实的防滑鞋套递过来时，我的大脑正飞速运转，迫切地想找一个理由逃离这座被称为"渡仙桥"的玻璃吊桥。这样的玻璃吊桥在最近几年里已经成了各地景区的必备"网红"项目，其实早已见怪不怪。但此刻，我们正站在1300米海拔的钟灵山上，那"渡仙桥"就建在两座山峰之间，半空中的云雾与桥体纠缠，大风一刻不停地穿过桥面，抬起头，天空近在咫尺，低下头，就是万丈深渊，仅是站在观景台上远望，我都已能感觉到心脏仿佛被人一阵阵地捏紧，双腿也开始微微打颤。

满延坤大笑着走来，指着建在山顶的悬挑船型玻璃悬廊，不无遗憾地说："本来还想带你去体验一下那个破过吉尼斯世界纪录的仙人出海呢！"我抬头望去，那座悬挑船型玻璃悬廊从山顶延伸出去，像一座通向云端的桥梁。显然，满延坤对这座山上的各项极限挑战早就习以为常，或者说，这些耗资不小的大工程出现在曾经鲜为人知的山谷里吸引人们前来征服，正是他一直以来做梦都想看到的场景。

见我意兴阑珊，满延坤提议，回村吃饭，老支书满益来也在，正好能一起聊聊钟灵山的故事。比起这些让人心惊肉跳的旅游项目，这里的故事更能勾起我的兴趣。

汽车沿着景观道开回村里时，房子里已飘出阵阵饭香，除了满益来和几位村干部，还有一位年轻人。年轻人名叫满家清，是天津理工大学海运学院大四的学生，由于新冠疫情管控，一直未能去学校报到。围坐在饭桌前，满益来、满延坤和满家清在火锅氤氲的雾气中，慢慢将钟灵山的往事揭开。

张三丰是否真的在此建过大街只是传说，但这里的百姓确实曾经过得相当困苦。

从村寨的名字也能看出，关口坪村在过去就是车马进出石阡县的重要关口，而钟灵山也曾是石阡县的烤烟种植区。种烤烟大概是种植业中最辛苦的活儿，不仅种植和管理需要技术，且从育苗到烤烟耗时漫长、程序繁琐。不过，一分付出就有一分收获，在过去经济来源匮乏的年代，烤烟作为较高回报的产业让不少农民愿意下这份苦力。烤烟年复一年在这片山上生长，土壤逐渐不再适宜这种高效经济作物，而这曾经的重要交通关口，也如这一年不如一年的烤烟一样日渐衰落，万年不变的泥土路面变得无人问津，连种烤烟的人也少了许多。

满益来是村里的烤烟种植大户。20世纪70年代，他开始尝试种植了近20亩，忙活整整一年，挑到公社卖了之后就尝到了苦尽甘来的滋味，随即迅速扩大规模。

满益来种烤烟，需要对抗的除了常人不能忍受的辛劳之外，还有这山里难行的泥巴路。他种了100多亩烤烟之后，手里有了些积蓄，但也不可能再靠肩挑背驮带去集市或者公社销售了。他花钱买来一辆农用车，从那以后最讨厌的就是下雨天。若是天空放晴，他便乐呵呵地在农用车的车斗里塞上1000公斤烟草，慢慢悠悠地运到山下乡里的指定收货点，再把荷包塞得鼓鼓地回到家里，吃顿热乎乎的好菜好饭。若是在卖了烟草之后不幸遇上突如其来的大雨，吃饱了水的泥巴路是一定会打滑的，他就只能将车留在乡政府，自己灰溜溜地爬山回家，等天晴之后再去取车。

满益来种了一辈子烤烟，但村里的其他人却没有像他一样坚持不懈。当土地越来越不适宜种植烤烟，山货又无法挑出村去销售，许多年轻人便随着打工的人潮一起，漂往沿海城市，一年难回一次家。满家清的父母就是如此。

2000年出生的满家清，小时候大部分时间都是随着爷爷奶奶生活，读书对他来说是一件幸福又折腾的事。他小学就开始在乡里读，走路单程需近两个小时，只能住校。于是，每个周末的下午，那条通往乡里的泥巴路上，总能见到一个幼小的身影，背上扛着5公斤大米，吃力地挪着步子。他也讨厌下雨天，泥巴路上积满了水，不知该从何处下脚，只能找个避雨的地方躲起来，等雨停了，泥水慢慢渗进土里，露出湿滑的路面，才能小心翼翼地继续前行。

满家清就这样像一个不辞辛劳的农夫一样，每周驮着一袋大米去学校，直到读完初中。他成绩不错，去读书的路也越来越长。初中毕业后，他考上了石阡县的高中，每次去学校，走完那条闭着眼睛也能找到方向的山路抵达乡里，还得坐班车摇摇晃晃才能抵达学校。不过，这些对他来说都是希望，他离关口坪越远，离外面的世界就越近。最终，在3年的努力之后，满家清除了步行到乡里，坐班车进县城，还坐上了飞机飞往省外。

满家清在县城读书，算是初步脱离了关口坪村那令人感到无望的偏僻与穷困，但住在这里的人并不想就此听天由命。

张三丰在钟灵山连夜修建街道的传说并非只是关口坪村的饭后闲谈，那块印满脚印的神秘石板在很早之前就吸引了不少石阡人去一探究竟，而钟灵山的壮美风景也是一片天然的旅游胜地，早在20世纪八九十年代，周边学校就常常组织学生徒步到此春游、秋游。关口坪村的人们明白这座山的价值，也一直期待着能过上靠山吃山发展旅游的日子，在2002年，龙井乡就提出了要将钟灵山打造成旅游景区的设想。

这设想让关口坪村的人们欢欣鼓舞，然而，现实的差距就和这钟灵山与县城的距离一样既遥远又难行。虽然，自从乡里提出这一构想之后就一直积极地招商引资，10多年过去，竟无一次成功。满延坤从2005年开始当村干部起，就参与招商的工作，每次有团队前来考察，他都精神饱满地全程陪同，恨不得把整座山的故事和宝藏一股脑儿地全摆在人们眼前，可任由他的故事说得再精彩，把钟灵山的潜力放大得再吸引人，最终都没有下文。

满延坤记得，他们距离成功最近的一次，是接待了一家从事航天产业的公司。对方抱着极大的热情，驾着一辆高级越野车花了一个多小时从县城开进村里。和往常一样，满延坤带着他们爬上钟灵山，观赏过那块神奇的大石块，走了一遍那天然形成的一块完整石板铺就的"仙人街"，还观赏了石板上生长出的杜鹃花海……一切进行得十分顺利，投资方对这些奇观赞不绝口，看起来十分满意。然而，在大家都认为这次一定能成时，却出现了并不让人意外的意外——投资方的高级越野车经受不住一路泥巴和碎石的折腾，坏了。

投资人的脸由晴转阴，满延坤的内心则电闪雷鸣，霎时间倾盆大雨。结局不用猜也知道，对方认为交通是很大的问题，不适宜投资，关口坪村发展旅游的希望小火苗再次被这颠簸的道路颠灭了。满延坤既羞愧又懊恼，可这通向县城的路实在太长，不是他说修就能修的。

2016 年，关口坪村终于争取到一条通村路的建设项目，不过，村民们或许已经心灰意冷，又或许已找到其他谋生方法，对修路这件事并未抱有太大的热情，部分村民不愿出让土地，这条通村水泥路也因此修得断断续续。直到 2018 年，关口坪村终于迎来盼望已久的投资，村民们对修路的态度也随之发生了巨大的转变，修路变得容易多了。

说来也巧，那条路恰好经过满家清的家门口，而此时，满家清也恰好结束了高考奋战，回到家中等待录取通知。2018 年的那个暑假，大概是满家清人生最特别的一个暑假，从天津飞来的录取通知书即将把他带到外面的大千世界，从县城开来的挖掘机也整日在他家门口轰鸣，将这个数十年来毫无变化的小山村彻底改变。满家清总爱趴在窗户上看屋外的挖掘机工作，机械臂高高举起，啃掉一块烂糟糟的路面，飞扬的尘土散去，露出下层新鲜的泥土，似乎还冒着湿漉漉的热气。整个过程就像某种仪式，让他和整个村庄都焕然一新。

路修好了，满家清也飞赴天津开启了自己的新生活，而村里的人们同样也在迎接崭新的一切。仙人街景区在投资方的运作下正式开放，满延坤和满益来等村干部则不再因下雨而感到心浮气躁，反倒在天气晴朗时常常严阵以待。已经修通的水泥路并不算宽，但从各方赶来钟灵山游玩的客人们却并不在乎，一辆辆汽车车头连着车尾，排成一条长龙蜿蜒在钟灵山的山路上，满延坤和满益来便只能守在路边指挥交通，常常忙得满头大汗也顾不上吃一口饭。

仙人街景区的红火让石阡县和龙井乡的干部们大喜过望，这条山路的"白改黑"工程来得也是理所当然。仅过了一年多，通往仙人街景区的那条路变成了乌黑油亮的柏油马路，关口坪村的人们多年的梦想终于成真。

4年过去，满益来将村里的闲置土地统筹起来种植了更多烤烟，他不再看老天爷的心情运送烟草，只需等着收购商上门就能坐在家里收钱了。满家清即将毕业，通过校招已经定下了未来的工作，那是一家厦门的船运公司，未来，每年有八九个月他都会在海上漂泊。而满延坤，几乎成了仙人街景区最尽职尽责的导游，就如当年带着投资商上钟灵山参观一样，如今，他仍一遍遍不厌其烦地向来客介绍张三丰连夜建街道的故事，鼓励大家走上那座悬在空中的"渡仙桥"，带着他们踏上那长度刷新过吉尼斯世界纪录的悬挑船型玻璃悬廊，体验一把"仙人出海"的惊险刺激。他显然比过去更深爱着这座山，这个村，这里的故事和这群人。

跳舞回反排

 台江县

反排木鼓舞名声在外，这种源于苗族古老祭祀的舞蹈世代相传至今，早在 2006 年就被列为首批国家级非物质文化遗产。我曾在许多文化活动或文艺演出中观看过这支舞蹈，但在第一次听说的时候并不知道"反排"是一个地名。如今，我正坐在驶向反排村的路上，随着山间公路蜿蜒至古老非遗的发源地，却并非为了寻找这舞蹈的踪迹，而是去发现它走出大山的足迹。

沿山向上，车程不到 1 个小时，抵达反排村时是下午 2 点。"反排"也称作"方白"，苗语意为"高山上的方姓苗族支系"，从这个村的地势来看确实名副其实。村口立了一块崭新的牌子，写满这个古老村庄的介绍，村内正在施工，搭建崭新的戏台，看来，这个村庄也在向旅游业的方向发展。

径直走进村委会，办公室里比我曾经去过的许多村委会都热闹得多。屋子里约莫有十几个人，三四人一组围坐成 3 个"小圈"，每个"小圈"都在高声谈论，口音天南海北，混作一片的谈话声中不时清晰地蹦出"旅游发展""项目"等词汇，我便也能大概猜出他们在谈些什么了。村干部在其中一个"小圈"中掏出一个塑料凳递给我，示意我坐下，又端来几杯热茶分发在我们手中，我们也自动形成了一个新的"小圈"，那些谈论声被挡在圈外，成了我们此次交谈的背景音。

几位村民你一言我一语，将村里的历史、产业、基础建设，一样样都像竹筒倒豆子似的全部大概介绍了一遍。可惜的是，每一个话题都未能深入下去，直到村委会副主任唐涛开口，故事便开始变得吸引人了。

其实，在当上村委会副主任之前，唐涛住在反排村的时间并不算多，但他是村里经历最丰富、精彩的人之一，而他的故事也是许多反排村人的故事。

高山上的反排村早在 20 世纪 80 年代就已有公路通向方召镇，即便只是一条坑坑洼洼的泥路，人们仍有机会选择乘车出行。不过，大多数村民还是选择步行出山，原因有二，一是这片山区之中有数十个村寨，但班车只有一辆，一天只开一班；二是大家都舍不得花钱。

那时，从反排村一路辗转到贵阳至少需要 3 天 3 夜，先从反排乘车到方召镇，再转车到台江或凯里，又乘汽车或者火车到贵阳，一路颠簸劳累，还得花一笔不小的车费，这并不划算。反排村所在的大山里盛产木材，偶尔有运输木材的货车进山，因此，人们除非能搭上运木材的车，否则能靠体力解决的问题都绝不费钱，这是那时人们高度统一的观念。

与其他反排村人相比，唐涛幸运得多。他能歌善舞，早在小学时就跟团外出表演，他也有亲戚住在省城，十一二岁之前就已去过两次贵阳市，算是小小年纪就已见过世面的人。不过，即使如此，他也一度差点在贵阳走失。

那是 1984 年，唐涛跟随贵州省文联组织的演出队伍乘坐大巴车到贵阳。从反排走到方召，再从方召来到县城，这对小小年纪的唐涛来说已是轻车熟路。直到大巴车停靠在贵阳市龙洞堡时，意外发生了。在龙洞堡的一处休息区，一车人集体去厕所，唐涛也随着人流去解决内急，可当他慢悠悠地走出来时却发现车已经开走了。小唐涛急坏了，摸遍全身，只有出门前父亲揣在他兜里的 5 块钱，没有主办方的联系电话，参加的是什么活动他也完全想不起来，只隐约想起曾经来贵阳演出时住过的民族宾馆，便花了 5 角钱乘公交车到了那里。可民族宾馆并非他们的驻地，服务人员也对演出的事毫不知情，唐涛只能凭借模糊的记忆去往省文联，终于找到了大部队。此时天色已如浓墨，人们都已早早地吃完饭睡觉去了，唐涛气得直掉眼泪。他第一次感觉贵阳城竟然这么大，大到需要花整整一天的时间才能回归队伍，唯一值得庆幸的是，这里交通方便，至少有公交车代步。

这个小插曲并未阻拦唐涛的脚步。1986 年，全国第三届少数民族运动会上，反排木鼓舞的演出让这深山里的舞蹈名扬四海。为了这场演出，唐涛与其他队员一起在贵阳住了 3 个月，一日三餐安排得妥妥当当，每天都能喝上一杯牛奶，这让唐涛无比满足。而比起口腹之欲的满足，更让他内心感受到震撼与澎湃的是站上全国舞台的那一刻，来自全国的瞩目简直让人心醉神迷。1990 年，反排木鼓舞又登上亚运会的舞台，此后，也成为全省少数民族运动会等活动上的常客，更作为贵州省文化厅（今贵州省文化和旅游厅）的对外交流演出项目，唐涛随着演出团队走到省外走遍各地。

随着 20 世纪 90 年代市场进一步开放，贵州餐饮和旅游走向全国各地，唐涛也翻开了自己人生的新篇章。1993 年，初中毕业的唐涛登上去往北京的绿皮火车，开启了自己的演员生涯。

中华民族园，坐落于亚运村西南，分南北两个园区，北区建有民族村寨 28 个，唐涛就在其中的苗族村寨中驻场表演芦笙和木鼓舞。在北京站稳脚跟后，唐涛的生活也逐渐忙碌起来，一年中只有过年时才回一趟反排村，而他回村的日子也成了家中最热闹的日子。

每次过年回家，唐涛家的门槛都几乎被村民们踏破了。人们提着刚杀好的鸡鸭来到他家，看似是热情地为他接风洗尘，向他家拜年，其实话里话外都在打听在北京演出的收入情况。在北京的收入是显而易见的，唐涛去了没几年，整个人气质都不一样了，穿着光鲜体面，举止谈吐也有了"城里人"的范儿。那时，虽然打工浪潮已席卷贵州乡村，但山高路远的反排村却将这风潮挡在了山外，人们能找到的打工机会非常少，唐涛的成功便显得尤其令人羡慕。

唐涛毫无保留地为有意向又会唱歌跳舞的村民牵线搭桥，尽可能地给更多人提供机会，他很快在反排村组织了一支 20 多人的队伍。不过，想要去北京演出，还得在台江县通过文化部门的考试，每次只有 10 个入围名额，唐涛在这其中也仅能充当"引路人"的角色。

每年，他都带着浩浩荡荡的队伍走出山外。最初几年，人们仍旧只能靠双脚一步步走出大山，随着一部分人先富了起来，村里多了几台拖拉机，唐涛的队伍便也有了代步的工具。那条泥巴路始终未变，人们驾驶着拖拉机顺坡溜下，遇到上坡时，就只能统统下车，推着笨重的拖拉机爬上去，接着又再溜上一段，到了镇上，每个人都已是大汗淋漓。即便如此，人们仍满心欢喜，向着更大的世界奔去。

走出反排村的人逐渐多了起来，而反排村也终于迎来了变化。

1998年，县公路局对村外那条泥巴路进行改造，虽然设备和技术等条件有限，只能洒上沥青将其美化，但对行车而言已有了诸多改善。

2000年左右，唐涛用积攒的钱买了一辆车。当他沿着崎岖的山路缓缓驶进反排村时，人们对他的仰慕又多了几分。时代飞速转变，外界的市场越发多元，不仅中华民族园需要少数民族演出，深圳等地的民族文化园区也伸来橄榄枝，黔东南美食在贵阳等城市落地开花，亮欢寨、老凯俚等经营酸汤鱼的餐饮企业越做越大，同样需要身着民族服装的演员们为食客表演。反排村的演出队伍逐渐壮大，走出大山的人越来越多，更多小汽车开进村里，唐涛也获得了新的灵感——在贵阳开了一家以经营少数民族表演为主的文化公司。

经济提升必然让整个村庄都迎来变化。2008年，县公路局对从反排到方召镇的公路进行了全面提升，7年之后，又修建了反排通往汪江的公路，到了2019年，在"村村通"等政策的支持下，这条以"四好农村路"为标准的公路最终变得更加宽敞平整，不仅小汽车得以平稳通过，运输木材、农产品的货车也毫无问题。

而这飞速变化的10年里，唐涛和他组织的演出队伍仍活跃在各种舞台上，直到2021年，一切准备妥当的反排村向他发出"召唤"。正在贵州民族大学担任舞蹈老师的唐涛决定回乡，竞选成为村委会副主任，主管的正是文化旅游开发工作。最初，他还坚持每周回一次贵阳兼顾公司和大学的工作，可随着反排村文化旅游如火如荼，他的工作也越来越多，索性辞掉了大学的工作，一心扎根在家乡。

从20世纪80年代到今天，已过去40年之久。当初，唐涛和反排村的村民们想尽办法将舞蹈跳出大山，只为谋得一份体面的工作。如今，这支舞蹈在它的发源地日日上演，观众沿着那条越来越宽的道路进入这个古老的村庄，皆为与它相逢。

上山下山

如果不是因为我们突然到访，宋晓平大概已经驾着那辆商务车，在去寨门口迎接客人的路上了。

宋晓平是西江千户苗寨里一家客栈的老板。客栈建在西江村的环寨路上，与许多同类型客栈排列成行。这里远离喧嚣的景区中心，大多数房间拥有极好的观景视野，尤其夜幕降临时，依山而建的连片木屋点亮灯光，在暗夜之中如繁星坠入湖面，沿着山势一层层荡漾开去。

客栈是宋晓平从他老东家手上接管的。老东家也是西江人，很早就外出闯荡，积累了人脉和资本，对老家的旅游发展十分看好。2018 年，他回到西江千户苗寨，被半山腰上的宋晓平家吸引，站在露台上望着层层荡漾开去的星点灯光，客栈的名字脱口而出："水墨梯田。"

从那以后，宋晓平既是这位同乡的房东，又是客栈的伙计。直到 2021 年，客栈易主。宋晓平当上客栈老板的第二年，这位老东家来串门儿。闲聊中，他感慨道："你运气真好，刚接手没多久，下面那最后 100 米就打通了，客流量终于能起来了。"半开玩笑的语气里隐约透着羡慕。宋晓平听了只是笑着附和，他心想，自己又何尝不是盼了许多年，才盼来和山下村民一样的好运呢？

宋晓平 30 多岁，黝黑精瘦，长年经营客栈让他习惯了与人打交道，同时作为一名从未离开过苗寨的西江人，宋晓平对这个著名景区再了解不过，他见证了山下村民乘旅游发展之势而起的盛况，也亲身体会过山上村民望"人海"兴叹的无奈。他就是住在山上的村民之一，即使过去了 10 多年，回想起当年山上山下两重天的情景，他仍会大呼遗憾。

"都是因为交通差！"他一语道出症结所在。

如今的西江村是在 2013 年时由平寨、东引、羊排、南贵 4 个村庄合并而来的。2008 年之前，这 4 个被雷公山紧紧包裹的村庄并没有太大差别，大家都以农耕为生，唯一不同的是，住在山上的人们出行更困难。宋晓平住在位于半山腰的东引村，上小学时，每天早上要走十多分钟小路下山读书，住在山顶羊排村的同学则必须起得更早，他们得花半个多小时下山。下山的路是靠人们年复一年用脚走出来的，日久天长，人们早已习惯，从未想过有一天会因为这条山路和近在咫尺的山下村民拉开差距。

直到 2008 年，人们察觉到变化。那年的 9 月 26 日，小轿车、越野车、旅游大巴成群结队驶进西江村，热闹的音乐、舞蹈轮番登场，当地村民和外来的游客将舞台围得里三层外三层。虽然当地村民对"旅发大会"这个新鲜词汇十分陌生，但眼前的盛况已经让他们感受到，这个曾经污水横流、环境堪忧的小山村已经不同往日了。

西江千户苗寨以连片木质民居形成的壮观景象和独特的苗族风情而闻名，在 2008 年之前，吸引的大多是国内外徒步爱好者，俗称"驴友"。交通是否便利并没有纳入"驴友"选择目的地的必要条件，反倒是远离尘嚣的大山更能吸引这群热爱探索的人们，西江千户苗寨的神秘面纱因此被掀起一角。那时，去西江千户苗寨需要在雷公山蜿蜒的盘山公路上颠簸很久，急弯和陡坡都是对驾驶员们的极大考验，即使到了 2008 年的"旅发大会"召开之时，前来参加这场盛典的人们也必须体验一次雷公山的挑战，到了寨门口，就只能靠双脚来探索这个神秘苗寨的轮廓了。正因如此，即便"旅发大会"为西江千户苗寨带来了至高人气，这片藏着古老苗族文化的大山也仅仅被开发了一小部分而已。

如今的村党支部书记宋玉和，在当年比其他人更早感知到西江村即将到来的变化。在"旅发大会"筹备之时，当地政府就已开始动员部分居住在山下的村民将自己家的房子改建成民宿了。宋玉和家就建在山脚，他媳妇相貌出众、厨艺了得，可谓天时地利人和。当地政府对西江的民宿、农家乐帮扶力度不小，消毒柜、碗柜、桌椅板凳，一样不少地送到宋玉和家，宋玉和很快成了村里第一个开办农家乐的人。

雷公山里的旅游之火就此点燃，而此时，正在读高中的宋晓平却不愿意下山了。

不仅是他，所有东引村、羊排村的村民们都在刻意回避山下的喧闹，热火朝天的旅游生意让山上的年轻人们心里发酸，两眼发胀。宋晓平想不明白，同住一片山，为什么山上和山下就是两个世界呢？

其实，西江千户苗寨火起来后，宋晓平也曾误打误撞当了一晚"客栈老板"。

那时，一对喜欢旅游又爱凑热闹的夫妻驾车穿越雷公山，被成群结队前往西江村的汽车长龙吸引了注意，竟放弃了原本的旅游计划，改道跟在那条"长龙"后面，就这样被引到了西江千户苗寨。此时的苗寨正值人气鼎盛时期，所有客栈、民宿都早已满房，眼看天色已晚，回程的山路漫长、陡峭又没有路灯，这对夫妻只好向半山腰走去碰碰运气。

宋晓平家响起了敲门声。面对夫妻俩提出希望能借宿一晚的请求，一直盼望能吃上一口"旅游饭"的宋晓平却感到为难了。家里人口不少，腾腾挪挪也只能挤出一间空房，可对方有两个人。

"我们是夫妻，住一间房就行。"男游客说。

"不行，我们的传统，即使是夫妻，去别人家作客也不能住同一间房。"宋晓平很坚定。

"寨子里没有地方住了，我们会付房钱的。"男游客继续游说。

"唔……确实不行，这是规矩。"宋晓平看起来有些"轴"。

"那……我坐在床旁边可以吧？我不睡，我陪着她。"男游客想出了一个"两全之策"。

宋晓平思考再三，最终将这对夫妻请进了屋子。

第二天，这对夫妻走后，宋晓平望着空空的屋子内心怅然。他心想，如果是正儿八经地开了客栈，就不必受传统规矩的约束了吧？

而此时的山下，却是另一番不同的光景。宋玉和这一批最先开办农家乐和客栈的村民，已经在当地政府的指点下掌握了客人的喜好：城里的客人喜欢农家特色，最畅销的菜品是腊肉香肠；房间一定要打扫干净，有条件的，每间房里都要配一个卫生间；最重要的一点，寨子里交通不便，能想办法接送客人可以招揽到更多生意……

2013年，平寨、东引、羊排、南贵合并为西江村，看似常规的并村其实是一场变革的"前奏"。与此同时，当地政府开始在东引、羊排等山上的寨子里征地，这让人们更加确信，一场变革真的要来了。很快，宋晓平就打听到，征地是为了修建一条环寨路，目的就是为了扩大西江千户苗寨的容量。这意味着，他有机会成为一名真正的客栈老板了。

环寨路直到2017年才完成最后的柏油路修建，期间，凯雷高速也于2015年正式通车，更大体量的游客涌入苗寨。那条柏油路缓慢地从山下向山上延伸，铺平了许多年来羊排、东引村民的出行路，也铺平了宋晓平藏在心中多年的遗憾。直到那位游历全国各地的老乡出现在眼前，宋晓平的身份终于开始转变。

2018年，环寨路建成通车，每天有固定班次的摆渡车在山上山下往返，"水墨梯田"度假酒店也正式开门营业。这一切看起来完全符合宋晓平的期待，唯一美中不足的是，环寨路实际上并未真正形成闭环，在山下风雨桥处仍有100米左右被一片田地隔断。不过，这一点瑕疵并未影响游客登山观景的心情，酒店生意十分火爆，宋晓平的老板买来一辆商务车，专门用于接送住客，宋晓平变身"宋小二"，每天招待客人忙得脚不沾地，日子变得无比忙碌。

然而，好景不长。2020年，受新冠疫情影响，全国旅游景区的经营瞬间降至冰点，西江千户苗寨也遭遇了前所未有的打击，即使此后3年逐渐恢复，游客却也变得谨慎又挑剔，那不起眼的100米"断头路"又成了山上村民心中的一个结。

环寨路上许多客栈、酒店陆续关门停业，或挂出转让的告示，宋晓平的这位老乡也成了他的前东家。反正是自己的房子，宋晓平也没有犹豫，爽快地接手了"水墨梯田"酒店。不过，冷淡的生意反倒为运营方留出了提升基础设施的时间，那100米"断头路"也被重视起来，雷山县、西江镇以及县交通部门多方协调，最终为村民们打通了这最后的100米。

宋晓平记得，通路的那天，风雨桥旁那间便利店的老板兴高采烈地买来许多鞭炮和礼花，准备敲锣打鼓庆贺一番。此时已是村党支部书记的宋玉和，虽然心里同样高兴，却不得不站出来阻拦，毕竟，景区标志性的连片木屋可见不得一点火星。没有传统的礼花和鞭炮声，宋晓平、宋玉和以及便利店老板等每一个西江村人的心情依然澎湃，人们聚在一起吃饭喝酒，以庆祝这条环寨路终于变得完整。

这条环寨路经过曾经的羊排村，那里有一个观景台。过去，羊排村的老人们上山下山途中总要歇上两三回，这处观景台的位置就是其中一个歇脚的地方。老人们围坐在那里聊天，闲扯几句今年的收成，再抱怨几句这陡峭的山路，然后向各自要去的方向离开。如今，这里仍常常聚集着人群，有当地老人，更多的是外来的游客，他们没有气喘吁吁，而是悠然自得地眺望整个苗寨的美景。"夜里更美，寨子里的灯火亮起，就像地面上的星空。"宋晓平动情地说，他看了几十年仍旧看不厌。

航行万里

水上运来一座桥

德余高速

安青松驾船带着我们在乌江两岸间往返了好几趟。我们从位于北岸的凤冈县天桥镇平头溪村渡口出发，跨河到对岸思南县沿沙村，接了德余高速公路六标项目部几位员工上船，又向江对岸的拼装厂驶去……

这种忙碌的生活大约是从两年前开始的。2020年年中，江对岸一片无人看管早已荒废的花椒林被夷为平地，当初被开垦成三级台阶状的坡地上建起了一片白得耀眼的临时板房，不少操着各地口音的人住了进去，大多数都是年轻人。不久之后，江两岸便响起隆隆的机械声，不分昼夜地开始忙碌。

"德余高速施工，要在江上修一座大桥。"在自家靠着江边经营的农庄里，安青松从客人的闲谈中听到了关于这处工地的消息。

这些操着外地口音的客人都是中交一公局集团有限公司的员工，就住在江对面的那几排板房里，那里是德余高速第六标段项目部。就我所了解的情况，中交一公局集团有限公司在贵州修建了不少高速公路，德余高速就是其中一条。德余高速跨遵义和铜仁两市，贯穿德江、思南、凤冈、石阡、余庆5县，隶属于集团的德余高速公路有限公司就设在余庆县。

由于桥梁需要两边同时施工，项目部的人们几乎每天都要乘安青松的船渡江。大桥的建设越发忙碌，渡船的人也多了起来，项目部的负责人索性与安青松商量合作，每月支付一定费用，由安青松根据项目部制定的渡船时间表进行接送。

渡船这项工作对于安青松而言简直是驾轻就熟，他家从爷爷辈起就一直以此为生。

安青松所居住的平头溪村是一个古镇，在1949年前就是水路运输的咽喉要道。这里与思南县文家店镇以及石阡县本庄镇隔江相望，但到了安青松的爷爷那一代几乎没有什么船只来往了。那时，安青松尚未出生，他爷爷也还年轻力壮。居住在江边的平头溪村平头组的村民们日日为出行苦恼，索性商量大家凑一条船出来，方便渡江，以省去许多脚下之苦。家里有木材的就凑一些木板，会造船的就出几个劳动力，这两样都没有就出点钱用来购买材料，拼拼凑凑之下，一艘木船终于下水。安青松的爷爷几乎没有土地，但他水性不错，便被推选为渡船人。江对岸文家店镇的人们也想靠船渡河，便与平头组的村民们商量，以"打河粮"的方式支付渡船费用，即按照自己家使用渡船的频率高低给安青松的爷爷一定粮食，也正好解决了这一家人吃饭的问题。

进入20世纪80年代，安青松的父亲接管了这艘渡船，当地政府也对这条水路越加重视，便拨付资金购置了铁皮船供村民们使用。虽然这艘铁皮船依旧得靠双桨助力，但比起摇摇晃晃的小木船安全了许多。80后安青松从小跟着父亲渡船，乌江水流湍急，船只在江面起起伏伏，惊心动魄，不过，安青松水性极佳，且早就掌握了划船的技巧，似乎未来的生活也注定与这奔腾的乌江脱不开关系。

2005年前后，思南县在乌江干流上开始修建思林电站，大坝拦住江水让平头溪村边的水位上涨，奔腾的波涛被驯服，江面变得平静而缓慢。安青松家所在的位置将被淹没，他们便搬迁至离平头溪古镇更近的地方居住。船依旧要渡，只是，此时父亲早已年迈，政府给安家换了一艘机动船，安青松学了新的驾船技术，成了新一代的船长，渡船的人们也早已适应市场经济规则，不再用"打河粮"的方式充当渡船费用，改成现金支付。

时代变迁，安青松也长大成人，娶了生于对岸石阡县的妻子，渡船已经不足以养活一家老小。安青松便在江边布下大面积网箱，做起了养鱼贩鱼的生意。到了2015年前后，网箱养鱼被取缔，安青松和妻子便改造了江边的新房，开起了休闲农庄，一边渡船，一边为路人提供餐食。

日子过得不咸不淡，尽管路途遥远，但仍有当地游客愿意一路颠簸到平头溪古镇游玩，便也顺道照顾了安青松的生意。直到 2020 年，对岸的荒山上突然建起几排板房，安青松一家的日子也开始发生了变化，修建大桥的人们来了，观赏大桥修建的游客也来了。安青松不仅农庄生意蒸蒸日上，还揽下了帮项目部工作人员及修桥工人渡船的活儿。

几乎所有人都见过滔滔江水，见过虹桥飞渡，却少有人见过大桥一点点在江面上空逐渐成型的过程。而我来到这里的目的正与大多数游客一样——一睹大桥修建的壮观景象。就在来到项目部的前一天，我在位于余庆县的德余高速公路有限公司与党群办的霍燕有过一番长谈。霍燕告诉我，德余高速项目有 10 个标段，来自全国各地的人们驻扎在各项目点上，一待就是好几年，直到高速顺利通车，他们便又各奔东西，开启下一段新的旅程。

我们在江面上破浪前行，同行的还有德余高速第六标段工作人员饶南南。她是项目部中为数不多的女性，皮肤白皙，做事头脑清晰，想必是一个很能吃苦的姑娘。毕竟，在荒山野岭中的项目部一住就是好几年，条件艰苦，又缺少娱乐活动，对女孩子来说是一个残酷的挑战。在我来到大桥修建项目点的前一晚，余庆、思南、凤冈一带彻夜大雨，项目部的板房不仅进了水，还有不少山野里的飞蛾、蚂蚁钻进屋里。不过，谈起这些事时，饶南南显得早就习以为常。

船靠在项目部的岸边时，一位皮肤略黑、穿着白衬衫、戴着安全帽的男人登上船来。饶南南向我介绍道："这位是六标段书记、常务副经理陈竹，关于工程的事他都了解。"

陈竹是湖南人，大学毕业后的 15 年来一直从事桥梁建设，在云南、浙江等地都干过工程，上一个项目点是在广西。15 年看似漫长，但桥梁建设的周期不短，在一个项目上一待就是好几年，所以，经他手管理建设过的桥梁也不过三四座。目前主流的桥型大致分为斜拉桥、悬索桥和拱桥，在陈竹过去的经历中，只有拱桥还未尝试过，而眼前正在加紧建设的德余高速乌江特大桥恰好填补了他建桥经验中的空缺。

虽然不同桥型的修建难度各有不同，但德余高速乌江特大桥项目的建设又可谓难上加难。

德余高速乌江特大桥是中国交建、中交一公局集团承建的最大跨度的同类型拱桥，全长 1834 米，主桥为 504 米，是目前世界上最大跨径上承式钢管混凝土拱桥。规模庞大无疑提升了整体建造的难度，但无论是对于陈竹还是对于其他实施这个项目的人而言，项目难点可不止这一个。

这座特大桥采用的是全栓接结构的设计，简而言之，就是整座桥的钢结构都是以高强螺栓进行连接，而非焊接，这对连接误差提出了极高要求，容许误差仅有 2~3 毫米。如此高的精准度对工程实施者而言简直不可想象，而这一设计理念又是首创，完全没有过往经验可借鉴，所以，为了保证拱肋和风撑在高空中能精准匹配，就必须在拼装厂内预先进行立拼，将主拱肋的线形调整到毫米级误差，严格控制精度，才能确保在高空作业中顺利实现拼接。当然，仅凭技术人员肉眼识别误差的效率是很低的，所以，这一项目还采用了徕卡 TS 60 全自动测量机器人，超远距离自动跟踪目标棱镜，有效缩小了人工照准误差，同时，采用三维激光扫描仪对拱肋整体进行扫描，进一步提高拼装精度。此外，项目还引进了全套智能监控系统和北斗卫星导航系统，以确保高空作业安全。

高科技的运用固然能解决不少技术难题，但种种客观因素仍注定了这是一个难度颇大的项目。乌江两岸大山之间的地形狭小崎岖，给施工场地规划带来了不小的障碍，不仅要防范山体滑坡等自然灾害，多变的气候对材料运输和安装也造成了阻碍。更为重要的是，大桥所在的位置邻近白鹭湖国家湿地公园石林乌江等景区，出于对环保等因素的考虑，大桥所使用的钢结构需要在重庆进行加工后运输整段到施工现场，再在江边的拼装厂内进行反复调校，才能进行高空拼接。但是，桥梁所用的钢结构，最大节段重达 150 吨，公路无法满足这样超大件货物的运输条件。

公路不是最佳选择，但水路可以。

2021 年 11 月，乌江沿线梯级电站建设中断了近 20 年的贵州乌江水运全线首次大规模复航，为这座乌江特大桥的部件运输提供了解决问题的钥匙。

8 艘 500 吨级标准货船，载着沉重的钢拱梁从重庆明月沱出发，途经余庆县构皮滩，通过三级垂直升船机后，驶向思林库区抵达项目建设现场靠岸卸货。40 多个航次在乌江水面上忙碌，运来了这座目前在建的世界第一上承式钢管混凝土变截面桁架拱桥。

尽管思南县所在的铜仁市与湖南省相邻，但陈竹依然很久没能回一趟长沙的老家。工期紧，任务重，天气好时甚至夜里都在赶工。船早已在拼装厂旁靠岸，陈竹在船上和我简短地聊了 20 多分钟，期间不断有人在岸边召唤他。直到他匆匆奔上岸去，安青松才驾船离开。

安青松将船靠在农庄边上，他需要将几位刚吃完饭的游客送到对岸，只要有人需要乘船，他的这艘渡船便会一直在江面上行驶。陈竹已经进入拼装厂里，还有不少工作等着他去完成。等船再次靠岸后，饶南南将带我去位于南岸引桥西侧的六标段项目部信息化集控中心参观。结束参观后，霍燕将和我一起回余庆，她晚上还得抓紧时间加班完成手头的工作……

全桥主体计划完工时间在 2023 年，待这个项目结束后，项目部所在地将被恢复到原来的样子，从各地聚居于此的人们将去往新的地方。而看着大桥一天天建起的安青松和他的妻子，则会一直守着这个江边农庄和那艘小小的渡船，迎来更热闹的生活。不同的是，德余高速乌江特大桥作为贵州"桥梁博物馆"的新成员，贯通之后必将缩短两岸往来的时间，也为思南县文家店镇和凤冈县天桥镇的人们提供一项新的出行选择。

前一天夜里的大雨让江水上涨了一些，小小的渡船在平静的江面上行驶。蓝天之下，红色的拱肋节段被缓缓升上距离江面 100 多米的上空，等待着精准吊装，船上的人们屏气凝神注视着这宏大的一幕，直到渡船缓缓驶离江岸。

空中"飞"过一条船

汽车钻出隧道，沿着厂区内部道路开得飞快，向一栋 100 多米高的塔状建筑驶去。在靠近这栋建筑的最后一个弯道，窦方林放慢车速，抬头看向建筑的外墙。"哎，还是来晚了一步。"他有些遗憾地指了指墙上的孔隙，透过那孔隙隐约能看见有什么东西正在缓慢上升，"船已经升上去了。"他说。

窦方林在那栋建筑前匆匆把车熄了火，递给我一个安全帽，迈着大步边走边招呼道："我们坐电梯上去！"我小跑几步跟了上去，电梯上升速度很快，失重的感觉明显，我的心情竟莫名地紧张起来。走出电梯的瞬间我有一种极为陌生的感觉，建筑内是没有任何修饰的毛坯状态，沿着一道梯子进入升船机的船厢，两边靠墙用钢板铺了一条通道，围了一圈栏杆，中间是渡槽，一艘货船停在正中。

"这里有 100 多米高，你得小心一些。"当我沿着通道走到船厢尽头，窦方林的温馨提示让我下意识地低头看了下去：在我脚下 100 多米的位置，一条渡槽向外延伸，连接到数百米外的另一个升船机，升船机背后是蜿蜒的乌江。巨大的高度差形成强烈的视觉冲击，我犹如站在云端，又好似踩在棉花上，心里发虚，脚下发软，赶紧往后退了两步。窦方林见状，笑呵呵地安慰道："没事，我们经常在这上面走，早就习惯了。"他指着对面矮了几十米的升船机告诉我，那是第一级升船机，最大提升高度为 47 米，我们所在的位置是第二级升船机，最大提升高度为 127 米，一会儿货船要进入第三级升船机，最大提升高度是 79 米。这三级升船机的设计就是整个构皮滩水电站通航工程中最引人瞩目、令人惊叹的部分。

窦方林是余庆县构皮滩水电站的工程管理部机械专工，在电力行业干了近 40 年。2006 年，他从索风营水电站调往构皮滩水电站参与工程建设。尽管已经过去了 16 年，窦方林仍旧记得他刚到这里时的情景。

他乘车一路颠簸进入距离构皮滩镇 10 公里远的乌江边上。此时，大江已经截流，施工单位早已进驻场地开展建设，荒芜的工地周围有零星几栋供工人住的屋子，还有新搭建的临时板房。窦方林在这里安顿下来，作为电力行业的技术员，他早已习惯与荒山野岭作伴的生活，接下来的日子便是静下心来完成构皮滩水电站的建设。构皮滩水电站是国家"十五"计划重点工程，是贵州"西电东送"的标志性工程之一，工程建设备受关注。不过，或许让窦方林没有想到的是，水电站正式投产发电仅 3 年后，这里就会迎来另一项"超级工程"。

2012 年，为了让乌江航道延伸至贵州内陆腹地，构皮滩水电站通航工程开工建设。2015 年，窦方林被安排到新疆援建了一段时间，再回来时，这项线路总长为 2306 米的浩大工程即将与世人正式见面。构皮滩水电站通航工程之所以受到瞩目，原因无非是"险"和"难"。乌江构皮滩坝下河段江窄水急，险滩急弯交错，河势复杂，通航建筑物首先要克服河势和地形，避开流态恶劣的区域，调整河势，才能保障船舶航行的安全。而在总长 2306 米的通航工程中，渡槽占了近一半，渡槽支墩最高达 100 米，规模之大、建设难度之高，可想而知。同时，三级升船机中，第二级高度达 127 米，建筑物的高度则是 176.5 米，是目前国内外提升高度最高的单级垂直升船机，因此在提升力等各方面都提出了更高要求。以上种种，让被称为"空中水运通道""升船机博物馆"的构皮滩通航工程创造了 6 项世界纪录：世界上首座采用三级升船机方案的通航建筑物；拥有世界上单级提升高度最大的垂直升船机；世界上规模最大和提升力最大的下水式升船机；世界上通航水头最高、水位变幅最大的通航建筑物；拥有世界上规模最大的通航渡槽；国内首次采用隧洞穿越山体方案的通航建筑物。

站在 100 多米的高空，窦方林眺望远方，讲述着工程建设的种种艰辛，不禁感叹，自己作为这浩大工程中的其中一环，有幸见证了一个"奇迹"的诞生。

我们正说着话，升船机里那艘货船上，一个脑袋探出窗口笑着对我提醒道："注意安全哟！那里高得很。"

说话的人名叫陈代胜，赤水人，他头发花白，皮肤黝黑，看起来饱经风霜，是这艘货船的掌舵人。他热情地招呼我们上船舱里坐会儿，"估计还要等一阵，闸口还在调试。"长年待在水上的陈代胜早已习惯了等待，在货船进入这三级升船机之前，他已经在构皮滩停留了整整一夜。

陈代胜虽然是赤水人，但过去长期待在四川乐山从事水运，曾经拥有一艘自己的500吨货轮，在赤水河、岷江等流域做煤炭等货物运输。2021年6月，500吨级的"航电1号"货船通过三级升船机，构皮滩水电站通航工程正式投入使用，贵州中水船舶港务（集团）有限公司成立，年过五旬的陈代胜经人介绍进入公司工作，负责驾驶500吨级的货船。

干水路运输是一件既费时又孤独的工作，船上只有几位船员，每次出航都要在水上漂十天半个月。跑了几十年船的陈代胜早已想不起年轻刚上船时的感受，各江河流域大多没有像海上那种大风大浪，平静的江水静静流淌，在船舱里只能听到发动机的轰鸣声，久而久之便也习惯了在这噪声中入睡。船上的生活几乎就是吃饭、当班、睡觉，不过，对于陈代胜而言，如今的船上也与时俱进了，有一台冰箱可以储存肉类，他只需做好规划，在为数不多的靠岸时间中，上岸去附近的集市采购足够吃上一周的新鲜蔬菜。

在过去几十年的跑船生涯中，陈代胜驾船驶过不少水电站，但构皮滩他是第一次来。这次出航时间比往常更久一些，他3月25日就从重庆丰都出发，过了涪陵、银盘、彭水、沙沱、思林等几个水电站，到了思南县后又回到丰都另开了一条船过来，如今到构皮滩时已过去整整一个月。4月25日下午3点，陈代胜驾船驶入构皮滩后，被告知升船机需要进行调试，他便将船停靠在岸，让自己放松了一晚。

一夜过去，这条航道即将变得忙碌起来，通航管理处的技术人员接到通知，当天有几艘船要通过，而陈代胜掌舵的这艘500吨级货船就排在第一个。

尽管陈代胜在江面上行驶了几十年，但构皮滩水电站这样的三级升船机他也是第一次见，缓缓驶入第三级升船机时，他的心情难免有些兴奋。

船只顺利被送上70多米的高空，他驾着船在渡槽中平稳行驶，小心翼翼地不让船体碰到渡槽两边。进入第二级升船机后，船只再次缓缓上升，直到停在100多米的高度，陈代胜感觉有些奇妙，因为前方除了渡槽之外，竟然还有一段穿过山体的隧道。

"这是我第一次在半空中开船，也是第一次驾船穿过隧道，以后肯定会经常走这条航道，但这第一次还是很特别。"陈代胜毫不掩饰对新奇体验的向往。构皮滩水电站通航工程的建成，让乌江干流通道彻底打通，自从2021年11月，乌江水运迎来全线首次大规模航运后，这条"黄金水道"也越发忙碌起来，不少像陈代胜这样经验丰富的船员再度航行在这条水道中，无数吨货物从乌江流向长江，甚至抵达海岸，载人的客船也能在半空中"飞"过构皮滩，让人体验一把"船在空中行"的奇妙感受。

几分钟后，第二级升船机的闸口开始下降，水流声传来，陈代胜握住船舵，表情变得严肃起来，他要开始工作了。我们走到船舱外，想更真切地体验船在高空行驶并穿过隧道的感觉。徐徐微风迎面而来，货船缓缓启动驶出闸口，我们在水面上竟也体会到一览众山小的感受。

仅用了十几分钟，货船便稳稳停在了最后一个升船机中。一阵水流声从脚下传来，厢头门与闸首工作门之间的缝隙水正在泄去，待水泄尽后，这艘船便会下降，然后进入乌江航道向开阳港驶去。我们与陈代胜道别，他的脸上仍挂着微笑，似乎因这短暂的航段填补了他漫长航行生涯中的空白而感到满足。

跌宕的乌江

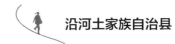

"顺达1号"客轮破开平静的江面从远处驶来，缓缓与码头边的"乌江4号趸"接驳，待船停靠稳当，十几位乘客不紧不慢地下了船。这班客轮的起点在洪渡镇，距离沿河县城有100多公里车程，开车需2个多小时，但乘船需要4个小时。即便如此，仍有人习惯坐船，毕竟，公路修通之前的漫长岁月中，客轮几乎是连接洪渡镇和县城唯一便捷的交通工具。

此时是下午1点，黎梅花已经吃过午饭，早早地守在码头的趸船上等待乘客上岸。黎梅花是沿河乌江轮船有限责任公司（以下简称：乌轮司）的客运经理，虽然出生在重庆，但从1994年起就来到沿河，几乎每日往返于县城与洪渡镇这条水路之上。最近的这10多年里，她的生活像一个永远准确的闹钟，每天清晨6点起床，7点到岗开启一天的忙碌，售票、发船、安全检查、接船……下午5点下班之后，她才能真正拥有短暂的属于自己的时间。

2022年的沿河自治县，陆路交通已经十分便捷，就连最远的乡镇也打通了平坦而宽敞的公路，想要将车开进村里也是轻而易举的事。这个沿河而建的县城中仍有一批和黎梅花一样的人，依旧守着这条流淌了千百年的河流，盼望它再次翻起汹涌的浪花，渴望再看到浪尖上百舸争流、千帆竞发的繁华景象。

"我还是相信乌江的未来会有很大潜力。"说这句话时，乌轮司董事长杨军下意识地望向窗外。如果从窗户探出头去，能看到左右两边分别有一座大桥横跨在乌江之上，一座桥上大路宽敞，是沿河县城于2007年建成的跨江大桥，名为乌江二桥，另一座则装点华丽，已形成一条繁华的商业街，是一座人行景观大桥。这两座桥交相辉映，桥下的江水静静流淌昼夜不息，桥上过往的匆匆人群也仿佛白天或黑夜都从未散去过。

杨军比这两座桥更早地见证了乌江的繁华与落寞。生于铜仁市的他，1987 年自武汉水运工业学校毕业后就被分配到此地，进入乌轮司工作。漫长的 30 多年里，除了没有坐过办公室，他在公司的大部分部门都干过。

在公路运输极为不便的 20 世纪七八十年代，直通长三角的乌江尽管处处险滩激流，但思南、沿河以下的中下游河段仍为贵州的木材和各种山货打开了一扇黄金大门。那时的沿河县城，乌江水面上船只往来，装满矿石、煤炭、烤烟、木材的货轮排着队驶出码头，装满乘客的客船热闹喧天，景象之繁忙壮观让人叹为观止。掌管着水上交通的乌轮司当仁不让成为当时沿河县城里效益最好的单位，公司不仅在涪陵、上海等多地设有办事处，甚至还成立了专门的"出川团队"，组织货运往来，每天忙得脚不沾地，江水哗啦啦地奔腾，财富也跟着哗啦啦地涌入沿河。在当时的沿河人眼中，乌轮司是一个人人挤破了头都想进的单位，作为一个省直属的县团级航运企业，属于公司自己的医院、学校、食堂等部门可谓一应俱全，福利待遇更是让人艳羡。

"几乎所有沿河最漂亮的姑娘都嫁给了乌轮司的职工，几乎所有沿河的男人都以娶在乌轮司工作的女子为荣。"这句话杨军刚入职时就听前辈说过，在这样的单位工作自然也让他感到荣幸万分。他先在乌轮司子弟学校教了一年书，后来又被调去组建车队，主要负责运煤，干了 3 年又被分配到乌轮司下属的劳务公司。无论在哪个岗位，背靠乌轮司这棵大树，杨军的日子都过得十分舒坦。然而，风光的日子持续了不到 10 年，1994 年，乌江武隆边滩左岸鸡冠岭发生大面积岩崩，一时间仿佛天塌了一般，山石如一把巨大的铡刀从天而降，直接切断河道，将乌江上这条连接贵州和重庆的出入口彻底封锁，航运中断了。为了能让这条航线继续运输，重庆和贵州两地联手做出了艰苦的努力整治航道，整整耗费了两年多才完全疏浚，而在此期间，部分继续运输的船只只能在这里转道陆路运输，绕过塌方段后再次进入河道，但成本也随之高涨，运一次货就亏一次，愿意干这种赔本生意的人越来越少。乌江陷入让人伤感的寂静中。

乌江航运落寞了，在熬过了巨大的心理落差带来的失落感后，杨军调整心态决定"下海"，在当地做起了服装生意。但当乌轮司的人们纷纷自寻出路时，从重庆来的黎梅花却像一只逆流而上的小船，一头扎进这滚滚乌江之中，开启了自己的水上生活。

黎梅花的丈夫早年去世，她一个人既要养育两个孩子，还得照顾年迈的老人，听在沿河水运系统工作的亲戚说，这条航运线上挣钱容易，便果断将孩子托付给老人，只身来到了沿河。虽然通往省外的航线被山石阻隔，但省内的客运线路未受影响，省际之间的大生意做不了，县里的小生意依旧能靠短线航运搞得热火朝天。黎梅花踏上了往返于洪渡镇和县城之间的客轮，开始做起了小买卖。

将洪渡镇的农特产品带到县城，又采购县城里的东西运送到洪渡镇，这位20多岁的女子孤身一人，终日在船上漂泊。起初，她就住在船上，但乘客来来往往、鱼龙混杂，始终不方便也不安全，便在洪渡镇上租了房子。没过几年，房东收回房屋，黎梅花只好在码头边搭了一间十分潦草的屋子。刮大风时，屋顶会被掀翻；涨大水时，屋里变成一片汪洋，她总在半夜逃上岸去，找个避雨的地方迁就几天，正因如此，黎梅花年纪轻轻就患上了风湿病。

这样的苦日子过了近10年。2000年后，乌江航运已是日薄西山，随着乌江流域一个又一个水电站的兴建，通向省外的航线已彻底阻断，曾经风光无限、最鼎盛时期甚至有上千员工的乌轮司，人员不断缩减，航线也越来越少，有几年甚至连工资都发不起，曾经载满乘客往返于洪渡镇和县城之间的客轮，也因缺少技术人员宣告停运，孤零零的一两艘船只靠在码头无人问津。黎梅花见状，便与乌轮司协商，承包船只，搞起了客运。

县内这条水运航线从未断过，在乌轮司落寞之后，县里兴起了一两家民营轮船公司，也有私人船只想要分一杯羹。虽然是承包商，但黎梅花承包的船只属于乌轮司，也算是"正规军"，为了与私人船只争夺航线，性格泼辣的她算是使尽浑身解数，拼了命地保住了这条航线。

而另一边，在外闯荡的杨军也接到了老领导的召唤。2005年，仍在积极寻找出路的乌轮司组建货运公司，希望杨军来牵头将公司经营起来。对乌江水运感情深厚的他便决定回到原来的工作中去。

因为各处水电站的修建，曾经滩险浪急的乌江平静下来，水波向东缓缓推去，像老人脸上舒展不开的皱纹，即便沉默不语仍能让人愁绪万千。

黎梅花承包船只两年多后，因货运公司经营走上轨道而得以缓过劲来的乌轮司决定将船的经营权收回，黎梅花也作为管理人员进入乌轮司工作，仍旧负责船上大大小小的事务，卖票、安全检查、引导乘客，甚至还得为船员们做饭。她就是从那时开始拧紧了自己生物钟的发条，清晨6点起床成了雷打不动的习惯。

而杨军也在成功带动货运公司走上正轨后盼来了乌江复航的消息。2013年，省级层面出台《贵州省水运建设三年会战实施方案》，提出用3年时间，在全省范围内开展水运建设大会战，向"有电无航、电通航断"的水运顽疾发起挑战。这个消息让乌轮司上下兴奋难耐，杨军更是摩拳擦掌，笃定地坚信自己水运事业的"第二春"即将到来。

此后的3年里，虽然乌江在沿河县域内的流域仍旧安静如斯，只有黎梅花管理的船只和零星的客运船在各乡镇的码头间来往，但整条乌江"黄金水道"却在酝酿着一场大规模的变革，杨军参与了不少恢复航道的工程，此时的他早已不再年轻，却像1987年刚入职时一样干劲十足。

2016年11月，"航电2号""航电1号"两艘500吨级标船先后在沙沱、思林水电站通过通航设施，试航成功，杨军看着徐徐驶来的船只，激动得红了眼眶。

乌江的"黄金水道"复航了，不过，这条航线停息了10多年，实在太久了，还需要一些时间适应新的时代。大概从2020年起，乌轮司就开始加大力度制造船只，到2022年，公司的船只已有60多艘。但是，杨军回头看看曾经手握船舵、意气风发的船长们，心里又升起一片惆怅——他们都老了。在经历了过去十几年的跌宕起伏之后，乌轮司团队一再缩减，航运衰落也让年轻人对跑船提不起兴趣，如今的乌轮司，职工平均年龄竟已超过50岁！不过，随着乌江全线复航，乌轮司的复兴也势不可当，年轻人们开始对水路运输又产生了兴趣。

2021年和2022年，杨军面试了一轮又一轮的年轻人，看着这些年轻的面孔，他仿佛听到了乌江上的波涛再次汹涌起来的声音。"我还是相信乌江的未来会有很大潜力。"杨军就是在说到年轻人的加入时，发出了这样的感慨。

此时，在乌江上漂泊了大半辈子的黎梅花已近退休。这个性格泼辣，做起事来风风火火的女子，似乎并没有打算改变已经固定的生物钟。"我打算出去打工，反正年纪也不算太大。"她说出自己退休后的计划，守着这条江水几十年，她也想走到大江之外的世界去看看，比如，这条江的另一头——那些从贵州大山中满载而去的货物即将抵达的终点。

川流不息

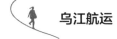

乌江航运

李光辉说，2016年见证乌江复航的那一刻，自己又找回了在这个行业存在的价值。

说这话时，他的语调几乎没有明显兴奋的起伏，只是眼里闪过一丝不易察觉的光彩，嘴角也挂上一抹浅浅的笑意。如今已是贵州省乌江航道管理局高级工程师的他，近30年在这嶙峋大山之间和汹涌江水之上的工作中，见过航道狭窄、激流险滩的乌江，也见过大坝高耸、水面宁静的乌江，李光辉所经历的往事大概已如这江水般越发平静而开阔，但记忆深处一定还有暗流汹涌。

后来，我见到自幼生活在乌江岸边的刘明礼，与他的谈话又是另一番感受。这位40多岁的船工号子非遗传承人，身材魁梧，皮肤黝黑，穿着白色T恤，脖子上挂着一条金灿灿的项链。他扯着像大喇叭一样的嗓子向我绘声绘色地描述自己表演船工号子的场景，谈话不时被电话打断，但通话结束之后他又相当自然地衔接上未说完的故事。当他描述在一次比赛上一鸣惊人的经历时，声调越扬越高，仿佛下一刻，那船工号子就将要从胸中喷涌而出，让我也身临其境，目睹让他一战成名的震天一喊。

在思南县停留的那天，我花了许多时间与这两位性格迥然不同的人对话，犹如看到了历史长河中两朵精彩的水花。直到夜晚躺在乌江边的酒店里时，我脑海里涌现出的一幕幕景象也如这江水般无法平息。

说起来，我也来过思南好几次，关于这座城与这条江的故事听过不少。发源于乌蒙山东麓的乌江是贵州第一大河，贯穿全省多地，历来就是贵州的"黄金水道"，而位于乌江中游与下游分界点的思南县，又因其特殊的地理位置，早在明朝时期，形成了川盐入黔4条主线之一的涪陵至思南航线。

"其盐自蜀五洞桥盐井运涪入黔，两易舟以达思南，分道散售。"清代道光年间留下的《思南府续志》如是记载。在这浪急滩险的乌江之上，从四川运来的盐、油逆流而上，直抵思南，再经支流过石阡、岑巩、湄潭等地发散到贵州各地，而贵州盛产的木材、桐油等也都汇聚于此，顺江而下汇入长江，再发往全国各地。一条古老的物流商贸通道早在数百年前就已形成，川、湘、鄂、赣等地商贾把思南视为一片贸易热土，鼎盛时期，城内盐号多达70家。历史上，盐号林立于思南城，如今，唯有一座建于清代的周家盐号被完好保留在县城安化老街中，在这座集商号与民宅于一体的大宅院里，巧夺天工的古床木雕、精美绝伦的雕花屏风，以及那些让人叹为观止的茶台、高几、箱盒等古朴家具，都一一记录了曾经"盐油古道"上的繁华与兴盛。

不过，无情的江水带来的不仅仅是繁华与富贵，靠江流为生的人也不只是富甲一方的商贾，还有江边乱石崖壁上未被统计过具体人数，也少有人刻意记住他们姓名的纤夫、船夫、滩夫。两年前，我到思南县拜访了几位曾经

大道黔行

做过纤夫的老人，请他们喊两句船工号子时，一位名叫田建义的老人有些羞涩地挥挥手，道："没有那个情景，喊不出感觉来。"

尽管如此，在我们软磨硬泡之下，田建义老人还是清了清嗓子，低吟道："弄船之人没得想，麻布筋筋套颈项，八匹篾条长又长，累垮好多少年郎。""累垮好多少年郎"，这句号子仿佛描画出一个腰几乎弯成90°、脑袋低垂到几乎快接触地面的苦力形象，当这一个个低垂的脑袋齐齐喊出震天响的号子，似乎能将喊号人全身的力气都凝聚于绳索上，整齐划一地拉动他们生了厚茧的脚掌向前挪动。每一声号子的结尾，会伴随轻微的长长的叹息，只是这叹息低沉，很快被隆隆作响的江水冲散了。

想象中的船工号子随江水漂来，与这天下午刘明礼的响亮喊号声重合。不过，刘明礼喊出的船工号子与那飘荡在江面上的号子仍有不同，或许就如田建义老人所说，不在那个情境之中，便少了些悲苦的情绪，多了几分磅礴气势，表演意味更为浓烈。不过，作为非遗传承人，自幼就与父辈一起跑船的刘明礼仍能掌握喊号的精髓，毕竟，那拉纤的场景早已刻入了他的童年记忆中。

刘明礼说，他从五六岁起就常常"漂"在乌江上。他的祖辈几乎都靠船谋生，早些时候大多运木材出贵州，再带些油盐和杂货回乡销售，到了父亲这一辈又多了运送煤炭的生意。漂在水上的那些日子，刘明礼看着大人们拉纤，跟着大家搬滩，船工号子伴随整个童年，一开始，那高亢激昂的喊声让他感觉新奇，听久了自己便也学会了。

刘明礼见证了乌江水运的繁华时期，而在他跟着父亲与那狭长航道间的激流博弈时，岸边大大小小的滩头上有另一群人在维护这条航道的畅通。李光辉就是其中之一。

20世纪80年代初，李光辉作为省交通部门遴选出的4名人才之一，被送到广西交通学校代培。出发时，当时的省交通厅航道管理处处长带着这4名一脸懵懂的年轻人远赴广西，毕业时，又派专车将他们接回贵州。如今想来，李光辉认为，那时候的省交通厅对乌江水运就已非常重视，开始有意识地培养航道管理专业人才，他们作为第二批代培生，虽然年轻懵懂，但也隐约感受到自己被寄予厚望，精神便也提振起来。

1983 年，年轻的李光辉学成归来，被分配到省乌江航道管理局，回到老家思南县，从事航道管理工作，第一项工作就是去新滩安装机械绞关。

同样出生在思南县的农村，但和刘明礼不同，李光辉从小生活在高山地区，小时候最多只有家附近的小河涨水时乘过渡船，去县城读书也乘过渡轮，对于这条"黄金航道"上百舸争流的贸易景象十分陌生。而现在，李光辉将长久地与这条江为伴。此时的乌江航道早已经历了数次大规模的治理，曾经让行船人最惧怕的龚滩、新滩、潮砥滩三大断航滩险的整治也早在 1957 就提上日程，历经 10 余年，分别整治了 3 ~ 6 次，如今已得到较大改善。而李光辉所负责的绞关安装，也经历了从需要人力绞动的木绞关、铁绞关到机械绞关的历史演变，绞滩机拉力又从 7 吨到 15 吨、28 吨，再到后来能拉动100 多吨的船，绞滩站工作也因此变得更容易了一些。

岸上的工程量相较于一二十年前少了许多，江面上的行船就比过去更繁忙。在那个陆路交通不发达，大多靠水路运输的年代，与水上航运相关的工作一直是乌江沿岸各地区最令人羡慕的。李光辉干着这份工作自然乐在其中，闲时，他最爱与船长和船工们聊天，听他们讲航行中与乌江的险滩激流搏斗的奇闻轶事。那时，能在一艘船上掌舵的人首先必备绝好的记忆力。乌江航道凶险，水流之下的暗礁、旋涡像一个个陷阱，乌江边上没有航标，也没有先进的预警系统，船员们只能凭经验记住每一处暗礁、旋涡和难对付的滩涂，大滩为滩，小滩为子，人们总结出"九滩十八子"的经验，供一代代船长避险。

那些船上的精彩故事常常听得李光辉目瞪口呆，而陆地上的故事则是他的亲身经历、亲眼所见，每每回想起来总会忍不住叹息。

想到"信号台"这个词时，我眼前仍能清晰浮现出李光辉提起那段往事时的神情，那是他在这次对话中为数不多出现明显情绪波动的时刻。随着时间推移，李光辉的工作内容多了不少，除了在各个滩上修建、管理绞滩站，还得检查各个信号台。

乌江是典型的山区河流，河槽狭窄，岸坡陡峭，在各级电站建起之前，各类滩险在不同水位给航运带来不同程度的碍航，原始的乌江航道险阻极多，船舶上下均很困难。信号台就是在这样的背景之下诞生的。在一些狭窄、弯道角度大的河段，来往船只不能同时通过，只能靠信号台的工人进行调度。据李光辉所说，最早的信号台建于1965年，位置在思渠和麻柳弯。此后，乌江航道间砌了大大小小的信号台有几十座，最初，采用"干打垒"的方法修建，即石头和泥巴垒砌的简易房屋，既漏风又漏雨，直到1985年左右，才陆续改建成砖木结构的房屋，2000年后再次改建，不仅有钢筋混凝土屋面，外墙还贴了瓷砖。

艰苦的居住环境并不是最让李光辉感到心酸的，最让他感到心酸的是那些长期在这信号台里工作的人们。20世纪八九十年代，贵州各地的陆路交通还未发展起来，铜仁地区更是可以用落后来形容，县域之间的公路路况糟糕，江边的山岭之间当然不会有一条像样的路。李光辉每次巡查信号台都像出一趟远差。他通常乘船顺江而下，到达站点后又徒步上山，全部巡查完毕大概需要一个多星期。

"信号台里通常有3人轮班，一人得待上十天半月，去之前得提前将足够的粮食油盐准备好。没人说话，也没有任何娱乐。后来好些了，向上级申请，每个信号台配置了一台收音机，多少能让大家增加些与外界的联系。"李光辉感叹，和值守工人相比，他们巡查信号台的艰苦根本算不上什么，"孤独，是信号台工人最大的困扰。"

大大小小的信号台有几十个，其中，位于沿河县城至思渠镇之间的背磨子信号台让李光辉印象尤为深刻。这个信号台建在悬崖之下，周围人迹罕至，只有山崖背后有村民居住。信号台有两条路可与外界连通，一条当然是水路，另一条则是值守工人在山崖间砍掉杂草和灌木开辟出的一条通往附近村寨的小路。值守这个信号台的工人，不仅要和别人一样忍受孤独寂寞，还得提防涨潮，一旦江水上涨淹没了岸边，渡船就无处停泊，值守的工人便出不去了。为此，他们只好尽可能多地准备些粮食，但仍常常遇到弹尽粮绝的时候，此时，他们便只能小心翼翼地爬上那个从悬崖顶上垂下来的软梯，赌上最后的运气去山后的村民家里求助。

交织忙碌于江面的船只，和江边的船工号子，以及信号台上敬业的工人，共同营造出20世纪八九十年代这条"黄金航道"上的繁荣景象。然而，时代发展势不可当，当时间步入21世纪，"西电东送"工程开始实施，乌江上建起了一个又一个水电站，但由于种种原因，电站并未建设通航设施，乌江便也因此断航，只有库区内的短途客货运可以通行。乌江断航，险滩少了，而此时，贵州各地的高速公路和国道、省道以及农村公路的建设也日益增多，交通改善让人们的出行和运输多了更快捷高效的选择，繁忙的江面自然就冷清了许多。信号台的工人们不需要再孤独地守在那个小房子里，随着技术提升，人们也不再需要靠拉纤让船继续通行，纤夫们改行去"杀广"（铜仁方言：去广州打工）。航运业务骤降，曾经"吃香"的行业也变成了"夕阳产业"，李光辉的许多同事也选择"杀广"去了。

一时间，李光辉和仍坚守在航运事业中的同事们失去了存在感，这份落寞一直持续了10余年。而父亲早已年迈、自己也已成家立业的刘明礼，早已把那艘曾经支撑全家人生活的货船闲置，只有在闲来无事时，会突然想起来高喊两声船工号子。

在乌江航运风光不再的那些日子里，这个以水运而兴的小城里，人们无不怀念曾经的繁华与兴盛，那一声声船工号子也成为一个历史符号刻在思南人的记忆中。2012年，刘明礼所居住的镇上组织了一场船工号子的比赛，那些年迈的船工一个个跳上台去比拼，站在一旁看热闹的刘明礼也被人推上台去："你嗓门大，你来试试！"

刘明礼推脱了几番，便也不再含糊，打着赤脚飞身跃到台上，双脚分开像扎马步一样稳稳地立在台上，扯着嗓子，曾经喊过不知多少遍的船工号子脱口而出，震耳欲聋的嗓音和他粗犷彪悍的形象激起人们曾经看人拉纤的记忆，引来台下男女老少一片欢呼。喊完一首，刘明礼便匆匆下台，穿上鞋没入人群之中。过了几天，有人上门找到他，给他送来一笔钱，说是他比赛获得第一名的奖金，这让刘明礼十分意外，又有几分得意。

自此以后，刘明礼便有了名声，这名声从镇上一直传到县里，大大小小的演出都找上了他。自乌江船工号子成功被列为省级非物质文化遗产后，刘明礼也成了一名非遗传承人。这个身份让刘明礼开始重新审视自己童年习以为常的场景，他隐约有一种感觉——船工号子并没有随着时间流逝而成为远去的声音，反而将那段历史中的兴旺与艰辛都忠实记录下来。刘明礼着手四处搜集船工号子，记录并整理成册，也将自己所掌握的船工号子和技巧一一传授给更多人。

刘明礼用这种方式延续着与乌江的缘分，而李光辉也在 2013 年迎来了与这位老朋友重逢的时刻。那一年，省级层面出台了《贵州省水运建设三年会战实施方案》，"有电无航、电通航断"的困境将被打破。李光辉作为航道管理领域深耕多年的专家，自然是这场大会战中的主力。

2016 年年底，入冬的江面上升腾起刺骨的寒气，李光辉站在那艘 500 吨的大船上，向重庆出发，内心百感交集。无论是对李光辉还是对那些老船员来说，乌江已经显得有些陌生了。断航 10 余年，乌江早在一个个水电站建起之后改变了模样，船长们刻在记忆里的"九滩十八子"如今都被库区推倒重塑，变宽的航道之下，哪里有暗礁，哪里有旋涡，都得重新慢慢摸索。而脚下这艘 500 吨的大轮船，也是曾经狭窄的乌江航道上没有出现过的"庞然大物"。如今的乌江航道已是 4 级航道，理论上来说能让这样的大轮船畅通无阻，但作为首次试航，既要面对第一次进入升船机的技术磨合，又要进入几个电站的尾水段保障通行，李光辉的内心难免忐忑不安。

从贵州驶向重庆基本顺利，但从重庆回到贵州时，李光辉和船员们还是度过了惊险的一夜。当船行至一个浅滩时，由于那一段是 5 级航道，水位太低，导致船只在滩上搁浅。李光辉立刻协调重庆，以安全应急处置的方式调度了附近两个电站放水以提高水位。开闸放水了一个多小时，水面缓缓上台，大船的螺旋桨再次猛烈地旋转起来，在那个浅滩下搅起一阵浑水，终于缓缓驶离浅滩。

虽已进入冬天，但轮船驶回贵州港口的那一刻，李光辉的内心却如夏天般火热。周围的人们欢呼雀跃，他的内心仿佛也在高声欢唱，过去10多年里为了生存不得不为发展"三产"东奔西走的艰辛，在此刻都不值一提，水运人只有在船上才能生龙活虎，像永远不会老一样。

此后数年里，李光辉和整个贵州水运系统的老同事、新同事们变得越来越忙碌，经过不断调试和运行，贵州北入长江、通江达海的梦想实现了。这也是李光辉的梦想，尽管此时他已快到退休年龄，但生命中的"夕阳"又变成了"朝阳"，乌江水面上的繁华景象将要重现，这已足够让他感到圆满。

在我去贵州省乌江航道管理局见李光辉时，他正在整理《乌江航道史》的素材，已梳理了2万多字。这项工程浩大的工作让李光辉又一次系统地回顾了这段从钢钎、铁锤进步到各种先进机械的历史。同时，他对乌江曾经的衰落也有了十分清醒的认识，他认为："就算没有建电站，乌江也会经历一段衰退，因为时代发展需要公路建设，对人们的日常生活而言，公路自然比水路便利。不过，这也不能取代水路的优势。"正如李光辉所言，在乌江复航的今天，水路在大宗物流中运力强和性价比高的强大优势便显现出来。

与李光辉和刘明礼畅谈之后，那天夜里，我在乌江边上的酒店里辗转反侧，脑海中不断交替出现这两位谈论往事时的模样。他们是乌江岸的两种生活形态，一个曾在凶险波涛和危岩峭壁间穿行，一个曾将绳索嵌入皮肉躬身攀爬于乱石陡坡之上。如今，他们改变了与乌江的相处方式，一个继续在航道管理上寻找新的方法，并记录下乌江航道的往事；另一个，则用船工号子一遍遍提醒人们，漂荡在这条江面上的悠久历史。改变从来都不可阻挡，但与江水共生的人们总能找到与这条"母亲河"最融洽的相处方式，一代又一代，川流不息。

北盘江大桥与小马哥

　　时隔两年，我又来到水城区都格镇。与之前不同，这一次，我走得更远，已来到云南与贵州的交界处。汽车驶进山谷时，我打开车窗探出头去，两边的山峦迎面向我压来。那山峰算不上险峻，但山体像是被刀削过，裸露着黄褐色的岩石断面，断崖上密密地覆盖了一层墨绿色的树木，断崖下是一片玉米地，玉米已经被采完了，只剩干枯的秸秆留在土地，一片焦黄。玉米地旁通常有一栋屋子，孤独地立在那山石之上。这里的村庄和许多地方不同，或许是迫于陡峭的地势，也或许是为了方便管理土地，村民们都分散在山坡各处，屋子与屋子之间拉开了不小的距离。

　　公路之下的河道将山体垂直切割出一条细而窄的豁口，让两侧的山峦看起来似乎距离很近。低头看向下方的河谷，顿时让人感到触目惊心。水位降得非常低，裸露的河床仿佛构建出另一个如巨人国般的世界，一切都是巨大的，被水流长年累月冲刷出孔洞的岩石河岸沿着山脚伸向远方，连绵不断；数不清的巨大礁石也带着一身大大小小的孔洞堆积在河床上，几乎形成一个小小的堤坝，放眼望去皆是灰色，或深或浅，散发着冰冷的气息。

　　"想打听北盘江大桥下的故事，就得来找小马哥。"驾驶员王师傅轻车熟路地把我带到高峰凸显的尼珠河大峡谷前，一座双塔双索面钢桁梁斜拉桥架在头顶上方的半空中，将两座山峰连接。"再过去就是云南宣威了。"王师傅将车停在路边。平台上有一个机械溜索装置，这让我有些好奇："难道以前这里的人也靠溜索过河？"

　　旁边是一座吊桥，桥不大，但有名字，叫作岔河吊桥，且在 2012 年被列为水城县（今六盘水市水城区）文物保护单位，2019 年立了一块碑在桥旁。

桥很稳当，有不少木板看起来很新，应该常年有人维护。过了这座桥，前方的道路又被河道阻断，河面上还有一座桥，是一座大约一米宽的铁桥。王师傅抬手指了指对面的山坡，道："小马哥家就在那里了，过了桥还要爬一段台阶呢。"我抬头望去，葱郁的树木间隐约能看到一座平房嵌在山腰上，蜿蜒的石梯在树丛间时隐时现，一直延伸到那座平房前。我深吸了口气，眼前的铁桥十分狭窄，低矮的护栏看起来似乎不那么牢靠，单单走过这座桥就要消耗我大量的勇气，可过了桥还得挑战陡峭的石梯，实在让我头皮发麻。

鼓起勇气走过铁桥，又一口气登上石阶，到了小马哥的农家乐里，我和王师傅大概有足足 5 分钟没说出话来，只听见沉重的呼吸声。一个皮肤黝黑、体型瘦削的男子递上两张塑料凳，又塞了两瓶冰镇过的矿泉水到我们手上。"欢迎！欢迎！来一趟这里不容易。"他笑盈盈地看着我们。见我们喘匀了气，他才开始自我介绍："我叫马选军，大家都叫我小马哥，我就是北盘江大桥下捡垃圾的小马哥。"

明明开了一家农家乐，他却说自己是"捡垃圾的小马哥"，这无疑为接下来的谈话提供了一个戏剧性的开头。

无论是食客、游客还是专程来打听他故事的访客，小马哥的接待都有一套几乎相同的流程，第一步，就是向客人展示他家观赏大桥的绝佳视角。顺着他手指的方向，我坐在露台中央向前望去，恰好能完整地看见那座北盘江大桥。

"汽车就像从头顶飞过一样。"这样的眺望早已经成为小马哥生活中的一部分，他每天一打开家门就能望见这座桥，但他百看不厌，每一次看都会从心底里发出这样如沉浸在美梦里一般的感叹。他转过头来，脸上仍旧挂着笑，鱼尾纹从翘起的眼角向两边发散开去，"以前我真的从来没想过会过上这样的日子。"小马哥坐在凳子上说话时，背微微佝偻，头向前探着，看起来矮了一截，仿佛背上总背着千斤重的东西似的。

"我 12 岁才开始读书，也是从 12 岁开始，每天放学都要背煤炭回家。"小马哥开启了自己的故事。故事的起点就在他 12 岁时的这处山腰上，那个瘦小的身影也如现在一样，佝偻着，背上压着沉重的背篓，背篓里装满黑黑的煤块正从山间走来。

　　贫穷让这里许多孩子读不上书，小马哥比他的姐姐幸运，有机会进入学堂。小马哥记得，在上小学之前的某一天，小马哥和父亲满怀期待地赶着家里养的大肥猪向山上走去，翻过那个山头就能换来足够的钱送他进学堂了。山里有一个大瀑布，水流倾泻而下，一刻不停地撞击岩石，汇入河流，在山谷间激起如打雷般的轰鸣。父子俩一前一后，小心翼翼地走着，行至大瀑布时，这轰鸣声把猪吓了个激灵，慌乱地在狭窄的山间小道上横冲直撞，在一声哀号之中，这头大肥猪竟跌落下山崖，摔得血肉模糊。出门时的期待和兴奋连同读书的希望在这一瞬间都跌落谷底，小马哥和父亲欲哭无泪，垂头丧气地回到家中。虽然家里最终凑足了学费将小马哥送进学堂，但那头猪跌下山崖时的哀号一直清晰地刻在他的记忆中。

　　小马哥读小学时已是 12 岁，在农村，这个年纪已经算得上是一个劳动力了，父亲和爷爷交给他一个艰巨的任务：每天放学背煤块回家。每天放学，其他同学穿着干净的衣服，背着印了漂亮花纹的书包，蹦蹦跳跳地跑回家去，而小马哥只能背上背篓，去那个产煤炭的村里把这沉重的"任务"扛上肩头。从那个村子到他居住的龙井村要走两个多小时的山路，每天重复的辛苦劳动，当然让他对其他孩子的快乐和自由无比羡慕。一次，一个念头在他聪明的小脑瓜里转了转，他心想，如果今天多背一些，明天是不是就能像别人一样不用穿着被煤炭染黑的衣服脏兮兮地回去了？他索性多塞了些煤块到背篓里。可没走多久，背上的煤块压得他快喘不过气来，他在原地打转了好几圈，最终，重心不稳，一屁股摔在地上，煤块也洒了一地。此时的小马哥不过才 13 岁，他又气又急，不知道该怪谁，只能一边哭一边拍打着背篓。

　　住在这深山里，既不通公路，也没有水电，更不可能有路灯。小马哥回到家后得帮忙干活，直到夜里才能就着一盏昏黄的煤油灯写功课。全家只有二爷爷读过几年书，耽误了不少课业的小马哥常常摸黑出门去二爷爷家请对方帮忙辅导。夜里的山谷风很大，煤油灯没法带出门，踏出家门口便只能两眼摸黑，仿若失明一般，家里养的小黑狗给小马哥充当了"导盲犬"的角色。小黑狗在前面走，小马哥拉着狗尾巴在后面挪着步子，有那么几次，他都不慎踏空摔倒在路边。

小学毕业时，小马哥已经成年，和其他年轻人一样，他不再读书，而是外出打工。沿海城市的生活并不像人们所说的那样"遍地黄金"，反而处处暗藏着凶险。小马哥攒了几个月的工资给自己买了一部1000多元的手机，刚用了一个多星期就被偷走，这让他对这座大城市有了更多戒备。在外打了几年工，父亲生了一场病，小马哥果断决定回家，再也不走了。

此时已是21世纪初，但龙井村还是老样子。从村里走到都格镇依然要花4个多小时，这还得是常年走惯了山路的人的脚力。家门口那座被列为文保单位的吊桥仍在使用，许多木板早已损坏，修补并不及时，过去那些年间，失足坠河失踪或是身亡的人不知有多少，小马哥家有几位亲戚也是丧命于此桥下。那几年间，北盘江上建起了大大小小的水电站，都格镇也有一个，水电站让千百年来奔腾的河流水位下降，露出河床上巨大的礁石，让这个地方看起来更添了几分荒凉。

父母日渐年老体衰，自己已经长大成人，河流水位下降，除了这些之外，这峡谷间的一切似乎都没有改变。只是，小马哥早已失了外出打工的兴趣，他要照顾父亲，除此之外，还有另一件头等大事——娶妻生子。他已经20多岁，仍旧单身，在外谈过一两次恋爱，无一例外都因他家穷困无疾而终。

照料父亲的同时，小马哥在离家不远的地方打零工，挖矿、采煤，或是上山摘野生菌卖。煤场老板见他勤快，给他提供了不少能挣钱的机会，开电瓶车、记账，哪个岗位有空缺就让他去哪里填上。不久后，他又经人介绍在水电站里谋到一份保洁员的工作。这份工作显然比在煤矿上安全得多，也轻松得多，只是挣得相对较少。小马哥想成家，成家的前提是得有一栋像样的房子，他对为他介绍工作的大哥说，人不能闲着，我还要找点其他事做。他用积蓄买来一辆三轮车，干完保洁的活之后，便骑着三轮车到邻村批发甘蔗、砂糖橘，带到农贸市场去销售。

卖水果挣来的钱几乎不会在小马哥的兜里过夜，全都被他换成了砖块和水泥。一有空，他便在对面的山上采石头，用背篓背上，穿过那座古老的吊桥，在家门口自己打砂石，水泥则需从都格镇购买。那时，从小马哥家到都格镇之间已有更近的路，大约3公里，他咬紧了牙关一遍又一遍地在这3公里多的路上徒步往返，去的时候背篓空着，他挺直腰杆，步伐轻盈，回来的时候，背篓里塞了几袋水泥，压弯了他的腰。小马哥自己默默统计过，对面那座山他去过35次，背篓撑坏了3个，去都格镇，有一天最多跑了11个来回，从清晨一直干到深夜。每次，小马哥回到家里，母亲就将煮好的粥再热一遍，招呼他赶紧吃，可他总是往凳子上一坐，猛灌几口凉水之后，一边念叨着"一会儿吃，一会儿吃，不能耽误时间"，一边又背上背篓出门了。在这常人无法坚持的艰辛之下，小马哥终于建好了他的新房子，不久之后，如愿成家。

每当日子恢复平静，看似将要细水长流不会再掀波澜时，总有一团星星之火在荒野中闪烁，让嗅觉敏锐的人闻到一丝希望的香气，从而对生活有了新的期盼。小马哥就是一个敏锐的人。

婚后不久，在2014年左右，他看到家对面的峡谷上热闹起来。峡谷的形状开始悄然改变，先是在两座山峰之上立起了巨大的柱子，接着，又有两条直线从两边的山峰向中间一点点延伸，几乎要将峡谷两边的贵州和云南连接起来。

那是一座大桥！小马哥家的位置正对峡谷中央，他只用坐在家门口就能将那座大桥的"生长进度"一览无遗。他是那么喜欢看大桥，他家的地理位置又是那么方便看大桥，而这世界上，一定不止他小马哥一个人这么喜欢看大桥！小马哥的眼里有光芒涌动。

在大桥已经生长出大致的形状时，不仅是那两座山峰上热闹非凡，来到峡谷间的人也渐渐多了起来。小马哥开始忙活起来。他又去买了水泥和砖块，不同的是，这一次，他不再靠自己徒步运输。2015年前后，随着大桥的修建，小马哥家对面的那座山上也修通了一条通往都格镇的公路，宽敞、平稳，汽车能飞速通过。小马哥下了血本，他花了2万元，在两座山之间架了一条溜索，亲自设计，亲自建设，就为了运输他建新房用的水泥和砖块。没错，小马哥又要建一栋新房，比之前替代了破旧茅草房的那栋平房更新更宽，也更漂亮。这栋房子是用来办农家乐的。

一袋袋水泥在溜索上滑到了小马哥家，新的房子拔地而起。大桥建成之后，小马哥农家乐也迅速开门营业。一切如他所料，这世界上还有很多人和他一样爱看大桥，不仅是中国的，还有英国、德国、法国、俄罗斯的。"以前，我们要走出大山才能见到城市里的人，现在，大城市的人都跑到这大山里来了。"后来，他每次向游客们介绍大桥时总会这么说。

来这里看大桥的人越来越多，小马哥总为人们充当导游，除了坐在他家看大桥，他还带人们走进峡谷深处看那处大瀑布。无论是来他家，还是去大瀑布，都得在那座古老的吊桥上过往，那桥破破烂烂的，不少人光是看着都会心里发慌，许多人因此停下了探索的脚步。小马哥知道人们在忧虑什么，他也担心那些曾经发生在这个村子里的坠河惨剧重现，于是，他自己充当起那个修补吊桥的人，一有空就找来木板在吊桥上敲敲打打。带着人们去峡谷时，小马哥开始在意那些散落在河道里的垃圾，那感觉就像自己家没有打扫干净就开门迎客一般让人羞愧，于是，他也时常去河道里清理垃圾，充当起了"北盘江大桥下捡垃圾的小马哥"。

大桥上车来车往，大桥下人来人往，小马哥的实诚性格也给他带来了好运。

2018年，一个车牌号为"蒙"开头的车队来到大峡谷，在航拍北盘江大桥时，无人机不慎掉到小马哥家后面的山上。熟悉地形的小马哥，在第一次寻找无功而返、失主已经决定放弃时，仍坚持继续帮忙，此后的几天，他叫上妻子，一人带上一瓶水就爬上山去，失主拿来新买的无人机进行定位，几经折腾，才得以物归原主。这群远方的客人想以现金表示感谢，小马哥拒绝了，反复推拉数次后，对方只能将专程买给孩子的衣服和食物放下后迅速离开，才让小马哥收下了那点心意。如果故事只在此结束，那便不过是小马哥农家乐营业日常中普通的一段而已，显然，这个故事还有后续。

大概不到一个月，小马哥接到了来自内蒙古的电话，对方在电话中再次表示感谢，并提出要给他 10 万元作为拾金不昧的奖励。小马哥惊呆了，对于一个每月工资不到 1000 元的水电站保洁员来说，从天而降 10 万元钱让他感到恐慌。尽管当时小马哥正因修整新屋到处借钱，但他仍无法接受来自仅有一面之缘的人的赠送。小马哥再次拒绝，可对方仍很坚持，最后，小马哥决定以借款的方式接受这笔钱财。挂了电话不久，小马哥的手机就响起短信提示，他盯着屏幕上的数字反复数了好几遍，有点不敢相信自己的眼睛。

　　与 10 万元一起发来的，还有一封邀请函。此时，小马哥才知道，这位坚持报答他的内蒙古企业家名叫丁新民，是东方控股集团党委书记、董事长，一直从事公路建设，那次来到龙井村，就是在开展集团成立 20 周年"东方万里行·开启新征程"的主题活动，一行 25 人走过了陕西、重庆、四川、云南、贵州、湖南、湖北等地，从西北到西南，探访了不少中国公路的建设奇迹，在当时被称为"世界第一高桥"的北盘江大桥就是他们重点探访的一站。

　　那年冬天，小马哥应邀去了内蒙古，这是他第一次离家如此之远，也是他第一次坐飞机。来到贵阳龙洞堡机场，他害羞地询问如何换登机牌，如何通过安检，如何登机。局促不安地坐在飞机上，腾空而起的那一刻，他感觉有些梦幻——归根结底，似乎还是因为那座大桥，让他与遥远的内蒙古，与那位受人拥戴的丁总产生了奇妙的联系。

　　这座横跨尼珠河大峡谷，连接云贵两省的高桥，彻底改变了小马哥的生活。慕名而来的人越来越多，有人为了观赏大桥而来，也有人为了听小马哥的故事而来。记者们邀请他一遍又一遍地讲着他和大桥之间的故事，还有媒体以他的经历为蓝本创作了一部微电影，并邀请他本人出演。人们来来往往，小马哥却不以"网络红人"自居，他常说："不是因为这座大桥，谁知道这桥下的小马哥呢？"没有外人到访时，他依然在吊桥上修修补补，在河边收拾垃圾，闲下来时，就坐在农家乐的露台上，望着那飞架在半空中的大桥出神。

　　在小马哥兴致盎然地讲着自己的故事时，两位游客沿着 100 多级石阶向上，来到这间农家乐。还未等来客开口，小马哥已经从凳子上"弹"起来，接过妻子递来的两瓶矿泉水，塞到来客手中。"这是送你们的，来一趟不容易。"他一边将两位来客带到露台中央，一边继续说道，"这是观赏大桥的最佳位置，你们尽管欣赏，拍点照片，发一发朋友圈，让更多人知道北盘江大桥就在这里，吸引更多人来玩。"两位游客全程几乎没有插嘴的机会。只见，小马哥又从屋里拉出一台音箱，插上话筒，试了试音量，声音顿时被放大："既然大家都在这里，我就献丑为远方的朋友介绍一下这座了不起的大桥。它全长 1341.4 米，桥面到谷底垂直高度 565 米，总落差 1985 米，是目前世界上最高的大桥……"小马哥开始了他的表演，说到"最高"这个词时，音调瞬间提高了几个度。

这是小马哥的"常规操作"。几乎每个来到农家乐的游客，无论是否在此消费，小马哥都会为其献上一段这样的解说，语句之间没有停顿，密不透风，普通话虽不标准，但激情澎湃。

我默默退到屋里，看到他收藏在橱窗里的照片和各种奖状、牌匾。他所言非虚，照片上有不同肤色的各国游客，奖状、牌匾也记录了他这几年里的付出。

那两位观桥的游客离开后，小马哥笑盈盈地收拾好音箱和话筒，继续给我讲他从对面山上背石块回来建房子的事。他一边说着，一边拉开领口露出肩膀，向我展示那段艰辛往事在他身上留下的永久印记。我惊愕万分，他的肩头完全不同于常人光滑圆润的肩头，而是在左右边的关节处有两道极深的凹陷，刚好能卡住背篓的两条肩带，凹下去的地方皮肤极薄，似乎能看见骨头的形状。

"都是过去背石头、煤块、水泥压出来的。"小马哥说得轻描淡写，却像一声惊雷在我耳边炸响。我抬起头来，视线恰好落在露台栏杆处立着的两只泥塑鸽子的身上，那两只红色的鸽子正抬着头，似望着前方的尼珠河大峡谷，又似望着峡谷上的北盘江大桥，那峡谷的形状竟与小马哥肩上的凹痕出奇相似，那大桥也变幻成一条长长的扁担，无数车辆从上面飞驰而过。

再见清水江

俗话说"靠山吃山，靠水吃水"。出生在清水江边的杨宏广，从23岁起就靠这条蜿蜒的河流谋生。但我与他相见的地方并不在清水江边，而是在清云村的帽子坡，那里有个蛋鸡养殖场，他坐在养殖场外的空地上，眺望那山脚下空荡荡的清水江，江水像一条绿色的丝带，柔软地缠绕着远山，又隐没在群山之中。

"船还在经营，不过如今只有17艘了，公司里有什么事员工会告诉我，现在主要精力都放在这边。"杨宏广说起日渐式微的行船生意时，语气中有不易察觉的惋惜，不过，他明白，自从白市水电站建成以及沿江公路开始修建之后，这个结局就已经注定了。有惋惜，但并不遗憾，他2014年开始在清云村担任党支部书记后，就已在寻找新的出路，而这条出路不仅关乎他的个人命运，更决定了这个村庄未来能否摘掉"深度贫困村"的帽子。

1971年，杨宏广出生在天柱县远口镇清云村。这是个依水而居的小村庄，曾经很长一段时间，这里的村民大多以渔业为生。高中毕业后，杨宏广在社会上闯荡了几年，见到跑船的生意最红火，于是决定加入这一行。那是1994年，山区公路不通，船只是远口镇居民的主要交通工具，清水江将远口、垄处、竹林、白市、瓮洞等乡镇连接，每个乡镇都有码头，人们就靠这江水带着去向各处，买卖商品，走亲访友。因此，经营客船几乎是一桩稳赚不赔的生意，稍有经济能力的家庭大多都有一艘自己的小船，而有心做这门生意的，则自己出钱打造一艘能承载几十人的船，停靠在码头就能运客了。

杨宏广也花钱打造了一艘木船，每天在远口、白市等地往返。如此干了大约10年，经营船只的人越来越多，市场上也自然出现诸多乱象，当地政府出手整治，要求必须公司化经营，而思维敏捷的杨宏广也迅速响应号召，于 2005 年创立天柱县九州航运有限责任公司，主要经营天柱县境内水路客、货、旅游运输服务。

公司化运营后，杨宏广的天地更宽了。公司旗下船只多达百条，每天有固定船只从远口航行到白市镇的兴隆村，又从兴隆村到白市镇，此外，还根据周边不同县和乡镇开集市的时间安排线路，除了周边规模最大、外来商品最齐全的白市镇之外，也去锦屏县，天柱的坌处镇、瓮洞镇等，总之，一周五天的线路都排得满满当当。机动船速度很快，通常，早上七八点发船，一个多小时就能到白市镇，直到下午 4 点多才发船返程。

杨宏广忙得不可开交，但也赚得盆满钵满，用他的话来说，"只愁船太小，不愁没客源"。这样的日子又过了 10 年，变化还是来了。

2013 年 4 月，白市水电站完成 72 小时试运营，正式移交电厂，与白市镇相邻、在位于清水江上游的远口镇成为水电站最大的库区，必须完成大规模搬迁。那时，整个老集镇和周边 10 多个村寨集体往更高的地方搬去，而船运这门生意自然也受到一定影响。虽然，白市水电站下闸蓄水后，库区水上航运也在同步跟进，但杨宏广后来尝试过运行船只通过水电站，到了升船机的舱口，乘客必须下船步行到下一个舱口，只有船只能通过升船机行驶过去，这样对于乘客来说有些麻烦，客流量自然也因此下降。

当然，水电站带来的影响还不是最具冲击力的，公路建设才是。大约从 2014 年开始，贵州省脱贫攻坚击响战鼓，各地拉开通村公路建设的大幕，加上远口镇搬入新集镇，城镇规划比老集镇更加合理便利，交通可谓四通八达，甚至还有农村客运提供方便，选择乘车的人自然越来越多，船运便渐渐无人问津了。受到严重冲击的船运公司迅速衰落，九州航运有限责任公司下的许多船主纷纷退出，将那在清水江上驰骋了 10 多年的机动船闲置在家，各自另谋出路去了。

而就在这一年，远口镇选举能力过人的杨宏广为清云村党支部书记，杨宏广决定试试看。

虽然杨宏广曾靠船运生意致富，但不能代表清云村的其他村民也能走相同的路子。清云村是远口村下的一个小村，杨宏广刚开始担任村党支部书记时，村集体的账目上还有欠款，是一个典型的深度贫困村，他必然要为自己、为村民找一条新的发展之路。杨宏广心里明白，时代不同了，比起水路运输，人们更愿意选择能直接将车停到家门口的陆路运输，而当下的政策恰好就是利用陆路交通谋发展的最好时机。2015 年，原本用来造林的帽子坡及相邻的几个山坡的土地都已释放，树林伐光之后，杨宏广便带着村民在坡上开荒，打算建造一片果林。在种植果林的同时，他也不忘修路，在他及其他村干部的动员之下，村民们集体上阵，在这片孕育着变革希望的山坡上硬开出了数条产业路。

路通百业兴，水果种植为清云村带来了一定收益，让人们尝到了甜头，杨宏广的心里开始孕育另一个更大的计划。

2020 年 3 月，清云村青年致富创业园诞生。这个项目是依托移民后续扶持政策，由天柱县康程生态养殖有限责任公司主要投入实施的，也是杨宏广与村里的杨宗进等 3 名党员共同谋划的创业项目。创业园内业态颇为丰富，其中蛋鸡、林下鸡养殖是重点发展产业，同时也有辣椒、生姜、茶油、精品水果等种植业。在开办创业园之前，杨宏广与杨宗进等 3 名党员已提前为蛋鸡产品找好了销路，他们去到与天柱相邻的湖南省，与怀化市的企业签订了合作协议，创业园建成后，第一期就投入了 5 万羽蛋鸡，在便利的交通支持下，顺利完成了订单，赚到了创业园的"第一桶金"。

此后几年，清云村青年致富创业园发展规模日益壮大，最高峰时，能日产鸡蛋 10 万枚。而远口镇的交通也日益发达，多条公路不仅延伸至村寨，也连接到高速，产品运输毫无问题。

转眼间，山坡上的新事业已发展了近 10 年，这 10 年里，杨宏广极少再与清水江打交道，那百舸争流的日子也再也没有重现过。他或许以为这辈子不会再与这江水有更多紧密的联系的，但 2023 年的一个新项目，又让这条江水重回清云村人的视野。

盛夏时节，清云村里游人如织，人们都是冲着江边露营来的。这一年的3月份，杨宏广组织村干部利用乡村振兴项目资金，依水而建了一个清云村悠游露营基地，迎合时下青年最喜欢的出游方式，建设了吊桥、玻璃栈道等基础设施，既能露营、野餐，也能垂钓、休闲。伴随着露营基地而来的，也有村内道路的扩建、村容村貌的优化治理，而清云村青年致富创业园也扩大了300亩果园，为游客提供水果采摘、农事体验等项目。

一个又一个10年过去，杨宏广的人生就如这江面上的木船一样起起伏伏，时而被推上浪尖，时而又被拍打入波流。他或许曾认为再也不会与这条哺育了远口人的清水江有新的瓜葛，却未曾想，陆上交通也能与水亲近，让他换了一种方式，再见清水江。

见证新世界纪录诞生

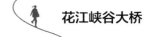
花江峡谷大桥

施工地点是在贞丰县境内的一座山头上。戴上安全帽，沿着一条碎石路进入施工现场，飞扬的尘土消散之后，一座直耸入云的桥梁高塔出现在眼前。穿过峡谷的风在耳边大声吟唱，在塔上作业的施工人员却似乎并未受这大风影响，有条不紊地工作着。

这是我继探访德余高速公路建设工地后，第二次走进高速公路施工标段，而这次将要见证的是一座刷新世界高度记录的桥梁。

脚下是贞丰境内的大山，对岸同样在施工的地方则属于关岭布依族苗族自治县。这是一座单跨钢桁梁悬索桥，横跨于"地球裂缝"花江大峡谷之上，是贵州六枝至安龙高速公路的控制性工程之一，全长2890米，主桥跨径1420米，桥面与水面垂直距离达625米，建成之后将刷新"世界第一高桥"的纪录。

"世界第一"已经足以吸引我的好奇，但这座桥远不止这一项突破。贵州桥梁集团三分公司总工程师、六安8标项目经理兼项目党支部书记吴朝明介绍，花江峡谷大桥在设计之初就已将桥旅融合的部分考虑在内，不仅有配套的服务区、桥梁博物馆，主塔上还留出了观光电梯、高空观光咖啡厅及餐厅的空间，将带动周边少数民族村寨、旅游景点及极限运动等旅游、体育项目开发。

贵州之所以被称为"世界桥梁博物馆"，是因为山高谷深的特殊地貌以及贵州具有较为完备的桥梁设计理论和建设实践，桥梁类型包罗万象，悬索、斜拉、拱式、梁式高桥雄踞于贵州崇山峻岭之间。从数量上来看，截至2022年底，世界前100座高桥中有近一半在贵州，世界前10座高桥中有4座在贵州，贵州的15座桥梁共计获25项国际国内大奖，这也足以说明贵州桥梁在世界上的影响力。此外，贵州在桥梁运用上的创新开发也与世界接轨，除满足最基本的运输功能，更通过强化文化旅游、极限运动等凸显这些世界级高桥的"地标"属性。而站在险峻的花江大峡谷边上，眼前正拔地而起的大桥，无论从其高度、工艺还是运用上的创新来看，都完全足以让世界再次眼前一亮。

放眼全球，花江峡谷大桥的重要意义不言而喻，不过，我更想着眼当下，寻找关于大桥背后那些人的故事。举世瞩目的成就必然会让不同个体的命运发生改变，而在六安高速8标段，我恰好找到了这样的故事。

2019年7月左右，贞丰县平街乡云盘村来了几位陌生人。他们找到村党支部书记罗开友，自称是贵州桥梁集团的工作人员，提出商量征地的事宜。

"这里要修桥？"听到来客说起这里将要修一座大桥，并且将会是世界第一高的大桥时，罗开友有点不敢相信自己的耳朵。

"那桥修好后去花江镇要多久？"他又问。

"两分钟。"

"两分钟？"这更让罗开友惊掉了下巴。

云盘村是平街乡一个名不见经传的小村庄，距离乡镇大约 7 公里。过去很长一段时间里，云盘村的村民们在产业上做过诸多尝试，种植过花椒、李子，都未取得过太大成效。这片花江大峡谷边上的山坡，气候和环境似乎都不适宜种植那些值钱的农作物，人们在多次失败中认了命，年轻力壮的纷纷外出打工，年纪稍长、不好找工作的就留在村里，在山坡上播下玉米种子，在屋后养几头猪、喂几头牛，就这样过着平淡的日子。

平街乡也是一个小乡镇，物资并不丰富。云盘村的玉米、蜂糖李丰收之后，许多人都选择去峡谷对岸的花江镇赶集。花江镇隶属于关岭自治县，是一个大镇，不缺美食和美景，只是从云盘村去花江镇得花 1 个多小时。两地之间有两条路可走，一是从关兴公路过去，二是走老路，需过一座铁索桥。那铁索桥扣挂在两山之间，将贞丰与关岭两地连接，在古时，这是黔滇交通的重要通道，已经有很长年头了。

如今，花江峡谷大桥的到来，就像往湖面上投入了一块大石，让平静如水的平街乡和云盘村激起巨大的浪花。罗开友的直觉告诉他，这是一件能给云盘村带来新机会的大事，他热情地接待了几位陌生人，答应马上和村干部一起去动员村民征地、给项目部选址。

一开始，贵州桥梁集团来打前站的人们打算把项目部设在另一处，那里也是一处斜坡。罗开友听说之后，极力推荐了云盘村的一片山坡，这里视野开阔，距离村子只有 3 公里。罗开友之所以如此积极，一方面当然是想尽快推动工程进度，另一方面，则考虑到如果项目部设在云盘村，必然能为村里的人们带来更多发展机会。在他的积极推动下，项目部落户云盘村距离施工地点不远的一处山坡上。

在罗开友和村干部的协调之下，征地问题也很快解决，项目部在山间快速生长起来，开工的日子越来越近了。

前期筹备得七七八八，2021 年 9 月，花江峡谷大桥正式开始施工，寂静的峡谷间时常回荡着钢铁碰撞出的沉重声响。这声响让罗开友心潮澎湃，即便他此时已不再任村党支部书记了，但也没有选择离开村庄，他想看看这座世界最高的大桥是如何生长起来的，也想在项目部驻扎此地的这几年里谋点新的活路。

紧赶工期快速落成的六安高速8标项目部中有许多年轻面孔，罗开友也很快与这群年轻人熟络起来。

项目经理吴朝明、一工区副工区长李平安都很年轻。吴朝明1980年出生，不仅参与过镇胜、厦蓉、晴兴等多条高速公路修建，也参建过平寨特大桥、夜郎湖特大桥、四方洞高瓦斯隧道等多个难点颇多的重要工程。李平安是"95后"，2015年进入贵州桥梁集团，先后在花安高速2标、织普高速3标、湄石高速3B标河闪渡乌江大桥工作，在大家眼里已经是转战多地的"老师傅"。而在贵州桥梁集团，像他们这样的年轻人还有许多，有数据显示，2016年以来，贵州桥梁集团就已陆续引进了不少来自"985""211"大学的优秀人才400余人，这些年轻人成长迅速，在许多重要岗位上发挥才能。

此前积累了丰富经验，但在面对即将成为世界第一高的花江峡谷大桥时，吴朝明和李平安仍不敢掉以轻心。花江峡谷一带山高谷深、地势险峻、结构复杂，峡谷间的风速变幻莫测，突发性的大风说来就来。随着工程不断推进，6号主塔日益增高，大风带来的威胁愈发明显。

吴朝明作为项目经理，以劳模创新工作室为载体，组织党员干部、技术骨干对技术难题进行攻关，最终运用新型液压爬模施工工艺解决问题，该工艺爬升速度快、稳定性好、安全性高，模板标准化程度高，可最大限度保护塔柱外观美观度，实现了降低施工成本、提高施工效率、保障施工安全的目的。此外，他还牵头采用自动喷淋系统，有效解决了混凝土表面开裂的难题。

而长期在烈日下作业被晒得皮肤黝黑的李平安，凭借其吃苦耐劳的精神，在六安高速8标项目中从一名技术员迅速成长为一工区副工区长。每天开工前，李平安都会对班组全体成员进行班前安全教育，经常在夜里为班组成员做安全生产知识培训，分析和盘点一天施工的风险和隐患。主塔施工前期，内模板都是用塔吊拆卸之后再吊装出来放在地面上，遇见大风天气，吊装就会有很大的安全隐患，甚至无法施工。随着塔柱越来越高，塔吊上下钩的时间越长，塔吊的利用率变低了。于是，李平安与工区技术管理人员共同研究，采取先爬升外模校正好之后，直接用塔吊从上一模将内模拆除到下一模直接安装，这样不仅解决了吊装安全，还提高了塔吊利用率。

创新工艺和智慧运用双轨并行。项目团队还对山区长大桥梁建设技术展开系统集成研究，通过智能养护系统、大直径钢筋模块化安装、主塔群塔（塔吊）智能监控系统管理平台等，打造出"智慧工地"，极大提升了施工的安全和效率。

从开始施工之日起，吴朝明、李平安等年轻项目人员就干得热火朝天。而罗开友也找到了自己的新生活。他在离施工地不远的一片空地上搭起简易板房，和妻子一起售卖简单的快餐、饮料，为施工人员提供便利，也为自己谋得了一份收入。云盘村的村民们由此看到商机，也在周边开了五六家小卖部，逐渐形成了一个小型市场，甚至到了水果丰收的季节，人们懒得将蜂糖李等农产品挑到平街乡售卖时，便把果子带到项目地附近销售，同样也能挣上一笔。

花江峡谷大桥除了高度惊人之外，与桥梁设计同步规划的还有旅游设施。在主塔中建观光电梯、在塔顶上开观光咖啡厅，人可以穿过桥体廊道欣赏美景……这些设想都引起人们无限期待。这些惊人的想象一时间无法在罗开友的脑海中形成具体的画面，但每天泡在工地上的吴朝明和李平安，已经在心中描绘出一幅未来的壮丽景象。

2023年4月21日，经过连续28小时的浇筑，随着最后一方混凝土缓缓注入，贵州六安高速花江峡谷大桥安龙岸6号主塔顺利封顶。10月24日上午11时07分，随着花江峡谷大桥六枝岸5号塔主墩的混凝土浇筑完成，花江峡谷大桥主塔全部顺利封顶。这座大桥预计在2025年正式通车，而两座主塔的顺利封顶则意味着人们向这一目标迈进了一大步。

春夏秋冬，阳光雨露，建设条件恶劣的花江大峡谷间仍能突破层层难关，生长出世界第一高桥。参与建设的人们和花江镇、平街乡等周边乡镇的人们见证了奇迹的诞生，感受到这份荣光的普照。而聚焦到微小的个体，罗开友收获人到晚年迎来新生活的喜悦，吴朝明、李平安等年轻人在历练中快速获得成长，这些大桥下的众生百态更是一道又一道不可复制的风景。

从坝陵河大桥起飞

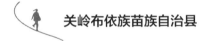

关岭布依族苗族自治县

　　观光电梯速度很快，说了几句话的功夫就把我们带上坝陵河大桥的主塔上方。出了电梯还得穿过一条狭窄的廊道，又登上两段楼梯，才来到桥体内部。眼前，红色钢桁梁向前延伸，1088 米的长度，一眼望不到头。黑色钢板一块接着一块向前铺设开去，踏在上面有轻微的震动感，上方偶尔传来"哐当哐当"的声响，伴随着更强烈一些的震动，显然，是有重型车辆驶过。

　　越往桥体中间走，震动感越发强烈，同行的人指着一处小小的孔隙说："从这里往下看，感觉还挺吓人的。"虽然我有轻微的恐高，但也忍不住向那孔隙处望了一眼。长年累月的风吹、日晒、雨蚀造成了这样的细小孔隙。透过孔隙，像在看小时候玩的万花筒，眼前的景象缩小了许多倍，绿色的树、白色的岩石、流动的河仿佛在旋转。只看了一眼，我就感觉有些头晕目眩了，这是 370 米的高空，恐高人士还是不宜做这样的挑战。剩下的路程，我目不斜视地走了过去。

　　桥体内部的人行通道分成了平行的两行，在上方由错综复杂的钢架支撑起供车辆通过的桥面，通道之间每隔一段都有连接两端的走廊，那走廊最多可供2个人并排通过。在靠近桥体中间的位置，我看到了一片极限运动体验区域：一条由木板串起的吊桥连接着两端走廊，这是"空中漫步"项目，体验者需完善防护措施，从间距有几十厘米宽的木板上走到对面，在我看来，这项目更适合被命名为"步步惊心"；一块位于两条走廊之间的多边形平台上方拉着一条横幅，上面写着"高空蹦极体验"的字样，这是在2019年1月12日刷新了吉尼斯蹦极世界纪录的世界最高商业蹦极跳设施，没点儿胆量的人恐怕仅是站在上面都会发晕。

光是看看，我已感觉呼吸开始急促起来。加快脚步继续向前，终于来到低空跳伞的起跳点，20多位来自各国的低空跳伞运动员早已"全副武装"，在对面的走廊上排着队陆续往下跳了。

这是"翱翔贵州·写意山水"2023国际高桥极限运动邀请赛的现场。早在2012年，也就是这座大桥建成通车的3年后，贵州省体育局和安顺市就已在这里首次举办了国际高桥极限运动赛事。转眼10年过去，这座世界级大桥早已成为全球极限运动挑战者眼中必须"打卡"的目的地。

在上桥之前，安顺市文体广电旅游局党组成员梅正宗向我们介绍过这座大桥的历史。坝陵河大桥是安顺市境内连接坝陵河两岸的高速通道，是沪昆高速（G60高速）的重要组成部分。大桥西起关岭立交，上跨坝陵河水道，东至320国道，线路全长2237米，主桥长1088米，桥面至坝陵河水面370米，建成时是世界第一座在山区建成的跨度突破1000米的特大桥。

放在当下来看，无论是高度还是跨度，坝陵河大桥早已不再是"世界第一"，但它仍能称得上是一座世界级大桥。与不断被刷新的数据相比，坝陵河大桥在设计和建设时的前卫理念更值得让人感到惊奇。

坝陵河大桥是2005年开始修建的，2009年12月23日开始通车运营，大桥建成通车后，峡谷两岸通行车程由原来的1小时缩短为4分钟，贵阳至昆明的行车时长缩短一个小时。

当然，从技术的角度来说，以那时的建造水平而言，修建这样一座跨度如此之大、高度如此之高、建设地形如此之复杂的大桥，并不是一件容易的事。大桥的设计团队、施工团队在那几年间不断摸索着攻克了一个又一个难题，也因此获得了 5 项国际首次、11 项国内首次的技术突破荣誉，并夺得了中国建筑行业的鲁班奖（国家优质工程奖）。

最令人意想不到的，是这座大桥在功能上的开发。

2005 年至 2009 年，贵州还未启动高速公路修建的"三年会战"，许多县、市甚至还没有一条像样的高速公路，公路、桥梁在许多人的认知中或许只承担着交通运输的功能而已。但在此期间建设的坝陵河大桥，却已超越了多数人的想象，将眼光投向了世界。美国的金门大桥、英国的伦敦桥、新加坡的双螺旋桥，都是当地的地标性建筑，除了发挥交通运输功能外，更是著名的旅游景点。而建设地点邻近黄果树瀑布、龙宫等著名景点的坝陵河大桥，必然也是美景中的一部分。因此，这座大桥在设计之初就已将旅游的功能也综合考虑在内，主塔上嵌入观光电梯，桥体设计了可供游客行走的长廊，还利用桥梁 370 米的高度设计出蹦极、跳伞的平台及相关设施。桥下观景平台上的设施同样丰富，2015 年，这里就建成了一座展陈面积为 6350 平方米的坝陵河贵州桥梁科技馆，是全国最大、省内唯一以桥梁为主题的科技馆，将这座大桥建设的过程一一展示，同时，也补充了贵州桥梁建设历史的内容，并以此开发出研学旅游功能。

坝陵河大桥成为贵州第一个将桥梁与旅游充分融合的世界级大桥，也是贵州首个能在桥上开展蹦极、低空跳伞、滑翔伞等极限运动的世界级大桥。自 2012 年首次举办了国际高桥极限运动邀请赛后，这座大桥在极限运动界的声名就已打响，吸引着人们一次次从这里起跳，翱翔于坝陵河的山水之间。

当我到达桥体中间时，比赛已经开始。来自荷兰的运动员杰皮·坎姆小心翼翼地跨出走廊，站在只有一只脚掌那么宽的钢架上。他向对面的镜头作出胜利的手势，然后，张开双臂纵身一跃，便飞速掉落下去。观看区的人群中发出了一阵低声惊呼，我也在猛然间抓紧了脚趾。视线被交错的钢架挡住，只能从缝隙中探头观望，大约 5 秒钟后，空中撑开了一朵半弧形的"蘑菇"，在大风的托举下缓缓向斜前方下降，人群里又一次发出欢呼声。只见那朵色彩鲜艳的"蘑菇"一边借着风力飘荡，一边抵抗着风向朝降落点慢慢落下，最终，这朵"蘑菇"稳稳地落在了降落点的靶心上，仿佛一颗蒲公英种子落入土壤扎下了根。

人们对杰皮·坎姆的跳伞技术赞叹不已，而这位运动员则淡定地迅速收拾好装备，为下一名运动员腾出位置。

身材高大健壮，留着茂密的、标志性的络腮胡，非常健谈，在桥下，我见到了这位已经脱去飞行服的运动员。杰皮·坎姆早在2018年就来坝陵河大桥参加过低空跳伞和翼装飞行比赛，他有过800次以上的高空跳伞经历，而危险系数更高的低空跳伞也有300多次。即使不是第一次来这里，杰皮·坎姆对坝陵河大桥的印象也一如初见。"非常漂亮！这里的景色非常美，与在其他地方跳伞有完全不同的体验。"杰皮·坎姆说，就算不参加比赛，他也希望能带着家人来这里玩一玩。

自然美景为极限运动赋予了有别于其他挑战地的标签，而这些难得一见的高空表演又为存在于此地不知多少年的自然景色增添了新的活力。两者互相赋能，连接它们的正是这座坝陵河大桥。一年四季，黄果树旅游区白水镇蛮寨村半山腰的网红民宿匠庐·阅山常常客满，站在民宿房间的阳台上就能远远望到这座橙红色大桥的全貌，尤其在阳光热烈的时候，这座大桥就像一条彩虹，飞架天边。

后记

耗时 2 年多，《新时代黔行丛书》的收官之作——《大道黔行》终于付梓。走走停停、磕磕绊绊，将最后一篇稿件交出去时，我长舒了一口气，仿佛一段漫漫旅途在无尽企盼中抵达了终点。

回望过去这 4 年，出差用的行李包永远放在门口以便随时出发，我也早已熟悉了贵州每个县（市、区）的具体方位，无论走到哪里都能听懂当地方言……尽管对贵州这片土地已如此熟悉，也早已适应了频繁出差、快速出稿的节奏，但当初定下"大道黔行"这个主题时，我心里仍旧是没底的。

《新黔边行》讲述脱贫攻坚，《新黔中行》聚焦乡村振兴，这两大战略在实施过程中早已涌现出太多典型的人和事，简直就是两座写作素材的富矿，我只要在每一个目的地精耕细作，就能写出一篇精彩的百姓故事。但"大道黔行"却不同，百姓生活固然能从侧面呈现贵州交通的巨大变迁，但建设者们历经艰辛方见曙光的故事也是不可忽视的重要部分，只有将二者合而为一才能完整呈现主题。这便意味着"大道黔行"不仅需要更为广泛的资料搜集，还会涉及到更专业的领域。

筹备之初，李缨老师作为"新时代黔行三部曲"的策划者与我做了大量沟通，初步定下本书的 6 大板块：高速高桥、农村公路、城市交通、铁路、航空和水运。我再次找出贵州省地图，根据自己的过往经验，并结合贵州省交通宣传教育中心党支部书记李黔刚为我提供的素材，详细梳理出 100 多个覆盖全省的采访方向。那时的我认为，这恐怕是我职业生涯中做过最充分的计划了。揣着这份自信，我如过去一样再次踏上旅程。

然而，故事有反转才精彩，这趟旅程也一样，突发情况和未知的困难接二连三，几乎将"大道黔行"变成了"西天取经"。

首先，资料搜集比此前两部更为复杂。这60个篇目中，虽然不乏各种样式的个人故事，但也涉及了不少重大项目。中欧班列出山、乌江航运恢复、高铁建设……每个主题都是一出"群像戏"，走访对象多、耗费时间长、地域跨度大，整理十几个小时的录音和大量背景资料成为常态。每每完成一篇这类稿件，我都感觉自己"元气大伤"，却也不敢停下脚步。

与复杂的资料搜集同样令人头疼的，是在人们日常生活中挖掘故事。在我想象中，贵州交通变化如此之大，人们必定有聊不完的话题，然而，真正产生交流时，却发现事实并非如此。路不是一天建成的，生活的变化也是在日常中积累的，当人们猛然回想时，会发现很多细节都湮没在往事中了。我便只能跟着他们的脚步一遍遍走在那些路上，在大量碎片中撷取那些闪着微光的记忆，慢慢拼凑出那些道路的故事。

尽管这部"最终曲"写得如此艰难，我却认为是"三部曲"中令我收获最大的一部。有了"新黔边"和"新黔中"的行走和写作经验，再次踏上寻找故事的旅程时，我发现自己寻找故事的触角更敏锐了。在这趟旅程之中，我坐在桥下人家的露台上，与村民一起望着汽车从"空中"飞过；我跟着工程师的回忆，钻到贵阳的地下世界，见证了城市轨道交通的诞生；我在摄影师的镜头之下，看到一条环城快铁的迅速生长；我与水运专家一起，在历史记载里再度被百舸争流的水运盛况所震撼……

这就是"大道黔行"所呈现的故事。你能从乡村干部、普通村民、企业家、摄影师、电影放映员等不同身份的人身上发现贵州交通的变化，也可在建设者们的奋斗中、在各地百姓与工程师们的交往中读懂贵州交通建设的历程。

在这漫长的"新时代黔行三部曲"写作中，我始终怀着感恩的心在前行。感恩省委宣传部"2022年贵州省出版传媒专项发展资金"的大力支持；感恩这"三部曲"的策划者李缨老师，她4年前的一通电话，为我打开了一扇读懂贵州的大门；感恩孔学堂书局副总编辑张发贤、编辑张基强老师4年来的陪伴与指导，这成为我行走与写作的底气和动力；感恩贵州省交通宣传教育中心的鼎力支持，在各阶段为我提供了大量素材与信息，是"大道黔行"写作上的"指南针"；感恩全省各地交通运输部门和宣传部门，在采集素材的过程中给予我太多帮助与支持；更要感谢每一位愿意向我打开心扉畅谈过去的人们，是你们的故事撑起了《大道黔行》，更撑起了贵州交通的千年巨变。

从曾经的千沟万壑到如今的"高速平原"，这60篇文章当然不足以让人看到贵州交通变化的每一个细节。我只希望以这丰富、多元的呈现方式，尽可能为读者打开更多的窗口，提供更意想不到的视角，与我一起踏上旅程，穿行贵州，飞驰贵州，翱翔贵州……

彭芳蓉

2024 年春